HEYNE <

BEATE MAXIAN

Das Collier der Königin

ROMAN

WILHELM HEYNE VERLAG
MÜNCHEN

MIX
Papier aus verantwortungsvollen Quellen
FSC
www.fsc.org
FSC® C014496

Penguin Random House Verlagsgruppe FSC® N001967

Originalausgabe 10/2021

Redaktion: Julia Martin
Printed in Germany
Umschlaggestaltung: Eisele Grafik Design
unter Verwendung von Richard Jenkins Photography,
Bigstock (Besjunior), Photoglob Co. (Library of Congress)
Satz: Leingärtner, Nabburg
Druck und Bindung: GGP Media GmbH, Pößneck
ISBN: 978-3-453-42528-6

www.heyne.de

Alle Menschen sind gleich, nicht die Geburt,
nur die Tüchtigkeit macht den Unterschied.

*(Voltaire 1694–1778,
französischer Philosoph der Aufklärung)*

Handlungstragende fiktive Charaktere

2019

Lea Roth, Human Resources Managerin
Viktor und Sabine Roth, Leas Eltern
Gloria Mendel, Keramikkünstlerin, Leas Tante
Paula Meister, Juristin, Leas Freundin
Sigrid Kovac, Psychologin, Leas Freundin

Elias Neumann, Historiker, Magdas Enkel
Magda Neumann, Elias Großmutter, Glorias engste Vertraute
Matthias und Veronika Neumann, Elias Eltern
Gerhard Pevic, Historiker, Elias Freund
Anaïs Pevic, Ehefrau von Gerhard

Frankreich, 18. Jahrhundert

Isabelle Blanc, Tochter von Jean-Luc Blanc
Jean-Luc Blanc, Goldschmied
Julie Blanc, Isabelles angenommene Tochter
Jérôme Bisset, Soldat
Adrien Noelle und Mathis Bisset, Kinder von Isabelle und Jérôme

Alexandre und Camille Fabre, Hufschmied und seine Frau, Isabelles Nachbarn
Jacques Morel, Advokat, Jakobiner
Georgette Dubios, Bäuerin, Cousine von Jean-Luc Blanc

Handlungstragende historische Persönlichkeiten

Marie Thérèse Charlotte de Bourbon, Tochter des französischen Königspaares Ludwig XVI. und Marie Antoinette von Österreich-Lothringen

Renée Elisabeth Madeleine Hillaire de la Rochette de Chanterenne, Gattin eines hohen Polizeioffiziers, Tochter eines Landadeligen, Marie Thérèses Ehrendame und Betreuerin

Louis-Antoine d'Artois, Herzog von Angoulême, Marie Thérèses Cousin und späterer Ehemann, Neffe von Ludwig XVIII.

Ludwig XVIII., 1814–1824 König von Frankreich, Onkel von Marie Thérèse, Bruder von Ludwig XVI. und Karl X., dem letzten Herrscher Frankreichs (1824–1830).

Prinzessin Elisabeth von Frankreich, bekannt als Madame Élisabeth, Marie Thérèses Tante. Sie blieb unverheiratet ihr ganzes Leben an der Seite ihres Bruders Ludwig XVI. und Marie Antoinette und starb mit ihnen am Schafott.

Franz Joseph Karl von Habsburg-Lothringen, Kaiser Franz II., der letzte Kaiser des Hl. Römischen Reiches und Gründer des Kaisertums Österreich, das er als Franz I. regierte, Cousin von Marie Thérèse Charlotte de Bourbon

Erzherzog Carl Ludwig Johann Joseph Laurentius von

Österreich-Teschen, Bruder von Kaiser Franz II. und Cousin von Marie Thérèse

Napoleon Bonaparte, Kaiser der Franzosen und französischer General, nach einer kurzen Phase der Verbannung (1814) auf die Insel Elba und seiner endgültigen Niederlage in der Schlacht bei Waterloo (1815) verbannte man ihn bis zu seinem Lebensende auf die Insel St. Helena.

Olympe de Gouges (Marie Gouze), Revolutionärin, Frauenrechtlerin, Schriftstellerin

Maximilien de Robespierre war eine der bekanntesten Figuren der Französischen Revolution, führender Jakobiner, Kopf des Wohlfahrtsausschusses und Jurist. Er führte die Zeit des großen Terrors ein. Er und einige seiner Gefolgsleute starben am 28.7.1794 am Schafott.

Prinz Eugen von Savoyen, Feldherr des Habsburgerreiches, Besitzer des Schlosses Belvedere

I

LEA

Wien, Juli 2019

Stimmengewirr und Gelächter begrüßten Lea wie eine herzliche Umarmung, als sie das *Lugeck* in der Innenstadt betrat. In dem Restaurant herrschte rege Betriebsamkeit, die Tische waren nahezu alle besetzt. Eine junge Frau mit blonden kurzen Haaren in schwarzer Hose und weißer Bluse fragte am Empfangspult nach ihrer Reservierung.

»Meister«, nannte Lea den Namen ihrer Freundin Paula, die für sie reserviert hatte.

Die Empfangsdame warf einen raschen Blick auf das große Buch vor sich. »Im oberen Stockwerk«, sagte sie und deutete auf die wuchtige Holztreppe neben der Bar.

Lea eilte nach oben. Sie sah sich nach ihren Freundinnen um und steuerte auf den Tisch zu, von wo aus man durch das Fenster auf den gleichnamigen Platz vor dem Restaurant schauen konnte. Paula und Sigrid plauderten angeregt miteinander. Beide trugen leichte Hosen, elegante Leinenblusen und Sandalen. Offensichtlich hatten sie es nach dem Büro zum Umziehen nach Hause geschafft. Lea war das nicht gelungen. Sie trug nach wie vor ihre Businesskleidung: dunkelgrauer Hosenanzug mit weißer Bluse und Pumps. Selbst ihre hellbraunen Haare waren noch im Nacken zu einem strengen Knoten geschlungen. Sie kam sich plötzlich so altbacken und uninteressant vor.

Hallo, liebe Mitmenschen. Frau Aufgeräumt erscheint zum Meeting.

Sie löste das Haargummi und fuhr sich mit den Fingern durch die Locken. Das Mindestmaß an Gemütlichkeit.

Es war Freitagabend. Ihr Jour fixe. Gutes Essen, hervorragender Wein, endlose Gespräche. Wie gewöhnlich kam Lea zu spät.

»Entschuldigt.« Sie küsste ihre Freundinnen zur Begrüßung auf die Wangen. Ihren Blazer und die Handtasche hängte sie an die Lehne des freien Stuhls, bevor sie sich darauf fallen ließ. Auf dem Tisch stand eine geöffnete Rotweinflasche, zwei gefüllte und ein leeres Glas. Paula schenkte Lea aus der angebrochenen Flasche ein.

»Genau dreißig Minuten«, betonte Sigrid. Sie war die Pünktlichkeit in Person in ihrer Dreierrunde, die Hüterin der Zeit. Unpünktlichkeit glich in ihren Augen dem Gipfel der Unhöflichkeit. Dabei bemühte sich Lea wirklich. In der Arbeit und bei Meetings gelang es ihr, auf die Sekunde genau zu erscheinen, doch in ihrem Privatleben versagte sie diesbezüglich zu oft. Auf ihrer Liste »Das-muss-ich-ändern-« stand dieser Punkt ganz oben.

»Hat dich dein Chef mal wieder kurz vor Büroschluss mit Papierkram zugemüllt?«, fragte Paula verständnisvoll und warf Sigrid einen besänftigenden Blick zu. Sie war Juristin und privat auf absolute Harmonie bedacht. Selbst mit ihrem Mann hielten sich die Streitereien in Grenzen. Paula war in ihrer Runde die einzige verheiratete Frau. Sigrid flirtete seit einem halben Jahr mit einem Kollegen, den sie bei einer Weiterbildung kennengelernt hatte. Passiert war noch nichts. Behauptete sie zumindest. Recht glauben wollten Paula und Lea ihr das allerdings nicht.

»Ein Mitarbeiter in einer Schlüsselposition hat heute gekündigt. Wir brauchen halt schnell Ersatz, und das wollte mein Chef noch rasch mit mir besprechen.« Lea war Human Resources Managerin in einer großen Versicherungsgesellschaft. Jedenfalls seit man alle Berufsbezeichnungen ins Englische übersetzt hatte. Davor hatte »Personaladministration« auf dem Schild an ihrer Bürotür gestanden. Der Aufgabenbereich hörte sich spannender an, als er in Wirklichkeit war. Denn entgegen ihrer Jobbeschreibung, Verbesserungspotenzial zu erkennen und in Kooperation mit den Führungskräften umzusetzen, scheiterte sie seit einem Jahr mit fast all ihren Vorschlägen. Zuletzt mit der Einführung eines Betriebskindergartens. In dem Unternehmen arbeiteten nahezu dreißig Prozent Mütter mit Kleinkindern. Die Vorteile einer derartigen Einrichtung lagen auf der Hand: besseres Betriebsklima, Beruf und Familie ließen sich problemloser vereinbaren. Nur zwei von vielen Pluspunkten. Doch auf dem Ohr war Klaus Kohnert, ihr unmittelbarer Vorgesetzter, taub. Ebenso der Direktor der Gesellschaft. Sie behaupteten, dass eine solche Umsetzung zu viel Bürokratie und Aufwand bedeuten würde. Lea hingegen hegte schon lange den Verdacht, dass ihnen ihre Vorschläge gleichgültig waren. Sie fühlte sich ungehört und unbeachtet, wie ein unscheinbarer Spatz unter stolzen Pfauen.

Sigrid beugte sich nach vorne und stützte sich mit den Ellbogen auf dem Tisch ab. »Ist das seine Art dich zu würdigen? Wichtige Dinge kurz vor Büroschluss mit dir zu besprechen? Der Kerl hat doch nicht erst fünf Minuten vor Betriebsschluss gekündigt.« Sie richtete sich wieder auf und sah Lea mitleidig an. »Du musst lernen, dich durchzusetzen und auch mal Nein zu sagen.«

Lea runzelte die Stirn. Das sollte sie wahrhaftig. Nein zu sagen gehörte für sie zu den schwierigsten Aufgaben. Egal in welchem Bereich. Sie konnte weder ihrem Chef noch Kollegen oder Freunden etwas abschlagen. Selbst wenn ein Ja ihr Unmengen Arbeit und Stress bereitete.

»Willst du dir nicht endlich eine andere Stelle suchen? Eine, wo man dich ernst nimmt, dein Engagement zu schätzen weiß«, schlug Sigrid nicht zum ersten Mal vor. »Dich langweilt dein Job doch eh schon lange.«

Paula nickte zustimmend.

»Das sagst du so einfach. Jobwechsel. Ich hätte das Gefühl, meine Kolleginnen im Stich zu lassen. Wisst ihr, wie viele mir davon täglich mit ihrem Problem in den Ohren liegen? Weil sie sprichwörtlich mit der Kirche ums Kreuz fahren müssen, um ihre Kinder noch vor Arbeitsbeginn im Kindergarten abzuliefern. Wenn der Stress schon morgens losgeht, ist das sowohl für die Arbeitnehmerinnen als auch für den Arbeitgeber unbefriedigend. Außerdem finde ich, dass der Nachwuchs ein Grundrecht auf entspannte Eltern hat.«

»Tolles Plädoyer. Du solltest einen Ratgeber schreiben«, merkte Paula zynisch an. »Nur leider wirst du mit diesem Argument deinen Vorgesetzten nicht überzeugen. Du musst ihn auf der Ebene ansprechen, die er versteht. Geld. Einnahmen. Effizienz. Sind die Mitarbeiter weniger gestresst, sind sie stärker motiviert und die Arbeitsleistung steigt. Das verstehen Topmanager. Mit Menschlichkeit brauchst du denen nicht zu kommen. Diesen Charakterzug geben die an der Garderobe ab, wenn sie ihn überhaupt besitzen.«

Lea nahm, statt zu antworten, einen großzügigen Schluck Wein, und hob anerkennend die Augenbrauen. Der Blaufränkische schmeckte ausgesprochen vollmundig.

»Du bringst zwar alles mit, was für den Job unabdingbar ist: Kommunikationsfähigkeit, Empathie, Belastbarkeit, Flexibilität und so weiter. Und doch verwaltest du lediglich die Personalangelegenheiten. Geh mal in dich, und such nach einer starken Prise Killerinstinkt.«

Sigrid war Psychologin und zwang ihr Umfeld regelmäßig zur Selbstreflexion. Das ging Lea auf die Nerven, weil es ihr die eigenen Schwächen deutlich vor Augen führte. Eine davon war Bequemlichkeit, außerdem scheute sie Konflikte. Letzteres hatte sie ihrer Mutter zu verdanken. Diese ermahnte sie stets, jedem Streit aus dem Weg zu gehen, keine Widerworte zu geben. Sich auf das Urteil anderer stärker zu verlassen als auf das eigene. Lea hatte nie gelernt, ihren Kopf durchzusetzen oder an ihre Ideen und Fähigkeiten zu glauben. Spannungen versuchte sie mit Humor zu entschärfen.

»Ich bin ein Scheidungskind«, argumentierte sie deshalb auch jetzt augenzwinkernd.

»Deine Eltern haben sich vor vier Jahren getrennt. Da warst du vierundzwanzig«, merkte Paula lapidar an.

Sigrid überging den Einwand, übernahm jedoch wieder das Reden. »Stell dir mal die einfache Frage, ob du den Job bis zur Pensionierung durchhältst. Ich denke, wir drei kennen die Antwort. Lass nicht zu, dass du eines Morgens aufwachst, die besten Jahre hinter dir liegen und du faktisch nichts aus deinem Leben gemacht hast.«

»Wir schreiben das einundzwanzigste Jahrhundert. Da ist alles möglich. Außer natürlich gleiche Bezahlung bei gleicher Arbeit von Mann und Frau«, schränkte Paula böse lachend ein. Das ungleiche Verhältnis der Geschlechter im Berufsleben war eines ihrer Lieblingsthemen.

»Ihr habt ja recht«, gab Lea klein bei. Das Leben raste in Windeseile an ihr vorbei, während sie sich täglich mit einer Tätigkeit abquälte, die sie nicht erfüllte. Sie war achtundzwanzig Jahre alt, stand frühmorgens auf, fuhr ins Büro und kam spätabends wieder in ihre Wohnung zurück. Meistens viel zu müde, um noch etwas zu unternehmen. Das sollte nicht die Quintessenz ihrer Lebensgeschichte sein. Den Job bei der Versicherung hatte sie aus Bequemlichkeit angenommen. Sie hatte dort schon während der Schulzeit in den Sommerferien Akten sortiert. Irgendwie hatte es sich ergeben, dass sie dann nach der Matura dortblieb. Zudem lag ihr Büro nur vier Straßenbahnhaltestellen von ihrer Wohnung in der Nußdorferstraße im neunten Bezirk entfernt. Ein weiterer Punkt, der an die Bequemlichkeit ging.

Der Kellner kam und fragte nach ihren Essenswünschen. Lea entschied sich für ein Rote-Rüben-Couscous. Paula orderte ein Kalbsgulasch. »Ich habe den ganzen Tag nichts gegessen und bin hungrig wie ein Bär.«

Sigrid bestellte ein Süßkartoffelcurry. »Wir helfen dir sehr gerne. Gell, Paula? Also, was interessiert dich?«, knüpfte sie nach der Bestellung an das unterbrochene Gespräch an. Sie hatte zu Leas Leidwesen offenbar nicht vor, das Thema fallen zu lassen. »Erstellen wir eine Liste.«

»Ich weiß etwas!«, rief Paula. »Du hast Humor.«

»Großartig!«, sagte Lea wenig begeistert. »Dann kann ich mich ja als Clown beim Zirkus bewerben.«

»Kunst!«, fügte Paula hinzu. »Du bist ganz versessen darauf. Erinnere dich, wie sehr du dich gefreut hast, als wir dir zu deinem letzten Geburtstag eine Jahreskarte für die Albertina geschenkt haben. Wenn es nach dir ginge, würdest du in einem Museum wohnen.«

»Kunst leistet man sich, wenn man sonst nichts mit seinem Geld anzufangen weiß. Man lebt nicht davon«, erwiderte Lea.

»Würdest du bitte aufhören, die bescheuerten Argumente deines Vaters zu wiederholen?«, ermahnte sie Paula.

»Erst wenn ihr aufhört, auf mich einzureden. Es ist Freitagabend und damit Wochenende. Also lasst uns von etwas anderem reden als von der Arbeit.«

Sigrid hob unbeirrt ihr Glas. »Wo siehst du dich in fünf Jahren? Das solltest du wissen, denn dieser Punkt wird oft bei Bewerbungsgesprächen angesprochen.«

Lea seufzte leidvoll. »Wenn du nicht bald das Thema wechselst, dann im Gefängnis, meine Strafe wegen Mordes an meiner lieben Freundin absitzen, die mich mit ihren Fragen quälte.« Sie kippte entschlossen den letzten Schluck Wein hinunter und schenkte sich und den anderen nach.

»Okay, dann eben Themenwechsel«, gab sich Sigrid geschlagen. »Vorschlag?«

Lea lehnte sich zufrieden im Stuhl zurück. Das Essen kam. Während sie aßen, sprachen sie über die aktuellen Ausstellungen diverser Museen in Wien und darüber, welche sie gemeinsam besuchen wollten.

Der Abend endete wie üblich in einer nahe gelegenen Bar. Um zwei Uhr morgens verabschiedeten sie sich mit einer lieb gewonnenen Tradition voneinander. Jede durfte eine Idee oder ein Ansinnen für die kommende Woche aussprechen. Diesen Freitag war Lea als Erste dran. Sie hob das Glas mit dem letzten Schluck Wein darin und grinste breit. »Ich wünsche mir, dass endlich mal etwas Unvorhergesehenes in meinem Leben passiert.«

2

GLORIA

Rosenheim, Juli 2019

Die junge Journalistin nahm ihr Handy zur Hand. »Gloria Mendel, Keramikkünstlerin, geboren 1949 in Wien, aufgewachsen im achtzehnten Bezirk, damals US-amerikanische Besatzungszone«, diktierte sie ins Telefon.

Die Worte hörten sich für Gloria an, als wäre sie aus einer anderen Zeit gefallen und zufällig im 21. Jahrhundert gelandet. Irgendwie war sie das ja auch. Fernsehen war Ende der 1940er, Anfang der 1950er-Jahre kein Thema gewesen. Heutzutage befanden sich mindestens zwei Bildschirme in jedem Haushalt mit unzähligen Kanälen, auf denen teilweise Sendungen liefen, die jegliche Intelligenz vermissen ließen. Sie selbst sah sich nahezu ausschließlich Nachrichten und Dokumentationen an. Erst kürzlich hatte sie einen Dokumentarfilm über Keramikarbeiten der Jahre 1920–1950 gesehen und dabei ein paar Figuren mit Kopfbedeckung entdeckt, die sie an ihre Kindheit erinnerten. Damals bedeckten Männer wie ihr Vater im Freien selbstverständlich den Kopf mit Hut.

Herrenhüte waren Statussymbole, verdeutlichten das gesellschaftliche Gewicht. Produziert wurden sie im eigenen Land und derart teuer, dass man sie jahrelang trug, sogar an die Söhne vermachte. Nur, dass es für Otto Mendel keinen männlichen Nachkommen gab, an den der Hut weitergereicht werden konnte. Der Gedanke an ihn schmerzte schon lange nicht mehr. Magda, ihre beste Freundin, war überzeugt, dass er der Grund ist, weshalb Gloria sich nie gebunden hatte. Sie glaubte, dass seine uneingeschränkte Herrschaft über die Familie und das devote Verhalten ihrer Mutter Gloria das Eheleben schon im Jugendalter versalzen hatten. Gloria teilte Magdas Meinung nicht. Sie hatte einfach keine Lust gehabt, zu heiraten. Die Erinnerung an ihre Eltern schüttelte sie so rasch ab, wie sie gekommen war.

Sie konzentrierte sich wieder auf die blonde Redakteurin vom Oberbayerischen Volksblatt. Sie saßen einander an dem Esstisch aus Massivholz gegenüber, den Fritz, Magdas Mann, für Gloria gezimmert hatte. Es war das erste Mal, dass sie sich zu einer Art Homestory überreden ließ. Bisher hatte sie Interviews ausschließlich bei Ausstellungseröffnungen gegeben. Und selbst da nur sehr sporadisch. Auf diese Weise war es ihr gelungen, ihre Privatsphäre zu schützen. Niemand sollte wissen, wo genau sie lebte. Ihre Schöpfungen zählten, nicht ihr Aufenthaltsort. Auch für diese Story hatte sie darauf bestanden, keine detaillierten Angaben über die Position ihres Hofes, der Arbeits- und Wohnstätte zugleich war, preiszugeben. Rosenheim gliederte sich in neun Stadtteile. Mit über sechzigtausend Einwohnern war sie die drittgrößte Stadt Oberbayerns. Groß genug, um unentdeckt zu bleiben. Gloria studierte das Gesicht der jungen Frau. Zwischen ihnen lagen mindestens vierzig Jahre. Das verstärkte ihr Gefühl, aus der Zeit gefallen zu sein.

»War Ihnen am Beginn Ihrer Karriere schon klar, dass Sie als Künstlerin erfolgreich sein würden?«

Himmelherrgott noch mal, brüllte eine genervte Stimme in ihr. Wann ließen sich Reporter endlich mal neue und halbwegs originelle Fragen einfallen? Welche, die nicht nach Schema F gestrickt waren. Außerdem, was definierte Erfolg? Mal von dem Geld, das sie verdiente, abgesehen. Ihre Kunstwerke verkauften sich über Galerien und Porzellanhersteller in der gesamten Welt. Doch Menschen, die sich nicht mit Keramikkunst beschäftigten, wussten mit ihrem Namen nichts anzufangen. War man deswegen weniger erfolgreich? Sie persönlich kannte zum Beispiel keinen einzigen Namen eines Fußballers, da der Sport sie schlichtweg nicht interessierte.

»Selbstredend nicht«, gab sie jedoch wohlerzogen jene Antwort, die die Journalistin erwartete. »Es dauerte eine Weile, bis sich der Erfolg einstellte. Der Durchbruch, wenn Sie es so benennen wollen, kam nicht über Nacht. Das passiert nur in Filmen.« Gloria lächelte gütig. »Natürlich hofft man, von seiner Arbeit, von der Kunst leben zu können.«

Ihr Vater hatte Künstler als Hungerleider, Schmarotzer, Taugenichtse bezeichnet und ihr den Umgang mit ihnen verboten.

»Darauf verlassen kann man sich in meinem Berufsfeld jedoch nicht.« Im Gegensatz zu den meisten anderen Berufsgruppen, fügte sie stumm hinzu. Kein Arbeitnehmer, Dienstleister oder Beamter arbeitete ohne Bezahlung. Von Kunstschaffenden erwartete man das selbstredend. Zumindest zu

Beginn der künstlerischen Tätigkeit. Hatte man sich mal einen Namen gemacht, änderte sich das.

»Gibt es eine Botschaft, die Sie angehenden Künstlerinnen mit auf den Weg geben möchten?«

O Gott, noch so eine Allerweltsfrage.

»Man muss stets an sich selbst glauben.« Von dieser Phrase war Gloria wenigstens überzeugt.

Daraufhin reihten sich weitere fünfzehn Minuten lang Fragen und Antworten aneinander. Dann schaute die junge Frau, deren Namen sie sich nicht gemerkt hatte, kurz auf ihre Notizen und sagte endlich: »Danke für das Gespräch.« Offenbar hatte sie alle vorbereiteten Fragen gestellt.

Gloria richtete den Pashminaschal, den sie zu dem dunkelblauen Hosenanzug trug, und erhob sich. Das Interview war beendet. Die Bitte, Fotos vom Atelier schießen zu dürfen, hatte sie verweigert und der Reporterin stattdessen einen USB-Stick mit ausgewählten Pressefotos in die Hand gedrückt. Sie wollte sich endlich um ihre Gäste kümmern.

»Ich fahre gleich zurück in die Redaktion und schreibe den Artikel«, verabschiedete sich die Journalistin. »Der Beitrag ist für Ende nächster Woche geplant.«

Gloria lächelte. Sie würde ihn nicht lesen. Das Alter und der Erfolg gestatteten ihr zu ignorieren, was man über sie schrieb. Wobei man in dem Blatt bestimmt Lobeshymnen auf sie singen würde. Eine international anerkannte Künstlerin, die Rosenheim zu ihrem Zuhause auserwählt hatte, vergrämte man nicht.

Im vom Gebäude umschlossenen Innenhof des abgelegenen Bauernhauses tummelten sich bereits wohlbekannte Gesichter. Rund fünfzig Menschen aus nah und fern waren gekommen, um mit Gloria ihren siebzigsten Geburtstag zu feiern. Einige von den Gästen kannte sie eine halbe Ewigkeit, manche nur oberflächlich. Es war ein bunt zusammengewürfelter Haufen aus Einheimischen, engsten Freunden, Kunsthändlern und Künstlern. Doch egal, wie unterschiedlich sie sein mochten, eines hatten sie alle gemeinsam. Im Laufe der Zeit waren sie gealtert.

Gloria hatte sich von einem gertenschlanken Wesen zu einer rundlichen Person gewandelt. Ihre grauen, zum Pagenkopf geschnittenen Locken waren einst eine schwarze Mähne gewesen und ihr Gesicht faltenlos. Inzwischen hatte das Leben darin tiefe Spuren hinterlassen. Das störte sie allerdings nicht, denn sie fühlte sich rundum wohl in ihrer Haut. Sie gehörte zu keinem Zeitpunkt zu den Frauen, die sich dem Schönheitsdiktat unterwarfen. Ebenso hielt sie es mit ihrem Privatleben. Im Gegensatz zu all ihren Freundinnen hatte sie nie geheiratet und Kinder bekommen. Sie hatte ihre Unabhängigkeit nicht einbüßen wollen, indem sie sich von einem Mann zum Traualtar führen ließ. Allein ihre Arbeit erfüllte sie seit vier Jahrzehnten mit Glück. Sobald sich der feuchte Ton unter ihren Fingern zur gewünschten Form bildete, blitzten ihre graugrünen Augen auf wie bei einem frisch verliebten Mädchen.

Sie blieb im Türrahmen zum Innenhof stehen, um ihren Blick über die Menge schweifen zu lassen. Jung und Alt saßen vergnügt an den Tischen, die zwischen unterschiedlichen Tonskulpturen standen. Ihre drei Hunde holten sich Streicheleinheiten bei den Gästen ab. Sie hatte sie nach Zeichentrickfilmfiguren benannt: Bambis rotbraunes Fell war vermutlich das Erbe eines Irish Setter. Dori und Donald waren undefinierbare Mischlinge. Klar war nur, dass es sich bei ihren Vorfahren um große Exemplare gehandelt hatte. Ihre Widerristhöhe lag zwischen sechsundfünfzig und fünfundsiebzig Zentimeter. Angst vor Hunden oder Allergien durfte man nicht haben, wenn man Gloria besuchte. Den bescheidenen Zoo rundeten nämlich fünf Hauskatzen ab. Diese waren ihr nach und nach zugelaufen. Im Moment jedoch machten sie sich unsichtbar. Der Trubel lag ihnen nicht. Untereinander verlief das Miteinander problemlos. Die vierbeinigen Mitbewohner fraßen zuweilen sogar aus ein und demselben Napf wie eine friedliebende Herde.

Der Abend war lau. Die Speisen und Getränke hatte sie bei den umliegenden Bauern bestellt, die sich ebenfalls unter den Gästen befanden. Elias, ein attraktiver einunddreißigjähriger Kerl, der Enkel ihrer langjährigen Freundin Magda und Glorias Patenkind, half bei der Bewirtung. Er war seinem Vater Matthias wie aus dem Gesicht geschnitten. Markante Wangenknochen, dunkelbraunes, volles Haar, stahlblaue, verträumt wirkende Augen und immer ein verschmitztes Lächeln auf den Lippen machten ihn zu einem Blickfang. Dabei, so kam es Gloria vor, bemerkte der hübsche Bursche seine Wirkung auf Frauen nicht. Was möglicherweise daran lag, dass er sich als Historiker mehr auf die Vergangenheit konzentrierte als auf die Gegenwart.

»Unter Umständen taucht ja irgendwann mal ein Mädel aus dem Mittelalter auf, die wird ihm dann schon auffallen«, scherzten Magda und sie oft miteinander.

Auf jeden Fall behandelte er sie wie seine eigene Großmutter, mit Respekt und Hilfsbereitschaft. Die ersten Besucher entdeckten Gloria in der offenen Tür und kamen freudestrahlend mit ausgebreiteten Armen auf sie zu. Das Umarmen, Wangenküssen und endlose Händeschütteln begann. Schon wenige Minuten später taten ihr die Füße vom Stehen weh. Als erahnte Elias ihr anstrengendes Los, trat er an ihre Seite und hakte sich bei ihr unter. »Du kannst die Glückwünsche genauso gut im Sitzen entgegennehmen.« Er führte sie an den Tisch, an dem Magda für sie einen Platz freigehalten hatte. Veronika, Elias' Mutter, unterhielt sich mit ihrer Sitznachbarin gerade ausschweifend über die letzten Urlaubsreisen. Das Gespräch glich einem Wettstreit.

»Chiang Mai, da musst du unbedingt auch mal hin, Gloria«, wandte sie sich schließlich an sie.

Gloria hatte keine Ahnung, wo das lag. Nachfragen wollte sie nicht, weil sie sowieso nicht hinfahren würde. Matthias war wie üblich mundfaul, nickte lediglich manchmal, wenn seine Frau ihn ansah.

»Die Stadt ist das Zentrum des thailändischen Kunsthandwerks«, erläuterte Veronika vielsagend, als hätte sie Glorias Ahnungslosigkeit erahnt. »Das würde dir gefallen. Das kannst du mir glauben.«

Gloria lächelte unverbindlich. Weshalb sollte sie dorthin wollen? Am wohlsten fühlte sie sich in den eigenen vier Wänden. Den ehemaligen Bauernhof hatte sie nach ihren Plänen und zum Teil eigenhändig umgestaltet. Ein Vierkanthof mit alten Gewölbestallungen, unter denen man im Sommer auch bei Regen draußen sitzen konnte. Der Stall selbst beherbergte das Atelier.

»Ist das nicht wunderschön, dass dich so viele Menschen hochleben lassen?«, fragte Magda, legte ihre faltige Hand auf Glorias und drückte sie leicht.

»Kannst du dich noch erinnern, als ich eingezogen bin?« Die Bauarbeiten hatten im Sommer 1987 begonnen und sich bis zum Herbst 1989 hingezogen.

»Während der Bauphase hast du auf dem Boden geschlafen, eingerollt in einen Schlafsack.« Magda ließ ihre Hand wieder los.

»Heutzutage lässt allein der Gedanke daran meine Bandscheiben schmerzhaft aufheulen«, kicherte Gloria.

»Das Hämmern und Bohren war von morgens bis abends zu hören, sobald man sich dem Hof näherte.«

»Ich hatte zum Glück dich und etliche Helfer.« Vor Glorias innerem Auge erschien Fritz, wie er gemeinsam mit zwei jungen Kerlen das Dach deckte. Der Arbeitsunfall, bei dem er ums Leben gekommen war, lag nun schon fünfzehn Jahre zurück. Magda hatte ein halbes Jahr nach der Beerdigung ihrem Sohn Matthias das Familienhaus überschrieben und war bei Gloria eingezogen. Seitdem kümmerte sie sich um ihren Haushalt, weil das in ihrer Natur lag und Gloria sie schalten und walten ließ, wie auch immer sie mochte.

»Kaum zu glauben, dass seitdem dreißig Jahre vergangen sind«, bemerkte Gloria abschließend. »Kannst du mir sagen, wo die hin sind?«

Magda seufzte ergeben. »Wenn ich das wüsste.«

Elias tauchte erneut in der Menge auf. In der Hand hielt er ein Tablett voller Bierkrüge. Sie stießen auf den Geburtstag an. Nach einem langen Schluck wischte sich Elias den Mund ab und fragte leichthin: »Und, was hast du dir für die nächsten siebzig Jahre vorgenommen, Tante Gloria?«

Einen Moment lang betrachtete sie ihn gedankenversunken, als müsste sie überlegen, welche Antwort sie geben sollte.

»Meine Angelegenheiten regeln.«

Am Samstagmorgen erwachte Gloria bereits um halb sieben. Obwohl die letzten Gäste kurz vor Mitternacht nach Hause gegangen waren und sie erst nach zwölf ins Bett gekommen war. Trotzdem fühlte sie sich ausgeschlafen und voller Tatendrang. Sie schlich an Magdas Schlafzimmer vorbei, das direkt neben dem Treppenaufgang lag. Der Holzboden im oberen Stockwerk knarzte an manchen Stellen. Sie versuchte daher bestimmte Dielenbretter auszulassen, um Magda nicht zu wecken. Die Hunde schliefen in ihren Körben im großräumigen Flur. Kaum hatte sie im Erdgeschoss die Küche betreten, tauchten sie nach und nach auf. Dori lief zeitgleich mit Donald ein. Bambi folgte einen Herzschlag darauf. Die Katzen kamen nur Minuten später aus ihren Verstecken hervor. Wenn sie nachts nicht auf den Feldern hinter dem Hof und dem angrenzenden Wald unterwegs waren, verkrochen sie sich irgendwo im Haus. Nachdem Gloria alle Futternäpfe gefüllt hatte, gönnte sie sich eine Tasse Kaffee.

Nach dem großen Fressen unternahm sie einen langen Spaziergang mit den Hunden. Wie automatisch steuerte sie zuerst den Ort an, durchquerte ihn und schlenderte danach die vertraute Innfeldstraße entlang, vorbei an Grünflächen und Ackerböden. Bis auf zwei Traktoren, die an ihr vorbeifuhren, erschien ihr der Weg wie ausgestorben. Eine friedliche Ruhe lag über der Gegend. Die drei Mischlinge hielt sie üblicherweise an der Schleppleine. Das verschaffte den Vierbeinern mehr Freiheit zum ausgiebigen Schnüffeln und nötigte sie selbst nicht zum ständigen Stehenbleiben.

Sie hatte bis dato nie drüber nachgedacht, ob ihr das Alter etwas ausmachte, und sie hatte auch nicht vor, damit anzufangen. Die ewige Jammerei mancher Altersgenossinnen über die jeweiligen Wehwehchen, die verkommene Jugend und die dahinrasende Zeit ging ihr gehörig auf die Nerven. In ihren Augen verschwendete dies lediglich wertvolle Energie. Gleichwohl wollte sie ihren Nachlass regeln, obwohl sie vorhatte, mindestens neunzig zu werden. Ihr siebzigster Geburtstag schien ein guter Zeitpunkt dafür zu sein. Das Alter machte einen zielstrebig. Sie hatte gehofft, dass es sie auch gnädiger ihrer Familie gegenüber machen würde. Das tat es aber nicht. Die Verwandtschaft war ihr auf unbestimmte Weise gleichgültig geworden.

Nebensächlich, dass so manche Erinnerungen ihr nach wie vor einen Stich im Herzen versetzten. Den Hof samt Inventar sollte einmal Elias erben. Der Erlös aus ihren Kunstwerken sollte nach ihrem Tod aufgeteilt werden, zu gleichen Teilen zwischen ihrer Stiftung, Elias und ihrer Nichte Lea Roth. Ihr wollte sie über ihren Wahlenkel zudem das Familienerbstück zukommen lassen. Ein wertvolles Collier, einst im Besitz der französischen Königin Marie Antoinette. Damit hielt sie sich an die jahrzehntelange Tradition ihrer Familie. Das einzige Zugeständnis an ihre Sippschaft. Der Gedanke daran entlockte ihr ein heiseres Lachen.

Nach einiger Zeit machte Gloria kehrt.

Auf dem Hof erwartete sie reges Treiben. Magda trug eine graue Arbeitshose und ein Herrenhemd – ein Zeichen, dass grobe Arbeiten anstanden. Im großmütterlichen Befehlston scheuchte sie Elias und drei seiner Freunde aus dem Ort durch den Innenhof. Sie klappten Bierbänke zusammen, trugen sorgsam die Keramikskulpturen wieder an den angestammten Platz und räumten vereinzelte Gläser weg, die vom Vorabend stehen geblieben waren. Die Hände ihrer Freundin wedelten durch die Luft, als dirigierte sie ein Orchester. Gloria ließ die Hunde von der Leine.

»Ah, da bist du ja!«, rief ihr Magda zu. »Wie ich dich kenne, bist du ohne etwas zu essen aus dem Haus.« Sie zeigte auf eine Bierbank, auf der ein bescheidenes Frühstück angerichtet stand, Buttersemmeln und Kaffee.

»Wann fährst du nach Wien?«, fragte Gloria Elias.

»Heute Nachmittag. Ich will so gegen drei Uhr los.«

»Schaust du vorher noch mal bei uns vorbei? Ich möchte dir etwas mit auf den Weg geben.«

Magda warf ihr einen verwunderten Blick zu.

»Das Collier«, erläuterte Gloria.

Sie hatte bereits mit ihrer Freundin darüber gesprochen. Elias lebte seit vier Jahren in Glorias Geburtsstadt. Manchmal nahm er ihr etwas aus der alten Heimat mit: Manner Schnitten oder Fleckerl, eine österreichische Nudelsorte, die man in Rosenheim nicht bekam. Elias versprach, noch mal vorbeizukommen. Gloria bedankte sich bei den jungen Leuten fürs Aufräumen und bewaffnete sich mit Kaffee und einer Buttersemmel. Kurze Zeit später betrat sie das Büro neben dem Atelier. Auf dem abgewetzten Sofa lagen Robinson und Crusoe. Die beiden getigerten Kater waren ihr Seite an Seite zugelaufen.

»Wo ist der Rest der Bande?« Sie sah sich nach Athos, Aramis und Porthos um. Den roten Kater und die zwei schwarzen Katzen hatte sie nach den drei Musketieren benannten, weil man sie zumeist gemeinsam antraf. Offenbar hatten die sich gerade woanders verkrochen.

Gloria setzte sich hinter den Schreibtisch, stellte Kaffee und den Teller mit der Semmel neben dem Computer ab. Sie schrieb eine Mail an ihren Anwalt, der sich um die korrekte Formulierung ihres Testaments kümmern sollte. Der Safe mit allen notwendigen Dokumenten stand in der Ecke des Raumes. Darin lag auch die dunkelblaue Schatulle aus Samt mit der Diamantenhalskette. Weitestgehend unberührt fristete sie seit vierzig Jahren ein Dasein im Dunklen des Tresors. Davor hatte sie eine gefühlte Ewigkeit verborgen im Tresor ihrer Eltern gelegen. Das Collier war überaus wertvoll und viel zu auffällig. Ein Stück, das tatsächlich aus der Zeit gefallen war. Unmöglich, es zu einer Veranstaltung zu tragen, egal welcher Art. Sollte sie es wirklich auf den Weg schicken? Der zarte Hauch eines Zweifels nagte zum wiederholten Mal an Gloria. War es klug, das Schmuckstück jetzt schon weiterzugeben und damit möglicherweise alte Wunden aufzureißen? Diese Fragen stellte sie sich, seitdem sie beschlossen hatte, sich um ihren Nachlass zu kümmern. Noch bestand die Chance, es einfach zu verkaufen oder es Lea erst nach ihrem Tod überbringen zu lassen.

»Tu endlich, was du dir vorgenommen hast«, ermahnte sie sich streng. Entschlossen holte sie die Schmuckschatulle aus dem Safe und verpackte sie in einem gewöhnlichen Luftpolsterumschlag, ohne das Etui ein letztes Mal zu öffnen. In Großbuchstaben schrieb sie »Lea Roth« und die Adresse ihrer Nichte im neunten Wiener Bezirk darauf.

Elias kam zehn Minuten vor drei. Magda führte ihn in die Küche und setzte sich mit ihm an den massiven Esstisch zu Gloria. Gloria strich unsichtbare Brösel von der Tischplatte. Mit einer energischen Geste schob sie das Kuvert auf die andere Seite des Tisches. »Merk dir ihren Gesichtsausdruck, wenn du ihr Grüße von mir ausrichtest.«

»Weshalb?«

»Einfach so.«

»Versprochen. Darf ich erfahren, was da drinnen steckt?«

»Meine Familie.«

Elias blickte sie verwirrt an und wartete erkennbar auf eine weitere Erklärung. Doch Glorias Antwort war ein schelmisches Lächeln. Seine Großmutter klärte ihn mit wenigen Worten auf.

»Wow.« Elias zeigte sich beeindruckt. »Ich überbringe tatsächlich der nächsten Erbin das Familienerbstück. Dass du mir die Aufgabe anvertraust, es nach Wien zu bringen, ehrt mich, Tante Gloria.«

»Wem sollte ich das Collier sonst anvertrauen? Du weißt um seinen Wert, und ich meine nicht allein den materiellen. Und du gehörst zu dem Teil meiner Familie, dem ich vertraue.«

Elias drückte Gloria einen Kuss auf die Wange. »Fällt es dir schwer, dich von dem Collier zu trennen?«

Gloria schüttelte den Kopf. »Du kennst meine Einstellung zu dem Stück. Es war mir nie wichtig, es zu besitzen. In Wahrheit bin ich froh, dass das Ding nun aus dem Haus ist.«

Magda lächelte milde bei dieser Bemerkung. »Also pass auf beim Fahren. Nicht nur wegen der Kette, sondern auch deinetwegen.«

Athos, der rote Kater, kam durch die Tür, setzte sich mitten in den Raum und widmete sich der Fellpflege.

»Ich pass auf. Versprochen.« Elias umarmte sie beide zum Abschied. Magda begleitete ihn hinaus bis zum Wagen.

Gloria trat ans Fenster und sah gedankenverloren ihrer

Freundin dabei zu, wie sie ihrem Enkel hinterherwinkte. Die Hunde saßen aufgereiht neben ihr. Aramis tauchte auf und strich um Glorias Beine. Sie nahm den schwarzen Kater hoch. Er schnurrte. Ein vertrautes Geräusch. Schon bald würde nichts mehr so sein, wie es die letzten vierzig Jahre gewesen war.

3

LEA

Wien, Juli 2019

Lea stand in ihrem ausgewaschenen hellrosa Lieblingspyjama mit der ersten Tasse Kaffee in der Hand am Küchenfenster und schaute hinaus. Nur vereinzelt fuhr ein Auto die Nußdorfer Straße entlang. Es war Sonntag, und der Tag versprach endlosen Sonnenschein und Hitze. Ob sie ins Freibad gehen oder eine Runde im Wienerwald drehen sollte? Oder vielleicht mit der Straßenbahn in die Innenstadt fahren, auf ein Frühstück auf der Terrasse der Albertina mit Blick auf die Oper und den Eingang zum Burggarten? Oder lieber in der kühlen Wohnung bleiben und ein Buch lesen? Die Türklingel riss sie aus ihren Gedanken.

»Wer zum Teufel … Es ist Sonntagmorgen, neun Uhr«, knurrte sie und beschloss das Läuten zu ignorieren.

Es klingelte ein zweites Mal. Sie stellte die Kaffeetasse auf dem Küchentisch ab, ging fluchend zur Tür und warf einen Blick durch den Türspion. Ein Mann stand davor. Er hielt einen Umschlag in der Hand. Ein Botendienst am Sonntag?

Wohl eher wollte ihr der Kerl etwas verkaufen. Sie legte die Sicherheitskette vor, öffnete die Tür einen Spaltbreit und blickte in zwei stahlblaue Augen. Sie schätzte den Unbekannten in Jeans und schwarzem T-Shirt, mit dunkelbraunen Haaren, auf Ende zwanzig, Anfang dreißig. Ziemlich attraktiv, schoss es ihr durch den Kopf. Doch die Müdigkeit brachte sie schnell wieder in die Realität zurück.

»Wissen Sie, wie spät es ist?«

»Neun Uhr.«

»Es ist Sonntag«, empörte sich Lea.

»Ich weiß, aber danke für den Hinweis.« Ein verschmitztes Lächeln erschien auf seinen Lippen. Wollte der Typ sie verarschen?

»Die meisten Menschen liegen an einem Sonntagmorgen im Bett.«

»Mag sein.« Er tastete mit den Augen ab, was er von ihr durch den winzigen Spalt zu sehen bekam. »Ich halte Sie auch nicht lange auf.«

»Ich kaufe nichts.«

»Das trifft sich gut, ich habe nämlich nicht vor, Ihnen etwas zu verkaufen. Es ist nur so, dass ich heute noch einiges zu tun habe und deshalb ...«

»Sie sind aber nicht aus Wien«, stellte Lea fest.

»Doch ... Also, ich lebe in Wien, stamme jedoch ursprünglich aus Bayern.«

»Das hört man.«

»Heißen Sie Lea Roth?«, überging er ihre Bemerkung.

»Ja. Der Name steht sogar auf dem Klingelschild neben der Tür.«

»Ich soll Ihnen das bringen.« Er hob die braune

DIN-A4-Versandtasche vor den Türspalt. »Es ist von Ihrer Tante Gloria.«

Sie runzelte die Stirn. »Blödsinn.«

»Warum Blödsinn?«

»Weil ich meine Tante nicht kenne und meine Tante mich nicht kennt.«

»Sie weiß aber, dass es Sie gibt.«

»Sie hat mit der Familie vor vierzig Jahren gebrochen, damals war ich noch nicht mal geboren. Seitdem herrscht absolute Funkstille zwischen ihr und allen anderen Familienmitgliedern.« Warum erzählte sie ihre Familiengeschichte einem wildfremden Kerl an einem Sonntagmorgen vor ihrer Wohnungstür? »Also, aus welchem Grund sollte sie mir etwas schicken und ich Ihnen glauben?«

»Das weiß ich nicht. Aber ich denke, das Geheimnis wird gelöst, sobald Sie das Kuvert öffnen.«

»Hm«, machte Lea. »Warum hat sie es mir dann nicht mit der Post geschickt?«

»Weil das Geschenk zu wertvoll ist, um es in einen Briefkasten zu werfen.«

»Was reden Sie da?« Eine innere Stimme riet Lea, die Tür zuzuwerfen. Doch die Neugier obsiegte. »Wer sind Sie eigentlich?«

»Oh, Entschuldigung. Elias Neumann. Meine Großmutter und Ihre Tante sind befreundet. Nehmen Sie das Kuvert nun an, oder soll ich wieder gehen? Ich habe nicht den ganzen Tag Zeit, in einem zugigen Treppenhaus rumzustehen.«

Lea streckte den Arm durch den Türspalt. »Okay, geben Sie das Ding halt her.«

Er zog es ein Stück nach hinten und reichte ihr stattdessen

einen kleinen Zettel und einen Kugelschreiber. Lea zog rasch die Hand zurück.

»Sie müssen mir die Übernahme bestätigen.«

»Gloria traut Ihnen wohl nicht.«

»Ich habe dafür keine Zeit. Unterschreiben Sie, damit ich endlich das Kuvert loswerde.«

Lea reagierte nicht. Er seufzte.

»Ihre Tante hat mich gebeten, mir Ihren Gesichtsausdruck bei der Übergabe zu merken. Ich denke, ich werde ihr erzählen, dass ihre Nichte ein launischer Morgenmuffel ist. Als ich hörte, dass Sie die Sicherheitskette vorlegen, dachte ich, Sie sind nur misstrauisch. Doch jetzt weiß ich, dass die Kette ausschließlich zu meiner Sicherheit dient.«

»Sie haben mich an einem Sonntag um neun Uhr herausgeläutet und nennen mich dann einen Morgenmuffel?«

»Ist dieses verrückte Verhalten die Rache dafür, dass ich Sie geweckt habe?«

»Eher eine Lektion für Sigrid und Paula, dass sie mich nicht zum Narren halten sollen.«

»Das muss ich nicht verstehen, oder?« Er wedelte ungeduldig mit dem Blatt Papier vor ihrer Nase hin und her. »Unterschreiben Sie! Bitte!«

»Sind Sie auf dem Weg zu einem Date, oder warum haben Sie es so eilig?«

»Bitte!«

Lea lächelte süffisant, nahm aber dann doch den Zettel und unterschrieb. Elias seufzte erleichtert, dann überreichte er ihr den Umschlag. Lea spürte etwas Hartes darin verborgen.

»Schönen Sonntag noch wünsch ich Ihnen.« Er wandte sich um und lief die Stiegen hinunter.

»Ebenfalls!«, rief sie ihm nach.

Als Elias Neumann gegangen war, entfernte Lea die Sicherheitskette und lugte ins Stiegenhaus. Sie vermutete, dass ihre Freundinnen sie mit der Aktion zum Narren hielten, weil sie sich Freitagabend doch etwas Unvorhergesehenes in ihrem Leben gewünscht hatte. Zuzutrauen wär's den beiden. Doch niemand stürmte Tränen lachend die Treppe herauf. Lea schloss die Tür, ging in die Küche und bezog wieder ihren Posten am Fenster. Sie sah, wie Elias das Haus verließ und in seinen Wagen stieg.

»Hat Spaß gemacht, mit dir zu reden.«

Dann schnappte sie sich ihr Handy von der Anrichte und schrieb ihren Freundinnen, dass das Paket angekommen sei.

Prompt rief Paula zurück. »Was für ein Paket?« Die Frage klang ehrlich überrascht.

Lea schilderte den morgendlichen Besuch samt Unterhaltung. Die Erinnerung daran ließ sie lauthals auflachen. »Der arme Kerl hat's echt mit der Angst bekommen, der muss denken, ich hätte nicht alle Tassen im Schrank.«

»Du entwickelst dich zu einem Menschenschreck. So kriegen wir dich nie unter die Haube«, merkte Paula scherzhaft an.

»Ich dachte wirklich, du und Sigrid, ihr habt mir den auf den Hals gehetzt.«

»Wieso sollten wir das tun?«

»Weil ich mir am Freitag doch etwas Unvorhergesehenes gewünscht habe.«

Paula lachte. »So viel Fantasie traust du uns zu? Dankeschön, aber nein. Außerdem höre ich zum ersten Mal von deiner Tante Gloria. Du hast sie nie erwähnt, oder hab ich das vergessen? Wo lebt sie? In Dschibuti?«

»Das weiß keiner aus der Familie. Ich selbst hab sie noch nie gesehen. Mein Vater kennt sie auch nicht. Sie ist die ältere Schwester meiner Mutter, hat aber den Kontakt zur gesamten Verwandtschaft vor meiner Geburt abgebrochen.«

»Weshalb?«

»Keine Ahnung.«

»Hast du den Umschlag schon geöffnet?«

»Nein.«

»Dann mach ihn auf!«

Lea legte das Handy auf die Anrichte und schaltete auf Lautsprecher. »Wenn hier jetzt gleich alles in die Luft fliegt, bist du die Letzte, die mit mir gesprochen hat. Der Attentäter heißt Elias Neumann und fährt ein dunkelblaues Auto.«

»Wirklich, Lea? Du denkst, dass ausgerechnet dir ein wildfremder Kerl eine Bombe bringt? Am Sonntagmorgen?«

»Wieso nicht am Sonntagmorgen?« Lea öffnete den Umschlag.

»Weil das eine blöde Zeit dafür ist.«

»Weshalb? Da sind die meisten Leute zu Hause.«

»Jetzt mach endlich!« Paula wurde langsam ungeduldig.

»Ist eh schon offen.« Lea zog eine Schatulle aus dunkelblauem Samt hervor. Gleich darauf ließ sie den goldenen Verschluss aufklappen. Ihr Atem stockte. Sprachlos starrte sie auf den Inhalt. Vor ihr lag eine Halskette, besetzt mit tropfenförmigen Diamanten. Zweifellos, das musste sie sein. Weshalb sonst sollte die ihr unbekannte Tante ein Schmuckstück schicken? Sie kannte es nur aus Erzählungen und Fotos ihrer Mutter. »Das Mendelsche Glanzstück« hatte sie es genannt und gemeint, dass zumindest die Kette über die Jahrhunderte erhalten blieb, wenn schon die Familie sich entzweite.

»Was ist los?«, hörte sie Paulas alarmierte Stimme, da sie bereits eine ganze Weile keinen Ton von sich gegeben hatte. »Bist du noch da?«

»Ich glaube, sie hat mir das Collier geschickt.«

»Was heißt das? Was war in dem Umschlag?«

»Ich melde mich später, Paula. Ich muss jetzt sofort zu meiner Mutter. Bitte gib Sigrid Bescheid, dass sich das mit dem Paket geklärt hat.«

Nach der Scheidung war Sabine Roth in ihr Elternhaus am Stadtrand gezogen, das nach dem Tod von Leas Großmutter leer gestanden hatte. In Neuwaldegg, einem Stadtteil im 17. Gemeindebezirk, konnte sie der Großstadthektik entfliehen, aber trotzdem die Innenstadt in einer knappen halben Stunde erreichen.

Im Grunde genommen hätten Leas Eltern nie heiraten dürfen und schon gar kein Kind bekommen. Die beiden waren wie Tag und Nacht. Ihr Vater war Direktor einer Bank, ein eingefleischter Großstadtmensch, ein Pedant und Minimalist. Seine Dachwohnung im ersten Bezirk war klinisch aufgeräumt. Kein Firlefanz, kein unnötiger Gegenstand. Selbst die Kleidung in seinem Kleiderkasten musste von der Putzfrau nach Farben sortiert werden. Wobei es da nicht viel zu sortieren gab, denn Viktor Roth besaß eine Vielzahl an dunkelgrauen Anzügen und weißen Hemden. Seine Freizeit verbrachte er in der Oper. Klassische Musik folgte einer konstanten Struktur – und dies wiederum gab seinem Leben Halt. Mit seiner gegliederten Art tat Lea sich schwer. Ihre Mutter Sabine ebenso, denn im Gegensatz zu ihrem Ex-Mann liebte sie die Natur, war chaotisch und stellte leidenschaftlich gerne unnützes Zeug auf. Mit Hingabe restaurierte sie alte Möbel in der zur Werkstatt umfunktionierten Garage, neben dem mit Zierrat dekorierten Einfamilienhaus. Seit der Scheidung sprachen ihre Eltern zum Glück wieder miteinander. Das machte Leas Leben erträglicher. Während der Trennungsphase hatte sie ständig das Gefühl gehabt, zwischen zwei Stühlen zu sitzen.

Als Lea die schmiedeeiserne Gartentür öffnete, zog ihre Mutter zeitgleich die Eingangstür auf. Sie war in einen sommerlichen Hausanzug gekleidet, die kurz geschnittenen blonden Haare glänzten feucht. Sie war barfuß, die Nägel knallrot lackiert.

»Schön, dass du da bist!« Sie schloss Lea in ihre Arme und küsste sie auf beide Wangen. Sie roch nach Duschgel. »Komm rein.«

Lea hatte wohlweislich am Telefon keine Erklärung für ihren spontanen Sonntagsbesuch angegeben. »Nur so«, hatte sie gesagt. Das darauffolgende Schweigen verriet, dass ihre Mutter dem misstraute. Mütter besaßen nun mal einen sechsten Sinn, wenn es um ihre Kinder ging. Sie durchquerten das Haus und setzten sich auf die Terrasse mit Blick in den Garten. Der Tisch war noch mit Frühstücksgeschirr gedeckt. Leas Mutter hatte ein zweites Gedeck dazugestellt. Sie deutete auf den Stuhl davor und ließ sich auf ihren Platz fallen.

»Also«, begann sie, während sie beiden Kaffee einschenkte. »Was ist passiert, dass du mich heute so plötzlich sehen wolltest?«

»Hast du in den letzten Tagen etwas von deiner Schwester gehört?«

Sabine hielt in der Bewegung inne und sah Lea verblüfft an. »Nein, wieso sollte ich?« Sie stellte die Kaffeekanne ab.

»Weil sie sich bei mir gemeldet hat. Also, nicht direkt ... über Umwege.«

Leas Mutter klappte die Kinnlade nach unten. »Sie hat sich gemeldet? Über welche Umwege? Und weshalb?«

Lea berichtete von Elias Neumanns Besuch, während sie die Schatulle mit dem Collier aus ihrer Handtasche hervorholte und vor den Augen ihrer Mutter öffnete.

Sabine schlug die Hand vor den Mund. »Nein!«

»Das ist doch die Kette, von der du mir erzählt hast. Das Schmuckstück, das einst Marie Antoinette gehörte, der französischen Königin? Jedenfalls sieht sie aus wie die auf deinen Fotos.«

Ihre Mutter nickte. »Unverkennbar. Das ist sie.« Unsicher streckte sie die Hand danach aus. Ihre Finger glitten vorsichtig über die kostbaren Diamanten. In der Geste lag ehrfurchtsvolle Sanftheit, als bestünde Gefahr, sie bei stärkerer Berührung zu zerstören. Auch die Art, wie sie anschließend das Collier andächtig aus der Verpackung schälte und liebevoll betrachtete, ließ Lea erahnen, wie viel ihrer Mutter das Erbe bedeutete. Oder die Erinnerung, die sie damit verband.

»Kannst du dir erklären, woher Gloria weiß, wo ich wohne?«

Sabine schüttelte den Kopf, ohne den Blick von der Kette in ihren Händen zu lassen. »Keine Ahnung. Bei mir hat sie sich jedenfalls nicht erkundigt. Andernfalls hätte ich dir das doch sofort gesagt. Vielleicht hat sie deine Adresse aus dem Telefonbuch«, mutmaßte sie und legte den Schmuck in die Schatulle zurück.

»Dann müsste ihr jemand erzählt haben, dass es mich gibt. Als ich zur Welt kam, war der Kontakt zur Familie längst abgebrochen.«

»Wie auch immer sie von dir erfahren hat, wir wissen es nicht«, beendete Sabine die Grübelei. »Ich frage mich vielmehr, aus welchem Grund sie dir jetzt das Collier geschickt hat?« Im nächsten Moment weiteten sich ihre Augen entsetzt. »O Gott. Sie ist gestorben.«

»Dann hätte uns doch möglicherweise ein Notar kontaktiert, und dieser Neumann hätte mich keine Bestätigung für sie unterschreiben lassen, dass er die Kette sicher übergeben hat.«

»Sie ist krank und stirbt. Sie hat Krebs«, mutmaßte ihre Mutter weiter.

»Ruf an und frag sie.«

Sabine schüttelte energisch den Kopf. »Wieso sollte ich sie anrufen?« Sie kippte den Kaffee in einem Zug hinunter. In der Bewegung lag mehr Gereiztheit als in einem laut ausgesprochenen Fluch. Möglicherweise riss das Auftauchen des Colliers mehr alte Wunden auf, als dass es schöne Erinnerungen brachte.

»Sie ist deine Schwester.«

»Deshalb ist sie mir nicht weniger fremd als andere Menschen, denen ich erst zwei Mal im Leben begegnet bin.«

»Ihr seid miteinander aufgewachsen, Mama.«

»Eher nebeneinander. Sie war dreizehn Jahre alt, als ich zur Welt kam. Mit dreißig hat sie uns verlassen.«

»So wie du das sagst, klingt es, als wär sie deine Mutter, die dich im Säuglingsalter an der Babyklappe abgegeben hat. Doch in Wahrheit ist sie deine Schwester, und du warst immerhin schon siebzehn, als sie ging. Vielleicht ist es an der Zeit, Frieden zu schließen. Vierzig Jahre Schweigen sollten genug sein. Findest du nicht auch?«

»Ich habe ja nicht mal ihre Telefonnummer. Geschweige denn weiß ich, wo sie sich herumtreibt.«

»Was hat sie getan, bevor sie Wien verließ?«

»Sie hat als Bühnenbildnerin im Volkstheater gearbeitet.«

»Vielleicht macht sie das ja noch immer?«

Sabine zog skeptisch die Augenbrauen hoch. »Ich bitte dich! Meine Schwester ist siebzig! Die müsste längst in Pension sein.«

»Wohin ist sie gezogen? Eventuell wohnt sie ja nach wie vor dort.«

»Ich habe keine Ahnung. Sie hat das Haus meiner Eltern verlassen, ohne sich je wieder bei ihnen zu melden. Nur mir hat sie manchmal eine Postkarte geschickt. Aus Berlin, Rom oder Madrid. Sie hat sich in der Welt herumgetrieben.«

»Das muss sich doch herausfinden lassen, wo sie sich am Ende niedergelassen hat.«

Sabine überlegte einen kurzen Moment, dann begriff sie, worauf Lea hinauswollte. »Du verlangst jetzt hoffentlich nicht, dass ich hier alles stehen und liegen lasse, um zu ihr zu eilen.«

»Warum nicht?«

Leas Mutter kniff die Augen zusammen. Zwei Fältchen der Verärgerung traten auf ihre Stirn. »Mich sofort auf den Weg machen, zu einer Frau, von der ich vierzig Jahre lang kein Sterbenswörtchen gehört habe.«

»Auf jeden Fall dreht ihr beide euch im Kreis, wenn niemand den ersten Schritt macht.«

»Die außerdem meiner Tochter das kostbare Familienerbstück mal eben von einem Botenjungen zustellen lässt«, empörte sie sich weiter.

»Es war kein Botenjunge, es war der Sohn einer Freundin von Gloria.« Lea zögerte. »Warum kam es eigentlich zu dem Bruch?«

Ihre Mutter zögerte ebenfalls. Dann gab sie sich einen Ruck. »An einer einzigen Sache kann man das nicht festmachen. Gloria und dein Großvater waren sich sehr ähnlich, beides Sturköpfe. Wenn ihre unterschiedlichen Meinungen bei einer Diskussion aufeinandertrafen, kam es unweigerlich zum Streit.«

»Worüber haben sie gestritten?«

»Über alles Mögliche.« Sabine schenkte mehr Kaffee ein, begleitet von einem Seufzer der Erinnerung. »Unser Vater wollte nicht anerkennen, dass sie eigene Lebensvorstellungen hatte. Gloria arbeitete nach der Schule als Sekretärin bei den Wiener E-Werken. Die Stelle hatte er ihr vermittelt. Hinter seinem Rücken begann sie jedoch eine Ausbildung an der damaligen Hochschule für angewandte Kunst. Heute heißt diese Universität für angewandte Kunst.« Während sie sprach, knetete sie nervös ihre Finger.

»Warum heimlich?«

»Weil sie wusste, welche Einstellung er Künstlern gegenüber hatte. Für ihn waren sie Nichtsnutze und Schmarotzer, unfähig, das Leben zu meistern. Dabei kannte er keinen Einzigen.«

»Da hatte er ja etwas mit meinem Vater gemein. Mal Beethoven, Mozart und dergleichen ausgenommen. Die haben zumindest brauchbare Musik hervorgebracht«, merkte Lea zynisch an.

Sabine lächelte sanft. »Jedenfalls glich Glorias Ausbildung an der Hochschule in den Augen deines Großvaters einem Affront. Zu dem Zeitpunkt wartete er nämlich bereits ungeduldig darauf, dass ihr jemand den Verlobungsring an den Finger steckt und er in Folge zahlreiche Enkel geschenkt bekommt. Dass sie nach der Heirat mit der Arbeit aufhören würde, war für ihn selbstverständlich. Und auch, dass eine Frau etwas anderes als Kinder und einen Ehemann wollen könnte, kam in seinem Universum nicht vor. Aber Gloria ließ sich keinen Ring an den Finger stecken. Sie war eine Freidenkerin, auch in diesem Punkt. Sie gab nicht nach, auch wenn unser eigener Vater sie als Mannweib beschimpfte.«

Lea blickte ihre Mutter ungläubig an. »Wirklich? Wir reden hier nicht vom Mittelalter, sondern von den 1970er-Jahren oder so. Da hatte ein Vater doch keine herrschaftliche Allmacht mehr über seine Töchter.«

»Schau mich nicht so verwundert an. Dein Großvater wurde 1925 geboren. Für diese Generation galten andere Gesetze. Er war ein Despot. Das zu tun, was das Oberhaupt der Familie verlangte, war eine eiserne Regel im Hause Mendel. Und dann gab es noch die unumstößliche zweite Regel für Gloria und mich: Sich einen Mann suchen, der eine Familie ernähren konnte, und so viele Kinder wie möglich in die Welt setzen. Als wären wir die Kennedys oder irgendwelche Adligen, deren Fortbestand essenziell ist.« Sabine verdrehte genervt die graublauen Augen und lächelte ihre Tochter an. »Oft heißt es ja, die Zweitgeborenen seien die Revoluzzer und die Erstgeborenen diejenigen, die sich anpassen. Bei uns war es umgekehrt. Gloria war die Rebellin und ich die Angepasste.« Sie holte Luft, hob dabei ihre schmächtigen Schultern. Ein Schatten huschte über ihr Gesicht. So rasch, wie er auftauchte, verschwand er wieder. »Aber das ist Schnee von gestern. Lass uns nicht mehr darüber reden, mein Schatz.« Die Art, wie ihre Mutter Butter auf ein Stück Brot strich, machte Lea klar, dass sie nicht vorhatte, dieses Thema weiter zu strapazieren.

»Wie kam das Collier in Familienbesitz?«

»Diese Frage kann ich dir leider nicht beantworten, weil selbst mein Vater das nicht genau wusste. Ich weiß nur, dass es seit ungefähr hundertfünfzig Jahren in unserem Besitz ist. Vor Gloria besaß es mein Vater, davor seine Mutter, die es wiederum von ihrem Vater erhielt.«

»Etwa hundertfünfzig Jahre«, wiederholte Lea und rechnete im Kopf zurück. »Damit wäre es Mitte des neunzehnten Jahrhunderts in die Familie gekommen.«

»Vielleicht war es ja ein Geschenk«, überlegte ihre Mutter.

»Das ist denkbar. Wäre aber schön, es genau zu wissen«, erwiderte Lea nachdenklich. »Weshalb hat Gloria es erhalten? Immerhin hat sie mit der Familie gebrochen. Da hätte es doch nahegelegen, dass du es bekommst.«

Sabine sah Lea irritiert an, als habe sie plötzlich in eine ihr völlig unverständliche Sprache gewechselt.

»Die Kette bekam immer der oder die Erstgeborene. Das ist ein ungeschriebenes Gesetz. Daran ändert auch ein Streit nichts.«

»Das klingt tatsächlich, als wären wir ein einflussreicher Clan oder Königliche Hoheiten. Ob sie eines Tages eine Dokumentation über uns drehen?« Lea lehnte sich grinsend mit der Kaffeetasse in der Hand in ihrem Stuhl zurück. »Aber eines wissen wir jetzt zumindest mit Sicherheit. Gloria hat keine eigenen Nachkommen. Andernfalls hätte sie nicht mir das Collier geschickt. Du hast ein Kind. Da habt ihr beide aber, was die Vielzahl an Enkeln anbelangt, Opa ordentlich in die Suppe gespuckt.« Sie konnte sich nur dunkel an ihre Großeltern erinnern. Otto Mendel war gestorben, als sie acht war. Selma, ihre Großmutter, war ihm zwei Jahre später gefolgt.

»Weißt du, was eigenartig ist?«, überlegte ihre Mutter. »Dass es für mich mittlerweile ganz normal ist, den Kontakt zu Gloria verloren zu haben. Dabei war meine große Schwester mal der Fels in meiner Brandung. Ich habe zu ihr aufgeschaut, sie für ihr Selbstbewusstsein bewundert. Und trotzdem habe ich die letzten vier Jahrzehnte so verbracht, als hätte ich keine Schwester. Ärger und Enttäuschung haben überhandgenommen. Und irgendwann sind sie zu Gleichgültigkeit geworden.« In ihren Augen schimmerten Tränen. »Das hätte ich nicht zulassen dürfen. Ich hätte nach ihr suchen müssen, ihr sagen, dass ich sie verstehe, sie vermisse. Stattdessen habe ich meine Wut auf sie weiter angefacht und sie verflucht, weil sie nicht mal zum Begräbnis unserer Eltern aufgetaucht ist.«

»Hat sie denn gewusst, dass sie gestorben sind? Du konntest ihr ja keine Nachricht zukommen lassen.«

»Sie hätte sich bei mir irgendwann einmal nach ihrem Gesundheitszustand erkundigen können. Jeder Mensch weiß, dass Eltern nicht ewig leben.«

»Opa war erst vierundsiebzig, als er starb. Oma gerade mal siebzig. Da rechnet doch niemand mit dem Tod«, entgegnete Lea.

»Mich zu finden wäre leicht gewesen«, fuhr Sabine unbeirrt fort. »Dich hat sie schließlich auch gefunden, wie das

Collier beweist.« Sie biss ein Stück vom Brot ab, kaute wütend darauf herum. Ihre Mutter hatte nie eingehend über Gloria gesprochen. Lea hatte gewusst, dass es irgendwo auf der Welt eine Tante gab, die das schwarze Schaf der Familie war, mehr aber auch nicht. Selbst mit ihrem Vater hatte sie das Thema vermieden. Welch tiefe Wunden der Weggang ihrer Tante bei ihrer Mutter verursacht hatte, war ihr bis zu diesem Moment nicht bewusst gewesen. Jetzt fühlte Lea sich schlecht. Sie hatte ihrer Mutter den Sonntag verdorben. In diesem Augenblick fasste sie den Entschluss, nach Elias Neumann zu suchen und Gloria zu finden.

4

LEA

Wien, Juli 2019

Auf dem Rückweg zog die sommerliche Landschaft am Straßenbahnfenster vorbei. Lea schenkte dem Anblick keinerlei Beachtung. Sie saß da, die Tasche mit dem wertvollen Inhalt auf ihrem Schoß hielt sie mit beiden Händen fest, und dachte nach. Je weiter sie sich vom Haus ihrer Mutter entfernte, umso stärker wuchsen die Zweifel. War das Vorhaben vernünftig, die Schwestern wieder zu vereinen? Oder sollte sie die Sache auf sich beruhen lassen, das Collier kommentarlos annehmen und kein Wort mehr über den Familienstreit verlieren? Doch egal, wie oft sie das Für und Wider abwog. Am Ende blieb lediglich eine Option: es zu tun. Auch wenn vielleicht nicht das Resultat herauskommen sollte, das sie sich ausmalte. Einen Versuch war es definitiv wert.

Friedensstifterin Lea. Dieser Gedanke gefiel ihr.

Als sie in der Alser Straße aus der Straßenbahn stieg, um in die U-Bahn umzusteigen, läutete ihr Handy. Sigrids Name leuchtete auf dem Display auf. »Hallo?«

»Wir suchen also nach Elias Neumann«, stellte ihre Freundin anstelle einer Begrüßung fest. »Paula hat mir alles erzählt. Ich helfe dir. Mittagessen bei dir? Ich bring Pizza mit, und du spendierst den Wein.« Ihre knappe Artikulation dokumentierte höchste Gespanntheit und duldete keinerlei Widerspruch.

Lea schlängelte sich an drei Menschen vorbei, die vor dem Eingang zur U-Bahn standen. »Hast du an einem Sonntag nichts anderes zu tun?« Sie war sich nicht sicher, ob sie in diesem Moment ausgerechnet Sigrid an ihrer Seite haben wollte.

»Nein.«

»Ich suche aber nicht nach ihm.«

»Und ob du das tust.«

»Woher willst du das wissen?«

»Ich kenne dich. Außerdem habe ich die Pizza schon bestellt. Eine Cardinale und eine mit Rucola und Schafskäse. So können wir tauschen.«

Lea seufzte leise. Widerstand war zwecklos. Wenn Sigrid sich etwas in den Kopf setzte, bekam sie meistens auch ihren Willen. »Okay, dann in einer halben Stunde bei mir.«

Kurze Zeit später stand ihre Freundin mit Pizzakartons bewaffnet vor Leas Tür. »Cardinale und Rucola mit Schafkäse.«

Lea ließ sie eintreten. Die Pizzen dufteten verführerisch. Ihr knurrte der Magen, und das Wasser lief ihr im Mund zusammen.

»Wie sieht er aus, dieser Elias Neumann?«

»O Gott, Sigrid«, stöhnte Lea und ging vor ins Wohnzimmer. »Er hat mir das Mendelsche Familienerbstück gebracht, nicht um meine Hand angehalten.«

»Trotzdem.«

»Er hat Haare, zwei Augen, zwei Arme, ebenso viele Beine«, zählte Lea monoton auf. »Ach ja, und stell dir vor, Ohren! Der Mann hat zwei Ohren!«

»Na ja, einen bleibenden Eindruck hat er offenbar nicht hinterlassen.« Sigrid legte die Kartons auf dem Esstisch ab. »Ist das das gute Stück?« Sie zeigte auf die Schatulle, die auf dem Couchtisch lag.

Lea nickte. »Mach ruhig auf!«

Sie holte Servietten, Teller, Besteck und eine Flasche Blaufränkischen aus der Küche.

»Die Kette ist der absolute Wahnsinn«, flippte Sigrid aus. »Wie viel ist die wert?«

»Keine Ahnung. Sie soll mal Marie Antoinette gehört haben. Aber frag mich nicht, wie meine Familie die in die Hände bekam«, fügte sie rasch hinzu und schenkte den Rotwein in die Gläser.

»Vielleicht wart ihr mal Raubritter«, schlug Sigrid vor.

»Meines Wissens gab es die im neunzehnten Jahrhundert, als das Collier in meine Familie kam, nicht mehr.«

»Wo bewahrst du das gute Stück jetzt auf?«, überging Sigrid Leas Einwand. »In den Küchenkasten oder unter die Matratze wirst du es ja wohl nicht legen.«

Lea zuckte mit den Achseln. »Eventuell bringe ich es in einem Bankschließfach unter. Allerdings klingt das irgendwie schäbig, so als wollte ich es nicht in meiner Nähe haben. Ich glaube, ich kaufe mir morgen einen Safe.«

Sigrid schloss die Schatulle und wechselte zum Esstisch.

»Hast du deine Tante gefragt, weshalb du es schon jetzt bekommst und nicht erst nach ihrem Tod?«

»Nein, ich weiß ja nicht mal, wo sie lebt.«

»Würdest du sie besuchen, wenn du's wüsstest?«

Lea hievte die Pizzen aus dem Karton und auf die Teller. »Ich habe mich noch nicht entschieden.«

»Wahnsinn. Da wünschst du dir am Freitagabend etwas Unvorhergesehenes und … bam!« Sigrid schlug mit der flachen Hand auf die Tischplatte. »Schon passiert's.«

Sie begannen zu essen. Leas Magen knurrte laut. Erst jetzt registrierte sie, dass sie heute noch keinen Bissen zu sich genommen hatte. Das geplante Frühstück nach der ersten Tasse Kaffee hatte Elias Neumann ihr verdorben, und bei ihrer Mutter hatte sie vor Aufregung schlichtweg nichts zu sich nehmen können.

»Warum googelst du nicht einfach deine Tante? So viele Gloria Mendels wird es doch nicht geben. Mit etwas Glück ist sie nicht verheiratet oder hat den Namen ihres Mannes nicht angenommen.«

»Das hatte ich eh vor.«

»Oder du rufst Elias an.«

»Hab keine Nummer von ihm.«

»Erwischt!«, rief Sigrid triumphierend. »Du willst ihn wiedersehen. Deshalb suchen wir nach ihm. Gib's endlich zu!«

»Du interpretierst meine Antworten, wie sie dir ins Konzept passen, oder? Denn ich habe mit keinem Wort erwähnt, dass ich Lust auf eine weitere Begegnung mit diesem Mann hätte.«

»Ich sehe es dir aber an der Nasenspitze an.«

»Manipulierst du deine Patienten etwa auch auf diese Art und Weise? Außerdem … wie wär's, wenn du dich mal um dein eigenes Liebesleben kümmerst?« Lea fühlte sich in die Ecke gedrängt, das machte sie empfindlich.

»Tja, wenn du meinst.« Sigrid zuckte mit den Achseln. »Dann lass uns nach deiner Tante suchen und Elias Neumann ignorieren. Ist mir egal. Aber weih mich vorher mal näher in deine Familiengeschichte ein.«

Während sie die jeweiligen Pizzahälften austauschten und weiteraßen, berichtete Lea von dem Gespräch mit ihrer Mutter. Von Glorias heimlicher Ausbildung an der ehemaligen Kunsthochschule, der heutigen Universität, und dem Streit, den es deshalb mit Leas Großvater gegeben hatte. Von Glorias Arbeit als Bühnenbildnerin, den Postkarten, die sie aus aller Welt an ihre Schwester geschickt hatte.

»Mehr kann ich dir nicht erzählen.«

Sie schoben sich die letzten Bissen in den Mund, und Lea trug die leeren Teller in die Küche. Danach setzten sie sich mit dem restlichen Wein aufs Sofa. Lea startete ihren Laptop.

Ihr Herz klopfte wie vor einem ersten Rendezvous. Was würden sie gleich herausfinden, wenn sie den Namen ihrer Tante googelte? Würde überhaupt etwas passieren? Möglicherweise erfuhren sie nichts oder dass Gloria bei einem Unfall oder auf sonst irgendeine Art ums Leben gekommen war. Schwachsinn. Das hatte sie schon mit ihrer Mutter durchdacht. In dem Fall hätte Elias ihr wohl kaum einen schönen Gruß von Gloria ausgerichtet. Ihre Gedanken fuhren offenbar Karussell.

»Da schau her«, riss Sigrid sie aus ihrer Grübelei. »Deine Tante ist ja eine richtige Berühmtheit.«

Lea starrte auf den Bildschirm. Der Zeitungsartikel, den Sigrid aufgerufen hatte, war fünf Jahre alt. »Gloria Mendel eröffnet Ausstellung« lautete die Überschrift. Eine freundlich wirkende Frau mit großen rehbraunen Augen, wie Lea selbst sie hatte, lächelte scheu in die Kamera.

»Sie ist tatsächlich Künstlerin«, murmelte Lea.

»Keramikkünstlerin«, präzisierte Sigrid und tippte auf den Bildschirm. »Und farbenfrohe Hunde sind anscheinend ihr Markenzeichen.«

Auf einem der Fotos hielt Gloria einen Keramikwelpen mit gelben Ohren, blauen Beinen und schwarzem Körper in der Hand.

»Jedenfalls wird in dem Kunstmagazin behauptet, dass diese bunten Tierchen begehrte Sammlerstücke sind, vergleichbar mit Hummel-Figuren.« Sigrid zeigte auf eine bestimmte Stelle im Artikel und las vor. »›Als Keramikkünstlerin habe ich die Möglichkeit, mit naturgegebenen Materialien etwas zu erschaffen, das andauert. Ton und Lehm sind ursprüngliche Bauelemente. Es gibt sie seit einer Ewigkeit. Und es wird sie auch noch geben, wenn wir alle nicht mehr auf dieser Erde weilen.‹« Sigrid drehte den Kopf zu Lea, die noch immer stumm dasaß und den Bildschirm fixierte, als sähe sie ein Geisterwesen.

»Scheint so, als hätte sie viel für Tiere und natürliche Rohstoffe über. Mir geht nicht ein, dass deine Mutter nie nach ihr gesucht hat. Ich meine, ein Mausklick, und sie hätte Bescheid gewusst.«

Lea verschränkte die Arme vor der Brust. Diese Geste beruhigte sie ein wenig. Ihre Tante war eine bekannte Künstlerin. Das musste sie erst mal sacken lassen. »Gloria war nie Thema bei uns zu Hause. Ich wusste, dass es sie gibt, aber mehr auch nicht. Und da ich sie nie zu Gesicht bekommen habe, hat sie mich auch nicht wirklich interessiert. Sie war das schwarze Schaf der Familie. Das war's.« Doch so verschieden erschienen Lea ihre Mutter und ihre Tante nicht. Beide erarbeiteten etwas mit ihren Händen, auf unterschiedliche Weise. Die Ältere erschuf aus einem Stück Lehm oder Ton fantasievolle Kunstwerke. Die Jüngere suchte nach der verblichenen Schönheit in antiken Möbelstücken und legte diese frei. Gloria, die Erschaffende. Sabine, die Suchende.

Sigrid klickte sich auf der Suche nach weiteren Artikeln durchs Netz. Sie fanden viele Berichte über Glorias Werke, jedoch wurde in keinem der Texte erwähnt, wo sie lebte oder arbeitete.

»Sie will wohl nicht gefunden werden. Womöglich von ihrer Familie«, murmelte Lea enttäuscht.

»Oder sie ist in Wahrheit eine Geheimagentin«, meinte Sigrid belustigt. »Du begreifst, was das nun bedeutet, meine bedauernswerte Lea?« Sie machte ein gespielt trübsinniges Gesicht.

»Was?«

»Du wirst leider doch nicht umhinkommen, Elias Neumann wiederzusehen.« Sie zog Leas Computer näher an sich heran, rief das elektronische Telefonbuch auf und gab seinen Namen ein. Wenig später erschien eine einzige passende Adresse samt Telefonnummer. Ihre Freundin pfiff beeindruckt durch die Zähne. »Wenn das der Kerl ist, nach dem wir suchen, wohnt er in einer ganz schön noblen Gegend. Prinz-Eugen-Straße, nicht schlecht. Rufst du ihn an?«

Lea schüttelte den Kopf. »Nein.« Das Leben hatte ihr etwas Unerwartetes in eine Schatulle gelegt und durch Hermes den Götterboten verkleidet als Elias Neumann, zukommen lassen.

»Du fährst direkt zu ihm!«, erriet Sigrid.
»Ich fahre zu ihm.«
»Ich komme mit.«

Eine Stunde später stand Lea vor einem fünfstöckigen Gründerzeithaus. Das im Stil des Historismus erbaute Gebäude war, so vermutete Lea, im neunzehnten Jahrhundert entstanden. Die üppig dekorierte Fassade mit zahlreichen Figuren und dem opulenten Stuck strahlte prachtvolle Eleganz aus. Es hatte Lea einige Mühe gekostet, ihre Freundin davon zu überzeugen, Elias Neumann ohne ihre Begleitung aufzusuchen. Aber mit dem Versprechen, sie nach ihrem Besuch unmittelbar zu informieren, hatte Sigrid sie alleine ziehen lassen. Das Collier lag in ihrer Handtasche, die sie krampfhaft unter die Achsel geklemmt hatte. Sie wollte sich nicht ausmalen, was wäre, wenn ihr jemand die Tasche stahl. Sie hatte sich vorgenommen, gleich morgen nach der Arbeit einen Safe zu kaufen. Die Herausforderung, die sie jedoch in diesem Moment bewältigen musste, war, die richtige Klingel zu Elias Neumanns Wohnung zu finden. Die Messingbeschläge auf dem Klingeltaster waren lediglich mit der Zahl des jeweiligen Appartements beschriftet.

»Auch diese Hürde werde ich meistern.« Lea hatte nicht vor, das Unvorhergesehene an diesem Sonntag auf sich beruhen zu belassen. Sie musterte die insgesamt sieben Klingelknöpfe. Einer davon gehörte zu Elias Neumann.

»Irgendwer wird schon aufmachen«, murmelte sie. Gerade als sie auf den ersten Knopf drücken wollte, öffnete sich die Tür. Eine Frau mittleren Alters im eleganten Kostüm beäugte Lea skeptisch. Sie blieb in der offenen Haustür stehen. Ihr

Blick drückte aus, dass sie auf keinen Fall eine Fremde so einfach in dieses ehrwürdige Gebäude hereinlassen würde. In dem Haus wohnten, wie Lea anhand der Anzahl der Klingelknöpfe erkennen konnte, sieben Parteien. Mit etwas Glück kannten diese einander.

»Ich komme zu Elias Neumann«, sagte Lea so selbstverständlich wie möglich und trat einen Schritt nach vorne. Jetzt keine Unsicherheit zeigen, ermahnte sie sich stumm. Die Augenbrauen der Frau wanderten nach oben.

»Ich habe schon geläutet, er wird eh gleich öffnen«, behauptete sie.

Die Hüterin der Eingangstür zögerte noch einen kurzen Moment, dann gab sie den Weg frei.

»Danke.«

Es roch nach Putzmittel. Der Lift lag direkt gegenüber der Haustür. Den Aufzug zu nehmen ergab keinen Sinn, wenn man nicht wusste, in welche Etage man musste. Daher stieg sie Stockwerk für Stockwerk nach oben und las die Schilder an den Türen ab, auf der Suche nach seinem Namen. Im vierten Stock fand sie ihn. Ihr Finger verharrte sekundenlang in der Luft vor dem Klingelknopf. Jetzt war sie so weit gekommen, nur keinen Rückzieher machen.

Trau dich! Er wird dich schon nicht beißen.

Ihr Herz schlug, als wäre sie gerade einen Marathon gelaufen. Entschlossen drückte sie auf den Knopf. Ein nahezu eleganter Gong ertönte hinter der Tür. Schritte. Wenige Augenblicke später stand Elias Neumann vor ihr. Er trug Jeans und ein schwarzes T-Shirt, genau wie um neun Uhr morgens schon vor ihrer Tür.

»Ich dachte, Sie hätten heute zu tun.«

Er blinzelte irritiert. »Was machen Sie denn hier?«

»Mich revanchieren.«

»Wofür?«

»Für Ihren unangemeldeten Besuch heute Morgen.«

»Wie sind Sie ins Haus gekommen?«

»Eine freundliche Dame hat mich reingelassen.«

»Was wollen Sie?«

»Wissen, wo ich meine Tante finden kann.«

Ein spöttisches Lächeln erschien auf seinen Lippen. »Hätte sie Lust auf eine nette Plauderei mit der Nichte, hätte sie Ihnen doch sicher eine Einladung geschickt.«

Die Nachbartür öffnete sich. Eine attraktive Frau, mit rotblonder Lockenmähne und in einem leichten Jumpsuit, betrat den Flur. Sie musterte Lea. Der Anblick der Schönheit steigerte Leas Verunsicherung. Elias grüßte, sie grüßte zurück. Dann verschloss sie die Wohnungstür, holte den Lift nach oben und bestieg ihn kurz darauf. Währenddessen herrschte zwischen Elias und Lea peinliches Schweigen. Freundschaftliches Aufeinandertreffen ging anders.

»Meine Tante kann gar nicht beurteilen, ob sie nicht doch mit mir reden will. Wir kennen einander nicht«, knüpfte Lea an das Gespräch an, als sich der Aufzug in Bewegung setzte. »Ich bin wohlerzogen. Und ich habe das Recht, meine Verwandtschaft kennenzulernen, auch wenn die sich aufführt wie eine beleidigte Leberwurst.«

Elias lachte lauthals auf. Zu guter Letzt zog er die Eingangstür auf und bedeutete ihr mit einer ausladenden Geste einzutreten. Vom Vorzimmer aus führte er sie in ein sonnendurchflutetes Wohnzimmer. An den Wänden standen raumhohe Regale vollgepackt mit Büchern. Lea erkannte auf den ersten Blick Bücher über Soziologie, Kulturtheorie und Geschichte sowie zwei Regale vollgestopft mit Romanen. Einige davon kannte sie. Ein Schreibsekretär lockerte die Bücherwand auf.

»Wollen Sie etwas trinken? Wasser, Wein, Bier?«

»Wasser wäre gut. Wein hatte ich schon zum Mittagessen.«

Er verschwand, und Lea sah sich weiter um. Vor der Fensterfront lud ein graues Ecksofa zum Herumlümmeln ein. Sie trat mit der Handtasche unter dem Arm ans Fenster und war beeindruckt. Von hier aus hatte man einen perfekten Blick auf das Belvedere. Die Aussicht raubte ihr schlichtweg den Atem. Sie sah sowohl das obere als auch das untere Schloss und die barocke Parkanlage, in der sich unzählige Touristen tummelten. Ein Geräusch verriet ihr, dass Elias zurückkam.

Sie wandte sich um. Er stellte ein Wasserglas, einen Krug Wasser, ein Weißweinglas und eine Flasche Riesling auf dem Tisch ab. »Im Gegensatz zu Ihnen hatte ich keinen Wein zum Mittagessen.«

»Haben Sie im Lotto gewonnen?«, stellte sie ohne nachzudenken die Frage, die ihr bereits beim Anblick der Hausfassade durch den Kopf geschossen war. »Ich meine, wer kann sich so eine Wohnung leisten? Mit Blick aufs Belvedere!« Sie machte eine Halbdrehung, tippte auf die Fensterscheibe, als ob er nicht wüsste, wovon sie sprach.

Ein breites Lächeln flog über sein Gesicht. »Es geht Sie zwar nichts an, aber nein, kein Lottogewinn.«

»Ein Bankraub.«

Er grinste. Lea wartete auf eine weitere Erklärung, doch die kam nicht. Elias hatte offensichtlich nicht vor, mit ihr über den Erwerb seiner vier Wände zu sprechen. Er schenkte ihr Wasser und sich selbst ein Glas Weißwein ein. Sie drehte sich nochmals um, widmete sich erneut dem zauberhaften Ausblick. Lea wollte das Panorama auskosten. Wer wusste, ob sie jemals wieder in den Genuss dieses Anblicks kam. Er stellte sich neben sie, reichte ihr das Wasserglas.

»Wollen Sie Ihre Tasche nicht ablegen?«

»Das Anwesen ist so unglaublich prachtvoll«, schwärmte Lea, seine Frage ignorierend. »Stil kann man den Bauherren des achtzehnten Jahrhunderts beileibe nicht absprechen.«

»Zumindest für jene Auftraggeber, die es sich leisten konnten. Der Rest lebte in Armut im Dreck. Ungeachtet dessen gebe ich Ihnen recht. Es ist wunderschön, egal, wie oft ich die beiden Schlösser und die Gartenanlage betrachte. Die Aussicht begeistert mich jedes Mal aufs Neue.« Er wandte sich Lea zu und lächelte versonnen. »Aber Sie sind nicht wegen des Ausblicks gekommen.«

»Warum siezen wir uns eigentlich?« Das förmliche Sie erstickte in ihren Augen das Gespräch. Noch dazu mussten sie ungefähr im gleichen Alter sein.

»Weil wir einander erst seit wenigen Stunden kennen.«

»Mir kommt es vor, als würden wir uns schon ewig kennen«, scherzte Lea.

Elias schwieg.

»Nun ja, immerhin verbindet uns etwas – meine Tante. Wir sind sozusagen ein bisserl wie Cousin und Cousine.«

Elias brach erneut in schallendes Lachen aus. »Einen Cent für jeden Ihrer … deiner verrückten Standpunkte.«

»Ich schick dir eine Rechnung. Aber vorher wüsste ich gerne, wie lange du meine Tante schon kennst.«

»Seit ich klein bin. Sie ist meine Taufpatin. Meine Großmutter und sie sind engste Freundinnen. Sie ist nach dem Tod meines Großvaters zu Tante Gloria gezogen.«

Er nennt sie Tante, dachte Lea, zugleich überraschte sie, dass sie das störte. Obwohl Lea Gloria nicht kannte und sie bisher auch nicht vermisst hatte, spürte sie wahrhaftig einen Hauch von Eifersucht. Es fühlte sich an, als drängte sich ein Fremder in ihre Familie. Natürlich war der Gedanke Blödsinn. Aber Gefühle ließen sich nun mal nicht steuern.

»Kann ich doch einen Wein bekommen?« Sie leerte das Glas Wasser in einem Zug.

Elias holte ein zweites Weinglas, schenkte ihr aus der angebrochenen Flasche ein, stellte sich wieder neben sie und reichte ihr das Glas.

Lea nippte daran. »Erzählst du mir von ihr?«

Elias dachte einen Moment lang nach, als wöge er ab, welche Informationen er weitergeben durfte und welche nicht. Dabei drehte er das Glas zwischen den Fingern. »Sie ist eine äußerst selbstbewusste Frau.«

»Das hat meine Mutter auch gesagt. Sie ist Keramikkünstlerin. Ich habe im Internet Zeitungsartikel über sie gefunden.«

»Das wusstest du nicht?«

Lea schüttelte den Kopf. Während sie weiterhin auf das Belvedere schauten, erzählte Elias von einer selbstbestimmten Künstlerin, die ihren Beruf liebte wie sonst kaum jemand. Mit jedem Detail, das er erzählte, schuf er für Lea ein Bild von einem Menschen, mit dem sie sich lange Gespräche bei einem guten Glas Wein vorstellen konnte. Die Erzählungen klangen nach einer klugen und warmherzigen Frau, nicht nach dem sprichwörtlichen schwarzen Schaf. Vor Leas innerem Auge entwickelte sich das Bild einer einzigartigen Person. Sie musste mit Gloria in Kontakt treten.

»Was heckst du aus?«, fragte er abschließend.

»Wie kommst du darauf, dass ich was aushecke?«

»Ich weiß nicht, dein Gesichtsausdruck. Du schaust aus wie jemand, der sich einen Streich ausdenkt.«

»Ich denke mir keinen Streich aus. Ich überlege, wie ich es zustande bringe, dass meine Mutter und meine Tante wieder miteinander reden. Aus dem Grund muss ich Gloria unbedingt kennenlernen. Dazu müsste ich sie erst mal erreichen. Im Internet konnte ich keinen Hinweis auf ihren Wohnort finden. Der Aufenthaltsort von internationalen Promis wird weniger geheim gehalten als der Wohnsitz von Gloria Mendel.« Lea drückte ihm mit entschlossener Geste das leere Weinglas in die Hand. »An dem Punkt kommst jetzt du ins Spiel. Gib mir bitte ihre Adresse.«

Elias stellte die Gläser auf dem Couchtisch ab. »Ich weiß nicht. Tante Gloria mag es nicht, wenn man ihre persönlichen Informationen weitergibt.«

»Ich bin mir sicher, dass die Sache in meinem Fall anders liegt.«

»Sie lebt seit dreißig Jahren an ein und demselben Ort und hat erstmals an ihrem siebzigsten Geburtstag eine Journalistin ins Haus gelassen. Und das auch nur unter der Voraussetzung, nichts über die genaue Lage ihres Hauses zu schreiben.«

»Ich bin keine Journalistin. Ich bin ihre Nichte.«

»Sie hätte mir aufgetragen, dich zu bitten sie anzurufen oder vorbeizukommen, wenn sie das wirklich wollte.«

Lea unterdrückte einen genervten Seufzer, weil ihr keine anderen Argumente mehr einfielen. Was sonst konnte Elias überzeugen, wenn nicht, dass Glorias Nichte unbedingt ihre Tante kennenlernen wollte? Das Gespräch drehte sich ihrer Meinung nach im Kreis. »Ich fühle mich, ehrlich gesagt, ein wenig vor den Kopf gestoßen, bin ziemlich überfordert mit der ganzen Situation.«

Elias fuhr sich mit der Hand übers Gesicht. »Ich sollte sie vorher fragen, ob ihr das recht ist.«

»Wir können sie gerne anrufen. Jetzt sofort! Du hast sicher ihre Telefonnummer parat.«

»Nein. Ich will nicht, dass sie sich überrumpelt fühlt.«

»Wieso sollte sie sich überrumpelt fühlen? Du rufst sie an, fragst, wie es ihr geht, und am Ende bringst du meine Bitte ins Spiel. Sie muss nicht wissen, dass ich hier bin. Wenn du willst, stell ich mich so lange ins Stiegenhaus. Und sobald du mit ihr geredet hast, komm ich wieder rein.« Der Vorschlag klang in ihren Ohren erbärmlich. Aber wenn es half, würde sie es tun.

Er hob abwehrend die Hand. »Ich verspreche dir, sie bei nächster Gelegenheit zu fragen.«

»Wann ist das? Heute noch? Morgen?« Sie kam sich vor wie in einer anderen Welt. Sie stand in der Wohnung eines Mannes, von dessen Existenz sie bis heute Morgen nichts gewusst hatte, und feilschte mit ihm um den Tag, an dem sie vielleicht die Adresse ihrer verloren geglaubten Tante bekam.

»Eher nächste Woche.«

»Das ist jetzt bitte nicht dein Ernst.« Leas Schultern sackten nach unten.« Du drückst mir eine Schatulle mit dem Erbstück unserer Familie in die Hand. Und ich bekomme nicht mal die Möglichkeit mit meiner Tante darüber zu reden?« Sie öffnete die Handtasche, sodass er einen Blick reinwerfen konnte.

»Du hast das Collier mitgenommen?«

»Ich kann es doch nicht einfach so in der Wohnung liegen lassen. Ich werde mir aber gleich morgen einen Safe kaufen.« Sie schloss die Tasche wieder und blickte ihn flehentlich an. »Verstehst du denn nicht, dass meine Welt plötzlich Kopf steht?« Sie setzte sich aufs Sofa. »Und was machst du, wenn ich jetzt hier sitzen bleibe und warte, ob du es dir nicht doch noch anders überlegst?« Leas Mundwinkel umspielte ein schelmisches Lächeln, doch in ihren Augen lag schon fast ein Flehen.

Er musterte sie einen Moment lang. Dachte offensichtlich nach, wägte ab. Dann machte er einige Schritte zum Sekretär, kritzelte etwas auf ein Stück Papier und überreichte ihr den Zettel. »Hier die Adresse. Das Risiko, dich nie wieder loszuwerden, ist mir zu groß.«

5

GLORIA und LEA

Rosenheim, Juli 2019

Gloria streckte den Rücken durch. Die Tage waren wie im Flug vergangen. Als ihr Blick heute Morgen auf den Kalender gefallen war, hatte sie überrascht festgestellt, dass schon wieder Samstag war. Dabei erschien es ihr, als hätte sie erst gestern Elias die Kette überreicht und nicht bereits vor einer Woche. Die Arbeit hatte ihr die Zeit vertrieben. Sie war gut vorangekommen, hatte zig neue Keramiken produziert.

Die Tür des Ateliers stand zum Innenhof hin offen, Staub wirbelte im Sonnenlicht. Magda lag auf einem Liegestuhl unter dem Sonnenschirm und las ein Buch. Die Hunde lümmelten faul vor der Werkstatt im Schatten herum. Doch von einem Moment auf den anderen hoben sie zeitgleich, wie auf ein Kommando, die Köpfe, sprangen auf und liefen bellend davon. Kaum zu glauben, dass sie den Bruchteil einer Sekunde zuvor noch im Dämmerzustand verbracht hatten.

»Bekommen wir Besuch?«, murmelte Gloria überrascht. Es war Samstagnachmittag, und sie erwartete niemanden.

Im nächsten Augenblick ertönte die Glocke am Haustor. Gloria trat einen Schritt ins Freie, hielt ihre mit feuchtem Ton verschmierten Hände in die Höhe. Magda verstand den Hinweis, erhob sich schwerfällig vom Liegestuhl und machte sich auf den Weg zur Eingangstür. Mit einer Geste brachte sie die Hunde zum Schweigen. Bambi und Donald verstummten sofort. Dori bellte wie üblich noch einmal hinterher. Gloria ging zurück ins Atelier, drehte den Hahn auf und hielt die Hände unter das warme Wasser. Für heute war ihre Arbeit getan. Jetzt wollte auch sie die Beine hochlegen und im Liegestuhl ein Buch lesen, sofern der unangekündigte Besucher sie nicht zu anderem zwang. Gerade als sie sich die Hände abtrocknete, tauchte Magda wieder auf. Sie wirkte völlig aufgelöst.

»Was ist los?«, fragte Gloria alarmiert. In Gedanken sah sie eins von Magdas Kindern im Krankenhaus liegen.

»Du errätst nie, wer geläutet hat.«

»Ich will nicht raten. Wer ist es?« Glorias Herz schlug augenblicklich schneller. Hinter Magdas aufgeregtem Verhalten vermutete sie schlechte Nachrichten.

»Deine Nichte aus Wien ist da.« Magda strahlte übers ganze Gesicht, als hätten sie schon sehr lange auf einen Besuch von ihr gewartet.

Glorias Augenbrauen zuckten irritiert nach oben. »Das habe ich befürchtet.«

Elias hatte angerufen und erzählt, dass er Lea die Kette am Sonntagmorgen gebracht hatte, sie jedoch am Abend überraschend bei ihm aufgetaucht war und sich nach Glorias Adresse erkundigt hatte. »Er hat uns vorgewarnt.«

»Vorgewarnt«, wiederholte Magda entrüstet. »Sie ist doch

kein Vollstreckungsbeamter. Jetzt mach nicht so ein mürrisches Gesicht, sondern freu dich!« Sie wedelte ungeduldig mit der Hand in ihre Richtung. »Zieh dir saubere Kleidung an. Dann komm in die Küche, und schau dir das hübsche Kind an. Ich setze Kaffee auf.« Sie wandte sich zum Gehen. »Zum Glück habe ich heute Morgen einen Marmorkuchen gebacken.«

Gloria blieb noch einen Moment lang wie angewurzelt im Atelier stehen. Ihre Nichte war also tatsächlich gekommen. Elias hatte am Telefon berichtet, dass sie seiner Meinung nach eine unkonventionelle Person sei. Im positiven Sinn.

»Was bedeutet das in dem Fall?«, hatte sie nachgehakt.

Daraufhin hatte er ihr von ihrem ersten Zusammentreffen erzählt.

»Sie scheint Humor zu haben«, hatte Gloria erwidert.

Gloria schob die Erinnerung an das Telefonat beiseite, streckte noch mal den Rücken durch. »Also gut! Auf in den Kampf.«

Sie zog das Kopftuch, das sie gegen den Staub während der Arbeit trug, von den Haaren, dann streifte sie die Arbeitskleidung ab und schlüpfte in ein buntes wadenlanges Hemdkleid. Vor der Ateliertür wechselte sie die Schuhe, ehe sie sich zur geräumigen Küche im Wohntrakt aufmachte.

Auf der Sitzbank beim Esstisch saß eine junge, attraktive Frau. Bambi, Dori und Donald hatten sich zu ihr gesellt. Sie streichelte sie abwechselnd. Die drei mochten sie offenbar. Das stimmte Gloria zuversichtlich. Wer ihren Hunden gefiel, der konnte kein schlechter Mensch sein. Andererseits, gab es ein menschliches Wesen, dem die Riesen unfreundlich gegenübertraten? Kaum. Sie waren Engel in Hundekörpern. Die

Katzen ließen sich noch nicht blicken. Doch Gloria ahnte, dass auch sie die Besucherin längst wahrgenommen hatten und irgendwann zur Inspektion auftauchen würden.

Als ihre Nichte sie bemerkte, sprang sie sofort auf. »Hallo! Ich bin Lea … Lea Roth.« Sie klang unsicher.

Dieses junge Ding war also Sabines Tochter. Gloria musterte Lea eingehend. Die hellbraunen Locken, die rehbraunen Augen, das ebenmäßige Gesicht.

Sie schüttelten sich die Hände. »Du siehst deiner Mutter ähnlich.«

»Ja, das habe ich schon oft gehört.«

Gloria setzte sich. Magda hatte zwischenzeitlich den Tisch gedeckt. Weißes Tischtuch und das gute Porzellan. Sie schenkte Kaffee ein und legte jedem ein Stück Marmorkuchen auf den Teller. Währenddessen betonte sie mehrfach, wie sehr sie sich über Leas Besuch freue. Gloria hing derweil ihren Gedanken nach. Sie dachte daran, wie oft in ihrer Familie geschwiegen worden war und wie verderblich sie dies manchmal empfunden hatte. Es war nie ein gemeinsames, angenehmes Schweigen gewesen, immer ein verurteilendes, verbunden mit schmerzlichem Nachdenken über das Unausgesprochene zwischen ihnen. Nachdem sie sich nicht an dem Gespräch beteiligte, behielt Magda das Zepter des Redeflusses in der Hand. Sie stellte die üblichen Fragen nach Freundinnen und Freunden, dem Leben, dem Beruf. Die Worte flatterten zwischen den beiden hin und her wie die Flügel eines Kolibris.

Personalerin bei einer Versicherung, da hast du dich ja schön der konservativen Familie angepasst, dachte Gloria.

Lea erzählte von einem Betriebskindergarten, den sie im Unternehmen einführen wollte, was ihr bislang jedoch nicht gelungen war. Beim Reden wandte sie sich regelmäßig Gloria zu, lächelte unsicher, ehe sie weitersprach. Drohte das Gespräch zum Erliegen zu kommen, stellte Magda die nächste Frage, als ob ihr Leben davon abhinge, die Unterhaltung am Laufen zu halten. Wo wohnst du? Wie bist du hergekommen? Zumindest erkundigte sie sich nicht nach Sabine.

»Ich bin mit dem Zug gekommen, fahre heute Abend zurück.«

Ein Lichtblick, kommentierte Gloria das Vorhaben stumm. Das Mädchen schien ihr zwar sympathisch zu sein. Doch mit ihr trat wieder die Welt in ihr Leben, die sie einst hinter sich gelassen hatte. Der Bruch mit der Familie war ihr damals nicht leichtgefallen. Um ihrer selbst willen hatte sie diesen Weg gewählt. Das gute Verhältnis zu ihrer Schwester war dieser Entscheidung zum Opfer gefallen. Denn Sabine hätte auf Versöhnung gepocht. Das wiederum hätte Glorias Entschluss geschwächt. Mit dem Flehen um Verständnis für die Eltern im Ohr wäre ihr niemals die Flucht in die Selbstbestimmtheit gelungen.

»Also, warum bist du hier?«, fragte sie plötzlich in die Unterhaltung hinein.

Lea blinzelte irritiert, überlegte. Gloria war sicher, dass die Kleine zu Hause tausend Gründe im Kopf durchgespielt hatte, allerdings kam ihr nun kein einziger über die Lippen.

»Hat Sabine dich geschickt?«

»Nein. Sie weiß nicht mal, dass ich zu dir gefahren bin.«

»Warum hast du es ihr nicht gesagt?«

»Möglicherweise hätte sie die Idee nicht gut gefunden. Es war gar nicht so einfach, dich zu finden. In keinem Zeitungsartikel, den ich über dich entdeckt habe, stand, wo du lebst.«

»Aus gutem Grund.« Gloria verschränkte die Arme. »Elias hat mir erzählt, was du vorhast. Du träumst von einer Versöhnung zwischen meiner Schwester und mir. Dazu müssten wir erst mal zerstritten sein. Sind wir aber nicht. Nicht in dem Sinn. Wir haben einfach die letzten vierzig Jahre kein Wort miteinander gewechselt.«

»Warum?«, fragte Lea.

»Weil es nichts zu sagen gab.«

»Meine Mutter sieht das anders. Sie spricht sehr wohl von einem Streit.«

»Sabine hat immer nachgeplappert, was ihr unser Vater vorgekaut hat. Ich mache ihr daraus aber keinen Vorwurf. Eine eigene Meinung zu haben war ihr jahrelang untersagt.«

»Es hat sie sehr gekränkt, dass du nicht zu den Begräbnissen eurer Eltern gekommen bist. Ich habe zu ihr gesagt, dass du nicht wissen konntest, dass sie gestorben sind.«

»Ich wusste davon. Ich habe die Todesanzeigen in der österreichischen Tageszeitung entdeckt, die ich abonniert habe.« Gloria erinnerte sich, wie sehr sie sich erschrocken hatte, an die Tränen, die sie vergossen hatte, als sie zuerst ihren Vater und zwei Jahre darauf ihre Mutter verlor. Die abgrundtiefe Traurigkeit, die sie für Wochen in ein tiefes Loch gestoßen hatte. Von diesem Moment an gab es kein Zurück mehr, kein verletzendes Wort, für das man sich entschuldigen konnte, keine versäumte Umarmung, die man nachholen konnte. Sie war überrascht gewesen über diese intensiven Gefühle. Der Tod hatte sie gelehrt, dass in ihrem Fall selbst jahrelanges Schweigen und eine vermeintlich emotionale Trennung die Liebe zu den Eltern trotzdem nicht gänzlich hat ersticken lassen.

»Das muss ein Schock gewesen sein«, drang Leas Stimme durch den Nebel der Erinnerung.

»Das war es wirklich. Aus der Zeitung zu erfahren, dass die Eltern tot sind, ist kein Spaß.«

»Trotzdem bist du nicht zur Beerdigung gekommen?«

»Ich habe es nicht so mit Traditionen.«

»Und aus dem Grund reichst du das Erbstück auch innerhalb jener Familie weiter, die du verachtest?«

»Touché«, warf Magda ein.

»Meine Mutter hat mir nämlich erzählt, dass das Collier immer an die oder den Erstgeborenen vererbt wird. Streit hin oder her. Was mich vermuten lässt, dass du selbst keine Kinder hast.«

Gloria stoppte Leas Redeschwall mit einer energischen Handbewegung. »Ich bereue jetzt schon, dass ich dir die Kette gegeben habe. Wahrscheinlich wäre es klüger gewesen, du hättest sie erst nach meinem Tod bekommen – oder gar nicht.«

Magda strafte Gloria mit einem bösen Blick.

In Leas Augen trat ein trotziger Ausdruck. »Manchmal trifft man im Leben die falsche Entscheidung. Ich zum Beispiel dachte, es wäre eine gute Idee, dich zu suchen und herzukommen.«

»Was hat dich auf diesen Gedanken gebracht?«

»Ich habe mal gelesen, dass das Alter Milde brächte. Man gelassener wird und man sich mit vielem versöhnt, was einen früher geärgert oder gestört hat. Deshalb dachte ich, es freut dich, wenn wir uns kennenlernen und du auf diese Weise wieder Kontakt mit deiner Schwester bekommen würdest.«

Magda lachte unvermittelt lauthals auf. »Woher hast du

diese Weisheit, Kind? Oft ist das Gegenteil der Fall. Das Alter holt das Schlechte aus uns heraus, man wird eigentümlicher und unversöhnlicher.« Sie schenkte Lea Kaffee nach.

»Dir muss doch klar gewesen sein, dass meine Mutter oder ich mich irgendwann melden würden. Wir haben so lange nichts von dir gehört, und dann steht plötzlich Elias mit dem Familienerbstück vor meiner Tür. Ich dachte, dass du auf diese Art das jahrzehntelange Schweigen beenden wolltest. Denn du wusstest genau, was nach Elias Auftauchen passieren würde, Tante Gloria.«

Gloria zuckte zusammen. Das Wort »Tante« hörte sich aus Leas Mund fremd und zugleich vertraut an. Sie brauchte eine Pause. Dieses Kind berührte auf unbestimmte Weise ihre Seele, das kostete Kraft. Sie senkte den Blick, betrachtete ihre Hände und sah wieder zu Lea. »Ich habe es wahrhaftig nicht übers Herz gebracht, mit der Tradition zu brechen und das Collier nicht innerhalb der Familie Mendel weiterzugeben. Dabei ist mir Magdas Familie tatsächlich vertrauter als meine eigene es je war.«

»Dass du es getan hast, macht meine Mutter sehr glücklich. Du hättest sie sehen müssen, als ich ihr das Collier gezeigt habe.«

Der Ausdruck auf Glorias Gesicht verriet, dass es ihr nicht schwerfiel, sich Sabines Reaktion vorzustellen.

»Weißt du, wie das Collier in unseren Besitz gekommen ist?«, fragte Lea. »Denn meines Wissens gehörten wir nie irgendwelchen adeligen Kreisen an.«

Gloria schüttelte den Kopf. »Wenn du es herausfinden möchtest, kann dir vielleicht Elias weiterhelfen. Er ist Historiker, er weiß, wie man Antworten auf solche Fragen bekommt.«

»Weshalb hast du ihn nie danach gefragt?«

»Weil das bedeutet hätte, mich mit der Geschichte meiner Familie auseinanderzusetzen. Und das wollte ich nicht, da es mich unweigerlich wieder in die Arme meiner Eltern getrieben hätte. Aber du, du bist die nächste Generation. Also, wenn es dir ein Anliegen ist, tu es.«

»Falls Elias es herausfindet, vorausgesetzt, ich kann ihn dazu bewegen, soll ich es dir erzählen?«

»Das entscheiden wir, wenn es so weit ist.«

Am liebsten hätte Lea Elias sofort angerufen. Sie versuchte jedoch ihre wachsende Aufgeregtheit in Schach zu halten und sich auf den eigentlichen Grund ihres Besuches zu konzentrieren. Ihre Tante kennenzulernen. »Darf ich dein Atelier sehen?«, fragte sie deshalb plötzlich.

»Du interessierst dich für Keramikkunst?«

»Seit Kurzem, ja. Ich habe ein Foto von deiner bunten Hundeskulptur gesehen.«

Gloria versuchte zu verbergen, dass sie sich geschmeichelt fühlte.

»Na, dann komm!«

Lea folgte ihr, die Hunde kamen hinter ihnen her.

»Du hast heimlich eine Ausbildung an der ehemaligen Hochschule für angewandte Kunst begonnen, weil du nicht Sekretärin bleiben wolltest. Und dich damit dem Wunsch deines Vaters widersetzt. Meine Hochachtung dafür«, bedeutete Lea ihre Anerkennung.

»Für einen Beruf muss man brennen, Leidenschaft hegen. Ausschließlich zu arbeiten, um Geld zu verdienen macht einen trübsinnig. Nur, um sich Dinge leisten zu können, die man in Wahrheit gar nicht braucht. Die Menschen glauben, eine Villa, ein protziges Auto und teure Urlaube machen glücklich. Wenn sie sich dann ihren sogenannten Traum erfüllt haben, wundern sie sich, dass sie trotzdem von Tag zu Tag unglücklicher werden. Mein Vater war dafür ein Paradebeispiel. Für ihn zählte nur Geld. Weswegen die Menschen denken, Glück könne man kaufen, bleibt mir ein Rätsel.« Gloria öffnete die Tür zum Atelier.

»Da steht er ja!«, rief Lea, als sie die Werkstatt betraten. Sie strich dem Hund mit den blauen Beinen und den gelben Ohren über das schwarze Keramikfell.

»Er war der Erste aus der Reihe, deshalb habe ich ihn bis heute nicht verkauft. Ich behalte von all meinen Stücken immer das allererste.« Gloria setzte sich auf den Stuhl vor dem langgezogenen Tisch. Darauf stand eine Gipslatte, auf dem feuchte Tonarbeiten trockneten. Lea schlenderte staunend durch die Werkstatt.

»Erzähl mir von meiner kleinen Schwester«, bat Gloria ihre Nichte, einer Laune nachgebend.

Lea berichtete anfangs unsicher, in knappen Worten, auslotend, wie lange ihre Tante gewillt war, zuzuhören. Doch die Schilderungen verdichteten sich. Gloria erfuhr von Sabines angepasstem Leben als Hausfrau und Mutter, von der Scheidung vor vier Jahren und davon, dass sie seitdem alte Möbel restaurierte. »Das macht ihr einen Riesenspaß. Und sie kann das echt gut«, erläuterte Lea.

Gloria schmunzelte. »Dann hätte sie das schon viel früher tun sollen.«

»Besser spät als nie.«

Gloria antwortete mit einem gütigen Nicken.

»Wie hast du mich eigentlich gefunden?«, fragte Lea.

»Ich habe einen Privatdetektiv in Wien beauftragt, unauffällig Nachforschungen anzustellen. Ich wusste ja, wie er meine Schwester finden konnte. Der Weg zu dir war dann nicht mehr weit.«

»Das ist ein ganz schön hoher Aufwand, wenn man bedenkt, dass du nur meine Mutter hättest anrufen müssen. Ihr Name steht sogar im Telefonbuch.«

»Das hätte zu vieler Erklärungen bedurft.«

Lea gab sich mit dieser Antwort zufrieden, weil sie verstand, dass ihre Tante auf diese Weise den Weg des geringsten Widerstands gegangen war. Ihre Augen wanderten erneut zu dem bunten Hundewelpen.

Gloria erhob sich, nahm die Figur vom Regal und streckte sie Lea entgegen. »Gefällt er dir?«

»Sehr sogar.«

»Ich schenk ihn dir. Aber dafür musst du mir versprechen, keine quälenden Fragen mehr zu stellen.«

Lea lachte über Glorias geschickte Art. Ihre Tante fiel mit ein. Der Bann schien endgültig gebrochen.

»Hat er einen Namen?«

»Rosenheim, weil er nicht nur der erste Welpe ist, den ich kreiert, sondern auch das erste Werkstück, das ich in diesem Atelier angefertigt habe. Er ist dreißig Jahre alt.«

»Ich pass gut auf ihn auf. Versprochen.«

»Das will ich hoffen. Mit ein bisschen Pflege kann der Gute nämlich mindestens hundert Jahre oder noch älter werden.«

»Danke für dein Vertrauen.« Das meinte Lea so, wie sie es sagte. Es war sicher nicht einfach für eine Künstlerin, das erste Stück einer erfolgreichen Serie wegzugeben.

»Was hältst du davon, heute hierzubleiben und erst morgen nach Wien zurückzufahren?«, hörten sie plötzlich Magdas Stimme hinter ihnen. Sie stand in der offenen Tür. Das Gelächter hatte sie angelockt.

Leas Augen suchten Glorias. Sie nickte.

»Gut, ich bleibe.«

Magda wandte sich um. »Ich kümmere mich mal um die Brotzeit. Es wird ein lauer Abend, wir essen im Hof.«

»Und wir beide drehen eine Runde mit den Hunden«, schlug Gloria vor. »Die haben sich heute noch nicht genug bewegt.«

Zum Abendessen tranken sie Bier und plauderten, als würden sie einander schon ewig kennen. Gloria gelang es, ein paar schöne Erinnerungen aus ihrer Kindheit aus ihrem Gedächtnis hervorzurufen. Sie hatten zumeist mit Sabine zu tun. Wie sie laufen lernte. Wie sie, die fünfzehnjährige Gloria, versuchte, der zweijährigen Schwester das Alphabet beizubringen. Wie sie Sabine in der Schaukel anschubste, mit ihr Fangen oder Verstecken spielte.

Am nächsten Morgen verließen sie nach einem ausgiebigen Frühstück den Hof. Gloria und Magda fuhren Lea in ihrem Kombi zum Bahnhof. Auf dem Bahnsteig zog ihre Tante sie in ihre Arme. »Komm gut nach Hause und grüß mir meine Schwester.«

Der Besuch fühlte sich für Lea wie ein kleiner Triumph an. Jetzt war sie überzeugt, dass zwischen den Schwestern wieder alles gut werden würde.

Magda nahm Leas Kopf in die Hände und drückte ihr einen Kuss auf den Scheitel. »Schreib uns!«

Lea versprach es und stieg in den Zug.

Zurück auf dem Hof, versuchte Gloria Magdas breitem Lächeln zu entkommen. Sie verzog sich ins Atelier. Was war geschehen? Eine Fremde war gekommen, ein Familienmitglied war gegangen. Das Gefühl von Vertrautheit blieb.

6

LEA

Wien, Juli 2019

Der Safe stand nun schon sechs Tage lang in ihrem Kleiderkasten. Daran gewöhnt hatte sie sich noch nicht. Außerdem dachte sie seither öfter über die Möglichkeit eines Einbruchs nach. An ein derartiges Szenario hatte sie vor dem Kauf des Tresors nie einen Gedanken verschwendet. Nach ihrer Rückkehr aus Rosenheim hatte Lea erst einmal das Collier hervorgeholt und es minutenlang bewundert. Danach hatte sie ausgiebig mit ihrer Mutter telefoniert. Sabine war froh, dass Lea die Reise gemacht hatte – wenngleich auch hinter ihrem Rücken, was sie ihr jedoch nur kurz vorhielt.

Den restlichen Sonntag hatte Lea sich durchs Internet geklickt in der Hoffnung, irgendetwas über das Collier in Erfahrung zu bringen. Möglicherweise konnte sie einen Hinweis auf einen Juwelier finden, der es seinerzeit an einen ihrer Ahnen verkauft hatte. Auf der Website der Nationalbibliothek las sie zahlreiche alte Zeitschriften. Doch die Mühe war vergebens. Auch sonst gab das Netz nichts her, was ihr weiterhalf. Sie war zwar auf Schmuckstücke von Marie Antoinette gestoßen, die bei Sotheby's in Genf zu horrenden Preisen versteigert worden waren. Allerdings lieferte diese Information für sie ebenso wenig Brauchbares. Denn das Collier, das in ihrem Safe lag, wurde nirgends erwähnt. Weder, dass es jemals gestohlen worden, noch dass es irgendwann einmal verloren gegangen war. Es schien, als habe es die Kette nie in der königlichen Sammlung von Marie Antoinette gegeben. Was Lea auf die Idee brachte, dass die Geschichte, die Kette hatte einst der Königin gehört, möglicherweise eine Lüge war, die der Vater ihrer Urgroßmutter verbreitet hatte.

Also hatte sie die Suche aufgegeben und stattdessen eine Stelle für den Keramikwelpen ausgesucht. Rosenheim bekam einen Ehrenplatz oben auf dem Bücherregal vor den Kunstkatalogen. Dort konnte man ihn von jedem Punkt im Wohnzimmer aus sehen. Danach hatte sie Elias angerufen und um ein Treffen gebeten, die Sache mit dem Diamantencollier ließ ihr keine Ruhe. Überraschenderweise hatte er sie sofort zu sich eingeladen, ohne nachzuhaken, was sie von ihm wollte. Dabei hatte er ihr doch am Ende ihres Überraschungsbesuchs vor einer Woche Glorias Adresse nur verraten, um das Risiko zu mindern, sie wiedersehen zu müssen.

Auf dem Weg in die Prinz-Eugen-Straße stellte sich Lea die Frage, wie ihr Anliegen bei Elias ankommen würde. Stahl sie ihm damit wertvolle Zeit, oder freute er sich über ihr Interesse? Der Mann war Historiker und hatte bestimmt anderes zu tun, als in seiner Freizeit Nachforschungen über eine Halskette anzustellen, mochte diese vordergründig auch noch so geschichtsträchtig sein. Vielleicht lag es an der bezaubernden Aussicht, die sie von seinem Wohnzimmer aus genossen hatte. Oder an der Unaufgeregtheit mit der er neben ihr gestanden hatte. Jedenfalls ging ihr Elias nicht mehr aus dem Kopf. Er kam ihr so besonnen vor. Jede Faser seines Körpers strahlte Intellektualität aus. Selbst zynische Bemerkungen klangen aus seinem Mund gebildet. Das faszinierte Lea. Unwillkürlich musste sie bei dem Gedanken an ihn eine Haarsträhne zwirbeln. Als Gloria erwähnt hatte, dass sie sich an Elias wenden sollte, um mehr über das Collier in Erfahrung zu bringen, hatte ihr Herz einen Luftsprung gemacht. Sehr ungewöhnlich. Normalerweise brauchten Männer mindestens drei Anläufe, um ihre Aufmerksamkeit zu gewinnen.

Als sie die Klingel drückte, schlug ihr Herz erneut um einen Takt schneller als sonst. Der Summton ertönte und wenige Minuten später stieg sie aus dem Lift. Elias stand bereits in der offenen Wohnungstür.

»Ich weiß, weshalb du hier bist«, sagte er anstelle einer Begrüßung. »Tante Gloria hat mich gestern Nachmittag angerufen.«

Diesmal störte es Lea nicht, dass er Gloria als seine Tante bezeichnete. Sie erforschte sein Gesicht. Falls sie sich nicht irrte, war ihm ihr Besuch nicht lästig. Im Gegenteil, wenn sie das Blitzen in seinen Augen richtig deutete, freute er sich sogar.

»Sie wohnt sehr schön in dem Bauernhaus.«

»Ja, der Hof liegt idyllisch.« Er trat einen Schritt zur Seite, winkte sie in die Wohnung. »Und wie ich gehört habe, hast du die erste Maßnahme zur Familienzusammenführung erfolgreich in die Tat umgesetzt.«

Er lachte und führte sie in das sonnendurchflutete Wohnzimmer. Lea unterdrückte den Impuls, sich sogleich ans Fenster zu stellen und aufs Belvedere zu starren. Auf dem Couchtisch lagen Papiere verstreut. Er deutete darauf. »Ich habe ein paar Unterlagen vorbereitet.«

Unterlagen vorbereiten nannte er das heillose Durcheinander?

»In Wahrheit versuche ich nämlich schon länger, etwas über das Collier herauszufinden. Wenn mir mein Job nur Zeit dazu lassen würde. Gloria interessiert sich leider nicht dafür. Sie hat das Erbe im Großen und Ganzen ignoriert.«

»Forscht du in deinem Hauptjob für eine Universität oder eine Stiftung?«, fragte Lea.

»Ich arbeite im Haus-, Hof und Staatsarchiv am Minoritenplatz. Das, wie du als geborene Wienerin bestimmt weißt, von Maria Theresia als Archiv des Hauses Habsburg gegründet wurde.«

»Natürlich.« Lea räusperte sich.

»Außerdem interessiert mich die Kette, weil sie vor zweihundert Jahren verschwand.«

»Verschwand?«, echote Lea überrascht. »Darüber hab ich nichts in den alten Zeitschriften gefunden.«

»Das wundert mich nicht. Sie galt ja nie als verschollen.«

»Das verstehe ich nicht.«

»Ich erkläre es dir, sobald du weißt, was in den Unterlagen steht.«

»Jetzt hast du mich aber neugierig gemacht.«

Er lächelte verschmitzt. »Ein Glas Wein?«

»Oh, gerne.«

Er holte zwei Gläser und eine Flasche. Anerkennend stellte

Lea fest, dass er einen Rosé vom Weingut Heinrich aus Deutschkreuz in der Hand hielt. Ein fabelhafter Tropfen.

»Ich dachte ja, dass die Geschichte, dass Marie Antoinette einst diese Kette besaß, erfunden wurde. Um sie bedeutender zu machen.«

»Hast du das gute Stück wieder mitgebracht?«

»Nein. Ich habe mir doch gleich vergangene Woche einen Safe liefern lassen. Darin liegt sie jetzt. Hätte ich sie mitnehmen sollen?«

Elias schüttelte den Kopf. »Aber tu mir einen Gefallen. Hol sie ab und zu hervor und bewundere sie. Meines Erachtens hat sie eh schon viel zu lange unbeachtet in den Tresoren deiner Familie verbracht.«

»Woher willst du das wissen?«

»Weil andernfalls ihr Auftauchen bereits früher Aufsehen erregt hätte.«

Elias füllte die Weingläser. »Bevor wir zu den Unterlagen kommen, muss ich ein bisschen ausholen.« Er ging zum Regal und zog einen Ordner heraus. »Marie Antoinette und König Ludwig XVI. gelang es vor ihrer Verhaftung, ihr Vermögen und den Schmuck außer Landes zu transferieren.«

Lea schmunzelte. »Transferieren«, wiederholte sie im gespielt hoheitsvollen Tonfall. »Das klingt als hättest du dich selbst aus dieser Zeit transferiert. Benutzt das Wort eigentlich noch jemand außer dir?«

»Nach Brüssel und London«, fuhr Elias unbeirrt fort. »Später kamen die Schmuckstücke nach Wien. Zuletzt befanden sie sich zweihundert Jahre lang im Besitz des Adelshauses Bourbon-Parma. Das ist eine italienische Nebenlinie der spanischen Bourbonen. Zita von Bourbon-Parma, die letzte Kaiserin Österreichs, entstammt dieser Linie. Das nur zum besseren Verständnis.« Er schlug den Ordner auf. Zeitungsartikel lagen darin. Lea blätterte sie durch. Alle Berichte beschäftigten sich mit der Versteigerung von Marie Antoinettes Schmuck. Während sie den einen oder anderen Artikel las, nippte Elias unentwegt an seinem Weinglas. Er erschien Lea aufgeregt, wie ein kleines Kind, das erstmals einen streng geheimen Schatz herzeigte.

»Weißt du etwas über Marie Antoinettes Schmuck?«, fragte er schließlich. »Nur damit ich dir nichts erzähle, was du schon weißt.«

»Nur das, was ich im Internet gefunden habe. Insgesamt wurden im Jahr 2018 hundert Schmuckstücke der Familie aus verschiedenen Jahrhunderten versteigert. Am Ende brachten sie siebenundvierzig Millionen Euro ein.«

Er nickte zustimmend. »Davon brachten allein die Juwelen von Marie Antoinette über zweiunddreißig Millionen ein. Ein mit Diamanten verzierter Perlen-Anhänger wechselte für über achtundzwanzig Millionen Euro den Besitzer.«

»Weißt du, was ich mich frage?« Das Collier befand sich erst seit wenigen Tagen in Leas Besitz. Doch war es ihr bereits so vertraut, als besäße sie es schon ewig. Nahezu jede Kleinigkeit hatte sich in ihrem Gedächtnis festgesetzt wie eine liebgewonnene Erinnerung. »Ob die Kette, auf der die Diamanten aufgebracht wurden, aus Platin oder Weißgold gefertigt wurde. Ich kann das so schwer unterscheiden.«

Elias Augen blitzten, als habe er längst auf diese Frage gewartet.

»Weder noch. Platin wird erst seit Ende des neunzehnten

Jahrhunderts zur Schmuckherstellung verwendet. Diesbezüglicher Pionier war Louis-François Cartier, der übrigens auch den Grundstein für das erfolgreiche Unternehmen legte.«

»Oh! Meine Mutter besitzt einen dreiteiligen Ring in Weiß-Gelb- und Roségold aus dem Haus Cartier. Ein Geschenk meines Vaters zum zehnten Hochzeitstag. Inzwischen sind sie geschieden.«

»Doch hoffentlich nicht wegen des Rings.« Elias lächelte spitzbübisch und fuhr fort. »Weißgold erfand man dann Anfang des zwanzigsten Jahrhunderts. Es war leichter zu bearbeiten als Platin.« Er hielt kurz inne. »Wenn das Collier deiner Familie einst Marie Antoinette gehörte, wurde es im achtzehnten Jahrhundert hergestellt. Damals hat man Schmuck zumeist aus Gelbgold gefertigt und ihn mit einer dünnen Silberschicht doubliert. Oft hat man für den Bereich, auf dem die Diamanten sitzen, Silber und für den unteren Teil Gelbgold verwendet. Ich bin zwar kein Juwelier, aber ich denke, drei, vier Millionen Euro könntest du mit dem Collier bestimmt erzielen.«

Lea schnappte nach Luft. Diese Summe hatte sie sich nicht vorgestellt, wenngleich sie ahnte, dass die Kette ungemein wertvoll war. »Ich habe nicht vor, sie zu verkaufen.«

»Das meinte ich auch nicht. Ich wollte dir nur vor Augen halten, welche Kostbarkeit sich in deinem Besitz befindet. Denn für das Collier einer Königin wählt außer Frage jeder Goldschmied Edelsteine in bester Qualität aus.«

»Für mich überwiegt die ideelle Bedeutung. Sie ist ein Familienerbstück, und das soll so bleiben«, antwortete Lea mit Nachdruck. Zu wissen, welch materieller Wert zu Hause in ihrer Wohnung lag, steigerte ihre Nervosität. Sollte sie das Collier versichern?

Elias lächelte zufrieden, als hätte er sich genau diese Antwort erhofft. »Und damit kommen wir zu den Aufzeichnungen, die hier auf dem Tisch verstreut liegen. Ich habe mit der Recherche dort begonnen, wo das Collier ursprünglich herkam.«

»Du hast mit Marie Antoinette gesprochen?«, witzelte Lea und sah Elias mit großen Augen an, der über ihren Witz nur müde lächeln konnte.

»Gerhard Pevic, ein Freund von mir, arbeitet im Zentralarchiv in Paris. Ich habe ihn gebeten, im Archiv nachzusehen, ob er etwas über das Schmuckstück findet. Eine Zeichnung des Juweliers, ein Dankesschreiben an den Hersteller. Irgendetwas in der Art.«

Elias Euphorie war förmlich greifbar, während er ihr von einem Goldschmied namens Jean-Luc Blanc erzählte, der nachweislich das Collier 1788 angefertigt hatte. Elias war gedanklich vollkommen in der Nachforschung gefangen. Seine Augen strahlten jene Leidenschaft aus, von der Gloria gesprochen hatte, die man für einen Beruf aufbringen sollte. Seine Begeisterung für die Sache war augenfällig.

»Gerhard hat tatsächlich Zeichnungen gefunden, die mit dem Namen Jean-Luc Blanc unterschrieben wurden.«

Lea straffte sich. In ihrer Brust entfaltete ein kleiner Schmetterling namens Hoffnung seine zarten Flügel.

»Eigentlich hat er die Entwürfe unter den Aufzeichnungen von Jean-Luc Blancs Tochter Isabelle entdeckt. Sie war zwanzig Jahre alt, als sie die ersten Texte verfasste.«

»War sie Schriftstellerin?«

»Nein. Aber anscheinend hat sie eine Art Tagebuch geschrieben, das über die Jahrhunderte erhalten geblieben ist. Er hat einen Teil davon übersetzt und mir per Mail geschickt.« Elias begann die Computerausdrucke auf dem Tisch neu anzuordnen, zog ein Blatt hervor und reichte es Lea. Sie hielt den Atem an. Vor ihren Augen zeigten sich die tropfenförmigen Diamanten in feinen, hellgrauen Strichen auf weißem Untergrund.

»Die Originale liegen im Zentralarchiv. Aber auf der Zeichnungskopie von Isabelles Vater kann man eindeutig erkennen, dass es sich um das Collier handelt, das jetzt in deinem Safe liegt.«

»Seit wann hast du die Kopien?«

»Seit einem halben Jahr.«

»Sechs Monate! Warum hast du sie mir nicht schon letzte Woche gezeigt?«

»Ich wusste nicht, ob es dich interessiert. Du musst zugeben, unsere erste Begegnung war ein wenig …«, er wog sichtlich ab, wie er es benennen sollte, »schräg.«

Lea grinste. »Ich fand's lustig.«

»So kann man's auch nennen.« Elias schwieg ein paar Sekunden. Fast wirkte er unsicher. Dann räusperte er sich. »Um aufs Thema zurückzukommen …«

Lea platzte schier vor Neugier, wollte augenblicklich alle Unterlagen durchsehen. Elias' Euphorie steckte sie an. Ihre Zweifel waren jedoch noch nicht ganz ausgeräumt. »Die Zeichnung von Isabelle Blanc bedeutet aber nicht automatisch, dass ihr Vater das Collier für Marie Antoinette angefertigt oder sie es von ihm gekauft hat. Ich sage nur Halsbandaffäre.«

Lea wusste über die berühmte Kriminalaffäre um die kostbare Halskette Bescheid. »Der spektakuläre Fall galt seinerzeit für das Volk als Beleg für die Verantwortungslosigkeit des französischen Königshauses. Aus diesem Grund haftete die Angelegenheit der Königin auch nach der Aufdeckung des Betruges weiterhin negativ an«, endete sie.

Elias schmunzelte beeindruckt. »Stimmt. Dieses königliche Collier war mit fünfhundertvierzig Diamanten bestückt, in der Größenordnung von insgesamt mehr als zweitausendachthundert Karat. Für das Volk passte es genau in das Bild jenes Luxuslebens, das man am französischen Hof führte. Dabei hatte Marie Antoinette es aufgrund des hohen Preises mehrere Male abgelehnt. Es kostete nach heutigem Wert etwa fünf bis acht Millionen Euro. Die Juweliere, die es herstellten, wollten das kostbare Stück jedoch unter allen Umständen loswerden. Folglich suchten sie nach einem Vermittler, der das Königspaar überreden sollte, es trotz der hohen Kaufsumme zu erstehen.«

Lea macht eine Geste, als kündigte sie eine Berühmtheit an. »Und damit betrat eine verarmte Adelige die Bühne, und das Drama aus Betrug und Verrat begann.«

»Genau. Jeanne de la Motte gab sich als Vermittlerin aus. Sie überredete Kardinal Louis de Rohan, für das Schmuckstück zu bürgen. Marie Antoinette mochte ihn nicht. Als französischer Botschafter in Wien hatte er durch Klatsch und Tratsch sowie seinen leichtlebigen Lebensstil bereits Maria Theresia gegen sich aufgebracht. Aber er wollte unbedingt erster Minister von Frankreich werden und glaubte so die Gunst der Königin zu erlangen. Weit gefehlt. Rohan bezahlte das Collier und übergab es Madame de la Motte, die es an die Königin weiterreichen sollte. Dort kam es aber nie an. Stattdessen fuhr der Ehemann der la Motte nach London, wo er die wertvollen Steine aus dem Halsband brach und verkaufte.«

»Der Betrug flog auf, als die Juweliere einen Dankesbrief an Marie Antoinette schrieben.«

Elias machte ein bedauerndes Gesicht. »Doch trotz Verhaftung und spektakulärem Skandalprozess klebte die Affäre an Marie Antoinette wie Kaugummi an einer Schuhsohle. Es kursierten Schmähschriften auf ihre Kosten, weil das Volk der inzwischen verhassten Österreicherin einen derartigen Exzess zutraute. Man nannte sie eine Hure und eine gierige Wölfin. Unser Fall liegt allerdings anders.« Wie nebenbei legte er seine Hand auf Leas. Die Berührung war leicht wie eine Feder und doch so intensiv wie eine Umarmung. Lea blickte verlegen auf seine Hand.

Da nahm er seine Hand weg, stieß mit seinem Glas gegen ihres und nahm einen genussvollen Schluck. Lea machte es ihm nach.

»Ich gestehe, ich freu mich schon seit gestern Abend auf diesen Moment. Endlich eine Mendel, die Interesse an der Geschichte des Erbstücks zeigt.«

»Ich heiße aber Roth, nicht Mendel.«

»Egal, du bist eine von ihnen.«

»Das klingt, als würde ich einem Mafiaclan angehören.«

»Wer weiß, was wir herausfinden.« Elias zwinkerte ihr zu, raffte die Handvoll lose Papiere zusammen, sortierte sie neu und legte sie auf den Tisch zurück.

»Du hast sie doch sicher schon gelesen«, mutmaßte Lea. »Du könntest mir eine Zusammenfassung geben.«

»Ich möchte, dass du es selbst liest.«

»Ich mag es nicht, wenn mir jemand beim Lesen zusieht.«

»Ich schau dir nicht zu, versprochen.« Er schenkte ihr Wein nach, griff nach dem obersten Blatt und reichte es ihr.

7

ISABELLE

Paris, Juni 1794

Mein Vater stürmte wie ein wild gewordener Gaul ins Haus. »Sie kommen!« Er knallte die schwere und wurmbefallene Eichentür mit einer erbitterten Geste in das betagte Schloss, das durch die Wucht herauszubrechen drohte.

»Wir müssen alles verschwinden lassen!«

Zu Tode erschrocken ließ ich den Besen fallen, mit dem ich gerade den Steinboden der Werkstätte fegte. Jean-Luc Blanc, meinem Vater, stand die Angst ins Gesicht geschrieben. Er war ehemals ein stolzer und bedeutender Goldschmied, weit über die Grenzen von Paris hinaus für die Feinheit seiner Schmuckstücke berühmt. Die Königs- und Kaiserhäuser der halben Welt verlangten nach dem Geschmeide, das er anfertigte. Ihm eilte der Ruf eines rechtschaffenen Mannes voraus. Als wir noch vermögend gewesen waren, vergaß er nie die Hunger leidende Bevölkerung. Er gab den Bettlern die ein oder andere Münze, drückte den Kutschern großzügig Trinkgeld in die Hand, spendete für die Armenhäuser und bezahlte

Rechnungen pünktlich. Was und wer um Gottes willen hatte meinen friedliebenden Vater so erschreckt?

»Was ist passiert, Papa?« Tief in meinem Herzen regte sich eine böse Vorahnung.

»Frag nicht, fang an die Sachen zu verstecken! Zu deiner eigenen Sicherheit. Mein Leben ist verwirkt.« Zornesblut stieg ihm ins Gesicht. »Der Wirt hat mich gewarnt, die Soldaten haben sich auf den Weg gemacht.«

Ich stand starr in der Mitte des Raumes und hielt den Atem an. Er stieß einen unheilvollen Seufzer aus, dann zog er mich in seine Arme und drückte mich fest an sich.

»Ma petite princesse«, murmelte er zärtlich. Mit einer fürsorglichen Geste steckte er mir eine lose Haarlocke unter die Haube. »Sei jetzt stark!«

»Du musst fliehen, Papa«, flüsterte ich mit tränenerstickter Stimme.

»Wohin? Es gibt kein Entrinnen.«

»Über die Grenze, Italien, Portugal, Österreich, Deutschland. Überallhin, wo sie deiner nicht habhaft werden. So wie so viele andere vor dir. Es war ein Irrsinn, in Paris zu bleiben. Bitte, Papa«, flehte ich ihn an.

»Jean-Luc Blanc flieht nicht.« Er löste die Umarmung, hielt mich an den Schultern fest und blickte mich unglücklich an. Ich wusste, was er sah. Er erkannte meine Mutter in mir. Ich hatte ihre rabenschwarzen Locken, die tiefdunklen Augen und ihr ebenmäßiges Gesicht mit der hellen Haut geerbt. Er atmete tief ein und rang sichtbar um Fassung.

»Außerdem kann ich dich nicht einfach so zurücklassen. Ihre Wut würde dich mit voller Härte treffen. Du bist erst zwanzig Jahre alt, dein ganzes Leben liegt noch vor dir.«

Selbst in seinen Ohren musste dieses Argument fadenscheinig klingen.

»Ich komme mit dir.« Zu meinem Verdruss war meine Stimme nicht mehr als ein heiseres Flüstern. Meine Hände zitterten. Vor Wut oder Angst. Ich konnte nicht sagen, welches Gefühl überwog.

Ein zärtliches Lächeln verdrängte für einen winzigen Augenblick die Verzweiflung aus Vaters Gesicht. »Es ist zu spät. Egal, wohin wir gehen, sie werden uns finden, noch bevor wir einen Fuß über die Grenze setzen können.« Sein ausgestreckter Zeigefinger schoss zur geschlossenen Tür, als wohnte Magie in ihm, die die Eingangspforte für Feinde verschließen könnte. »Da draußen warten jede Menge Denunzianten. Sie sind nur allzu gerne bereit, für ein paar Livres jeden zu verraten, der sich in ihren Augen des Hochverrats schuldig macht.«

»Der Teufel soll sie holen.«

»Ich mache ihnen keinen Vorwurf. Der Hunger und das Elend treiben sie an, so zu handeln.«

Ich teilte das Verständnis meines Vaters nicht, erlaubte mir ein verächtliches Schnauben. »Was ist mit deiner Cousine Georgette? Sie wohnt auf dem Land, völlig abgeschieden. Dort könntest du sicher eine Weile unterkommen, ohne dass jemand deinen Aufenthaltsort preisgibt.«

»Sie ist eine ärmliche Witwe. Sie lebt von dem bisschen, was ihr Hof abwirft und was ihr nach Abzug der Steuern bleibt. Zudem ... ach, lassen wir das. Uns bleibt keine Zeit für derartige Gedankenspiele. Hilf mir lieber!«

Ich wischte mir mit dem Handrücken die Tränen aus dem Gesicht und folgte meinem Vater ins Untergeschoss. Dort befand sich ein quadratischer Raum mit spärlicher Einrichtung. Drei weiße Stühle, mit grünem, abgewetztem Samt überzogen, ein ovaler Eichentisch und eine Vitrine mit etwas Ess- und Kochgeschirr. In der Ecke stand ein einfacher Herd, der Abzug war ein schmales Rohr, das notdürftig durch eine beengte Lücke im Gemäuer angebracht war. Die Wand dahinter war bis an die Decke geschwärzt. Den Holzfußboden bedeckte ein fleckiger Teppich. Eine Kerze und eine Öllampenuhr sorgten abends für ein wenig Licht. Hier legte er ein Stück Brot auf den Tisch. Danach verteilten wir mit flinken Fingern Assignaten, das neue Papiergeld, das seit Dezember 1789 ausgegeben wurde, sowie Münzen und Zeichnungen von einigen Schmuckstücken in unseren Verstecken. Was ging, stopften wir in Aushöhlungen hinter losem Mauerwerk, in Ritzen, die mein Vater seit geraumer Zeit geschaffen hatte und die zu geheimen Nestern geworden waren.

Früher wurden die von ihm gefertigten Goldwaren wie Kronleuchter, Geschirr und Schmuck nicht ausschließlich vom Adel, sondern ebenso von vermögenden Bürgern begehrt. Doch die meisten seiner Kunden gab es nicht mehr. Das Schwert der Revolution hatte viele von ihnen dahingerafft. Einen nach dem anderen. Noch vor wenigen Jahren hatte mein Vater in der Gunst der Königsfamilie gestanden. Damals arbeitete er in einem glanzvollen Atelier nahe dem Palais du Louvre, der Residenz der Könige.

Seit drei Jahren vegetierten wir in einem heruntergekommenen Haus in der Rue Saint-Claude im dritten Distrikt. Eine zwar anständige, jedoch kaum frequentierte Straße, die nachts in völliger Dunkelheit lag und sich tagsüber nicht viel liebenswerter zeigte. Insgesamt gab es nur vier würdelose

Wohnhäuser mit dürftigem Kalkverputz. In ihnen lebten Händler, ein Hufschmied, ein paar mittellose Leute und wir. Die Umwälzungen der Revolution hatten uns nahezu alles genommen.

Mein Vater erhielt selten Aufträge, die genug Geld einbrachten. Die Bürger, die durch die Revolution reich geworden waren, verbargen ihr Vermögen: Bauern, die die Nationalgüter aufgekauft hatten, Armeelieferanten, Börsenspekulanten und Bankiers. Dazu gesellte sich eine Handvoll Adeliger, die in der Stadt verblieben waren und sich unsichtbar machten. Sie allesamt wagten nicht, ihren Wohlstand offen zu zeigen. Die mageren Bestellungen erfolgten demnach klammheimlich hinter dem Rücken der weniger vermögenden Bürger. Mein Vater fertigte die in Auftrag gegebenen Schmuckstücke und Kunstgegenstände heimlich an, zumeist nachts bei Kerzenschein.

Die Aristokratie war verhasst, Luxusgüter offiziell verpönt. Der Anspruch der Revolution, Gleichberechtigung durch Freiheit, Gleichheit und Brüderlichkeit zu erschaffen, hatte sich zwischenzeitlich in eine Schreckensherrschaft der Jakobiner gewandelt. Enthauptungen geschahen unter der Führung von Maximilien de Robespierre öfter, als die Sonne am Himmel schien. Ein falsches Wort, eine missverstandene Geste oder das Einfordern von Bürgerrechten, und schon fand man sich am Schafott wieder. Letzteres Verbrechen war Olympe de Gouges, einer leidenschaftlichen Verfechterin der Bürgerinnenrechte, vorgeworfen worden. Vor drei Jahren hatte die Schriftstellerin die »Déclaration des droits de la femme et de la citoyenne«, die »Erklärung der Frau und Bürgerin« verfasst. Sie forderte darin die soziale, rechtliche und politische Gleichstellung von Frauen. Dies war ihr zum Verhängnis geworden. Vor wenigen Monaten hatte sie auf der Guillotine am Place de la Révolution, der zuvor Place Louis XV. hieß, ihr Leben verloren. Diese aufmüpfige Frau war vielen Männern unheimlich aufgrund ihrer Schönheit, ihres Geistes und ihres Mutes, frei ihre Meinung zu vertreten. Unerbittlich verfolgte Robespierre die vermeintlichen Gegner der Revolution. Alles kam zu Fall, jeder zitterte. Auch wir.

»Wer ist dir in den Rücken gefallen? Nenn mir Namen. Ich ziehe diese verfluchten Verräter zur Rechenschaft, ich rede mit ihnen Klartext«, knurrte ich außer mir vor Zorn, als wir im oberen Stockwerk bei den Schlafkammern angekommen waren, die neben dem Wohnraum mit dem abgewetzten Diwan und dem Kachelofen lagen.

Mein Vater versuchte mich zu beruhigen, hob die Hände zu einer versöhnlichen Geste. »Jemand, der die Belohnung dafür bitter nötig hat.«

»Ein oder zwei Livres für ein Menschenleben!«, rief ich verächtlich.

Missernten und ständige Teuerungen hatten den Preis für Getreide und infolgedessen für Mehl innerhalb kürzester Zeit verdoppelt. Damit waren die Kosten für Brot in den Himmel gestiegen. Doch die Lebensmittelpreise zu bemängeln war mittlerweile ein Vergehen, das mit dem Tode bestraft wurde.

»Das Brot ist unbezahlbar! Dabei ist das Mehl nicht mal rein, sondern gestreckt«, hatte mein Vater erst kürzlich lauthals in der langen Wartereihe vor dem Bäcker in der Rue St. Honoré beanstandet. »Was sollen wir essen? Kastanien?

Mütter bekommen ihre Kinder nicht satt. Ein verfluchtes Elend ist das! Eine Schande!«

»Bürger«, hatte sich ein Sansculotte mit roter Mütze samt aufgenähtem Abzeichen eingemengt. »Die hohen Preise haben wir den Kornwucherern und Spekulanten zu verdanken. Sie hungern das Volk aus, stehen im Bunde mit den Feinden. Man muss Kornpreise festsetzen und jeden guillotinieren, der mit der Nahrung wuchert, Auflehnung schafft oder sich mit den Feindstaaten verbrüdert. Also hört auf, Unruhe in die Seelen der Leute zu säen. Am Ende denken sie, die neue Regierung unter Robespierres Führung sei schuld daran. Vive la Nation, Bürger!«

Mein Vater war überzeugt, dass diese Unterhaltung ihn nun den Kopf kostete. Wie so viele Landsleute zuvor. Er stieß erneut einen tiefen Seufzer aus und hielt plötzlich in der Bewegung inne. Ein zartes Lächeln erschien auf seinen Lippen. »Weißt du noch, Isabelle?«

Er reichte mir eine Zeichnung, die er aus der Lade des Sekretärs in seiner Schlafkammer zog. Sie erinnerte an bessere Zeiten. Ohne Hunger und Geldnot. »Dieses Diamantenhalsband hat die Schönheit unserer Königin betont.«

Ich stimmte ihm zu. Ich musste nicht genau hinsehen, um zu wissen, welche Darstellung mein Vater in Händen hielt. Das Halsband hatte er vor sechs Jahren für Marie Antoinette gefertigt. Seitdem befand es sich in ihrem Besitz. An wen die Kette nach ihrem Tod übergegangen war, entzog sich unserem Wissen. Jedoch war ihre Beschaffenheit fest in meinem Kopf verankert: Diamanten, die Wassertropfen ähnelten, reihten sich dicht aneinander. Mit äußerster Sorgfalt in Form geschliffen. Monatelang hatte mein Vater für den Entwurf über das Papier gebeugt verbracht. Mit geübten, fast zärtlichen Bewegungen hatte er die Kohle über das Blatt geführt, starke und schmale Striche entstehen lassen. Immer darauf bedacht, ein Meisterwerk herauszuarbeiten. Die Genauigkeit, mit der er die passenden Edelsteine ausgewählt hatte, glich einem heiligen Akt.

»Das Halsband muss faszinierend wie eine einzigartige Perle und göttlich wie eine Rose sein«, hatte er während der Anfertigung vor sich hin gemurmelt. Bis ihn endlich die Gewissheit, Marie Antoinettes Schönheit in dem Schmuckstück eingefangen zu haben, zur Ruhe hatte kommen lassen. Die Erkenntnis hatte ihn sogleich von der unsäglichen Qual befreit, dem Auftrag nicht gewachsen zu sein. Mein Vater verehrte die Österreicherin, auch noch als sie bereits vom Volk verachtet und beschimpft wurde. Auch, als man ihr Unzucht mit dem eigenen Sohn vorgeworfen hatte. »Alles Lügen«, hatte er voll Überzeugung gemurmelt, obwohl er die Gründe des Aufstandes durchaus verstand. Das Volk hungerte.

»Die Not ist eine Krankheit, die einen auffrisst, bis man sie bekämpft«, hatte er stets betont. Als dann die Revolution ihr Lied anstimmte, hatte er gesagt: »Ab heute werden wir nicht mehr sein, wer wir sind.«

Ich befürchtete, die Tatsache, dass er einst der Goldschmied der Königin gewesen war, hatte die Soldaten veranlasst, sich zu uns auf den Weg zu machen. Ich nahm ihm die Zeichnung aus der Hand und verstaute sie in einer Holzschatulle. Daneben legte ich den Ring und die feingliedrige Kette meiner geliebten Mutter. Von diesen Schmuckstücken wollten wir uns niemals trennen, mochte der Hunger noch so groß sein und das Elend noch so bitter daherkommen. Mein

Vater lockerte den Dielenboden. Ein Loch erschien. Ich stellte die Schatulle hinein und umwickelte sie fest mit Schafwolle, eher wir den Boden wieder verschlossen. Danach platzierte mein Vater zwei Livres in der Lade seines Sekretärs.

»Leg dein Seidentuch auf dein Bett und danach einen Assignat über fünfzehn Sous auf die Werkbank in der Werkstatt.«

»Weshalb?«

»Weil die Raffgier Menschen blind macht. Finden sie etwas von Wert, das sichtbar herumliegt, werden sie die Verstecke hoffentlich übersehen.«

Ich folgte seinen Anweisungen. Gerade als ich den Assignat auf die Arbeitsbank legte, ließ uns wütendes Pochen an der schweren Eingangstür zusammenzucken.

Mit bedrückender Reglosigkeit nahm mein Vater die Perücke vom Stuhl und setzte sie auf. Erst heute Morgen hatte ich sie mit weißem Puder bestäubt. Das heftige Hämmern wiederholte sich.

»Bürger Blanc! Öffne die Tür!«

»Isabelle. Nun bin ich wohl an der Reihe. Schreib auf, was uns widerfährt. Eines Tages wird das Ende von Robespierre und seinen Bluthunden kommen. Spätestens dann muss die ganze Welt von den Grausamkeiten erfahren, die dieser Mann seinem eigenen Volk antut.« Mein Vater drückte mir einen langen Kuss auf die Wange. »Es sind keine guten Zeiten. Pass gut auf dich auf, meine Tochter. Und glaube fest daran, dass wir uns in ferner Zukunft wiedersehen.« Er presste kurz die Lippen aufeinander, als müsste er Tränen unterdrücken, ehe er weitersprach. »Sie können die Kirchen verschließen, die

Glocken verstummen lassen, sie einschmelzen und Kanonen daraus gießen. Die Gottesdienste durch Feste der Republik ersetzen, doch das freie Denken werden sie uns nicht rauben. Möge Gott seine schützende Hand über unser geliebtes Frankreich halten und über dich, meine geliebte Tochter.«

Er trat mit erhobenem Haupt zur Tür und zog sie mit verächtlicher Miene auf. »Was wollt ihr?«

Acht Soldaten der Garde Nationale – in der blau-weiß-roten Uniform, die sie seit vier Jahren trugen – standen davor.

»Bürger Jean-Luc Blanc. Im Namen des Revolutionstribunals befehlen wir dir, mitzukommen.«

Einem Impuls nachgebend, lief ich zur Tür, warf mich schützend vor meinen Vater, klammerte mich fest an die Schultern des Kommandanten. »Ihr dürft ihn nicht mitnehmen. Er hat nichts getan.«

Der Kommandeur stieß mich grob zur Seite.

»Halt den Mund!«, herrschte er mich an.

Ein Soldat richtete das Bajonett auf mich.

»Isabelle«, sagte mein Vater mahnend. »Es hat keinen Sinn. Lass sie.«

Sie banden ihm die Hände auf den Rücken und prügelten ihn zu dem Karren, der ihn ins Gefängnis bringen sollte. Unser früherer Wohlstand gab ihnen das Recht, ihn zu schlagen. Ihre starren Überzeugungen ließen keinerlei Raum für Menschlichkeit. Ich stürzte hinterher. Ein Soldat schwang seine Waffe und schlug mir den Kolben gegen die Stirn. Ich fühlte einen brennenden Schmerz, taumelte zurück, verlor den Halt und fiel mit voller Wucht auf den Boden. Dort blieb ich liegen wie ein Haufen vergessener Unrat.

Der Karren setzte sich schwerfällig in Bewegung. Mein Vater schenkte mir einen letzten traurigen Blick, seine Lippen formten ein allerletztes Adieu. Wir würden uns auf Erden nie wiedersehen. Ich wollte um Hilfe rufen. Doch kein Laut entwich meiner Kehle. Wer hätte mir auch helfen sollen? Wir alle lebten in einem Sumpf aus Angst. Als es mir endlich gelang, wieder auf die Beine zu kommen und mich zum Haus zurückzuschleppen, flehte ich zu Gott, mich sterben zu lassen.

Im nächsten Moment loderte in mir ein Funken Widerstand auf, ganz so, als wäre mir Olympe de Gouges' Geist erschienen. Um mir Mut einzuflößen, mir zuzuflüstern, nicht aufzugeben. Wenige Schritte vor der Eingangstür drehte ich mich noch einmal um. Mit hassverzerrtem Gesicht starrte ich in jene Richtung, in die mein Vater verschleppt worden war. Mit einer wütenden Geste zog ich mir die Haube vom Kopf. Meine rabenschwarzen Locken wehten im Abendwind wie eine Flagge der Freiheit und Gleichheit.

8

In dieser Nacht machte ich kein Auge zu. Abwechselnd schlug ich Kreuze, betete, fluchte und weinte. Meine Gedanken schwankten zwischen Verzweiflung und Hoffnung. Letzteres, weil mein Vater zwar die Lebensmittelpreise kritisiert hatte, jedoch niemals Robespierre persönlich oder den Nationalkonvent. Obwohl es ihn ekelte, das viele Blut fließen zu sehen, und er die Terrorherrschaft in all seiner Grausamkeit ablehnte. Er hatte schlicht das Los hingenommen, nicht mehr zu den angesehenen Bürgern des Landes zu gehören.

»Sich gegen das Verhungern aufzubäumen kann doch kein Verbrechen sein«, murmelte ich fortwährend, als hätte ich den Verstand verloren.

Um fünf Uhr morgens stand ich im Hinterhof und warf unseren vier Hühnern kraftlos Körner zum Aufpicken vor. Sie stürzten sich gierig gackernd auf das bisschen Futter. Das Bild erinnerte mich an den eigentümlichen Menschenauflauf nach der Enthauptung des Königs. Unter dem Schafott war nicht nur gelacht, getanzt und gesungen worden. Man hatte Taschentücher in das Blut des enthaupteten Monarchen getränkt, Frauen hatten ihre Finger eingetaucht, Männer sich damit Schnauzbärte aufgemalt oder die Scheiden ihrer Säbel gefüllt. Manche hatten büschelweise Haare des Geköpften sowie Fetzen seiner Kleidung erstanden. Der Aberglaube, dass Körperteile und Reliquien eines Hingerichteten Krankheiten heilten und Glück brächten, hatte selbst vor dem Leichnam von Louis XVI. nicht haltgemacht. Henker verdienten gut an ihren Opfern. Hände und Finger waren unter Dieben besonders begehrt, sollten sie doch vor dem Arm der Justiz schützen.

Ich schüttelte den Gedanken ab, warf den Hühnern noch ein paar Krümel hin und überlegte, wohin mein Vater wohl gebracht worden war. Möglicherweise in das Prison de l'Abbaye. Mit Schaudern erinnerte ich mich daran, zu welchem blutgetränkten Ort sich das Staatsgefängnis vor zwei Jahren gewandelt hatte. Hunderte wehrlose Gefangene waren von einer blutgierigen Meute brutal niedergemetzelt worden. Selbst vor Frauen und Priestern hatte die Horde keinen Halt gemacht.

Lautes Pochen, einem Kanonenschuss gleich, drang durch den Laden in den Hinterhof. Augenblicklich zuckte ich wie unter einem Peitschenhieb zusammen und ließ die Holzschüssel mit den restlichen Krumen fallen. Mit einer Hand fuhr ich in meine Rocktasche, umklammerte den Schlüssel, der sich darin befand. Ich war eine schutzlose Frau, allein in einem Haus. Leichte Beute. Aus diesem Grund hatte ich gestern Abend die Tür so gut es ging verschlossen. Allein der Gedanke, was eine Horde Soldaten außer Rand und Band mit mir anstellen konnte, lähmte mich vor Angst. Ich war sicher, dass die Kriegsknechte zurückgekehrt waren und nun vor der Tür lauerten. Ich hatte ihre gierigen Blicke gesehen. Jetzt kamen sie, um mich zu schänden. Danach würden sie stehlen, was ihnen in die Finger kam. Denn die von mir deponierten Wertsachen lagen noch an den ausgewählten Stellen.

Wieder schlug geballte Wut gegen die Tür. Lange würde das verrostete Schloss den wuchtigen Stößen nicht standhalten können. Sicher würde es nach einigen zusätzlichen heftigen Schlägen aus dem verwitterten Holz brechen. Egal wie, die Männer würden sich auf jeden Fall Zutritt verschaffen. Mit schweren Schritten durchquerte ich den Laden, griff im Vorbeigehen nach dem Messer, das auf der Werkbank lag, und steckte es in meine Rocktasche. Zumindest den Versuch, mich zu wehren, wollte ich unternehmen.

In Erwartung rasender Betrunkener öffnete ich die Tür mit einem zornigen Ruck und hielt den Atem an. Doch vor meiner Tür standen keine Artilleristen. Vor mir pflanzten sich drei zerlumpte Kerle mit schussbereiten Waffen auf. Räuber, die sich mit feurigen Augen aufs Plündern verstanden statt auf Freiheit und Gleichheit.

»Wir haben vom Schicksal deines königstreuen Vaters gehört«, sagte der Bulligste von ihnen. Wahrscheinlich der Anführer. Einer mit Pockennarben im Gesicht spuckte verächtlich vor mir auf den Boden.

»Und davon, dass du dich jetzt ohne männlichen Beistand in diesem ehrwürdigen Hause aufhältst, Bürgerin Isabelle. Das ist nicht schicklich. Zieht es doch allzu leicht dunkle Gesellen an.« Der Bandenführer äffte spöttisch den Tonfall eines gebildeten Mannes nach. Das breite Grinsen, das er dabei aufsetzte, zeigte Zahnlücken zwischen seinen verfaulten Zähnen. Der Dritte, ein etwa Zwanzigjähriger mit roten Haaren, grinste dümmlich.

Ich schluckte schwer. Mit pochendem Herzen wappnete ich mich. Meine Finger umfassten den Griff des unter der Schürze verborgenen Messers.

Die drei drängten an mir vorbei, warfen die Eichentür wieder ins Schloss. Überrascht beobachtete ich sie dabei, wie sie den Laden durchwühlten, die alte Werkbank inspizierten, als vermuteten sie Goldreste auf dem morschen Holz. Sie entdeckten den Assignat über fünfzehn Sous. Der Anführer hielt die Banknote vor dem Fenster gegen das Licht, um das Wasserzeichen zu prüfen. Es war viel falsches Papiergeld im Umlauf. Dieser Geldschein jedoch war echt. Zufrieden steckte er das Papiergeld ein. Dann stapfte er mit dem Rothaarigen die schmale Treppe hinauf. Der Pockennarbige blieb zurück, um mich zu bewachen. Ich hörte die Schritte im oberen Stockwerk. Ich stellte mir vor, wie sie die Räume durchwühlten. Wie sie die bewusst in der Tischlade liegen gelassenen zwei Livres entdeckten sowie das Seidentuch auf dem Bett. Ich sank auf einen Stuhl und blickte wie erstarrt zu Boden. Stumm dankte ich meinem Vater für den Rat. Zugleich schickte ich ein Stoßgebet zum Himmel, dass die Eindringlinge die Verstecke in den losen Mauerwerken und die Schatulle im Dielenboden nicht aufstöbern würden. Während die beiden über uns bei ihrem Raubzug lärmten, spürte ich, dass der Zurückgelassene mich nicht aus den Augen ließ. Er musterte mich wie ein Stück Vieh, um das sie sich am Ende des Überfalls streiten würden. Ich hob den Kopf, blickte ihn direkt an. Er grinste, in Gedanken lag er wahrscheinlich bereits auf mir. Mit aller Kraft unterdrückte ich den Impuls, wieder wegzusehen. Ich wollte Stärke zeigen. Keinen Funken Angst sollte er in mir vermuten.

Seine Kameraden polterten die Treppen herunter. Ich hielt den Atem an. Wie lange konnte ein Messerstich sie von der Schändung abhalten? Was, wenn ich sie in den Bauch oder noch besser zwischen die Beine stach? Während ich darüber nachdachte, töteten sie die Hühner. Ihre leblosen Leiber zwängten sie in Säcke. Ich war zu erschöpft, um darum zu betteln, mir wenigstens eine Henne zu lassen. Ein Ei pro Tag, mehr brauchte ich nicht, um zu überleben.

»Du bist stark«, beschwor ich mich tonlos. »Du hältst auch ohne das Federvieh durch.«

Plötzlich packte mich der Anführer – das Blut meiner Hühner noch an den Fingern – am Arm und riss mich brutal auf die Beine. Meine Hand rutschte aus der Rocktasche. Das Messer fiel zu Boden. Mit vor Entsetzen aufgerissenen Augen starrte ich ihn an. Er lachte hämisch, schoss es mit der Spitze seines Stiefels weg. Nun war es also so weit. Natürlich bekam der Rädelsführer das Recht, der Erste zu sein. Ich hielt seinem Blick stand, obwohl ich Todesangst verspürte. In meinen Gedanken erklangen plötzlich die Glocken der seit Revolutionsbeginn aufgelösten Kirche Saint-Martin-Des-Champs. Die Erinnerung an den dumpfen Ton spendete Trost. Er ließ meinen Arm los und strich mir mit einer fast sanft anmutenden Geste über den Hals. Ich roch das Blut meiner Tiere. Seine Finger wanderten nach unten. »Dreckige Hure«, zischte er abschätzig. »Wolltest dich zur Wehr setzen.« Sein Kopf zuckte Richtung Messer.

»Ich bin keine Hure.«

»Bestimmt bist du das. Eine Frau, die alleine lebt … Das ist gegen die Natur.« Er spuckte auf den Boden.

»Mein Vater …«

Er schnitt mir mit einer wütenden Geste das Wort ab. Sein Mund näherte sich meinem Ohr. Der Gestank nach Schweiß und billigem Wein stieg mir in die Nase. Ich verbat mir, ihm ins Gesicht zu spucken. Das Messer, meine einzige Waffe, lag nicht in Griffweite.

»Du wirst dir dein Brot erbetteln müssen. Niemand gibt einer Dirne wie dir etwas. Sei klug! Ich würde dich nehmen, weil ich ein guter Mensch bin und du einen Mann im Haus brauchst.« Er fuhr sich mit der Zunge über die Lippen, während seine Finger meine Brust streiften.

»Eher sterbe ich«, knurrte ich verächtlich.

Er holte aus und schlug mir mit dem Handrücken auf den Mund. »Halt dein dreckiges Maul, Hure.«

Der Schlag war so heftig, dass ich rücklings zu Boden stürzte. Ich spürte, wie meine Unterlippe aufsprang, schmeckte das Blut. Doch ich schluckte den Schmerzensschrei. Kein Laut entwich meiner Kehle.

»Wir werden sehen, wie lange du durchhältst. Schutzlos, auf dich gestellt.« Er nestelte an seiner Hose herum.

In diesem Moment flog die Eichentür auf. Ein Bär von einem Mann warf einen gewaltigen Schatten in den Raum. Alexandre Fabre, der Hufschmied, ein wortkarger Kerl, der mit seiner Familie im Haus gegenüber wohnte. Er hielt drohend einen wuchtigen Hammer in der Hand und blickte grimmig auf die Szene, die sich ihm bot. Es schien, als wisse er intuitiv, wer von den Schurken das Sagen hatte. Denn er war mit drei Schritten bei dem Anführer, packte ihn mit seiner Pranke am Kragen und drückte ihn gegen die Wand. Die anderen wollten ihrem Freund helfen, doch Fabre schwang den Schmiedehammer bedrohlich in ihre Richtung. Jeder,

der sich ihm näherte, lief Gefahr, einen tödlichen Schlag abzubekommen.

»Ihr verschwindet besser.« Seine Stimme schnitt mit Autorität durch den Raum. »Und das Diebesgut lasst ihr da.«

Der Anführer kniff die Augen zusammen. Wütende Falten standen auf seiner Stirn. Der Rothaarige fasste Mut und stürzte sich auf den Hufschmied. Dieser versetzte ihm mit dem Hammer einen heftigen Hieb gegen die Brust, ohne den Wortführer loszulassen. Der Angreifer jaulte schmerzerfüllt auf und ging keuchend zu Boden. Der Bandenführer rang inzwischen nach Luft, weil Fabre ihm den Hals zudrückte und ihn so langsam in die Knie zwang. Der Schmied löste die Umklammerung, der Bandit kippte zur Seite und blieb reglos liegen. Eingeschüchtert starrte ich den Mann an. War der Dieb tot? Der Pockennarbige wich erschrocken zurück. Er war schmächtiger als sein Gegenüber, wog ab, ob er es mit dem Bären aufnehmen konnte oder die Flucht ergreifen sollte. Fabre schwang erneut bedrohlich seine eiserne Waffe. »Verschwindet!«

Der Rothaarige rappelte sich hoch, holte tief Luft und warf dem mit den Pockennarben einen Blick zu. Der stürzte daraufhin nach vorne. Die Kerle entschieden sich offenbar für einen Angriff. Ich verkroch mich in eine Ecke, schloss die Augen. Ich hörte Kampfgeräusche. Fäuste, die auf Kiefer und Kopf trafen, Gestöhne, der Hammer, der Knochen brach, Schmerzensschreie. Ich presste meine Hände fest auf meine Ohren, als könnte ich so in eine andere Welt abtauchen. Es gelang nicht. Der Lärm drang unerbittlich in jede Faser meines Körpers. Ich betete stumm. Auf einmal war es still. Dennoch getraute ich mich nicht, hinzusehen.

»Und nehmt euren Anführer mit!«, hörte ich die dunkle Stimme des Hufschmieds. Schleifgeräusche. Schritte.

Dann: »Es ist vorbei«, sagte Fabre in einer Sanftheit, die ich diesem Kraftmenschen auf den ersten Blick nicht zugetraut hätte.

Ich öffnete die Augen. Er stand vor mir, half mir auf die Beine. Das Raubgut lag auf dem Boden.

»Merci«, krächzte ich kraftlos.

»Sie werden zurückkommen. Camille, meine Frau, hat vorgeschlagen, dass du bei uns bleibst, bis dein Vater zurückkommt.« Sein Gesichtsausdruck verriet, dass auch er nicht an dessen Rückkehr glaubte.

»Ich kann nicht ...« Unmöglich konnte ich die Wertgegenstände in der Mauer, den Ritzen und dem Dielenboden unbeaufsichtigt zu lassen. Es käme mir vor, als ob ich die Arbeit meines Vaters verraten würde. Doch das konnte ich dem Hufschmied nicht sagen.

Er nickte dennoch, als verstünde er. »Dann werde ich morgen einen schweren Eisenriegel an der Tür und dem Fenster in der Werkstatt anbringen. Und ich werde auf dich aufpassen, Isabelle Blanc. So gut ich kann.«

Ich blickte ihn an, brachte jedoch kein Wort heraus. Schließlich warf ich mich in seine Arme und weinte.

Tief sitzende Furcht zerfraß fortan meine Seele. Beim leisesten Geräusch zuckte ich angsterfüllt zusammen. Die nächsten zwei Tage ernährte ich mich von dünner Brühe, obwohl die Banditen vier Eier übersehen hatten. Zum Glück waren sie nicht mehr zurückgekommen, um ihre schändliche Tat an mir zu vollenden. Entweder hatte ihnen Fabre gehörig Angst eingejagt, oder sie waren weitergezogen, quälten ein neues Opfer. Der Hufschmied verankerte wie versprochen schwere Riegel an Tür und Fenster. So fühlte ich mich besser geschützt. Zudem verließ ich das Haus zu keiner Stunde.

Fabre versuchte indessen für mich eine Erlaubnis zu erwirken, meinen Vater im Gefängnis sehen zu dürfen. Vergebens. Sie gewährten mir nicht einmal einen Blick auf ihn. Ich saß auf meinem Bett und starrte ins Leere, erfüllt von jener Vorahnung, die sich bald erfüllen sollte. Der ehemals angesehene Goldschmied Jean-Luc Blanc wurde im Schnellverfahren verurteilt. Das Leben meines Vaters endete unter der Guillotine. Mit ihm richtete man noch zehn andere Pariser Bürger hin. Alle angeklagt als Feinde des Volkes. Wohin sie die Leiche meines Vaters brachten, wollte mir niemand sagen. Gerüchte besagten, dass die Guillotinierten auf einem in der Rue Pigalle gelegenen Kirchhof begraben wurden. Doch das war eine Lüge. In Wahrheit verscharrte man die Hingerichteten in einem Massengrab am Rande der Stadt. Ein Brachland, in der Nachbarschaft einer großen Abfalldeponie, wie mir Fabre hinter vorgehaltener Hand verriet.

In dieser Nacht rief der Nachtkauz besonders eindringlich nach mir. Wie oft hatte ich seine düsteren Rufe schon gehört. »Viens avec moi! Komm mit mir!« Ein Lockruf für die Todgeweihten. Ich setzte mich an den Sekretär meines Vaters und nahm ein unbeschriebenes dünnes Notizbuch aus der Lade. Ich wollte ihm seinen letzten Wunsch erfüllen und von der Willkür und Ungerechtigkeit dieser Schreckensherrschaft berichten. Mit zittrigen Fingern tauchte ich die Gänsefeder in die Tusche und notierte das Datum.

Samstag, der 7. Juni – 19. Prairial Décade II Jour du Quintidi. So hieß es nach dem neuen Revolutionskalender. Dieser Tag löschte nicht nur das Leben meines Vaters, sondern auch mein bisheriges Dasein aus. Mit einer Gleichgültigkeit, als erstickte man die Flamme einer flackernden Kerze.

9

Am Tag nach dem Tod meines Vaters war ganz Paris auf den Beinen. La Fête de l' Être suprême, das Fest des höchsten Wesens, der Ersatz für unseren bisherigen Gott. Diesem Wesen wurde mit einem pompösen Ehrentag Achtung erwiesen. Robespierre sprach in den Tuilerien zum Volk. Danach entzündete er einen Scheiterhaufen, auf dem als Zeichen des neuen Kultes eine Statue des Atheismus verbrannt wurde.

Anschließend zog die Menge zum Marsfeld, einer großen Grünfläche. An diesem Ort hatte das Volk einen Eid zu sprechen. Ich war zu Hause geblieben, unfähig, meine Wohnstätte zu verlassen und an den Feierlichkeiten teilzunehmen. Gelähmt von jenem schrecklichen Gedanken an den Tod meines Vaters. Er, der nie wieder in der Werkstätte sitzen und über Schmuckstücke, Kerzenhalter oder Obstschalen grübeln würde. In dem Bewusstsein musste ich forthin abends einschlafen und morgens erwachen.

Die Tage vergingen, ohne dass etwas mich berührte. Ich fühlte mich erschöpft, mein Kopf schmerzte. Mir fehlte jedweder Antrieb. Ich starrte vor mich hin und verschwand langsam hinter einem Nebelschleier in einer düsteren Welt.

Leises Pochen schreckte mich aus meiner Leblosigkeit. Ich ignorierte es. Doch es wiederholte sich, wurde fordernder.

Mit Angstschweiß auf der Stirn schlich ich auf Zehenspitzen zur Tür. »Wer ist da?«

»Ich bin es! Camille, die Frau des Hufschmieds.«

Um den Riegel zur Seite zu schieben, brauchte ich beide Hände. Ich war überzeugt, dass die Sperre, die Fabre angebracht hatte, selbst einem wütenden Stier trotzen konnte. Eine kleine, dürre Gestalt mit großen, nahezu schwarzen Augen hielt mir einen in einem Tuch verborgenen Kanten Brot und ein Stück Käse hin. Augenblicklich lief mir das Wasser im Mund zusammen. Heute war Freitag der 13., ein Glückstag. Ich ließ sie eintreten, und sie drückte mir das Leinen in die Hand. Ich schüttelte den Kopf. »Das ist …«. Diese großzügige Geste konnte ich in diesen Zeiten der Knappheit nicht annehmen.

»Alexandre hat einen ganzen Laib vom Bäcker bekommen. Er hat ihm dafür seinen Maulesel beschlagen.«

»Aber …«

»Du musst etwas essen«, unterbrach sie mich streng. »Schau dich doch an!«

Ich schenkte ihr einen dankbaren Blick. Aus ihrem grauen, nachlässig geknoteten Kopftuch quollen rotbraune Locken hervor. Eine winzige Wölbung unter dem Rock aus leichtem Baumwollstoff verriet, dass sie guter Hoffnung war. Das Brusttuch war salopp gebunden.

»Ich will euch nichts wegnehmen, Madame«, versuchte ich erneut die Hilfe abzulehnen. Kein Mensch in der Rue Saint-Claude lebte im Überfluss, sodass er Speis und Trank teilen konnte.

»Madame«, lachte sie spöttisch. »Ich bin die Frau des Schmieds, keine Herzogin. Nenn mich bei meinem Namen.

Camille. Und mein Gemahl ist Alexandre.« Ein gütiges Lächeln begleitete ihre Worte.

Ich kämpfte mit den Tränen. Es war lange her, dass mir jemand so offen seine Freundschaft angeboten hatte. Dennoch wollte ich niemandem etwas schuldig sein. Dass ihr Mann mich vor den Gaunern gerettet hatte, war bereits Beistand genug gewesen.

»Das Ungeborene muss im Moment dringender essen als ich.« Ich deutete auf ihren Unterleib.

»Du nimmst uns nichts weg. Ich sticke und nähe für wohlhabende Bürgerinnen Tischdecken. Das bringt uns zusätzlich ein paar Livres ein oder manchmal auch ein Stück Käse. Darüber hinaus habe ich deiner Mutter kurz vor ihrem Tod versprochen, dir eine Freundin zu sein, solltest du in Not geraten. Sie war eine gute Frau.«

Ihre Worte rührten mich. »Das war sie.« Ich schüttelte den traurigen Gedanken an ihren viel zu frühen Tod ab.

»Ich hätte schon eher an deine Tür klopfen sollen. Doch Alexandre meinte, wir sollten dir ein paar Tage Ruhe gönnen nach dem Schrecklichen, das dir widerfahren ist.«

»Danke, dass du gekommen bist. Aber lass uns nach unten gehen. Hier sitzt der Teufel in jeder Ecke.« Für mich stellte die Werkstatt meines Vaters seit seinem Tod einen Ort der schmerzhaften Erinnerung dar. Ich stieg die Steinstufen ins Souterrain hinunter. Camille folgte mir. Die Sonne, die durch die schmale Luke im Untergeschoss schien, erhellte den Raum und ließ ihn beinahe gemütlich erscheinen. Wir setzten uns an den Tisch. Ich legte das Brot darauf, brach ein kleines Stück ab und schob es mir gierig in den Mund. Es schmeckte himmlisch, einem Festmahl gleich. Die vergangenen Tage hatte ich kaum Nahrung zu mir genommen.

»Wann ist es so weit?« Ich deutete erneut auf Camilles Unterleib, während ich mir noch ein Brotstück abbrach. Den Rest wollte ich aufheben, um eine Weile damit auszukommen.

»Im Winter.« Sie strich sanft über die kleine Beule.

»Könnte auch ich für reiche Bürgerinnen nähen?«, fragte ich vorsichtig.

»Warum willst du das tun? Warum arbeitest du nicht als Hebamme, wie deine Mutter? Schwangere gibt es in unserer Umgebung beileibe genug.« Sie lachte.

»Ich habe noch nie einem Kind auf die Welt geholfen«, gab ich kleinlaut zu.

»Sie hat dich doch sicher zu einigen Geburten mitgenommen, um ihr Können an dich weiterzureichen. So wie es üblich ist.«

»Sie hat mir viel beigebracht, aber leider hat sie es nicht mehr geschafft, mir vor ihrem Tod ihr ganzes Wissen weiterzugeben.« Ich schüttelte traurig den Kopf.

»Du bist die Tochter deiner Mutter. Egal, welche Fähigkeit sie dich nicht lehren konnte. Dein derzeitiger Wissensstand wird reichen, da bin ich mir sicher«, erwiderte Camille bestärkend. Sie nahm meine Hand und legte sie auf ihren Bauch. »Spürst du's?«

Ich spürte es. Das Ungeborene trat von innen gegen jene Stelle, auf der meine Finger lagen. »Wie fühlt sich das für dich an?«

»Im Moment noch, als würden winzige Schmetterlinge ihre Flügel in meinem Bauch ausbreiten. Später, wenn es größer ist, werden die Bewegungen stärker und die Tritte heftiger.«

Camille sprach aus Erfahrung. Ihr erstes Kind, ihr Sohn Albert, war vor zweieinhalb Jahren geboren worden. Albert war das letzte Kind gewesen, bei dessen Geburt meine Mutter geholfen hatte. Früher hatte sie hauptsächlich Aristokratinnen zur Seite gestanden. Nach dem Umzug in die Rue Saint-Claude hatte sie der ärmeren Bevölkerung der Umgebung ihre Dienste zukommen lassen. Im Gegenzug hatte sie bescheidene Mengen Öl, Mehl oder einen Kanten Brot erhalten. Neun Monate hatte sie dieses jämmerliche Dasein erdulden müssen.

Ihre Erkrankung war schleichend gekommen. Zuerst hatte sie anhaltend gehustet, dem waren Fieberschübe gefolgt. Das Atmen fiel ihr zusehend schwerer, egal, was ihr die Ärzte zur Linderung gaben. Eines Tages hatten sich rote Flecken auf dem Taschentuch abgezeichnet, das sie sich bei den Hustenanfällen vor den Mund gehalten hatte. Bald darauf hatte man die Krankheit beim Namen genannt: Tuberkulose. Sie war vor sich hin gesiecht, vor unseren Augen verschwunden, bis der Herr ihrer gnädig war und sie zu sich nahm.

Camille streichelte sanft über die kleine Wölbung. »Das hier wird ein Unruhegeist, wie sein Vater.« Sie lächelte. Doch von einem Moment auf den anderen verfinsterte sich ihre Miene. »Es gibt noch einen weiteren Grund, weshalb ich dich aufsuche.« Sie sah mich eindringlich an. Irgendetwas lag in ihrem Blick, das mich auf einmal verängstigte.

»Ich will dich vorwarnen. Man hat beschlossen, dich zu verheiraten.«

Mir verschlug es den Atem. Entsetzt starrte ich sie an. Daran, dass mir nach dem Tod meines Vaters eine Zwangsehe drohte, hatte ich keinen Gedanken verschwendet.

»Alexandre hat es heute Morgen vom Bäcker erfahren. Es geht nicht, dass du hier ohne einen Ehemann lebst, meinen einige ehrenwerte Bürger.«

Mein Hals fühlte sich plötzlich rau an. Ich musste mich räuspern, ehe ich die Frage stellte, die unmittelbar mit der Botschaft einherging. »Hat man schon einen Bräutigam für mich ausgewählt?«

»Nein. Aber du bist eine wahre Schönheit. Von daher bin ich überzeugt, es wird bald viele Interessenten geben. Ich hoffe nur, dass sie dich in die Entscheidung einbeziehen und nicht über deinen Kopf hinweg bestimmen.«

»Niemals!«, brauste ich auf. »Kein Nationalkonvent dieser Welt drängt mich in eine Zwangsehe.« Ich verschränkte wütend die Arme vor der Brust. »›Die Frau ist frei geboren und bleibt dem Manne gleich an Rechten‹«, zitierte ich einem Impuls nachgebend den ersten Artikel der Deklaration von Olympe de Gouges.

Camille schlug sich erschrocken die Hand vor den Mund. »Lass das nur ja nicht die Robespierristen hören. Das kostet dich den Kopf.«

»Besser den Kopf als die Ehre«, erwiderte ich stolz und fühlte erstmals seit Tagen wieder einen Funken Leben in mir.

Camille lachte lauthals, als hätte ich einen guten Witz erzählt. »Stur wie ein kastilisches Maultier. Aber du hast ja recht«, flüsterte sie dann, als befürchtete sie Spione in meinem Haus. »Sie werden dich nur mit einem Mann vermählen, der Robespierres Gedanken befürwortet oder gar ein glühender Anhänger seiner Ideen ist. Mit Gewissheit werden sie ihn auffordern, dich zu zähmen. Denn seitdem dein Vater … Der Makel, ein Feind der Revolution zu sein …«

Ich stoppte sie mit einer unwilligen Geste. Ich kannte die Vorbehalte gegen ihn. »Sie werden mich nicht in die Knie zwingen.«

Camille seufzte freudlos. »Du bist eine Frau, Isabelle. Deine Meinung ist ihnen gleichgültig. Vielleicht wählen sie ja einen guten Mann für dich aus.«

»Einen, der mich zähmt«, stieß ich verächtlich aus. »Wir wissen beide, wie eine derartige Zähmung aussehen wird.« Der Anführer der Diebesbande und sein schmieriges Grinsen kamen mir in den Sinn. Von der Sorte gab es Hunderte.

Camille verzog das Gesicht zu einem gequälten Lächeln. Es schien, als fiele es ihr schwer, auszusprechen, was ihr auf der Zunge lag. »Du weißt, wie man Frauen nennt, die die Ehe verweigern?«

»Natürlich. Femme galante, wenn man sie nicht gleich als Hure beschimpft«, antwortete ich in einem bemüht standhaften Tonfall. Doch ich hörte selbst, wie brüchig meine Stimme klang. Wie sollte ich in Zukunft aufrecht durch die Straßen gehen, wenn jeder in mir nur mehr eine Hure sah? Eine Person, die keinen Respekt verdiente, obwohl die meisten Männer derartige Liebesdienste in Anspruch nahmen. Meine Lage war hoffnungslos. Zusätzlich würde meinem auserwählten Ehemann das Haus meines Vaters gehören. Denn als Frau stand es mir nicht zu, Eigentum zu besitzen. Jedoch verbat mir mein Stolz, kampflos klein beizugeben.

»Ich würde jeden von Alexandre verprügeln lassen, der dich so bezeichnet, ma chère Isabelle. Das weißt du. Aber ich fürchte, das allein wird sie nicht aufhalten.« Sie erhob sich. »Ich muss jetzt gehen. Albert tanzt Alexandre sicher schon auf der Nase herum. Und weiß der Himmel, was die beiden anstellen, solange ich nicht zu Hause bin.«

Ich begleitete sie zur Tür und schob hinter ihr den Riegel wieder fest in die Verankerung.

An diesem Abend kniete ich das erste Mal seit dem Tod meines Vaters nieder und betete. Nicht zum höchsten Wesen, sondern zu Gott. Meinem Gott. Ich hoffte, dass mir das Gebet ein wenig innere Ruhe verschaffte. Tat es aber nicht. Mir war zum Sterben elend, ich wälzte mich schlaflos im Bett von einer Seite zur anderen. Ich wünschte, ich könnte die Größe einer Maus annehmen, um mich in einem der Löcher hinter dem Mauerwerk zu verkriechen und nie wiederauftauchen zu müssen. Verdursten und verhungern, hämmerte es in meinem Kopf. War das die Lösung? Wasser und Brot zu verschmähen. Doch was geschah dann mit den versteckten Zeichnungen meines Vaters? Man würde sie finden und vernichten. Das Andenken an Jean-Luc Blanc auslöschen. Dies wollte ich meinem Vater nicht antun. Ich beschloss, am Leben zu bleiben.

Mithilfe eines Spans zündete ich eine Leuchte an, stieg tief in der Nacht die Stufen zur Werkstatt hinunter. Mit raschen Handgriffen holte ich Olympe de Gouges' Schriftstück aus einem Versteck hinter dem losen Mauerwerk hervor. »La Déclaration des droits de la femme« hatte sie im September 1791 veröffentlicht. Neben der Gleichheit von Frau und Mann behandelte sie darin die unfreiwillige Verheiratung von Frauen. Bereits damals warnte sie lautstark vor Maximilien de Robespierre und Jean-Paul Marat. Trotzdem hatten die Jakobiner bald die Mehrheit im Nationalkonvent erhalten. Nach ihrer Verhaftung schrieb Olympe weiterhin gegen

Robespierre an, bis zu ihrem Tode. Ich zog die Niederschrift heraus und umklammerte sie wie die Bibel. Auch wenn mir zum Sterben elend war, diese Zeilen würden mir die Kraft verleihen, die dunklen Zeiten zu überstehen.

In den nächsten Tagen arbeitete der Henker ohne Unterlass. Allein am 29. Prairial, dem 17. Juni, schlug er innerhalb einer halben Stunde 54 Menschen den Kopf ab. Eine Leistung, die ihm vom Wohlfahrtsausschuss eine zusätzliche Entlohnung einbrachte. Mich hingegen versetzte es in Angst und Schrecken, denn das Beil konnte jeden treffen. Zwei Wochen lang kamen weder mir noch Alexandre oder Camille Neuigkeiten über meine geplante Eheschließung zu Ohren. Ich redete mir ein, dass der Bäcker lediglich ein Gerücht nachgeplappert hatte, das sich als Falschinformation herausstellen würde. Oder man die Sache vertagt hatte. Das verschaffte mir Zeit. Immer mehr Hoffnung regte sich in mir, je mehr Tage verstrichen.

Am letzten Junitag tauchten zwei Männer vor unserem Haus auf. Ihre elegante Kleidung wies sie als Bürger der oberen Schicht aus. Die Perücken waren frisch gepudert. Bei einem – ich schätzte ihn auf etwa dreißig Jahre – zog sich eine auffällige Narbe über die linke Wange. Der andere war etwas älter, er hatte eine spitze Nase und blickte mich mit wachen graugrünen Augen an. Sein Gesicht hatte ich mit Bestimmtheit schon einmal gesehen.

»Isabelle Blanc, welche Schönheit du geworden bist«, sagte der Ältere und stellte sich mit leichter Verbeugung als Advokat Jacques Morel vor. Den Namen seines Begleiters erwähnte er nicht. In dem Moment kam mir die Erleuchtung.

Mein Vater hatte für seine Frau vor einigen Jahren ein Armband angefertigt. Gewiss wollte er neuerlich ein Schmuckstück anfertigen lassen.

»Was führt Euch in diese ärmliche Gegend? Mein Vater ist tot, das sollte euch bekannt sein.«

»Das ist es. Aber gehen wir hinein, da redet es sich besser«, begehrte er höflich Einlass. »Die Hitze liegt wie Blei über der Stadt und drückt den erbärmlichen Gestank nach Schweinen und Urin in die Straßen.«

Vertrauensvoll trat ich einen Schritt zur Seite, um sie einzulassen. Er bedeutete mir, voranzugehen. Mein Herz schlug mir bis zum Hals. Kaum hatte ich die Tür geschlossen, veränderte sich sein freundlicher Gesichtsausdruck. Mit hartherzigem Blick brachte er sein Anliegen vor.

»Nach dem Gesetz dürfen Frauen kein Eigentum besitzen. Das ist dir sicher bekannt.«

»Gewiss.« Instinktiv schlug ich die Augen nieder.

»Daher habe ich das Haus gekauft. Es ist nun mein Eigen.«

Die Worte drangen an mein Ohr, jedoch begriff ich nicht deren Sinn. Ich hob den Kopf, starrte Jacques Morel fassungslos an. Sein Begleiter stellte sich breitbeinig vor die Eingangstür als erwarte er, meine Flucht vereiteln zu müssen.

»Zudem berieten wir im Konvent darüber, was nun, da du alleine bist, mit dir geschehen soll.«

Ich blähte meine Nasenflügel, bereit, aufzubegehren. Ich beabsichtigte zu erklären, allein in dem Haus wohnen bleiben zu wollen, das nun ihm gehörte. Dass ich für mich sorgen konnte. Doch noch bevor mir das gelang, gab mir der Rechtsvertreter mit einer Geste zu verstehen, dass ich zuzuhören hatte.

»Wie du vielleicht weißt, ist meine Frau vor zwei Jahren bei der Geburt unseres vierten Kindes gestorben.«

»Nein, das wusste ich nicht. Es tut mir leid.« Quälend langsam bekam ich eine Ahnung davon, weshalb er gekommen war. Es schnürte mir die Kehle zu. Ich war in die Falle getappt, hätte ihm die Tür vor der Nase zuschlagen sollen. Er grinste breit. Offenbar erheiterte ihn mein Entsetzen.

»Du brauchst jemanden, der sich um dich kümmert, und ich brauche eine Mutter für meine Kinder.« Er sprach als böte er mir einen fairen Handel an. Ich hielt die Luft an. Er streckte die Hand aus, zog mich an sich und zwang mir einen Kuss auf. Sein Atem stank nach Rauch und Alkohol. Ich verspürte einen unbändigen Zorn und widerstand dem Drang, ihn in die Lippe zu beißen. Eine innere Stimme warnte mich eindringlich, dies zu unterlassen. Ich versuchte mich aus der Umarmung zu winden.

Morel gab nach und ließ mich frei. »Du bist hübsch. Deshalb haben wir um dich geschachert wie Jäger um einen erlegten Fasan für den Festtagsbraten«, reizte er mich.

Ich verzog keine Miene, unterdrückte auch das Verlangen, ihm meine Verachtung ins Gesicht zu brüllen. Lediglich mein Schultertuch zog ich fester um meinen Körper. Danach sahen die beiden Männer sich mit einer Selbstverständlichkeit im Haus um, ganz so, als hätte ich sie hergebeten um mir einen guten Preis dafür zu machen. Der Advokat zeigte sich nach dem Rundgang zufrieden und verlangte nach dem Hausschlüssel. Widerwillig drückte ich ihm den meines Vaters in die Hand. Meinen Schlüssel behielt ich.

»Den schweren Riegel brauchst du ab heute nicht mehr. Niemand wird es wagen, Jacques Morels Braut auch nur ein

Haar zu krümmen oder mein Eigentum zu zerstören.« Sein Blick wanderte die Wände entlang. Mein Atem stockte.

»Aus dem Ganzen hier lässt sich etwas machen«, sagte er schließlich. Er strich sich gelassen übers Kinn, als er sich wieder mir zuwandte. »Und wir zwei werden viel Freude miteinander haben.«

Sein Begleiter grinste breit. Mit dem Mut der Verzweiflung trat ich ein Stück Holz nach Morel, das vor mir am Boden gelegen hatte. Es verfehlte sein Ziel. Doch mein selbst ernannter Bräutigam war mit einem Schritt bei mir, packte mich an den Haaren und zog meinen Kopf brutal nach hinten. Sein Gesicht war jetzt dicht vor meinem. »So bedankst du dich für meinen Großmut?«

»Auf Knien solltest du für die edle Geste des Advokaten Morel danken. Nicht jeder ist bereit, sich mit der Tochter eines königstreuen Verräters zu vermählen«, hörte ich die Stimme seines Begleiters, obwohl Morel davor noch behauptet hatte, dass um mich gefeilscht wurde. Aber wohl eher um das Haus, als um mich.

»Da hörst du es, Isabelle«, sagte Morel sanftmütig, ohne meine Haare loszulassen. »Ich werde dir schon noch zeigen, wozu ihr Weiber auf der Welt seid. Du wirst lernen, mir zu gehorchen. Man hat mich gebührend vorgewarnt. Ich weiß, dass du eine ungezähmte Stute bist. Dein Vater hat dir zu viel Freiheit gelassen. Dein Glück, dass ich vertraut bin mit dem Zureiten von Wildpferden.«

Er lachte hämisch. Seine Hand glitt in den Ausschnitt meiner Bluse, grob betastete er meine Brüste. Dann stieß er mich von sich. Sein Begleiter fing mich auf, hielt meine Oberarme fest umklammert. Es fühlte sich an, als wären sie in einen

Schraubstock gespannt. Mein zukünftiger Ehemann holte aus und schlug mir mit der Faust ins Gesicht. Ich biss mir in die Zunge, schmeckte Blut. Der Advokat packte mich am Hals und drückte mit seiner Hand meine Kehle zu, bis ich röchelnd in die Knie ging. Ich bekam kaum noch Luft. Er knöpfte seine Hose auf.

»Nein«, flehte ich tonlos, presste Augen und Mund fest zusammen und stellte mich auf das Schlimmste ein. Alexandre!, brüllte ich stumm. Hilf mir! Doch der Hufschmied würde mir diesmal nicht helfen können. Mein vom Konvent auserwählter Bräutigam tat nichts, was ihm nicht von Gesetzes wegen zustand. Er nahm sein Eigentum in Besitz.

Plötzlich ließ er von mir ab. Ich hustete, schnappte gierig nach Luft und atmete schwer.

»Sieh mich an!«, befahl er.

Vorsichtig öffnete ich die Augen. Er starrte mich von oben herab an. »Ich freu mich schon auf die Hochzeitsnacht. Das wird ein Amüsement, mein Täubchen.« Seine Stimme klang nun kalt wie Eis. »Danach haben wir noch viele glückliche Jahre vor uns, in denen du mir jede Nacht zu Diensten sein darfst.«

Er strich mir mit dem Handrücken über die Wange. »Sofern du dich ordentlich benimmst, behandle ich dich wie eine Prinzessin. Du wirst schöne Kleider tragen. Deine Haut mit duftenden Cremes, Pudern und Parfums betupfen. Deine Haare mit wohlriechenden Ölen pflegen. Es liegt an dir, Tochter von Jean-Luc Blanc dem Verräter, ob du in meinem Bett schläfst oder am Schafott den Kopf verlierst. Merk dir das.« Er gab dem anderen ein Zeichen. »Wir haben, was wir wollten.«

Ich blieb am Boden liegen.

Morel wandte sich noch einmal um. »Schon nächsten Monat, am zehnten Thermidor, wirst du meine Frau werden.«

»Aber ich trauere um meinen Vater. Wie könnt ihr da von mir verlangen mich zu vermählen?«

»Dein Vater.« Er spuckte die zwei Wörter geradezu vor mir aus. Die Bösartigkeit in seinem Blick ließ mir das Blut in den Adern gefrieren. »Um ihn brauchst du nicht weinen. Sei stattdessen froh, dass dir so viel Glück widerfährt, mich als Gemahl zu bekommen. Ein anderer würde dich aus dem Haus jagen. Also benimm dich, sonst überlege ich mir es anders.« Sein Lachen klang wie das des Teufels.

Ich schluckte schwer, war aber klug genug, keine Widerworte zu geben.

Als die beiden die Tür hinter sich zuzogen, war mein Kopf voll böser Vorahnungen. Jacques Morel hatte mir lediglich einen kleinen Vorgeschmack auf mein zukünftiges Leben gegeben. Er hatte mich mitsamt dem Haus meines Vaters gekauft, wie ein Möbelstück, dessen man sich jederzeit entledigen durfte. Ich blieb auf dem Fußboden liegen und starrte an die Decke wie eine Tote auf ihrem Lager.

Die nächsten Tage verkroch ich mich. Nur Alexandre und Camille ließ ich ein. Doch auf deren Beistand konnte ich in diesem Fall nicht hoffen. Sie rieten mir, mich dem Schicksal zu beugen.

»Du hättest es schlimmer treffen können. Jacques Morel ist ein ehrbarer Bürger«, versuchte meine neu gewonnene Freundin mir den Advokaten schmackhaft zu machen.

»Und ein Teufel, ein Trinker«, erwiderte ich.

Sie überging meinen Einwand. Fast alle Männer tranken. »Er ist ein achtbarer Advokat und Mitglied des Konvents. Sei klug, Isabelle. Er kann gut für dich sorgen.«

»Ich will ihn aber nicht«, entgegnete ich.

»Eine unverheiratete Frau ist schutzlos. Alexandre kann nicht immer zur Stelle sein, wenn dir Gefahr droht. Und in diesem Fall verstößt er sogar gegen den Erlass, so er sich einmischt.«

Der Hufschmied nickte zur Bestätigung.

Obwohl die Ereignisse meine Kräfte überstiegen, regte sich Widerstand in mir. »Die Frau wird frei geboren und bleibt dem Manne gleich in allen Rechten«, murmelte ich erneut Olympe de Gouges' Forderung vor mich hin. Ich würde nicht aufgeben. Freiheit zu erlangen war mein Bestreben. Mein Reichtum waren meine Jugend, meine Gesundheit und mein Verstand. Niemand sollte mich um den Schatz betrügen, mein Schicksal selbst zu bestimmen. Mein Leben lag noch vor mir.

»Als meine Eltern aus dem prunkvollen Atelier in dieses Haus umgezogen sind, haben sie beide das Beste daraus gemacht«, fuhr ich trotzig fort. »Das werde ich ebenfalls.«

Die Fabres gaben auf, mich überzeugen zu wollen.

»Wir stehen zu dir«, versicherten sie. »Mag geschehen, was will.«

Fieberhaft dachte ich nach, wie es mir gelingen könnte, die Heirat abzuwenden. Flucht war mein erster Gedanke. Georgette, die Cousine meines Vaters, die in aller Einsamkeit auf dem Land lebte, kam mir erneut in den Sinn. Auch Olympe de Gouges war nach dem Tod ihres ihr aufgezwungenen Mannes nach Paris geflohen. Ich würde es umgekehrt machen. Von der Stadt aufs Land. In den Verstecken lagerten noch immer unberührt hundertfünfzig Livres.

Da kam mir eine weitere Eingebung. Ich wollte ein Schreiben direkt an Robespierre aufsetzen. Es würde mich Überwindung kosten, doch ich wollte den Mörder meines Vaters bitten, mir ein Trauerjahr zuzugestehen. Danach, so würde ich schreiben, wollte ich meinen Ehemann selbst auswählen. So sehr es mir widerstrebte, so sehr sprach ich mir gut zu, auf diese Art zunächst Zeit zu gewinnen. Meine Zuversicht kehrte zurück. Ich spürte eine unbändige Kraft in mir aufsteigen.

Gleich am Abend darauf begann ich das Schriftstück zu verfassen. Mit jedem Satz wuchs meine Hoffnung. Meine Hand flog nahezu über das Blatt. Mein Eifer, die richtigen Worte zu finden, glich einem Schöpfungsakt, beruhigte mich zugleich und stärkte mein Selbstvertrauen.

10

Eine Woche nach Jacques Morels Besuch tauchte sein Begleiter auf und brachte ein Kleid aus weißer Spitze mit rosaroten Samtbändern. Ich erahnte, dass es sich um das Hochzeitskleid von Morels verstorbener Frau handelte, das nun ich tragen sollte. »Der Advokat erwartet, dass du an dem Tag gebadet und sauber bist.«

»Natürlich werde ich ein Bad nehmen«, spottete ich. »In meinem Palais steht eine goldene Badewanne voll warmen Wassers bereit.«

»Trag dem Wasserträger auf, dir am Tag zuvor einen zusätzlichen Eimer zu bringen.«

»Als ob ich es mir leisten könnte, mir einen Wassereimer ins Haus bringen zu lassen. Aufs Jahr gerechnet, kostet ein täglicher Eimer fünfzig Livres. Ich muss es schon selbst schleppen.« Das Geld aus dem Versteck würde ich nicht anrühren, um die Leute in meiner Umgebung nicht argwöhnisch werden zu lassen.

Er fasste sich in die Jackentasche, warf mir mit einer überheblichen Geste zehn Livres vor die Füße. »Am Hochzeitsmorgen holt dich um neun Uhr eine Kutsche ab«, sagte er und ging.

Bis zum Hochzeitstermin blieben mir noch zwei Wochen.

Maximilien de Robespierre hatte auf meinen Brief bislang nicht geantwortet. Ich zog die Schatulle mit den Zeichnungen aus dem geheimen Loch unter dem Dielenboden in der Schlafkammer hervor. Den Schmuck meiner Mutter nahm ich heraus und versteckte ihn in einem Lederbeutel, den ich von nun an festgezurrt unter meinem Busen trug. Die Schatulle mit den Skizzen verstaute ich in meinem Schultertuch, das ich zu einem Bündel verschnürte. Das Geld aus den Verstecken in den Mauernischen nähte ich in verdeckten Taschen meines Rocks ein. Als Zeitpunkt der Flucht wählte ich die Nacht vor der Hochzeit. Denn floh ich schon heute, bestand die Gefahr, dass Jacques Morel mich zurückholte. Verschwand ich kurz vor der Vermählung, musste er wohl oder übel die Zeremonie absagen. Eine Demütigung, die, so hoffte ich, ihn davon abhielt, mich aufspüren zu wollen. Der Gedanke half mir, vertrauensvoll in die Zukunft zu blicken. Ich hätte Camille gerne in meinen Plan eingeweiht. Doch dies war ein zu hohes Risiko. So verbarg ich meine wahren Gefühle und gab mich ihr gegenüber geläutert.

»Du wirst sehen, alles wird gut«, sagte sie und drückte mich an sich.

»Ja, das wird es«, antwortete ich betont zuversichtlich. Insgeheim hoffte ich, dass Robespierre meinen Bittbrief noch beantworten würde und mir damit die Flucht aus Paris ersparte. Doch die Zeit verstrich ohne Antwort. Dies erstickte den letzten Funken Hoffnung im Keim und heizte meine ungezügelte Wut auf diesen Mann an. Ich ritzte mit dem Messer Striche in die Wand, um die Dauer bis zu meiner Vermählung abzuzählen wie eine Gefangene. Die Tage krochen dahin.

Dann endlich brach der neunte Thermidor an, der 27. Juli, der Tag vor meiner Eheschließung. Ich saß auf der Werkbank meines Vaters und wartete auf die Nacht. Dabei wälzte ich meine Entscheidung fortzulaufen, in meinem Kopf hin und her wie einen Mühlstein. Der Gedanke an die düsteren Gestalten, die mir im Dunkeln in den Straßen und auf den Wegen begegnen würden, erfüllte mein Herz mit Angst. Ich schob ihn so gut es ging beiseite, obwohl mich das Furcht einflößende Heulen des Windes vor dem Fenster zusätzlich einschüchterte. Ein Sturm tat sich auf. Kurz darauf hörte ich den Platzregen an die Glasscheibe schlagen. Ich redete mir ein, dass mir der Regen hilfreich zur Seite stünde, weil dadurch selbst die Diebe und Mörder zu Hause blieben. Mein Blick wanderte durch den Raum. Im Kamin verglommen die letzten Scheite. Auf ihnen hatte ich das Brautkleid verbrannt. Übrig geblieben waren einige verkohlte Reste.

Vor der Tür herrschte schwarze Nacht, als ich den Zeitpunkt gekommen sah. Der Regen hatte noch immer nicht nachgelassen. Bei derart heftigen Unwettern bildeten sich aus den in der Straßenmitte verlaufenden Rinnsteinen, den Ruisseaus, reißende Ströme. Zusätzlich ergossen sich wahre Fluten aus den Wasserspeiern der Gebäude auf die Straßen. Die Gefahr war groß, einem Groschenfechter oder Schnäpper zu begegnen. Diese verdankten ihren Lebensunterhalt den verdreckten und überspülten Straßen und waren bei Schlechtwetter zuhauf unterwegs. Sie eilten mit Laufplanken herbei, die sie als Brücke über das Hindernis legten. Fürs Überqueren der Straße trockenen Fußes knöpften sie den Passanten einen Sou ab. Genügte keine Laufplanke, verdiente sich der Passeur sein Geld, eine Art Fährmann, der die Kunden am

Rücken über die Straße trug. Stumm bat ich Gott um menschenleere Wege. Denn je weniger Menschen mich sahen, umso besser. Vorsichtig zog ich die schwere Eichentür auf.

Einen Atemzug später schrak ich zusammen. Camille und Alexandre traten im selben Augenblick aus ihrem Haustor. Der Hufschmied hielt den kleinen Albert an der Hand. Es sah aus, als machten sie sich gerade auf den Weg. In dem Moment fiel mir auf, dass noch weitere Nachbarn vor meiner Tür vorbeiliefen. Trotz des starken Regens wirkte es, als ob sie vereint zu einem Volksfest aufbrechen würden. Camille bemerkte mich und machte einen beherzten Sprung über den Graben, in dem das Wasser nach wie vor bis zum Rand stand. Ihr Rock war bis zu den Knien vollgespritzt. »Die Nationalgarde ist unterwegs.«

»Was bedeutet das?«

»Man hat Robespierre im Konvent am Reden gehindert. Man will ihn stürzen«, sagte Alexandre, der seiner Frau gefolgt war, den kleinen Albert nun im Arm tragend. »Die Truppen rücken vom Seine-Kai und aus der Rue Antoinette an, um ihn und seine Gefolgsleute gefangen zu nehmen. Er hat sich mit einigen von ihnen im Rathaus verschanzt. Sie holen sie mit Gewalt heraus.«

»Komm mit uns!«, forderte Camille mich auf, dann fiel ihr Blick auf das Bündel in meiner Hand. »Sag nur, du wolltest jetzt zum Wäscherboot an der Pont de Tournelle? Zu nachtschlafender Zeit und bei dem Wetter?«

»Dummer Einfall, ich weiß«, antwortete ich rasch, ließ das Schultertuch mit meinen Habseligkeiten blitzschnell im Haus verschwinden und folgte meinen Freunden. Auf dem Weg zum Rathaus sah ich mich mehrmals angstvoll um.

»Falls du nach Jacques Morel Ausschau hältst: Er wird nicht kommen. Er gehört zu Robespierres Anhängern. Vielleicht ist er sogar unter denen, die sich mit ihm verschanzt haben. Und falls nicht, wird er den Teufel tun, zum jetzigen Moment aufzutauchen. Die Soldaten würden ihn sofort gefangen nehmen, wenn sie ihm nicht direkt die Lanze ins Herz stoßen.«

Die harten Worte meiner Freundin überraschten mich. Hatte sie mir erst vor Kurzem zur Vermählung mit ihm geraten, erschien sie mir nun Morels Feindin zu sein. Die Gemütsregungen drehten sich in Paris dieser Tage wie ein Fähnchen im Wind. Der Regen ließ nach und hörte kurz darauf gänzlich auf. Die Décrotteurs, die ambulanten Schuhputzer und Kleiderreiniger, hielten sofort in der Menge nach Kundschaft Ausschau.

Je näher wir dem Place de Grève kamen, umso lauter drang das Getöse von Waffen und zerberstenden Glasscheiben an unsere Ohren. Hufgetrappel erklang. Dazu das Stimmengewirr aufgeregter Menschen. Wortfetzen schwebten in der Luft: »Robespierres Blut fließt! Er hat Selbstmord begangen!«

Die vieltausendköpfige Menge zeigte sich enttäuscht. Man lechzte nach Vergeltung. Ein Selbstmord brachte die Menschen um das Spektakel, diesen Mann sterben zu sehen. Man wollte seinen Tod miterleben, den Kopf rollen sehen.

Doch die befreiende Nachricht folgte auf dem Fuße und flatterte durch Paris wie ein bunter Schmetterling.

»Robespierre lebt, der Tyrann ist nur schwer verletzt. Er kann hingerichtet werden«, frohlockten die Bürger. »Auch sein treuestes Gefolge ist zerschmettert, es wird mit ihm sterben.« Die Freude darüber war grenzenlos.

Auch ich atmete auf. Ein Strom voller Hoffnung quoll erneut aus meinem Herzen. Alles würde sich ändern, Morel keine Macht mehr über mich haben.

Nach meiner Heimkehr räumte ich meine Schätze wieder in die Verstecke im Mauerwerk und Dielenboden. Dies glich einem Befreiungsschlag. Es war Zeit, meine inwendigen Gitterstäbe zu sprengen und mir Gedanken darüber zu machen, wer ich war.

Am darauffolgenden Tag erstrahlte Paris im Sonnenschein. Die Gerüchte, die von Mund zu Mund gingen, erzählten von einem Arzt, der um sieben Uhr morgens die schwerverletzten Gefangenen gewissenhaft versorgt hatte. Denn keiner von ihnen sollte dem Schafott entkommen. Heute verlören Robespierre und einige seiner engsten Mitstreiter den Kopf.

»Du brauchst einen guten Magen«, sagte Camille, als wir uns auf den Weg zum Place de la Révolution aufmachten. »Der Anblick und der Gestank des Todes spielen manchen übel mit.«

»Ich habe einen starken Magen«, erwiderte ich fest entschlossen, mir einen Platz nahe dem Schafott zu ergattern. »Ich will sein Blut fließen sehen.« Noch nie zuvor hatte ich einer Hinrichtung beigewohnt. Doch heute wollte ich dem Mörder meines Vaters in die Augen blicken, wenn das Beil ihm den Hals durchtrennte. Im Gegensatz zu mir hatten meine Freunde bereits einige Exekutionen miterlebt. Alexandre schenkte mir ein aufmunterndes Lächeln. Albert saß zufrieden auf seinen Schultern. Er gluckste vor Freude bei jedem langen Schritt, den sein Vater tat, um ihn auf und ab wippen zu lassen.

Am Platz angekommen, blieb ich stehen. Die Position der Guillotine gab allen Schaulustigen einen freien Blick auf die Todgeweihten. Unzählige Menschen hatten sich versammelt. Reiche, Bürger, Händler, Ehefrauen, Huren standen dicht gedrängt Seite an Seite und redeten miteinander. Der Hass machte sie für einen kurzen Zeitraum zu Verbündeten. Sämtliche Fenster der umliegenden Häuser waren besetzt, selbst die Dächer zeigten sich bevölkert. Ganz Paris schien auf den Beinen. Die letzten Wochen hatten wir alle eine bleierne Last mit uns herumgeschleppt. Nun erfüllte die Menschenmenge unbändige Lebensfreude. Ein fröhlicher Schwarm, der auf den Tod ihres Peinigers wartete. Händler verkauften Spielwaren: kleine, aus Holz geschnitzte Guillotinen. Eine dicke Dorffrau bot Kirschen zum Verkauf an. Eine bucklige Greisin lärmte mit einer Handklapper und verkaufte Plaisiers, wie die Zuckerware heutzutage genannt wurde.

Jäh ging ein Raunen durch die Menge. »Sie kommen! Tod den Blutsaugern!«, ertönte es weithin hörbar aus vollen Kehlen. »Tod den Jakobinern!«

Ich fragte mich, ob es dieselben waren, die auch den Tod meines Vaters und zahlloser anderer bejubelt hatten. Nur ein zahnloses Weib mit Gichtfingern neben mir raunte, dass die Macht nun in die Hände der Arglistigen falle.

Die Menge teilte sich, und plötzlich stand ich in der ersten Reihe. Ein alter Gaul zog den Karren. Die Peitsche des Kutschers flog unentwegt um seine Ohren. Die Stimmen der Schmährufer schwollen immer weiter an: »Menschenfresser! Kannibalen! Nieder mit Robespierre! Nieder mit den Jakobinern! Ungeheuer, das die Hölle ausgespien hat, seine Hinrichtung macht uns freudetrunken.«

Immer wieder versperrte die Menge den Weg, das Gespann kam nur langsam vorwärts. Ich wartete gebannt. Schließlich war er vor mir, zum Greifen nahe. Mein Herz schlug aufgeregt. Halb liegend, mit vor Schmerz verzogenem Gesicht blickte Robespierre ins Leere. Das Tuch, mit dem sein schwer verwundetes Kinn nach dem Selbstmordversuch notdürftig zusammengebunden worden war, zeigte sich blutdurchtränkt.

Was würde ich fühlen, wenn sein Kopf fiel? Genugtuung? Ekel? Ein Blick zu meinen Füßen verriet, dass der Boden das viele Menschenblut, das hier vergossen worden war, noch nicht zur Gänze aufgesogen hatte.

Als der Henker Robespierre den Verband vom Kinn herunterriss, klappte der Unterkiefer nach unten. Ein Blutschwall ergoss sich über sein zerrissenes Hemd. Sein Antlitz besaß nichts Menschliches mehr. Nach allem litt diese Kreatur nun jene Qualen, die ich tagtäglich nach dem Tod meines Vaters durchleiden musste. Unzählige Male hatte ich diesem Teufel die Pest an den Hals gewünscht. Endlich ereilte ihn das grausame Schicksal, das er Zigtausenden Menschen angedeihen hatte lassen. Sein bedauernswerter Anblick linderte meinen Hass auf ihn keineswegs. Auch die Bürger um mich herum empfanden kein Mitleid. Aus ihren Augen sprach Abscheu und der Wunsch nach Vergeltung. Als sich sein Kopf unter die Guillotine beugte, erhob die Menge die Hände und klatschte Beifall. Der Schlitten mit dem Messer sauste herunter. Keinen Herzschlag später war Robespierres Kopf gefallen. Der Tyrann war nicht mehr.

Mein Herz jubelte erstmals seit dem Tod meines Vaters. Der Allmächtige hatte mich nicht vergessen. Der Henker griff in den Korb, hob Robespierres abgetrennten Schädel in die Höhe und zeigte ihn voll Stolz der jauchzenden Menge.

Das Schafott war kaum demontiert, das Erdloch, das das aus dem kopflosen Rumpf quellende Blut der Guillotinierten auffing, war noch nicht eingehakt. Der Teufel persönlich stieß seinen bestialisch stinkenden Atem an die Oberfläche. Doch um mich herum brach ungestüme Feierlaune aus. Die ersten Klänge von Spielmannsflöten, Geigen und Klarinetten erfüllten den Platz. Camille und Alexandre wiegten sich mit Albert auf dem Arm in der Musik. Auch ich konnte nicht umhin, mich mit mir wildfremden Menschen im Kreis zu drehen.

Paris feierte. Man hatte Robespierre vertraut und war enttäuscht worden. Das mondäne Leben kehrte in die Stadt zurück und lockte die Überlebenden des Grande Terreur zum Tanzen. Hoffnung auf Besserung lachte aus jedem Gesicht.

Der Sommer wurde zum Herbst und dieser zum Winter mit eisigen Temperaturen. Tausende Arbeiter bemühten sich, mit Hacke und Schaufel den Schnee beiseitezuräumen, häuften ihn an den Wänden der Häuser auf. Taumelnde Pferde zogen auf rutschigem Untergrund schwere Wagen durch die verengten Straßen. Selbst die Seine lag unter dickem Eis und war zum Ort aller Müßiggänger geworden, die sich beim Schlittschuhlaufen amüsierten. Der Atem gefror im Freien in Mund und Nase. Der zusammengetragene Müll, den ich im Ofen verbrannte, brachte kaum Wärme. Holz und Kohle waren rar und unbezahlbar, verteuerten sich nahezu täglich. Die Rue Saint-Claude ertrug weiterhin die Last der Armut. Die Hungersnot trieb düstere Blüten. Selbst die Fischweiber in den

Hallen liefen in dicken Lederstiefeln, die Röcke bis zum Gürtel hochgerafft, ihren Kunden hinterher.

Dennoch vergnügten sich die Pariser in den Tanzsälen bis weit nach Mitternacht. Danach stellten sie sich im fahlen Schein der Straßenlaternen in einer endlosen Menschenschlange vor den Bäckereien an. Von Jacques Morel hatte ich nichts mehr gehört. Ich wollte bei niemandem nach seinem Verbleib fragen, um unnötige Aufregung zu vermeiden. Von Gesetzes wegen wohnte ich in seinem Haus. Ich nahm mir Camilles Rat zu Herzen und beschäftigte mich in den nächsten Wochen mit den wenigen Aufzeichnungen meiner Mutter. Ich las über das Ausbleiben der monatlichen Blutung, Schwangerschaft, Unterleibsuntersuchungen und Geburt sowie über Schwächeanfälle, Übelkeit, dem Wasser in den Beinen und dem Anschwellen der Brüste. Auch lernte ich zwischen einer Schwangerschaft und einem dicken Leib und Bauchschmerzen, die von Eingeweidewürmern stammten, zu unterscheiden. Diese lösten ebenso wie Geburtswehen krampfhafte Schmerzen aus und ließen so manche Frau glauben, sie brächte bald ein Kind zur Welt. Von meiner Mutter hatte ich bereits gelernt, wie man erkennen konnte, ob eine Frau einen Abort hatte und was die Anzeichen einer sich nahenden Geburt waren. Mein Selbstbewusstsein stieg mit jeder Zeile, die ich las. Und mit jedem Tag konnte ich mich mehr und mehr bildhaft an ihre Worte und Handgriffe erinnern. Letztendlich begriff ich, dass mir meine Mutter mehr beigebracht hatte, als ich dachte. Täglich lief ich zu Camille, als die Zeit der Niederkunft näher rückte. Mittlerweile glaubte ich fest daran, in die Fußstapfen meiner Mutter treten zu können. Isabelle Blanc, Hebamme, sagte ich mir lautlos vor. Die

Wehen setzten um halb vier Uhr morgens ein. Alexandre gab mir Bescheid. Ein schweres Gewitter verwandelte in dieser Nacht unsere Straße in einen Sturzbach. Die wenigen Schritte von meinem Haus zum Hufschmied genügten, um bis auf die Haut durchnässt zu werden. Ich trocknete mich so gut es ging am offenen Feuer im Kamin, dann kümmerte ich mich um Camille. Die Wehen dauerten an. Schweiß stand auf ihrer Stirn. Ich tupfte ihn sanft ab.

Wieder und wieder bäumte sie sich auf, ihr Gesicht verzerrt vor unbeschreiblichen Schmerzen. Ich tastete den Bauch ab, befühlte mit meinen Fingern den Muttermund und erkannte, dass es bald so weit sein würde.

»Pressen«, wies ich sie mit einer Selbstsicherheit an, die mich selbst überraschte.

Camille presste mit aller Kraft. Sie drückte meine Hand so sehr, dass ich glaubte, sie würde brechen. Ihr Mund öffnete sich, und ihrer Kehle entwich ein lauter Schrei. Sekunden später hielt ich ein blutverschmiertes Häufchen Mensch in den Armen.

Es war ein Mädchen. Ich durchtrennte die Nabelschnur und wusch es mit warmem Wasser, das Alexandre über der Schmiede wärmte. Zuerst die Augen und den Mund, danach den Körper. Danach legte ich es der glücklich lächelnden Camille auf die Brust.

Sie nannte sie Fleurette.

Neues Leben war zur Welt gekommen. Das stimmte mich zuversichtlich für meine eigene Zukunft.

11

»Mon Dieu!« Ich schrak aus dem Schlaf hoch.

Jemand schlug gegen die Tür. Sofort brach mir der Angstschweiß aus, obwohl es trotz der sommerlichen Temperaturen kühl war in meiner Schlafkammer. Die schrecklichen Ereignisse lagen bereits ein Jahr zurück. Doch noch immer verdunkelte die Erinnerung an den Tod meines Vaters meine Gedanken. Der Mond schien hell durch das Fenster. Die Hühner im Hinterhof verhielten sich ruhig. Kein Gegacker. Nicht einmal ein leises Glucksen. Hatte ich nur schlecht geträumt? Ich starrte an die dunkle Decke, betete stumm, dass ich mir das Geräusch nur eingebildet hatte.

Doch in dem Moment drang es erneut an meine Ohren und durchfuhr mich wie ein jäher Schmerz. Jemand hämmerte wiederkehrend gegen die schwere Eichentür. Ein Ton, der mir das Blut in den Adern gefrieren ließ. Früher war die Tür eine einladende Pforte in den Laden und die Werkstatt meines Vaters gewesen. Heute war der Eingang nicht mehr als der Zugang zu einem düsteren, verlassenen Raum. Nur eine von Würmern zerfressene Werkbank war zurückgeblieben. Und die Verstecke, in denen nach wie vor jene Dinge lagerten, die ich verborgen hielt. Wieder drang ohrenbetäubendes Hämmern bis zu mir herauf ins obere Stockwerk.

Das alte Holz stöhnte unter den derben Schlägen. Unterdessen schnürte mir Todesangst die Kehle zu. Obwohl mich Alexandre beschützte, so gut es ihm möglich war, lebte ich in wiederkehrender Furcht.

»Mademoiselle Blanc!«, erklangen die Worte eines Mannes nun ungeduldig und heftig zu mir herauf. Der durch Mark und Bein gehende Lärm steigerte sich mit jedem Herzschlag.

Schließlich erwachte ich aus meiner Angststarre. Rasch warf ich mir das Schultertuch aus Schafswolle über mein Nachthemd und griff nach dem Halter mit der flackernden Nachtkerze. Die Tür zur Schlafkammer zog ich sorgsam hinter mir zu. So schnell es meine nackten Füße zuließen, lief ich mit offenen Haaren die Steintreppe hinunter und durchquerte die ehemalige Werkstatt. Einen Atemzug später öffnete ich vorsichtig die Tür, gefasst darauf, jeden Moment in Ketten gelegt oder überfallen zu werden. Sollte mein Leben tatsächlich schon mit einundzwanzig Jahren enden? Obwohl ich seit dem Tod meines Vaters kein kritisches Wort mehr laut ausgesprochen hatte? Doch vor mir stand ein einzelner Füsilier der Garde nationale von etwa fünfundzwanzig Jahren, ohne Steinschlossgewehr, jedoch mit Bajonett. Mit stolzem Blick fixierte er mich und meine ungezähmte schwarze Mähne aus dunklen Augen. Er überragte mich um nahezu einen ganzen Kopf. In Händen hielt er ein schmutziges Bündel, das er fest an die Brust drückte. Ich beugte mich nach vorne, um weit zur Tür hinausblicken zu können, verblüfft darüber, dass es einem einzelnen Mann gelang, einen derartigen Radau zu schlagen.

»Isabelle Blanc?«, fragte der Soldat nun um eine Spur leiser.

»Was wollen Sie, Soldat?«, knurrte ich. »Ich habe mich nicht fehlverhalten.«

Er drängte sich an mir vorbei und trat wortlos ein. Ich ließ die Tür offen stehen und blieb unter dem Türrahmen stehen, um rasch fliehen zu können. Ich starrte den Eindringling zornig an.

»Was bringt euch dazu, in mein Haus zu trampeln wie ein durchgegangenes Pferd? Wer seid Ihr?«

Er nahm die Kopfbedeckung ab und verbeugte sich leicht. Ein dunkler Haarschopf quoll hervor. »Jérôme Bisset.«

Er streckte mir das Bündel entgegen als halte er einen Dämon zwischen den Fingern. »Ich brauche eure Hilfe.«

Ich hatte nicht vor, es ihm abzunehmen und verschränkte meine Arme. Da schien das Bündel sich zu bewegen. Ich zuckte erschrocken zurück, doch dann siegte meine Neugier. Ich trat einen Schritt nach vorn und beugte mich darüber. Es war ein Säugling, in Leinen eingewickelt. Er schlief. Offenbar hatte man das Kind nach der Geburt gut versorgt. Anhand des runzeligen Gesichtes und der weißlichen Substanz auf der Haut erkannte ich, dass es höchstens wenige Stunden alt sein konnte.

»Bitte, nehmt es! Die Mutter ist bei der Geburt gestorben«, flehte der Soldat.

Ich musterte überrascht sein Gesicht. Es erschien mir, als spräche er die Wahrheit. Gleichwohl blieb ich misstrauisch. In Paris gab es unzählige Fallen, in die eine unverheiratete Frau wie ich allzu leicht hineintappen konnte.

»Das ist noch lange kein Grund, es ausgerechnet in mein Haus zu tragen«, erboste ich mich weiter. »Was habe ich damit zu schaffen? Bringt es in ein Findelhaus, ins Hôpital des Enfants-Trouvés oder ins Krankenhaus in der Rue de Venise.«

»Man sagte mir, Ihr seid Hebamme«, ignorierte er meinen Vorschlag. »Wie eure Mutter.«

»Ganz recht. Was jedoch Ihr braucht, ist eine Amme, wenn es überleben soll.«

Während ich den Rat aussprach, überlegte ich ihn zu Camille zu schicken. Sie hatte genug Milch und konnte neben ihrer Tochter ohne Weiteres noch ein zweites Kind stillen. Ob sie es tat, hing wohl von der Bezahlung ab.

»Bitte«, flehte er.

War es sein eindringlicher Blick, die fürsorgliche Art, wie er das Kind hielt oder der verzweifelte Tonfall, die mich dazu brachten, ihm zu vertrauen? Ich schloss leise die Tür, damit das Kind nicht erwachte, gab ihm ein Zeichen, mir zu folgen und ging voran nach oben. Im Wohnraum legte er den Säugling auf das abgewetzte Liegesofa.

»Es muss verschwinden!«, sagte er dann. Die drei Worte klangen wie ein Befehl. Dabei deutete er mit einer energischen Geste auf das Neugeborene, als ob allein schon dessen Anwesenheit eine Unverschämtheit wäre.

»Deshalb bringt Ihr es zu mir?«, brauste ich verärgert auf. »Was denkt Ihr, soll ich machen? Es in den Ofen stecken?«

»Die Mutter war eine ...« Er unterbrach sich selbst.

Ich verstand auch ohne Worte. Es handelte sich um den Bastard einer Prostituierten. Wahrscheinlich sogar von ihm selbst gezeugt. Und jetzt sollte ich, eine allein lebende unverheiratete Frau, die man einer Hure gleichstellte, es töten. Das empörte mich zutiefst. Zudem war das Ansinnen absonderlich. Es war ein Fehler gewesen, ihm zu vertrauen. Weshalb war er wirklich gekommen?

Verärgert runzelte ich die Stirn. »Wie Ihr richtig angemerkt habt, bin ich Hebamme. Ich helfe dem Leben auf die Welt und vernichte es nicht.« Ich zeigte auf den Säbel. »Ein kräftiger Hieb damit gegen den Hals, und euer Problem ist sofort gelöst.«

Anstatt einer Antwort zählte er Assignaten auf den Tisch. Mein Blick folgte der Bewegung.

»Das sind hundert Livres«, sagte er und klopfte wie zur Bestätigung mit dem Finger auf die Banknoten.

»Das ist eine mehr als beachtliche Summe für den Bastard einer Hure. Verglichen mit einem rechtschaffenen Handwerker, der im besten Fall drei Livres pro Tag verdient.«

»C'est une fille«, murmelte er und kratzte sich nervös am Ohrläppchen.

»Es ist also ein Mädchen.« Warum erwähnte er das, wenn er sie verschwinden lassen wollte? Noch bevor ich die Frage stellen konnte, was genau er sich darunter vorstellte, wandte er sich um und verschwand eilig.

Mein Misstrauen stieg ins Unermessliche. Wie angewurzelt stand ich da und starrte auf das schlafende Kind. War ich tatsächlich in eine Falle gelaufen? Nur in welche? Und was sollte ich damit anfangen? Ich schnupperte an dem Säugling. Er duftete nach Zuversicht und heiler Welt. Nach einer Weile lief ich in die ehemalige Schlafkammer meines Vaters, legte den Säugling auf dem Bett ab und nahm Papier und Stift aus der Lade des Sekretärs. Denn eines war gewiss: Das unschuldige Wesen auf dem abgewohnten Diwan war nicht das Problem seiner leiblichen Mutter. Ich notierte den ersten Juni 1795 als den Tag seiner Geburt.

Mit dem Zettel in der Hand betrachtete ich die Kleine. Sie war so zart. Ihre Haut hell wie feinstes Porzellan. Ich zog ihr das Häubchen vom Kopf. Ein goldener Flaum erschien.

»Du bist ein hübsches Engelchen.« Ich war überrascht, augenblicklich in einen leisen Singsang zu verfallen, in den ich auch verfiel, wenn ich frischgebackenen Müttern ihren Säugling auf die Brust legte. Der friedliche Anblick zauberte mir ein Lächeln auf die Lippen. Ein Kind verschwinden zu lassen, gleichgültig auf welche Weise, war eine Sünde. Egal, ob man an Gott glaubte oder an das höchste Wesen, das nach Robespierres Enthauptung jedoch rasch wieder verschwunden war.

Die Kleine erwachte quäkend. Zwei strahlend blaue Augen blickten mich an. »Wer bist du, petite princesse? Weshalb will man dich nicht? Was hast du angestellt?«

Der Säugling gluckste, verzog dann das Gesichtchen zu einer ungemütlichen Grimasse. Gleich würde er nach Nahrung brüllen. Was sollte ich nur tun? Mütter legten ihren Spross direkt nach der Niederkunft an die Brust. Ich nahm die zarte Hand in meine. Sofort umklammerte ihre niedliche Faust meinen Zeigefinger. Durch einen Nebelschleier drängte sich eine Erinnerung in meinen Kopf. Ein Rat meiner Mutter für den Fall, dass bei einer Frau nach der Geburt die Muttermilch ausblieb: Ziegenmilch und Hirsebrei. Brei hatte ich keinen, jedoch Milch, die ich gegen zwei Eier getauscht hatte. Das Kuhhorn in der Truhe meiner Schlafkammer kam mir in den Sinn. Damit hatte meine Mutter den Winzlingen die Nahrung eingeflößt. Ich stieß ein Gebet zum Himmel, dass dies auch mir gelingen mochte, und ließ die kleinen Fingerchen los. Der Säugling begann sogleich aus Leibeskräften aufzuschreien.

»So wein doch nicht«, säuselte ich und nahm die Kleine hoch. »Du brauchst bloß etwas warme Milch in deinem kleinen Bäuchlein, dann wirst du gleich wieder zufrieden sein.« Rasch holte ich mit dem Säugling am Arm das Horn, lief ins Souterrain, legte ihn auf dem Tisch ab und entfachte das Feuer im Ofen. Das Gebrüll schwoll an.

Ich stülpte dem Horn einen Sauglappen über und versuchte mein Glück. Es gelang nicht sofort. Aber nach vier Versuchen hatte ich Erfolg. Ich atmete auf, wenngleich mir bewusst war, dass dies nur eine Notlösung sein konnte. Ich brauchte Camilles Hilfe.

»Wie heißt du?«, fragte ich, während das winzige Bündel in meinen Armen gierig trank. Angestrengt dachte ich nach, welcher Name zu ihr passte. »Was hältst du von Julie, meine Hübsche?«

Natürlich stellte Camille Fragen, als ich am frühen Morgen mit dem Kind im Arm bei ihr auftauchte. Solange ich versuchte, die Ereignisse der letzten Nacht zusammenzufassen, schlief Fleurette in ihrem Bettchen, und Albert spielte mit einem Figürchen, das Alexandre ihm geschmiedet hatte.

»Dieser Soldat hat dir wahrhaft hundert Livres für den Tod des Kindes geboten? Das ist viel Geld für den Bastard einer gewöhnlichen Hure«, stellte Camille ebenso argwöhnisch fest. Sie musterte mich schweigend aus ihren schwarzen Augen, die mich wie Stecknadeln durchbohrten.

»Ich kann nur wiederholen, was mir dieser Jérôme Bisset verraten hat – falls das überhaupt sein richtiger Name ist.«

»Hat er die Summe in Münzen ausbezahlt?«

»Nein, Assignaten.«

»Ich rate dir, sie rasch einzutauschen oder auszugeben, bevor sie keinerlei Wert mehr haben«, sagte Camille und streckte ihre Arme nach dem Säugling aus. Während sie Julie stillte, betrachtete sie ihr kleines Gesichtchen eingehend. »Wer bist du, ma petite?« Camille hob den Blick wieder und sah mich an. »Was hast du jetzt vor?«

»Es gibt einen Grund, weshalb Gott den Säugling ausgerechnet in meine Hände legt. Vielleicht will er mich prüfen, oder er vertraut mir mit Julie eine wichtige Aufgabe an. Die Zeit wird Antwort auf diese Frage bringen. Denn eines weiß ich bestimmt, er hat sie mir nicht anvertraut, um sie zu töten oder verschwinden zu lassen. Gott lenkte die Schritte des Soldaten zu mir, um auf sie achtzugeben.«

Julies Hunger war gestillt. Camille gab sie mir zurück. Die winzige Faust umfing sofort meinen Finger. »Zum Henker mit allen! Ich werde mich nicht versündigen, indem ich das Leben eines unschuldigen Wesens auslösche«, beharrte ich weiter, obwohl Camille nicht einmal widersprach. Ich fühlte, dass ich die richtige Entscheidung traf. »Ich hoffe auf deine Unterstützung. Ich kann dir drei Sous pro Tag bezahlen.« Das war mehr als andere Ammen für ihre Dienste bekamen.

»Behalt dein Geld, Isabelle. Ich habe genug Milch. Da kommt es auf ein Maul mehr, das zu stopfen ist, nicht an.« Camille lachte und knotete das Brusttuch wieder fest über ihren überfließenden Busen.

Ich schenkte ihr ein glückliches Lächeln. »Meine liebe Freundin. Du hast ein großes Herz.« Sanft streichelte ich Julies Wangen. »Ich bin dir sehr dankbar.«

»Und ich bin müde und habe geschwollene Gliedmaßen.« Camille zog den Rock leicht nach oben, um mir ihre Knöchel zu zeigen.

Florette erwachte und forderte augenblicklich die Aufmerksamkeit ihrer Mutter. Indessen wärmte ich Wasser in einer Schüssel, schüttete Essig hinein und bat Camille, ihre Füße hineinzustellen. Während sie Florette stillte, massierte ich meiner Freundin die Beine. Das – und sie bei der Hausarbeit zu unterstützen – war das Geringste, was ich tun konnte, um meine Dankbarkeit und Freundschaft auszudrücken. In der Ecke warteten schmutzige Laken darauf, gewaschen zu werden. Nachdem ich Camilles Beine wieder trockengerieben hatte, schickte ich mich an, die Wäsche einzusammeln.

»Was machst du?«, fragte sie überrascht.

»Du hilfst mir, und ich helfe dir.«

Als ich mich mit der schlafenden Julie im Arm wieder auf den Weg nach Hause machte, deckte die Nacht Paris bereits zu. Ich sah nach oben. Der Mond versteckte sich hinter Wolken. Die Laterne in der Straße brannte nicht. Ich blickte die Rue Saint-Claude hinauf und hinunter, ob ich in einer der dunklen Ecken jemanden ausmachen konnte, der sich verbarg, einen Dieb oder sonstigen Gauner. Die Gegend zeigte sich menschenleer, nicht einmal ein Falot, ein Laternenträger, war zu sehen. Mit raschen Schritten versuchte ich die kurze Distanz bis zu meinem Haus zurückzulegen. In dem Moment erahnte ich mehr den Schatten, als dass ich ihn wirklich sah. Spielte mir meine Furcht einen Streich, oder verbarg sich im Hauseingang des Nebengebäudes Jérôme Bisset? War er gekommen, um zu überprüfen, ob ich den Auftrag erfüllt hatte? Würde er gleich sein Bajonett zücken und uns beide aufspießen? Ich presste Julie fest an mich und lief, so schnell es mein knöchellanger Rock zuließ, ohne noch einmal hinzuschauen.

Vor der versperrten Tür tastete ich verrückt vor Angst nach dem Schlüssel in meiner Rocktasche, steckte ihn hastig ins Schloss. In der dunklen Stille hörte ich nur meinen angstvollen Atem und spürte die Blicke des Soldaten auf mir ruhen.

»Er wird uns nicht töten, meine kleine Prinzessin«, flüsterte ich unentwegt, um mir selbst Mut zuzusprechen.

12

Von da an bildete ich mir ein, Jérôme Bissets Schatten im Schutz der Nacht in unregelmäßigen Abständen vor dem Haus vorbeigleiten zu sehen. Deutlich sah ich ihn jedoch nie, es war mehr eine Ahnung als Klarheit. Dennoch vertraute ich mich Alexandre an. Er hielt daraufhin regelmäßig Ausschau, jedoch ohne Ergebnis. »Der Kerl ist im Dunkeln unsichtbarer als eine schwarze Katze.«

Nach einer Woche auf dem Beobachtungsposten gab er auf. Er hatte anderes zu tun, als ständig auf mich aufzupassen. »Vielleicht bildest du dir das nur ein.«

Vielleicht tat ich das.

Julie brachte ich drei Mal am Tag zu Camille. In den Stunden, die ich bei Schwangeren und Geburten zubrachte, ließ ich sie bei ihr.

So wie am Morgen des sechsten Juli. Julie war nun schon fünf Wochen alt und entwickelte sich prächtig. Clotilde, die Frau eines Optikers, hatte nach mir ausgeschickt, weil die Niederkunft bevorstand. Es war ihr viertes Kind, demnach erwartete ich keine Probleme, zumal die gesamte Schwangerschaft komplikationslos verlaufen war.

Die Familie wohnte in einem Mietshaus mit dürftigem Kalkverputz neben dem Temple. Ein Ort, den ich seit über einem

Jahr nicht mehr aufgesucht hatte. Die Königsfamilie war dort bis zu deren Hinrichtung gefangen gehalten worden. Es gab nur eine Überlebende: Marie Thérèse Charlotte de Bourbon, das älteste Kind von Marie Antoinette und Ludwig XVI. Sie befand sich nach wie vor in dem Gefängnis. Die Straßenfronten der umliegenden Wohnhäuser wirkten armselig, mit schmalen Fenstern, behangen mit Wäsche und Vogelkäfigen. Die Sonne brannte seit dem frühen Vormittag unbarmherzig auf die Stadt hernieder. Die heiße Luft war angefüllt vom Gestank nach Unrat und menschlichen Ausscheidungen. Fliegen umschwirrten einen Mauskadaver. Ich stieg die mit Steinfliesen belegte Treppe zum dritten Stock hinauf und klopfte an eine dünne Tür. Clotilde öffnete mir mit vor Schmerzen gekrümmtem Rücken. Sie presste eine Hand fest auf den dicken Bauch. Die Wehen hatten bereits eingesetzt.

»Es dauert nicht mehr lange«, keuchte sie.

Ihre drei Kinder tobten durch den Raum, in dem sich ein Herd, ein Tisch mit vier Stühlen und eine Bank befanden.

»Mein Mann ist in seinem Laden«, stieß sie zwischen zusammengebissenen Zähnen hervor. Sie schlurfte in die Schlafkammer und sank dort stöhnend auf die Bettstatt. Ich kochte Wasser auf dem Ofen ab, nahm Laken von der Wäschestange vor dem Fenster. Bevor ich mich um Clotilde kümmerte, ermahnte ich die Kinder, Ruhe zu geben. Als ich an Clotildes Bett trat, kamen die Wehen bereits in kürzeren Abständen. Der Schmerz schien sie schier zu zerreißen. Rasch stellte ich die Schüssel mit dem heißen Wasser ab.

»Pressen«, befahl ich einen Augenblick darauf.

Clotilde presste. Irgendetwas stimmte nicht. Ich befühlte den Muttermund, spürte winzige Füßchen.

O Gott!, dachte ich. Das Kind liegt verkehrt herum. Es musste sich nach meinem letzten Besuch noch mal gedreht haben.

Die nächste Wehe kam und ließ Clotilde aufbrüllen wie ein verletztes Tier. Die Beine des Ungeborenen flutschten bis zu den Knien heraus. Ich wischte ihr den Schweiß mit einem feuchten Tuch von der Stirn. Stumm betete ich, dass sich die Nabelschnur nicht um den Hals des Säuglings wickelte.

»Du schaffst das«, sprach ich ihr Mut zu. Zu mir selbst sagte ich: Es ist kein Problem, das Kind auf diese Weise zu bekommen. Eine Locke, die sich aus meinem hochgebundenen Haaren gelöst hatte, klebte an meiner Stirn und meine Kleidung schweißnass an meinem Körper.

Clotilde presste Luft aus ihren Lungen, hechelte erschöpft. Ihre Nasenflügel bebten vor Schmerz. Ihr Kopf war hochrot vor Anstrengung. Wieder tupfte ich ihr die Stirn trocken. Das Fenster in der Schlafkammer stand offen, was jedoch kaum Erleichterung brachte. Die brütende Hitze lag bleiern über Paris. Ich umfasste mit den Händen die Waden des Kindes, beobachtete Clotildes Mimik und wartete. Als erneut eine Wehe einsetzte, zog ich vorsichtig an den Beinen. Mir tropfte der Schweiß von der Stirn. Noch einmal schrie Clotilde laut auf, dann lag ein nach Leibeskräften brüllendes rotes Bündel auf dem Laken zwischen ihren Beinen. Es war ein Junge. Ich lachte erleichtert auf und legte es ihr auf die Brust, bevor ich die Nabelschnur durchtrennte.

Als ich mir über der Wasserschüssel die Hände wusch, hörte ich, wie draußen plötzlich dröhnender Tumult aufflammte. Menschen klatschten Beifall, und aufgeregte Stimmen ergingen sich in Begeisterungsrufen.

»Sie geht spazieren. Gestern sah man sie zum ersten Mal, seitdem ist hier die Hölle los«, merkte Clotilde an, ohne den Blick von ihrem neugeborenen Sohn zu nehmen. Sämtliche Schmerzen und Mühen waren von einem Moment auf den anderen von ihr abgefallen. Ihre Augen strahlten, ihre Wangen glühten vor Freude.

»Sie?«

»Die Waise vom Temple, Tochter des Märtyrerkönigs, Madame Royale. Nenn sie, wie es dir gefällt. Sie ist wahrlich eine Schönheit. Ich kann dir für deine Dienste nicht viel bieten, aber wenn du möchtest, geh ans Fenster, und sieh sie dir an, ohne einen Sou dafür zu bezahlen.«

»Was meinst du mit bezahlen?«

»Die Fenstersimse der Wohnungen und Häuser mit Gartenblick im Umkreis werden teuer vermietet. Ganz Paris gibt sich hier ein Stelldichein. Jeder will sie sehen. Es ist ein Spektakel, die Leute singen dem armen Mädchen Lieder vor, spielen Theater und rezitieren selbst verfasste Gedichte. Wirf ruhig einen Blick auf sie.«

»Später. Zuerst kümmere ich mich um dich und deinen kleinen Jungen. Du musst jetzt noch einmal pressen.«

Wenige Augenblicke später stieß Clotilde den Mutterkuchen aus. Ich überprüfte die Nachgeburt genau, um zu sehen, ob das dunkelrote, schwammige Gewebe auch zur Gänze ausgestoßen worden war. Was der Fall war. Ich untersuchte Clotilde ein letztes Mal, beschied, dass alles in Ordnung war und wechselte die Laken.

»Jetzt sollten wir den Kleinen waschen.« Ich kippte die Schüssel mit dem Gemisch aus Wasser und Blut aus dem Fenster, verließ die Kammer, um frisches Wasser zu wärmen.

Die drei Geschwister saßen mit großen Augen auf dem Boden vor der Tür und warteten. Sie sprangen ungeduldig auf, als sie mich sahen, und versuchten durch den Türspalt etwas zu erspähen. Die schmerzerfüllten Schreie ihrer Mutter hatten sie sicher verunsichert.

»Es ist alles in Ordnung. Ihr könnt euren Bruder bald begrüßen«, sagte ich und trug ihnen auf, mir zur Hand zu gehen. Nachdem ich den Säugling gewaschen hatte, ließ ich die Kinder in die Schlafkammer, damit sie ihren Bruder begrüßten. Sie betrachteten ihn, erstaunt darüber, dass dieses Bündel im Bauch ihrer Mutter gewesen war.

Dann trat ich an das Fenster – und war verblüfft. Tatsächlich drängten sich Menschen dicht an dicht an den Fensterbänken. Im Garten des Temple spazierte ein etwa sechzehnjähriges Mädchen in Begleitung einer edlen Dame umher. Beide trugen elegante Roben. Ein kleiner weißer Hund begleitete sie. Männer lüfteten ihre Hüte beim Anblick der jugendlichen Marie Thérèse. Diese würdigte die aufdringlichen Kerle wiederum keines Blickes, ignorierte die Rufe. Einige Schaulustige hielten Ferngläser vor die Augen, um die junge Frau besser bestaunen zu können. Ein Jüngling rief, er sei Dichter, und warf ein Schriftstück in den Garten. Die Tochter des hingerichteten Königspaares ließ es unbeachtet am Boden liegen. Die Menge begaffte sie wie eine Zirkusattraktion.

Selbst ich muss gestehen, dass ich meinen Blick nicht von Marie Thérèse abwenden konnte. Ich war überwältigt. Sie war eine claire beauté, eine strahlende Schönheit. Die jahrelange Gefangenschaft hatte scheinbar kaum Spuren hinterlassen. Aufgrund ihrer zierlichen Figur erschien sie engelsgleich. Sie bewegte sich in anmutiger Grazie. Das lange blonde Haar trug sie in schwungvollen Locken hochgesteckt. Alles an ihr wirkte aufs Herz und gelobte Seelenstärke. Das grausame Schicksal, das der gesamten Familie widerfahren war, schien sie nicht gebrochen zu haben. Gott hatte sie am Leben gelassen, auserwählt für eine besondere Aufgabe. So wie er mir Julie mit einer bestimmten Absicht anvertraut hatte, die ebenfalls noch im Verborgenen lag.

»Wer ist die Frau bei Marie Thérèse?«, fragte ich Clotilde, die ihren Jungen nun stillte. Die drei Geschwister sahen mit offenen Mündern zu.

»Das ist Madeleine de Chanterenne, die Gattin eines hohen Polizeioffiziers. Man hat sie dem armen Mädchen zur Seite gestellt. Man munkelt, sie solle die Waise auf die Zukunft außerhalb der Gefängnismauern vorbereiten.«

»Dem Hörensagen nach gibt es Unterredungen, die ihre baldige Freilassung betreffen«, sagte ich, ohne den Blick von dem Mädchen abzuwenden.

»Es ist wahrlich mehr als ein Gerücht. Gestern Abend brachte ein junger Mann eine Serenade über ihre Befreiung dar. Bientôt ces portes vont s'ouvrir!«

Bald werden sich diese Türen öffnen, wiederholte ich stumm. Das war eine eindeutige Botschaft.

»Man wünscht sie des Landes verbannt«, fuhr Clotilde fort. »Die Regierung hofft, damit das Gerede über ihr Schicksal verstummen zu lassen und die Österreicher für einen Friedensschluss gnädig zu stimmen. Angeblich verhandelt man bereits.«

Ich nickte. »Hinter vorgehaltener Hand erzählt man sich, dass die moderaten Regierungsmitglieder fürchteten, die Waise erhebe Anspruch auf den französischen Thron. Obwohl hierzulande die weibliche Erbfolge doch ausdrücklich abgeschafft worden ist.«

»Schon«, meinte Clotilde. »Die Angst, dass sie über die Hintertür nach dem Königsstuhl greifen und darauf bestehen könnte, die Staatsgewalt ihrer Eltern zu erben, ist groß. Aus dem Grund verlangte eine nicht unerhebliche Anzahl von Stimmen Marie Thérèses Tod.«

Ich fühlte mich mit dem zierlichen Mädchen verbunden. Wir waren zwei Waisen. Ich hatte meinen Vater und sie beide Elternteile am Schafott verloren. »Mit einem Wort, man schachert um sie, wie um ein Stück Vieh auf dem Markt«, erwiderte ich und riss mich von dem Anblick los. »Besser des Landes verwiesen als tot.«

Als ich mich auf den Heimweg begab, war es bereits später Nachmittag. Ich schlängelte mich durch unzählige Verkaufsstände hindurch, auf denen Kleidungsstücke, Gemälde, Kupferstiche und Möbel feilgeboten wurden – Waren, die man früher lediglich auf dem Pont Saint-Michel, auf dem Quai de la Ferraille oder unter den Arkaden in den Hallen hatte kaufen können. Das Elend trieb die Leute an, ihr letztes Hab und Gut zu verscherbeln. Paris verkam zu einem Trödelladen. Ich senkte den Blick und versuchte unentdeckt an all der Hoffnungslosigkeit vorbeizukommen.

Unversehens stand Morel breitbeinig vor mir. Er war aus dem Nichts aufgetaucht. Zu Tode erschrocken sog ich die abgestandene Luft der Straße ein. »Mon Dieu!«

»Ma belle, schön dich wiederzusehen«, umschmeichelte er mich mit einem grimmigen Lächeln. Dann legte er den Kopf in den Nacken und lachte laut. »Deinen bestürzten

Gesichtsausdruck solltest du sehen. Wie ein Karnickel im Bau, vor dessen einzigem Weg nach draußen eine Schlange lauert.«

Ich senkte den Blick.

»Schau mich an.« Er baute sich bedrohlich vor mir auf und packte mich grob am Kinn, sodass ich seinen bohrenden Augen nicht ausweichen konnte. Er kniff die Finger fest zusammen. Stolz versuchte ich, von dem Schmerz, den mir sein Griff verursachte, keine Notiz zu nehmen.

»Hast wohl nicht mehr mit mir gerechnet. Ist auch schon lange her, dass wir uns zum letzten Mal gesehen haben.«

Ich presste die Lippen aufeinander, unterdrückte aufkommende Tränen. Die Menschen gingen achtlos vorbei. Niemand wollte sich einmischen. Alles, was sie sahen, war eine Frau mit zerknittertem Brusttuch und schmutzigem Rock, die von einem Mann in der Kleidung eines angesehenen Bürgers getadelt wurde. Womöglich hatte sie ihm die Börse gestohlen, ihn beleidigt, womöglich war sie eine Hure, die keinen guten Dienst geleistet hatte. Verständnis für die Reaktion des Ehrenbürgers stand ihnen ins Gesicht geschrieben.

»Du lebst ungefragt in meinem Haus.«

»Es ist das Haus meines Vaters«, zischte ich zwischen meinen Zähnen hervor.

»Nicht mehr. Schon vergessen?«

Versteckt hast du dich wie ein Feigling, um nicht an Robespierres Seite am Schafott zu enden. Doch genau das hätte dir gebührt, dachte ich hasserfüllt. Ich schwieg jedoch.

»Der Kaufvertrag hat noch immer seine Gültigkeit.« Die Adern an seinem Hals schwollen gefährlich an. »Das Brautkleid meiner geliebten Frau, Gott habe sie selig, hast du dir auch unter den Nagel gerissen. Ich bin gespannt, was ein

Richter am Revolutionsgericht dazu zu sagen hätte. Den interessiert sicher, was du Schändliches in meiner Abwesenheit treibst, so ganz allein in meinem Haus!« Verächtlich spuckte er auf den Boden.

»Nichts habe ich getan! Und das Brautkleid habe ich nicht mehr«, presste ich schwer atmend hervor.

»Hast du es etwa verkauft?«

Ich versuchte zu nicken, weil ich mich nicht getraute, ihm die Wahrheit zu sagen. Er ließ mein Kinn los, packte mich sogleich am Arm. Ich wollte mich losreißen, doch gegen den schmerzhaften Griff kam ich nicht an.

»Ich habe im Austausch einen Kanten Brot und zwei schrumpelige Karotten bekommen. Ich hatte Hunger.« Ich unterdrückte den Wunsch, erneut den Blick zu senken. Stattdessen bemühte ich mich, ihm direkt in die Augen zu sehen.

»Obwohl du nicht meine Erlaubnis dazu hattest?« Morel verzog seine Lippen zu einem hämischen Grinsen. »Das ist Diebstahl. Dafür könnte ich dir den Kopf abschlagen lassen.«

Ich wusste nicht, ob das stimmte. Dennoch jagte er mir Todesangst ein.

»Wenn du, wie du behauptest, keine Freier bedienst, weshalb riegelst du dann die Tür ab, sobald du das Haus betrittst? Gibt es etwas, dass du darin verborgen hältst? Einen Schatz?« Er streichelte mir über die Stirn. Ich schluckte. Er war also derjenige, der mich des Nachts beobachten ließ. Ich hatte es mir nicht eingebildet.

»Doch egal, wie sehr du dich verschanzt. Ich nehme mir, was mir zusteht und jage dich auf die Straße, wenn es mir beliebt. Mitsamt der Natter, die du am Busen deiner Freundin nährst.«

Eine heiße Welle der Panik durchfuhr mich. Er wusste von Julie.

»Jeden Stein dieses Hurenhauses werde ich abtragen lassen und mir einen Palast darauf erbauen«, knurrte Morel.

»Ich bin keine Hure.«

»Wenn ich mit dir fertig bin, wirst du eine sein. Verlass dich drauf!« Er fletschte die Zähne wie ein tollwütiges Tier. Dann verwandelte sich seine zornige Miene in eine spöttische Grimasse. »Ich habe es mir nämlich anders überlegt. Ich werde dich nicht durch Heirat zur ehrbaren Frau machen. Stattdessen wirst du mir gutes Geld einbringen. Und deinen Bastard werde ich eigenhändig in der Seine versenken.«

Er dachte also, Julie sei mein eigen Fleisch und Blut.

»Geh und bereite alles für meine Ankunft vor. In zwei Tagen mache ich mein Recht an dem Haus geltend, und ich will es in bestem Zustand übernehmen.« Er stieß mich von sich.

Ich stolperte rückwärts und lief, so schnell mich meine Beine tragen konnten, in die Rue Saint Claude zurück. Mein Herz schlug mir bis zum Hals. Wut mischte sich mit Verzweiflung. Zu Hause schob ich den Riegel vor die Tür und schloss die Fensterläden. Mit angehaltenem Atem verharrte ich dort still und versuchte, meine Angst unter Kontrolle zu bringen. Ich horchte nach einem Geräusch, das einen etwaigen Verfolger vor meiner Tür verraten könnte. Was hatte ich verbrochen, dass das Leben so grausam zu mir war? Nachdem ich mich mehrmals versichert hatte, dass niemand vor meiner Tür wachte, packte ich so schnell ich konnte den Inhalt der Verstecke in meine Schultertücher – wie damals, vor über einem Jahr. Ich hatte gehofft, endlich Ruhe zu finden. Letzten Endes spähte ich durch den Spalt eines Fensterladens auf die Straße. Schließlich nahm ich all meinen Mut zusammen und eilte endlich über die Straße zu den Fabres, um Julie abzuholen.

»Ich muss verschwinden, Camille. Morel ist wiederaufgetaucht. Er erhebt endgültig Anspruch auf das Haus und auf mich.« Ich berichtete meiner Freundin in knappen Worten von der Begegnung. »Julie und ich sind nicht sicher in Paris.«

»Du wolltest schon einmal fliehen«, murmelte sie unvermittelt. »Und hast es dann doch nicht getan. Damals. In der Nacht, als sie Robespierre aus dem Rathaus zerrten. Stunden vor deiner angedachten Vermählung, das Bündel in deiner Hand.«

Ich presste die Lippen aufeinander, fühlte mich ertappt. »Diesmal muss ich wirklich gehen. Ich sah meinen bevorstehenden Tod in seinen Augen.«

Camilles Schultern sackten nach unten. Sie ließ ihren Tränen freien Lauf, während sie abwechselnd mich und Julie ansah. »Mögen euch tausend Schutzengel begleiten.«

Ich umarmte meine Freundin und drückte sie lange fest an mich. Wir wussten nicht, ob wir uns jemals wiedersehen würden. Gemeinsam weinten wir. Doch meinen einzigen Ausweg sah ich im Augenblick darin, zu Georgette aufs Land zu fliehen.

Am nächsten Morgen stieg ich in die erste Kutsche, die mich aus Paris fortbrachte, ohne mich noch einmal umzuwenden. Julie und ich, gingen einem ungewissen Schicksal entgegen.

Schutzlos. Heimatlos. Rechtelos.

13

In den letzten Jahren hatte Paris das Umland aufgefressen. Gehaltvolles Gartenland war in unfruchtbare Straßen verwandelt worden.

In der Postkutsche schlief Julie geschützt in einem Leinentuch an meinen Körper gepresst. Camille hatte mir Honigsirup und süßen Wein für die Fahrt mitgegeben. In der Gaststätte, in der wir zur Rast hielten und die Nacht verbrachten, bat ich um etwas weiche Breikost für die Kleine. Ich selbst ernährte mich ausschließlich von Kartoffeln, um nicht den Anschein zu erwecken, viel Geld bei mir zu tragen. Aus diesem Grund bezahlte ich lediglich mit den Assignaten, die der Soldat mir gelassen hatte und die zu meinem Unglück weiterhin nahezu täglich an Wert verloren. Niemand der anderen vier Fahrgäste beachtete mich. Ich sah aus wie eine ehrbare Frau auf dem Weg nach Compiègne, wie Marat-sur-Oise seit dem Ende der Sansculotten wieder hieß. Die Stadt lag rund achtzig Kilometer und zwei Tage Fahrt von Paris entfernt. Weit genug, um Morels Fängen zu entkommen, wie ich glaubte. Am zehnten Juli trafen wir kurz vor Mittag ein. Es war heiß und staubig. Kein Lüftchen regte sich. Meine Zunge klebte mir am Gaumen.

Ich fragte den Kutscher nach der Siedlung, in der die Cousine meines Vaters wohnte und dessen Namen er vor längerer

Zeit erwähnt hatte. »Die liegt etwa zwanzig Minuten Fußmarsch südlich der Stadt«, sagte er und deutete in eine bestimmte Richtung. Der Weg führte über ausgetrocknete Feldwege mit tiefen Furchen. Meine Kleider samt Brusttuch waren von Schweiß durchnässt, als ich endlich mein Ziel erreichte.

Die Ortschaft bestand aus gerade einmal fünf Höfen, die weit auseinanderlagen. Beim ersten Gehöft fragte ich nach Georgette. Ich erntete zwar misstrauische Blicke, doch letztendlich wies man mir den Weg, der durch ein Waldstück führte und in einer Lichtung endete.

Das kleine Anwesen hatte schon bessere Zeiten gesehen. Das Dach des Stalls erschien mir löchrig, das Wohnhaus heruntergekommen, der Putz und die Farbe der Fensterläden blätterten ab.

»Qui êtes vous?« Eine Frau um die fünfzig mit ernstem Gesicht und tief liegenden graugrünen Augen trat aus dem heruntergekommenen Haus. Sie trug schäbige Kleidung am Leib und in ihrer Hand einen Eimer mit Abfällen. Ihre grauen Haare fielen strähnig auf die gebeugten Schultern herab. Auf ihrer hellen Schürze prangte die rot-weiß-blaue Konkarde. Ich war überrascht, das Zeichen der Revolution an diesem entlegenen Ort zu finden. Die Eiseskälte in ihrem Blick flößte mir Furcht ein. Ich ahnte schlagartig, weshalb mein Vater abgeschlagen hatte, ausgerechnet hier Zuflucht zu suchen. Sie stellte den Bottich mit Abfällen neben sich ab.

»Ich bin Isabelle Blanc, die Tochter deines Cousins Jean-Luc aus Paris.« Ich versuchte selbstbewusst zu klingen.

»Aus Paris«, wiederholte sie, als verbrannte ihr der Name die Zunge. »Was willst du?«

»Ich bitte dich, mich bei dir aufzunehmen, liebste Georgette.«

»Bonté du ciel!«, rief sie den Himmel an. »Warum sollte ich das tun?«

»Mein Vater ist tot. Ich bin alleine und am Verhungern.«

»Auch hier herrscht Hunger.«

»Ich weiß nicht, wohin ich gehen soll und an wen ich mich sonst wenden kann. Du bist meine einzige Verwandte.« Es fühlte sich eigenartig an, diese Worte an eine Frau zu richten, die ich bis dahin noch nie gesehen hatte.

»Ich habe selbst nicht genug zu essen, und jetzt soll ich das Balg meines Cousins durchfüttern? Nenne mir einen vernünftigen Grund. Bis eben wusste ich nicht einmal, dass es dich gibt oder dass mein werter Vetter verstarb, der zeitlebens keinen Sou an mich verschwendet hat.«

Ihr harter Blick verriet, dass Mitgefühl nicht zu ihren Tugenden gehörte. Dennoch erzählte ich mit schwerem Herzen und Tränen in den Augen, was sich in Paris zugetragen hatte. Die gesamte Anspannung des letzten Jahres brach aus mir hervor. Ich öffnete mich Georgette wie einem Priester bei der Beichte. Dabei musterte sie mich ungeniert von oben bis unten wie einen Gaul, der zum Kauf angeboten wurde. Selbst der schreckliche Tod meines Vaters erzeugte keinerlei Reaktion in ihrem versteinerten Gesicht. Ihr abweisender Blick blieb an dem Bündel hängen, in dem das Kind schlief.

»Und das hier?«

»Das ist Julie, meine Tochter«, log ich.

»Ein schmutziges Gör und ein Bastard vor meiner Tür.« Sie hob den Kopf zum Himmel. »Herr, was habe ich verbrochen, dass du mich derart bestrafst?«

Ich schluckte schwer. Dann steckte ich meine Hand in die Tasche, zog einen Livre hervor und hielt ihn ihr hin. Georgettes Finger schnellten in meine Richtung, schnappten nach dem Geld, das unmittelbar unter der Schürzentasche verschwand.

»Hast du noch mehr?«

Ich schüttelte den Kopf. »Aber ich bin bereit, für Kost und Logis hart zu arbeiten.«

Sie sah aus, als wollte sie mich auf der Stelle vom Hof jagen. Sie verabscheute mich, das verbarg sie nicht. »Auf dem Hof gelten meine Regeln.«

»Natürlich.«

»Und wenn ich mich schon derart großzügig zeige, euch beide bei mir aufzunehmen, wirst du schuften wie eine Sklavin. Streck deine Hände aus.«

Ich folgte ihrem Befehl. Sie betrachtete eingehend meine Finger, meine Handrücken, die Handflächen.

»Die sind zu feingliedrig, taugen nicht viel. Hast wohl bis jetzt das feine Töchterchen gespielt«, schnaubte sie verächtlich.

»Ich habe den Haushalt meines Vaters geführt.«

»Wohl mit Dienstmägden und Köchen, die du herumkommandiert hast«, höhnte sie.

»Wir hatten keine Bediensteten«, gab ich zurück. Zumindest nicht in den letzten Jahren, fügte ich in Gedanken hinzu. Denn davor hatten wir sehr wohl zwei Mägde und einen Koch beschäftigt.

Georgette ging nicht auf meinen Einwand ein. »Aber das treibe ich dir schon noch aus. Ich erlaube dir, gleich damit anzufangen«, sagte sie gönnerhaft. »Die Schweine gehören gefüttert, die Ziegen gemolken.« Sie nahm den stinkenden Bottich und drückte ihn mir in die Hand. »Komm danach zu mir, dann zeig ich dir, wo du schlafen kannst.«

Sie stapfte zurück ins Haus. Über Julie verlor sie kein Wort mehr.

Georgette besaß zwei Schweine, drei Ziegen und eine Handvoll Hühner. Mir war augenblicklich bewusst, dass es ab sofort meine Aufgabe war, sie zu versorgen.

Die Schlafkammer lag in einem engen Raum unter dem Dach, voller Spinnweben und stinkend wie ein Schweinestall. Ein mit Stroh gefüllter Sack diente als Bettstatt. Überdies fehlte eine Tür. Als ich Georgette darauf aufmerksam machte, zuckte sie lachend mit den Schultern. »Wozu eine Tür? Glaubst du, dass jemand die Spinnennetze stiehlt?«

Ich nahm es hin, froh, ein Dach über dem Kopf zu haben und Morel entkommen zu sein.

»Es werden bessere Tage kommen«, flüsterte ich Julie zärtlich ins Ohr, wenn ich sie mit Ziegenmilch fütterte.

Fortan stand ich bei Tagesanbruch auf und legte mich spät nachts auf mein Schlaflager. Neben den Tieren kümmerte ich mich auch um den winzigen Kartoffelacker hinter dem Stall, um das Gemüse und den Haushalt. So ging es Tag für Tag. Die Arbeit war mühselig. Ich bekam Schwielen an den Händen, mein Rücken schmerzte, meine Knöchel schwollen an und meine Arme waren schwer wie Blei.

Julie versorgte ich zwischendurch, zweigte ungesehen täglich etwas Ziegenmilch für sie ab. Das Kind musste leben. Mittlerweile war sie wirklich wie eine Tochter für mich. Ein Glück, dass sie ein genügsames Mädchen war, das selten weinte und viel schlief. So fiel sie Georgette nicht auf die

Nerven, die weiterhin keinen freundlichen Blick für uns übrighatte, geschweige denn uns ausreichend Nahrung zugestand. Für mich stahl ich ab und zu ein Ei. Mit dem Fingernagel klopfte ich ein Loch in die Schale und schlürfte es gierig aus. Danach zermahlte ich die Eierschale zu einem Pulver, das ich in Wasser auflöste und Julie einflößte.

»Das stärkt die Knochen«, hatte ich mich an einen Rat meiner Mutter erinnert.

Abends nähte ich die Risse in den Kleidern der Cousine meines Vaters. Sie rührte keinen Finger mehr, lag faul herum und ließ sich von mir wie eine Königin bedienen. Bereits nach einer Woche existierte ich nur mehr ohne Anrecht auf ein eigenes Leben.

Erwarte nichts, dann enttäuscht dich nichts, dachte ich geradewegs, wenn ich bei Tagesanbruch die Augen aufschlug. Nur mit dieser Einstellung würde ich überleben. Sobald ich mit dem Schicksal haderte, rief ich mir Jacques Morels Gesicht in Erinnerung und das, was mich in Paris erwartete. Die Bitte um bessere Zeiten floss in mein tägliches Abendgebet ein. Gegenüber Georgette blieb ich demütig. Egal, welche Aufgabe sie mir übertrug, welche Gemeinheit sie mir an den Kopf warf oder wie oft sie nach dem Stock griff. Ich ertrug es. Als Ausgleich stahl ich von Tag zu Tag mehr Eier und Milch für uns. Einmal ergatterte ich sogar ein Stück Speck. Es schmeckte himmlisch.

Obwohl die Höfe weit auseinanderlagen, verbreitete sich die Nachricht über unser Auftauchen schneller als ein Waldbrand. Schuld daran war meine Suche nach Georgettes Hof bei meiner Ankunft und ihren Besuchen bei den benachbarten Bauern. Dort ließ sie sich für ihren Großmut bewundern, die Tochter ihres Cousins aufgenommen zu haben. Bald wusste jeder im Dorf über uns Bescheid. Regelmäßig kamen Leute auf den Hof, stellten Fragen über das Leben in der Stadt, meinen Vater, Julies Vater und den Grund meines Auftauchens. Sie misstrauten mir. Man floh nicht grundlos von Paris aufs Land, wo ihrer Meinung nach die Not größer war.

Anfang August tauchte ein in Lumpen gehülltes, runzliges altes Weib auf. Sie setzte sich unaufgefordert auf einen Schemel neben der Haustür.

Sie behauptete Wahrsagerin zu sein. »Du versteckst dich vor jemandem«, raunte sie mir bedrohlich zu. Sie lebte einen halben Tag Fußmarsch entfernt. Sie beteuerte, den weiten Weg nur zurückgelegt zu haben, um Georgette vor dem Werwolf zu warnen, der mir auf den Fersen sei. Die Cousine meines Vaters hörte aufmerksam zu.

»Ich habe es in den Sternen gesehen.« Die Alte wischte sich mit dem Schürzenzipfel den Schweiß von der Stirn, ehe sie uns beide eindringlich musterte. »Das Kind ist von ihm.«

Ich widersprach energisch, erklärte, dass Wahrsagerei Humbug sei, und riet Georgette, die Alte vom Hof zu jagen. »Es gibt keine Werwölfe«, knurrte ich. »Nur Betrüger, die ehrbare Leute mit solchen Märchen um ihr Erspartes bringen.«

Doch Georgette zeigte sich der Lügnerin gegenüber großzügig, beschenkte sie für ihre Dienste mit Eiern und Kartoffeln. Ich fühlte mich verlassener denn je.

»Eine Wahrsagerin zu beleidigen bringt Unglück«, behauptete sie, nachdem die Greisin endlich aufgebrochen war.

Sie baute sich drohend vor mir auf und bohrte ihren Zeigefinger in meinen Busen. »Erklär mir, warum ich dich nicht gleich vom Hof jagen soll.«

»Weil es dir angenehm ist, mich wie deine Leibeigene zu behandeln. Sieh dich an! Seit meinem Erscheinen trägst du saubere Kleidung, du sitzt faul ...«

Sie schnitt mir mit einer energischen Geste das Wort ab. »Ich hätte dich nicht bei mir aufnehmen dürfen.«

»Du glaubst doch nicht wirklich an das Gerede dieser alten Blenderin.«

Georgette versetzte mir einen Stoß gegen die Brust. »Wehe, du bringst Unglück und Verderben in die Gegend. Falls doch, werde ich dafür sorgen, dass dein Kopf rollt – und den Bastard werde ich eigenhändig im Bottich ertränken.«

Natürlich verdichteten sich nach dem Besuch der Wahrsagerin die Gerüchte über mich. Tatsächlich war es jedoch nicht die Furcht, die Hure eines Werwolfs ins Haus gelassen zu haben, die Georgettes Entscheidung, mich loszuwerden, endgültig machte.

Am Abend des letzten Augusttags stürmte sie wutschnaubend in den Schweinestall, als ich gerade die Tiere fütterte.

»Was erlaubst du dir eigentlich?«, fauchte sie mich an. »Kommst hierher und erzählst eine tränenreiche Lügengeschichte. Und ich, gütige Frau, falle darauf herein.« Sie warf empört die Hände in die Luft. »Mein Cousin sei ein ehrbarer Mensch gewesen, der sich für andere einsetzte, der Gutes tat ... « Blanker Hass sprach aus ihren Augen. Hass auf alles, was ich in ihren Augen verkörperte. Das privilegierte Pariser Gör ihres bevorzugten Cousins.

»Aber das habe ich nicht«, setzte ich an, die Geschichte richtigzustellen.

»Du bist die Saat des Bösen«, brüllte sie. »Mein ach so ehrenwerter Cousin war in Wahrheit ein stinkreicher Spitzel. Nicht nur, dass er für diese österreichische Hure und das gesamte Königsgesindel Schmuck anfertigte. Nein ... Um noch reicher zu werden, brachte er falsches Geld in Umlauf.«

Ich fühlte mich wie vor den Kopf geschlagen. »Das ist eine Verleumdung, eine Lüge«, gab ich bemüht beherrscht zurück.

»Er machte gemeinsame Sache mit den Schweizern und den Engländern, die bündelweise gefälschte Assignaten an unseren Küsten abladen und in den Gasthäusern verteilen. Er war ein verfluchter Monarchien. À bas les traîtres! Nieder mit den Verrätern!«

Mein Herz schlug mir bis zum Hals. Es fühlte sich an wie Paukenschläge. Meine Fäuste ballten sich, die Welt in mir explodierte. »Mein Vater war kein Verräter.«

»Er hat aufrechte Bürger betrogen und seine Tochter als Hure arbeiten lassen, die selbst nicht davor zurückschreckt, sich mit dem Werwolf zu paaren.«

Sie spuckte vor mir auf den Boden und schlug wütend mit der flachen Hand auf den Tisch.

»Wer wagt es, solche Lügen über meinen Vater zu verbreiten? Gib mir seinen Namen! Der soll mich kennenlernen.« Mein Zorn kannte keine Grenzen. Niemand hatte das Recht, Jean-Luc Blanc einen Betrüger zu nennen. Seine niederträchtige Cousine schon gar nicht.

Da krallten sich Georgettes Finger um meinen Arm. »Verschwinde!« Sie zog mich nach draußen ins Freie. Auf dem

Boden vor dem Stall lagen meine Sachen verstreut, mitten darin Julie. Sie spielte mit ihren winzigen Fingerchen, begriff nicht, was um sie herum geschah. »Und deinen Bastard nimmst du mit.« Georgette versetzte mir einen heftigen Stoß, griff zugleich nach dem dicken Holzstock, der an der Wand lehnte. Während ich rasch meine Habseligkeiten zusammenraffte, ließ sie den Stock in der Hand bedrohlich auf und ab tanzen. Ich durchsuchte hektisch meine Bündel. Der Saum des Rocks, in das ich das Geld eingenäht hatte, war zerrissen.

»Suchst du das hier?« Georgette baute sich breitbeinig vor mir auf und fischte eine Handvoll Münzen aus ihrer Schürzentasche. »Das gehört jetzt mir. Ich habe dir zu essen gegeben und den Bastard in meiner endlosen Güte mit versorgt.« Sie ließ die Geldstücke wieder verschwinden.

»Du verfluchte Diebin!«, schrie ich. »Du widerliches altes Weib! Das Geld ist von meinem Vater! Er hat es mir vor seinem Tod überlassen, damit ich überlebe.«

»Das hast du … auf meine Kosten. Das hier …«, sie klopfte sich auf die Schürzentasche, »ist die Entlohnung.«

Ich stürzte mich auf sie. Außer mir vor Wut riss ich an ihrer Schürze, um an die Münzen und Assignaten zu kommen. Sie wehrte mich mit einem harten Hieb ab. Ich geriet aus dem Gleichgewicht, fiel zu Boden. Sie schlug blindlings mit dem Stock auf mich ein. Ich schützte meinen Kopf mit den Händen. Die Schläge trafen meine Arme und meinen Rücken. Ich bekam keine Luft. Es war, als zerbreche etwas in mir. Als ich mich hochzurappeln versuchte, holte sie weit aus. Ich wich in letzter Sekunde aus. Der Knüppel schoss knapp an meiner Schläfe vorbei. Georgette fluchte, schwang den Prügel erneut.

»Verschwinde, du undankbares Gör!«, brüllte sie mit wutverzerrtem Gesicht. »Und lass dich hier nie wieder blicken.«

Ich stand wie angewurzelt. Mein Herz pochte verzweifelt. Auf dem Boden lagen Zeichnungen meines Vaters verstreut. Georgette bückte sich rasch und raffte sie mit flinken Fingern an sich. »Die verbrenne ich.«

Sie schwang den Holzstock gefährlich durch die Luft. Mit letzter Kraft machte ich einen Schritt nach vorne, versuchte ihn ihr zu entwinden. Es gelang mir, ihr einen heftigen Stoß zu versetzen und ihr zwei Skizzen aus den Händen zu reißen, bevor sie auf die Knie fiel. Schnell bückte ich mich und griff nach fünf weiteren Zeichnungen. Sieben sind besser als keine, sagte ich mir.

Georgette kam wieder auf die Beine. »Ich bring dich um!«

Geschunden und gedemütigt bis auf die Knochen, raffte ich in Windeseile mein Bündel zusammen und nahm Julie auf den Arm. Dann drehte ich mich ein letztes Mal in Georgettes Richtung, fixierte sie mit wütendem Blick. Jemand, der an Werwölfe glaubte, fürchtete auch die Wirkung von Flüchen.

»Ich verfluche dich. Du sollst verrecken und mit dir dein ganzes Hab und Gut. Das Geld soll Unglück über dich bringen.«

Georgette lachte meckernd. Doch in ihrem Gesicht flackerte Furcht auf. Ihre Augen schwirrten Hilfe suchend umher. Sie suchte verzweifelt nach einem Weg, das Unheil abzuwenden. Ich wiederholte meine Verwünschung, während ich Reißaus nahm, blindlings vom Hof stolperte. Ich lief, so schnell mich meine Beine trugen, keuchend wie ein Tier. Ich presste meine Zähne so fest aufeinander, dass mein Kiefer schmerzte. Im Laufen blickte ich über meine Schulter zurück, sah Georgette mit vor Angst geweiteten Augen und einer Muskete in der Hand. Wo hatte sie das Gewehr vor mir versteckt? Sie legte es am Bottich auf, zielte und schoss. Die Kugel verfehlte mich um Haaresbreite. Ich rannte um mein Leben. Julie weinte.

Der Wald lag nur mehr wenige Schritte entfernt. Julie brüllte nun wie am Spieß. Wieder ein Schuss, der zum Glück ins Leere ging. Mittlerweile befand sich zwischen uns und dem Hof hinreichend Distanz. Die Kugel schlug mit Abstand hinter uns ein. Die schützende Waldung empfing uns mit ausladenden Ästen und undurchdringlich wirkenden Dickicht. Ich eilte direkt darauf zu und schlug mich blindlings in den Wald hinein. Ich lief und lief – das schreiende Kind an meiner Brust – und verlor jegliches Zeitgefühl.

Irgendwann ebbte Julies Gebrüll ab. Sie schluchzte leise und dämmerte schließlich vor Erschöpfung vor sich hin. Als ich uns in Sicherheit wähnte, ließ ich mich an einem dicken Baumstamm nieder. Froh, dass ich zumindest eine Handvoll Zeichnungen und den Schmuck meiner Mutter gerettet hatte. Erleichtert, dass Georgette meiner Julie nichts angetan hatte. Ich presste die Hand auf meine Brust, wo sich der Lederbeutel befand. Die nächsten Minuten verbrachte ich hin- und hergerissen zwischen dem Wunsch, zurückzugehen und Georgette ein Messer in den Hals zu rammen, und dem Gedanken, mich umzubringen. Es dämmerte bereits, und ich hatte keine Ahnung, in welchem Teil des Geländes wir uns befanden und wie weit wir uns inzwischen vom Hof entfernt hatten.

Ein Geräusch schreckte mich auf. War Georgette mir gefolgt? Mit angehaltenem Atem horchte ich in den Wald hinein.

Glücklicherweise schien der Mond in dieser Nacht hell. Ich erkannte eine Maus, die an meinen Füßen vorbeilief und in einem Loch verschwand. Ich atmete erleichtert auf. Julie wachte wimmernd auf. Sie blinzelte, dann öffneten sich ihre strahlend blauen Augen. Ihr Mund verzog sich ungeduldig. Sie brauchte Nahrung. Ich drückte sie fest an meine Brust, hoffte, dass ihr Gewimmer nicht erneut in lautem Gebrüll endete. Ich hatte nichts zu essen. Sanft wiegte ich mich hin und her, sang ein leises Lied, bemühte mich, sie neuerlich in den Schlaf zu schaukeln.

Die nächsten zwei Tage glichen der Hölle. Die meiste Zeit streunte ich mit Julie im Wald umher, unentschieden, ob ich bleiben oder gehen sollte. Wasser trank ich aus Pfützen, kam Tag und Nacht nicht zur Ruhe. Tagsüber kundschaftete ich die nahe liegenden Höfe aus. Ob Hunde diese bewachten, wie viele Menschen sich herumtrieben. Bei Dunkelheit wickelte ich Julie in mein Schultertuch, schlich zu den Ställen, stahl Eier, Kannen voll Milch und, so es welchen gab, Käse. »Wir wollen nur überleben«, murmelte ich jedes Mal eine Entschuldigung, bevor ich mit meiner Diebesbeute wieder im dunklen Wald verschwand. Mir war klar, dass der Diebstahl entdeckt werden und man bald nach mir suchen würde.

So bemühte ich mich, mich in dem endlosen Dickicht zu orientieren, und schlug schließlich eine bestimmte Richtung ein, von der ich nicht mehr abwich. Mein Herz machte einen Freudensprung, als Compiègne am Horizont auftauchte. Doch in meiner vollkommen verdreckten Bekleidung getraute ich mich nicht tagsüber die Stadt zu betreten. Während ich am Waldrand ausharrte, fütterte ich Julie mit etwas

Ziegenmilch. Als die Sonne unterging, schlich ich so unauffällig wie möglich bis in jenes Viertel, in dem die prachtvollen Häuser wohlhabende Bürger vermuten ließen. Hinter den Fenstern flackerte das Licht der Kerzen, die Straßen waren menschenleer. Irgendwann kam ich am prunkvollen Schloss vorbei, das im Mondlicht wie ein dunkler Wächter wirkte. Der Anblick erinnerte mich an längst vergangene Tage, an denen ich keinen Hunger gelitten hatte. Jetzt wühlte ich mit der auf meinem Rücken festgezurrten Julie mit beiden Händen im Müll, stopfte mir Abfall in den Mund. Egal, ob es eine verfaulte Frucht oder ein vergammeltes Stück Käse war.

»Verschwinde, du elende Bettlerin«, hörte ich eine alkoholgeschwängerte Stimme hinter mir.

Ich wirbelte herum und fand mich einem Bären von einem Mann gegenüber, das Gesicht zur zornigen Grimasse verzogen.

»Verfluchtes Gesindel. Ich schlag dich windelweich.«

Ich überwand die Scham, zeigte auf Julie, und streckte meine Hand aus. »Bitte Bürger, habt Erbarmen, gebt mir ein Stückchen Brot. Oder ein bisschen Geld, damit ich Essen kaufen kann für mein kleines Mädchen.«

»Sonst noch etwas, Prinzessin?«, höhnte er. »Such dir Arbeit und verdien dir dein Brot. Im Bordell sucht man nach neuen Huren. Mit einem Eimer voll Wasser und Seife machen die ein anständiges Weib aus dir.« Er klang gönnerhaft, griff dann in seine Westentasche und warf mir eine Münze zu, so wie man einem halb verhungerten Hund einen abgenagten Knochen zuwarf. »Hier hast du einen Sou.«

Ich betrachtete die Kupfermünze auf dem Boden. Davon konnte ich mir noch nicht einmal ein Stück Brot kaufen.

»Und jetzt verschwinde!« Er trat nach mir, traf mein Schienbein. Mein Aufschrei war einer Mischung aus Schmerz, Kummer und Erniedrigung geschuldet. Wut trieb mir Tränen in die Augen. Julie begann zu wimmern. Ich hob das Geldstück rasch auf und machte, dass ich wegkam.

Hinter einer Ecke ließ ich mich fluchend nieder. Georgette hatte mich zur Bettlerin und Diebin gemacht. Julies Weinen war mittlerweile in ohrenbetäubendes Gebrüll übergegangen. Mit letzter Kraft flößte ich ihr ein wenig von der gestohlenen Milch ein. Die Kleine trank schlecht, verschluckte sich, hustete und verweigerte schließlich die Nahrung vollends. Ich seufzte laut auf vor Kummer. Todtraurig summte ich ein Schlaflied für sie.

»Au clair de la lune, Mon ami Pierrot, Prête-moi ta plume. Pour écrire un mot. Ma chandelle est morte, Je n'ai plus de feu; Ouvre-moi ta porte, Pour l'Amour de Dieu.

Im Mondschein, mein Freund Pierrot, leih mir deine Feder, um eine Nachricht zu schreiben. Meine Kerze ist aus, ich habe kein Feuer mehr. Öffne mir deine Tür, um der Liebe Gottes willen.« Noch während ich sang, schlief ich erschöpft ein.

Als ich wieder erwachte, färbte sich der Himmel über den Dächern langsam rot. Julie hielt die Augen geschlossen. Ich drückte sie sanft an mich und schlich davon. Unser Weg führte ans Ufer des Oise. Ein junger Kerl in zerlumpten Kleidern kam uns entgegen. Er verkaufte Brot aus einem Korb heraus. Ich reichte ihm den Sou. Er lachte. »Was soll ich damit?«

Ich sah ihn flehend an. »Ich weiß, es ist viel zu wenig für einen Laib, aber mehr habe ich nicht.«

Er meinte, die Münze habe keinen Wert. »Vor zwei Wochen hat der Franc die Livre abgelöst und der Centime den Sou.«

Verwirrt blickte ich ihn an. Diese Neuigkeit war noch nicht bis zu Georgettes Hof vorgedrungen. Einen kurzen Moment dachte ich an den Ring und die Kette in meinem Lederbeutel. Auf gar keinen Fall wollte ich die Schmuckstücke gegen Brot tauschen. Eher würde ich verhungern.

Der Junge lief rasch weiter. Meine wertlose Münze interessierte ihn nicht. Während ich ihm hinterherblickte, begriff ich, dass die Livres, die mir Georgette gestohlen hatte, keinerlei Wert mehr besaßen. Der Fluch war in Erfüllung gegangen. Zumindest für einen kurzen Augenblick überwog dieser freudige Gedanke den Schmerz. Ich lachte auf und senkte meinen Blick auf Julie, die noch immer schlief. Erst jetzt bemerkte ich, dass sie glühte. Auf ihrer Stirn stand ein perlender Schweißfilm. Ich fuhr über ihr zartes Näschen, küsste ihr den Schweiß aus den Äuglein und von den Wangen. Ich sog den Duft des Kindes ein, das normalerweise so wunderbar duftete, nun jedoch den säuerlichen Geruch von Krankheit und Erschöpfung ausströmte. Verzweiflung verdrängte meinen Hoffnungsschimmer.

Schluchzend sank ich auf die Knie. Ich legte mein Ohr an Julies Mund. Ihr Atem ging schwach. Tränen liefen über meine Wangen. »Bitte nimm mir nicht auch noch mein Kind. Sie ist doch der einzige Mensch, der mir geblieben ist«, flüsterte ich, die Augen zum Himmel gewandt.

14

LEA

Wien, Juli 2019

Als Lea die letzte Seite auf den Tisch zurücklegte, war es kurz vor Mitternacht. Schweigend und mit schwerem Herzen verabschiedete sie sich von Isabelle Blanc und Julie. Beklemmung schnürte ihr den Hals zu. Es durfte nicht geschehen, dass die Kleine starb, noch bevor sie überhaupt zu leben begonnen hatte. Vor ihrem inneren Auge sah sie die winzigen Fingerchen, die neugierigen Babyaugen, die erwartungsvoll in die Welt blicken. Obwohl die Ereignisse über zweihundertzwanzig Jahre zurücklagen, konnte sie Isabelles Verzweiflung nachempfinden.

»Und, was sagst du?« Elias Stimme holte sie ins einundzwanzigste Jahrhundert zurück. Er platzte vor Neugier, das sah sie ihm an.

Lea brauchte noch eine Sekunde, um sich zu sammeln. Sie ließ den Rosé in ihrem Glas kreisen. »Isabelle Blanc beeindruckt mich«, begann sie zögernd, ohne den Blick von der rosa schimmernden Flüssigkeit zu nehmen. Und dann sprudelten von einem Moment auf den anderen die Gedanken, Eindrücke und Gefühle aus ihr hervor, wie eine klare Quelle aus dem Felsen. »Diese Frau stand vor dem Nichts. Trotzdem gab sie nicht auf, nahm sogar ein fremdes Kind an, obwohl sie selbst nicht genug zum Weiterleben hatte. Sie trug die Kraft und das Selbstbewusstsein einer Löwin in sich. In einer Epoche, in der man Frauen weder eigenständiges Denken zutraute noch ein selbstbestimmtes Dasein zugestand.«

Plötzlich kam Lea sich so lächerlich, so verwöhnt vor. Was waren ihre Probleme im Vergleich zu Isabelles? Gut, die Lebensweise im achtzehnten jener des einundzwanzigsten Jahrhunderts gegenüberzustellen war verwegen. Dennoch. Statt am eigenen Leben etwas zu ändern, jammerte sie ihren Freundinnen regelmäßig die Ohren voll, beließ aber alles dabei, wie es war. Verfluchte Bequemlichkeit. Sie nahm einen ausgiebigen Schluck Wein.

»Du hast natürlich vollkommen recht. Andererseits ließ uns Isabelle, wenn auch nur kurz, in den Schöpfungsakt eintauchen«, merkte er an und suchte eine bestimmte Stelle in den Aufzeichnungen. »Für den Entwurf hatte er Monate über das Papier gebeugt verbracht. Mit geübten, fast zärtlichen Bewegungen hatte er die Kohle über das Blatt geführt, starke und schmale Striche entstehen lassen. Immer darauf bedacht, ein Meisterwerk herauszuarbeiten. Die Genauigkeit, mit der er die passenden Edelsteine auswählte, glich einem heiligen Akt. Das Halsband muss faszinierend wie eine einzigartige Perle und göttlich wie eine Rose sein, hatte er während der Anfertigung vor sich hin gemurmelt. Bis ihn endlich die Gewissheit, Marie Antoinettes Schönheit in dem

Schmuckstück eingefangen zu haben, zur Ruhe hatte kommen lassen. Die Erkenntnis befreite ihn sogleich von der unsäglichen Qual, dem Auftrag nicht gewachsen zu sein«, las er noch einmal laut vor. Aus ihm sprach der begeisterte Historiker, der ein Teilstück im menschlichen Universum entdeckte, mit dem sich noch kein anderer Geschichtsforscher auseinandergesetzt hatte. Seine Augen funkelten vor Begeisterung.

»Ja, schon.«, gab Lea lustlos zurück. Sie interessierte sich vielmehr für das Schicksal der Tochter.

»Mein Freund Gerhard meinte, ein Porträt von Marie Antoinette mit genau diesem Collier um den Hals hängt im Château de Versailles. Und im Louvre befinden sich weitere Schmuckstücke und Kunstwerke von Jean-Luc Blanc.« Elias machte eine kurze Pause, blickte sie begierig an. »Was hältst du davon, nach Paris zu fliegen?«

Lea sah ihn überrascht an. »Oh …«, war alles, was sie hervorbrachte.

»Wir könnten uns das Bild und die Kunstschätze ansehen.« Er strahlte. In Gedanken war er bereits in Frankreich.

Lea blinzelte irritiert. Eine Reise nach Paris, nur weil sie die Aufzeichnungen der Tochter des Juweliers entdeckt hatten? »Inwiefern bringt mich das der Antwort auf die eigentliche Frage näher: Wie kam das Collier in meine Familie?« Lea tippte auf die oberste Seite des Papierstapels. »Das hier gibt mir jedenfalls keine, obwohl es zweifellos schön ist, zu wissen, wer sie hergestellt hat. Aber deshalb gleich nach Paris zu fliegen halte ich für eine, entschuldige, Schnapsidee.«

»Da kannst du nicht sicher sein.«

»Du könntest doch ohne mich fliegen. Oder Gerhard soll

das Gemälde und die Kunstwerke fotografieren und die Fotos mailen.«

»Das ist nicht dasselbe. Vor einem Original zu stehen, das vor über zweihundertdreißig Jahren gemalt wurde, fühlt sich komplett anders an, als ein Kunstwerk auf einem Foto anzusehen. Das ist ...« Elias suchte nach dem passenden Ausdruck, »das kann man nicht vergleichen.«

Als begeisterte Kunstliebhaberin konnte Lea Elias Begeisterung nachvollziehen.

»Es gibt übrigens weitere Aufzeichnungen. Gerhard übersetzt sie gerade. Natürlich kann ich dir nicht versprechen, dass genau die Information drinnen steht, die du dir wünschst. Aber ich bekomme Gänsehaut bei dem Gedanken, mehr zu entdecken«, fuhr er fort.

Es reizte sie, seinem Vorschlag intuitiv nachzugeben. Dennoch sträubte sich etwas in ihr. »Gerhard kann die übersetzten Aufzeichnungen ja ebenfalls schicken. Hat er doch schon mit diesen hier getan.« Sie zeigte auf den Papierstoß auf dem Tisch. »Ich bin nämlich nicht so der spontane Typ.«

»Das tut mir leid«. Enttäuscht räumte Elias die Gläser in die Küche.

»Du bist mir noch eine Antwort schuldig. Weshalb gilt diese Kette als verschollen?«, rief Lea ihm hinterher.

Er kam zurück und blieb neben dem Sofa stehen. »Ich habe nachgeforscht, nachdem ich den Text gelesen hatte. Wie wir wissen, schmuggelte Marie Antoinette ihren Schmuck vor ihrem Tod aus Frankreich. Dieser ging später an ihre Tochter Marie Thérèse Charlotte de Bourbon über.«

»Jene junge Frau, die Isabelle von Clotildes Fenster aus gesehen hat«, merkte Lea an.

»Genau. Sie vermachte den Schmuck später wiederum der Nichte ihres Ehemannes Louis Antoine d'Artois, der Herzogin von Bourbon-Parma. Auf diese Weise wanderte die Kostbarkeit an das italienische Adelshaus, wo es bis zur Versteigerung letzten Jahres blieb. Spannend ist, dein Collier befand sich nicht unter besagter Erbschaft. Obwohl es unter dem Geschmeide war, das Marie Antoinette vor ihrer Verhaftung außer Landes gebracht hatte, das hat Gerhard recherchiert. Natürlich können Schmuckstücke im Laufe der Geschichte verlorengehen, manche Exemplare werden gestohlen oder müssen wegen Geldnöten verkauft werden. Doch mehr konnte ich über das Collier nicht herausfinden.« Er setzte sich neben Lea, sah sie eindringlich an. »Begleite mich nach Paris. Lass uns herausfinden, was mit der Kette geschehen ist.«

Lea wandte den Blick ab, schaute auf den Papierstoß auf dem Couchtisch und wieder zu Elias. »Ich spreche kein Wort Französisch, das macht es schwierig, habe ich gehört. Sie beschimpfen einen, wenn man die Landessprache nicht kann.« Lea hatte sich in der Schule für Spanisch entschieden.

»Wer sagt das?«

»Habe ich in einem Film gesehen.«

»Das war aber keine Dokumentation.«

»Sie köpfen Österreicher.«

Elias lachte lauthals. »Das machen sie schon seit über zweihundert Jahren nicht mehr.«

»Ich spreche kein Französisch.«

»Das hatten wir bereits. Ich kann übersetzen. Und falls du keinen Urlaub bewilligt bekommst, können wir über ein Wochenende fliegen.«

»Ich fühle mich grad ein bisschen überfordert. Lass mich darüber nachdenken«, wehrte Lea ab. Sie war auf einmal hundemüde. »Ich ruf mir jetzt ein Taxi.«

Zu Hause band sie sich die Haare hoch, schlüpfte in ihren hellrosa Pyjama, brühte sich einen Kräutertee auf und legte eine CD von Norah Jones auf. Sie war völlig aufgewühlt. Das heiße Getränk und die Musik halfen ihr, zur Ruhe zu kommen. Es war ein eigentümliches Gefühl, in das Leben eines Menschen einzutauchen, von dem man bis dato nicht einmal wusste, dass es ihn gegeben hatte. Nach der ersten Tasse Tee holte sie das Collier aus dem Safe. Sie betrachtete eingehend jeden einzelnen Diamanten, ehe sie die Kette aus der Schatulle nahm. Norah Jones sang *Don't Know Why.*

»Ist die Aufklärung wirklich so wichtig? Was bringt es, zu wissen, wie du in meine Familie gekommen bist?«

Ein Schmuckstück zu besitzen, das bewiesenermaßen einer Königin gehörte hatte, löste ein Gefühl der Ehrfurcht in ihr aus. Vor über zweihundert Jahren hatte Marie Antoinette den Verschluss geöffnet, sich die Kette um den Hals gelegt und verschlossen. Lea tat es ihr gleich, betrachtete das Geschmeide im Badezimmerspiegel. »Natürlich ist es wichtig«, beantwortete sie sich die Frage. Sie ging zurück, nahm die Kette ab und bettete das Stück wieder vorsichtig in die Schatulle, als bestünde Gefahr, es zu verletzen. Etwas in ihr sagte, dass sie an einem Wendepunkt angekommen war. Vielleicht war es wirklich an der Zeit, ihr Dasein auf den Kopf zu stellen. Aufzubrechen, die Komfortzone zu verlassen.

Nach der dritten Tasse Tee legte sie sich ins Bett, wälzte sich jedoch unruhig hin und her. Der Gedanke nach Veränderung nahm Formen an, gab ihr neuen Aufwind. Sie hoffte, dass dieses Gefühl nicht über Nacht verblassen würde. Gegen vier Uhr morgens schlief sie endlich ein.

Um sieben läutete der Wecker. Lea stellte sich unter die Dusche. Während sie die Haare föhnte, trank sie nebenbei einen Espresso und aß ein Marmeladebrot. Danach putzte sie sich die Zähne, zog eine hellgraue Seidenbluse und eine Stretchhose an und trug Make-up auf. Jeder Handgriff saß. Völlig übermüdet, doch noch immer voller Entschlusskraft, machte sie sich auf den Weg zur Arbeit. Im Versicherungsbüro ging sie unmittelbar zum Büro ihres Vorgesetzten und bat dessen Sekretärin um einen Gesprächstermin.

»Er hat heute keine Termine, wenn du willst, kannst du direkt zu ihm rein.«

Lea nickte. Ihre Hände waren feucht vor Anspannung. Ihr Kopf suchte auf Hochtouren instinktiv nach einem Fluchtplan, weil sie wie üblich den Konflikt scheute, den sie vorhatte auszutragen. Die Sekretärin meldete sie an.

Gleich darauf trat sie durch die braune Tür.

»Guten Morgen, Herr Kohnert.«

Er trug wie gewohnt einen dunkelgrauen Anzug. Weißes Hemd. Krawatte. Lea drängte sich nicht zum ersten Mal die Frage auf, ob auch in seinem Kleiderkasten eine Vielzahl gleichfarbiger Kleidungsstücke hing, so wie bei ihrem Vater.

»Frau Roth, was kann ich für Sie tun?« Er zeigte auf den leeren Stuhl vor seinem Schreibtisch.

Lea nahm Platz. »Es geht um meine Aufgaben hier im Unternehmen.«

Irritiert sah Kohnert sie an. »Was ist damit?«

»Der Betriebskindergarten …«

»Frau Roth!«, fiel er ihr ins Wort. »Das haben wir doch schon gefühlte hundert Mal ausführlich diskutiert.«

Lea wusste, dass ihn dieses Thema stresste. Genau aus dem Grund hatte sie ohne Umwege damit angefangen, weil ihr ab nun alles Weitere leichter fallen würde.

»Das Unternehmen hat im Moment einfach nicht die Kapazitäten für eine derart kostenintensive Investition. Zudem ist es mit jeder Menge Bürokratie verbunden. Aber vielleicht … eines Tages.«

»Ich kenne die Zahlen. Die Versicherung könnte sich zwei Kindergärten leisten, wenn sie wollte.«

»Wollen wir aber nicht«, platzte es nun aus Kohnert heraus. »Nicht heute und auch nicht in absehbarer Zeit. Ich hoffe, das leidige Thema ist somit endgültig besprochen. Wir haben wirklich Wichtigeres zu tun, als immer wieder darüber zu reden.«

Damit lag die Wahrheit auf dem Tisch. Leas Ahnung war endlich bestätigt. Die endlosen Gespräche waren tatsächlich eine Hinhaltetaktik gewesen. Eine nahezu unheimliche Entschlossenheit breitete sich in ihr aus. »Ich kündige.«

Ihr Vorgesetzter sah sie verständnislos an. »Wegen des Betriebskindergartens? Das ist lächerlich, Frau Roth.«

»Der Kindergarten steht stellvertretend für so vieles, das mit dem Unternehmen nicht stimmt.«

Er hob empört die Hände »Und das wäre, Frau Roth?« In der Art, wie er ihren Nachnamen aussprach, lag etwas Drohendes.

»Verbesserungsvorschläge verpuffen im Nichts. Sie werden offenbar nicht einmal in Erwägung gezogen. Dafür sind

Überstunden selbstverständlich, die zum Teil nicht bezahlt werden, weil es eh nur …«, sie malte Anführungszeichen in die Luft, »zehn Minuten sind. Aber sechs Mal zehn Minuten ergeben eben eine Stunde.«

Kohnert schluckte die Verärgerung hinunter, die sichtbar in ihm hochkochte. »Engagement für das Unternehmen, das einen ernährt, darf man wohl noch erwarten«, blaffte er. »Wenn ich ständig jede Minute, die ich hier später rausmarschiere, verrechnen würde …«

Lea unterbrach ihn, indem sie sich erhob. Sie hatte keine Lust, darüber zu diskutieren. Es machte weder Sinn, noch war es ihr weiter wichtig. Mit dem Gefühl ihre Kolleginnen im Stich zu lassen, musste sie klarkommen. In der Tür drehte sie sich noch ein letztes Mal um. »Ich habe, den Resturlaub vom letzten Jahr mitgezählt, noch sieben Wochen Urlaubsanspruch. Um es uns allen angenehmer zu machen, trete ich vier Wochen davon jetzt sofort in der Kündigungsfrist an. Das Kündigungsschreiben schicke ich Ihnen gleich per Mail.«

Kohnert starrte sie mit offenem Mund an. Er hielt das Ganze möglicherweise noch immer für einen Scherz. Obwohl Lea überzeugt war, richtig gehandelt zu haben, kostete es sie Kraft, das Chefbüro mit erhobenem Haupt zu verlassen. Während sie die Kündigung verfasste, den Schreibtisch aufräumte und ihre persönlichen Sachen zusammenpackte, versuchte sie nicht an die schönen Momente im Büro zu denken. Danach verabschiedete sie sich schweren Herzens von ihren Kolleginnen. Sie entschuldigte sich bei ihnen, den Betriebskindergarten nicht durchgesetzt zu haben, und erklärte, weshalb sie nun diesen Schritt gewählt hatte. Schließlich verließ sie das Gebäude. Das schlechte Gewissen folgte ihr, obwohl ihr die Kolleginnen für den Versuch und ihren Einsatz gedankt hatten.

Zurück in ihrem Appartement, dachte Lea zum ersten Mal darüber nach, was nun werden sollte. Um sich abzulenken, putzte sie die Wohnung. So kam sie gar nicht erst auf die Idee, ihre Entscheidung zu bereuen und sich schnurstracks wieder in ihr altes Leben zurückflüchten zu wollen. Rosenheim staubte sie gleich drei Mal liebevoll ab und sortierte dabei ihre Gedanken. Danach aß sie eine Kleinigkeit und rief ihre Mutter an. Die Kündigung verschwieg sie vorerst. Als Sabine fragte, warum sie nicht vom Büro aus anriefe, erzählte sie etwas von kurzfristigem Urlaubsabbau. Das war nicht ganz gelogen. Nahtlos übergehend, berichtete sie von Isabelle Blanc, deren Vater und den Aufzeichnungen. Lea hörte in der Stille förmlich die Verblüffung ihrer Mutter.

»Hatten wir jemals Verwandtschaft in Frankreich?«, fragte Lea am Ende ihres Berichts. Die Antwort blieb aus. »Mama?«

»Nicht, dass ich wüsste«, antwortete Sabine nachdenklich. »Andererseits hat kein Familienmitglied unseren Stammbaum bis ins achtzehnte Jahrhundert zurückverfolgt. Trotzdem glaube ich nicht, dass diese junge Französin irgendetwas mit uns zu tun hat.«

»Warum nicht?«

»Nur so ein Gefühl.«

»Ein Gefühl ist aber kein Beweis.«

»Wo du nur immer deine komischen Sprüche herhast, Kind. Trotzdem. Ich denke, dass einer unserer Vorfahren die Kette gekauft hat. Immerhin schafften es einige Vertraute des Königspaares nach Wien.«

Möglicherweise ist die Kette gestohlen, lag es Lea auf der Zunge. Sie schluckte die Bemerkung hinunter, weil es nichts brachte, darüber zu spekulieren. Am Ende bat Sabine ihre Tochter um Glorias Adresse.

Lea gab sie ihr. »Was hast du vor, Mama?«

»Das weiß ich selbst noch nicht. Aber vermutlich nehme ich Kontakt zu ihr auf. Jetzt, wo du schon einmal dort warst und den Grundstein für eine Versöhnung gelegt hast, fällt mir das leichter.«

Um fünf Uhr wählte sie die Kurznummer ihres Vaters. Er verhielt sich am Telefon zumeist wortkarg. Doch diesmal berichtete er ihr ausführlich von seinem letzten Opernbesuch. Figaros Hochzeit hatte auf dem Programm gestanden. Die Oper entstand und spielte im 18. Jahrhundert. Eine Epoche, die sich Lena deutlich erkennbar aufdrängte.

»Und was gibt es bei dir Neues?«, fragte Viktor Roth schließlich in einem Tonfall, der voraussetzte, dass alles beim Alten war. Sie erzählte auch ihm von Isabelle Blancs Aufzeichnungen.

»Hm«, machte er am Ende ihrer Geschichte. »Elias Neumann ist Historiker, sagst du.«

»Das ist aus der ganzen Geschichte bei dir hängen geblieben?«

»Ist er sympathisch?«

»Ja, aber darum geht es doch gar nicht, Papa. Ich rede von der Kette und einer Französin, Isabelle Blanc ...«

»Er betrachtet die Sache gewiss mit Abstand. Dies ist in der Angelegenheit wichtig, um sich nicht zu verrennen.«

Lea gab es auf. Nicht ihr Vater sprach, sondern der Banker,

der Dinge in Geldwesen, Kredit- und Wertpapiere, Soll und Haben gliederte. Gleich darauf hielt er ihr einen seiner sterbenslangweiligen Vorträge über die Notwendigkeit von Sicherheiten, Planung und Ordnung in allen Lebensbereichen. Obwohl seine Redeschwalle sie nervten, fühlte sie sich nach Telefonaten mit ihm immer auf angenehme Weise aufgeräumt. Das war die große Gabe ihres Vaters, sie aus der Verwirrung zu holen und zu organisieren, ob sie wollte oder nicht. In ihr steckte eben mehr Sicherheitsdenken, als sie sich eingestand. Anschließend schrieb sie ihren Freundinnen eine WhatsApp-Nachricht, in der sie um ein Treffen bat. *Am besten gleich heute*, fügte sie hinzu. Sie hatte keine Lust, ihren ersten Abend ohne Job einsam auf dem Sofa zu verbringen. Das würde sie nur zum Nachdenken verführen.

Sie trafen einander im *Glacis Beisl*, saßen im Freien unter dem ausladenden Blätterdach, tranken Wein und Wasser und bestellten eine Kleinigkeit zu essen.

»Ich habe gekündigt«, eröffnete Lea das Treffen und berichtete mit knappen Worten, was sich heute Morgen im Büro zugetragen hatte.

»Du hast was?«, rief Sigrid. »Wow! Das hätte ich dir nicht zugetraut. Gratuliere! Wie kam's?«

Wortreich und mit ausladenden Gesten erzählte sie von dem Manuskript und dem Abend bei Elias. Mit jedem Satz stieg die Begeisterung.

»Wenn wir das nur früher gewusst hätten! Alles, was es brauchte, um dich zur Kündigung zu bewegen, war lediglich die Lebensgeschichte einer jungen Frau in der Französischen Revolution und ein attraktiver Mann«, spottete Sigrid.

»Was willst du jetzt tun?«, fragte Paula.

»Ich weiß es noch nicht.« Es war das erste Mal, dass in Leas Leben nicht ein Zahnrädchen ins andere griff. Es war ungewohnt, aber notwendig, sprach sie sich tonlos Mut zu. Sie erwähnte Elias' Vorschlag, nach Paris zu fliegen, um den Rest der Aufzeichnungen anzusehen. Sie erzählte von dem Gemälde in Versailles und Jean-Luc Blancs Kunstwerke im Louvre. Dabei versuchte sie ihre Verlegenheit zu verbergen, sobald sie Elias' Namen in den Mund nahm.

»Der gibt sich ja ordentlich Mühe«, sagte Sigrid beeindruckt und fixierte Lea. »Und du zickst herum.«

Lea gab ihr einen Klaps auf den Arm. »Hör auf, mich zu analysieren.«

»Weshalb sitzt du nicht bereits im Flieger? Erklär mir das bitte.«

»Paris«, schwärmte Paula unterdessen. »Mein Gott, was für eine herrliche Stadt. Du als Kunstliebhaberin müsstest eigentlich völlig ausflippen. Ich meine, du hast die Chance, die Mona Lisa im Original zu sehen. Ich stimme Sigrid hundertprozentig zu. Warum zum Teufel hast du nicht gleich zugesagt?«

»Weil ich nicht weiß, ob das was bringt.«

»Was außer Mona Lisa soll es noch bringen?«, hakte Paula nach.

»Find's einfach raus.« Sigrid zwinkerte ihr zu. »Falls er nichts taugt, kannst du ihn danach immer noch abservieren. Aber du warst zumindest in Paris und hast, um Paula zu wiederholen, die Mona Lisa gesehen! Von dem Gemälde Marie Antoinettes mit deiner Kette mal abgesehen.«

»Ihr seid unmöglich!«, fuhr Lea gespielt auf. »Man kann

doch nicht einfach die Koffer packen und mal eben so mit einem Wildfremden nach Paris fliegen.«

Paula grinste breit. »Warum nicht? Außerdem, der Kerl hat dir ein Diamantencollier überreicht! Was willst du noch? Ein Schloss dazu?«

»Das Collier stammt von meiner Tante!«, warf Lea dazwischen.

»Er, der Patensohn deiner Tante, ist also nicht wirklich wildfremd«, konterte sie Leas Bemerkung.

»Zudem könntest du zwei Fliegen mit einer Klappe schlagen«, ergänzte Sigrid, ebenso breit grinsend wie Paula.

»Es gibt noch weitere Aufzeichnungen. Elias' Freund übersetzt sie gerade«, verriet Lea, um das Thema wieder auf ein weniger schlüpfriges Niveau zu hieven.

»Was?«, riefen Leas Freundinnen zeitgleich.

»Und das sagst du uns erst jetzt?« Sigrid schnappt sich Leas Handy vom Tisch und reichte es ihr. »Sag zu! Jetzt!«

Lea zögerte. Paula machte eine ungeduldige Geste. »Jetzt!«

Sigrid bestellte drei Gläser Champagner zur Feier des Tages. Lea griff ergeben nach dem Telefon. Elias hob beim zweiten Läuten ab.

»Gut«, sagte sie ohne Einleitung. »Lass uns nach Paris fliegen.«

15

GLORIA

Rosenheim, August 2019

Gloria blieb in der offenen Eingangstür stehen und beobachtete Sabine, die sich mit langsamen Bewegungen aus dem Wagen schälte. Ihre Schwester trug ein blaues Sommerkleid mit weißen, aufgenähten Blüten, dazu hellgraue flache Sandalen. Sabines Kleidung versprühte jugendlichen Charme. Sie selbst hatte sich für ein roséfarbenes Hemdkleid entschieden. Das sehe freundlich aus, passe gut zu ihren grauen Locken und zum Anlass, hatte Magda gemeint. Und Gloria hatte verwundert festgestellt, dass sie sich ebenfalls Gedanken machte, wie sie auf ihre kleine Schwester wirken würde, nach all den Jahren. Aber nicht nur die Kleidung wählte sie bewusst aus. Sie dachte darüber nach, wie man einen Menschen begrüßte, den man so lange Zeit auf Abstand gehalten hatte. Lächelnd mit herzlicher Umarmung, als hätte man sich erst gestern voneinander verabschiedet? Gut gemeintes Händeschütteln mit ernsthafter Miene? Sie überließ Dinge nicht gerne dem Zufall. Sie ordnete und plante jede Minute ihres Daseins. Doch in dieser Angelegenheit war ihr nicht viel eingefallen, was sie hätte ordnen oder planen können. Sabine hatte sich gemeldet und verkündet, in drei Tagen in Rosenheim aufzutauchen. Basta. Natürlich hatte Magda das Telefon abgehoben und war sinnbildlich zersprungen vor Freude. Ihr, Gloria, blieb keine Zeit, um sich präzise auf die Begegnung vorzubereiten, vierzig Jahre Schweigen aufzuarbeiten. Es lag gerade mal zweieinhalb Wochen zurück, dass Elias Lea die Kette gegeben hatte. Schon stand das zweite Familienmitglied auf der Matte. Sie atmete tief durch. Es roch verführerisch nach Sommer. Die Bauern der Umgebung mähten die Futterwiesen. Der Lavendel vor dem Haus blühte violett, die Rosen weiß. Ringelblumen und Gänseblümchen rundeten das Bild einer blühenden Oase ab. Athos, die rote Katze, sonnte sich auf dem Fensterbrett. Magda war mit den Hunden spazieren gegangen. »Ich lass euch erst mal alleine«, hatte sie gemeint. Wie sehr ihr Magdas geschäftige Art in diesem Augenblick fehlte. Es war viel zu ruhig auf dem ehemaligen Bauernhof. Eine Stille, die sie nun mit Worten und Gesten des Wiedersehens ausfüllen würde.

Sabine streckte sich und kam mit einer gelben Schachtel in der Hand auf sie zu. Sie hatte sich kaum verändert, abgesehen von den Fältchen um die Augen herum, und dass sie ihre Haare jetzt blond und kurz geschnitten trug – was ihr ausgesprochen gut stand. Sie war dezent geschminkt, wirkte fröhlich. Kein Anzeichen von Unsicherheit, wie sie es früher oftmals an den Tag gelegte hatte. Stets die angepasste, folgsame Tochter ohne eigene Meinung.

»Hier sind wir also«, sagte Sabine. »Nach so langer Zeit.« Sie stellte die Schachtel am Boden ab und umarmte Gloria mit einer Herzlichkeit, als hätte es die Jahre der Entfremdung zwischen ihnen nie gegeben. Sie roch nach teurer Hautcreme. Ja, da waren sie, die Töchter von Otto und Selma Mendel.

»Da sind wir also«, sagte sie, als ihre Schwester sie freigab. Sabine bückte sich, hob die Schachtel auf und streckte sie ihr entgegen. »Ich wusste nicht, was ich dir nach so langer Zeit mitbringen sollte.« Sie errötete leicht. »Ich hoffe, du magst sie noch. Früher haben wir sie geliebt.«

Gloria verstand nicht recht, nahm das Geschenk und hob den Deckel ein klein wenig an. Der Inhalt ließ sie unwillkürlich lächeln. »Zimtschnecken.«

»Selbst gebacken, nach dem Rezept unserer böhmischen Omama«, erklärte Sabine.

»Wie lange habe ich die schon nicht mehr gegessen.« Geschweige denn an diese feine Köstlichkeit aus Germteig, Zucker und Zimt gedacht, fügte sie in Gedanken hinzu. Augenblicklich erinnerte sich Gloria an die Nachmittage, wenn ihre Großmutter, die im sechsten Wiener Gemeindebezirk ein kleines Café betrieb, zur Kaffeejause vorbeikam. Die noch warmen Mehlspeisen stets in einer gelben Schachtel verpackt. »Komm rein!« Sie führte ihre jüngere Schwester in den Innenhof, wo eine Gartengarnitur bereits auf sie wartete. Gloria schaute nach oben. Der Himmel präsentierte sich wolkenlos. Warum also reingehen? Sie öffnete den breiten Sonnenschirm. »Setz dich, ich hole uns von drinnen Kaffee und Kuchen, obwohl das angesichts der Zimtschnecken eigentlich nicht notwendig ist. Aber meine liebe Freundin Magda hat sich so viel Mühe gegeben.« Sie stellte die Schachtel auf dem Tisch ab.

Gloria hatte alles vorbereitet. In der Küche stand das Tablett bereit. Kuchengabeln, Kaffeelöffel, Kaffeegeschirr,

Servietten. Magda hatten zur Feier des Tages einen Apfelkuchen und einen Käsekuchen gebacken, ganz so, als richteten sie ein Gartenfest aus. Gloria stellte die Kaffeekanne auf das Servierbrett und ging zurück in den Hof. Die Tortenteller musste sie separat nach draußen tragen. Einen zusätzlichen leeren Teller nahm sie für die Zimtschnecken mit. Als sie damit zurückkam, kniete Sabine auf dem Boden, umringt von den drei Katzen. Sie redete mit ihnen und strich einer nach der anderen über den Kopf.

»Sie mögen dich.« Gloria stellte lächelnd das Kaffeegeschirr auf dem Tisch ab. »Das ist ein gutes Zeichen. Normalerweise dauert es länger, bis sie Fremden ihre Aufmerksamkeit schenken.«

Sabine richtete sich wieder auf und half beim Aufdecken. »Ich mag Katzen … und Hunde«, fügte sie rasch hinzu. Gloria nickte. Lea hatte ihr bestimmt von all den Tieren berichtet, die sie und Magda beherbergten.

»Wir haben drei Hunde«, erläuterte sie dennoch. »Drei Große. Magda ist mit ihnen spazieren gegangen. Sie kommen bald zurück.« Sie deutete auf einen Stuhl. Sabine ließ sich darauf nieder und staunte. »So viel Kuchen! Kommt noch wer?«

»Wir wussten nicht, welchen du magst.«

»Alle«, sagte Sabine mit einem verschmitzten Lächeln und nahm sich ein Stück Apfelkuchen.

Gloria griff nach einer Zimtschnecke, betrachtete sie eine Sekunde lang versonnen, ehe sie hineinbiss und genussvoll kaute. »Die schmecken tatsächlich wie die unserer Omama.«

Sabine lächelte glücklich ob ihrer gelungenen Überraschung. Sie zeigte auf die Tonskulpturen. »Du bist eine berühmte Künstlerin geworden. Wenn unsere Eltern das wüssten.«

»Papa würde sich im Grab umdrehen. ›Solange du die Füße unter meinem Tisch hast‹«, äffte Gloria ihn nach. »Den Spruch hat er nahezu täglich abgespult.«

Sabine verdrehte wissend die Augen. »›Er meint's doch nur gut.‹« Die typische Antwort ihrer Mutter auf die unzähligen Ver- und Gebote ihres Mannes.

»Ich sehe Mama vor mir, wie sie missbilligend den Kopf schüttelt. Selbstverständlich war sie immer seiner Meinung.« Gloria schenkte Kaffee ein.

Sabine bückte sich hinunter, streichelte Porthos übers Fell. Die devote Haltung ihrer Mutter gegenüber dem Vater war ein wunder Punkt für beide Töchter. »Hast du deshalb so viele Tiere, weil er uns nie Haustiere erlaubt hat?«

»Darüber habe ich nie nachgedacht.« Gloria nippte an der Tasse. »Hast du welche?«

»Nein.«

»Warum nicht?«

»Zu wenig Zeit … Die Verantwortung, außerdem wollte mein Mann …« Sie brach ab, stopfte sich ein Stück Kuchen in den Mund.

»Du hörst selbst, wie das klingt?«

Sabine kaute, schluckte. »Ja, nach unserem Vater.«

»Du solltest dir eine Katze zulegen oder einen Hund. Ein Leben ohne Tier ist möglich, aber sinnlos.« Der Satz klang zwar nach dem Spruch von einem Küchenkalender, doch war er deshalb in ihren Augen nicht weniger wahr.

»Erinnerst du dich an die Hauskatze, die du eines Tages

mitgebracht hast?« Sabine nahm den schwarzen Kater auf den Schoß.

»Natürlich. Perle. So hast du sie genannt, wegen des reinweißen Fells. Du warst damals sieben Jahre alt und tieftraurig, sie nicht behalten zu dürfen.« Die Katze einer Freundin hatte Nachwuchs bekommen und Gloria eines davon angeboten. Sie hatte das Junge einfach mit nach Hause genommen. Gehofft, dass der Anblick des winzigen weißen Fellknäuels mit der kleinen, rosaroten Nase und den treuen blauen Augen ihren Vater erweichen konnte. Doch Otto Mendel war stur geblieben, hatte sie aufgefordert, das Vieh augenblicklich zurückzubringen. Andernfalls drohte er es in der Donau zu ertränken. Sabine war mit dem süßen Wesen in den Armen vor ihm gestanden, hatte bitterlich geweint, ihn angefleht, es behalten zu dürfen. Nicht mal ihre Tränen hatten sein Herz erweichen können. Selma pflichtete auch in diesem Punkt ihrem Mann bei, nahm ihrer Tochter das Kätzchen aus der Hand und brachte es eigenhändig zurück.

»Tiere seien Zeiträuber, zudem unhygienisch, hat er behauptet«, erinnerte sich Sabine. »Damals habe ich überlegt, wie es sei, ohne unseren Vater aufzuwachsen. Wie ein Katzenbaby. Die Kätzin zieht den Nachwuchs auf, der Kater spielt dabei keine Rolle. In diesem Augenblick wünschte ich mir, dass auch er keine Rolle in unserem Leben spielt.«

Die Beichte kindlicher Überlegungen ließ sie beide einen kurzen Moment verstummen. Derselbe Gedanke war seinerzeit Gloria ebenfalls mehrmals durch den Kopf gegangen. Möglich, dass diese Episode sie in ihrem Beschluss bestärkt hatte, die Familie hinter sich zu lassen. Sie wusste es nicht mehr so genau.

»Du warst verheiratet«, sagte Gloria schließlich, weil ihr kein anderes Thema in den Sinn kam, womit sie das Gespräch am Laufen halten sollte. Die leidige Thematik Familienzerwürfnis wollte sie vorerst vermeiden. Die Sache würde ohnehin später noch aufkommen.

Sabine erzählte von den vergangenen Jahren, als ob ihr diese schon lange auf der Seele gelegen hätten. Nachdem Lea zur Welt gekommen war, beschwerte sich Viktor zunehmend über ihre Haushaltsführung. Er warf ihr Schlampigkeit vor, räumte hinter ihr her. Sie versuchte den Spagat zwischen Säuglingsbetreuung, Haushalt und fürsorglicher Ehefrau zu schaffen. Die Wohnung im ersten Bezirk sollte dem ordentlich aufgeräumten Innenleben ihres Mannes gleichen. Doch ihre Anstrengungen waren von vornherein zum Scheitern verurteilt. Er machte ihr trotz aller Bemühungen Vorhaltungen, bekrittelte in Folge selbst ihr Aussehen und die Art, wie sie Dinge anging. Nichts passte. Nichts gefiel ihm. Er verkam zum Nörgler, sie verstärkt zum grauen, unglücklichen Mäuschen.

»Ist dir eigentlich bewusst, dass du im Grunde genommen einen Mann geheiratet hast, der unserem Vater ähnlich war?«, merkte Gloria kritisch an, nachdem Sabine aufgehört hatte zu reden. »Ein Mann, der keinen Widerspruch duldet, die Welt nach seinen Vorstellungen formt und ausschließlich diese akzeptiert. Ich bin stolz auf dich, dass du den Mut hattest, dich scheiden zu lassen.« Sie war ehrlich überrascht über diesen Schritt ihrer Schwester, weil diese sich früher stets unwidersprochen untergeordnet hatte. Ihren Freunden, ihren Lehrern, ihrem Vater. Ihrem Ehemann hatte sie offenbar die Stirn geboten. »Mit der Scheidung hast du dich meines Erachtens endgültig aus der Zwangsjacke des Alten gelöst.«

»Ich habe mich erst nach Vaters Tod von Viktor getrennt«, gab Sabine kleinlaut zu. »Zuvor hatte ich zu viel Angst, dass er mir vorwerfen würde, nicht einmal in der Ehe etwas zu taugen.« Sie senkte den Blick.

»Egal. Du hast es getan. Möge Otto Mendel sich in der Hölle darüber grün und blau ärgern.« Sie hob die Kaffeetasse, als wollte sie einen Toast darauf aussprechen.

Sie lachten. Das war das Bündnis aus ihrer Jugend. Gemeinsam fröhlich sein. Auch dann, wenn der Vater schimpfte und ihnen das Schlimmste an den Kopf warf: Den Vorwurf keine Söhne zu sein, obwohl die Namen der männlichen Nachkommen bereits festgestanden hatten. Gloria hätte Otto geheißen. Sabine wäre ein Franz geworden, nach dem Großvater. An der Namensgebung der Mädchen beteiligte er sich kaum, es erschien ihm unwichtig.

Während Sabine und Gloria miteinander sprachen, betrachteten sie einander mit dem Abstand von vierzig Jahren. Mit großer Aufmerksamkeit, auf das Wesentliche konzentriert. Die Haltung. Die Mimik. Gloria verglich in Gedanken Sabines Wandlung mit einem Stück Lehm, das sich zur Keramikfigur entwickelt. Als sie ihrer Familie den Rücken gekehrt hatte, war ihre kleine Schwester zwar kein Kind mehr, aber auch noch keine Frau gewesen. Jetzt saß ihr eine ausgeformte Persönlichkeit gegenüber. »Deine Lea ist wunderbar«, sagte sie unvermittelt.

Sabines Augen blitzten fröhlich auf, ihr Gesicht spiegelte Mutterstolz wider. »Ja, das ist sie.«

Die Haustür ging hörbar auf und wieder zu. Gleich darauf stürzten die Hunde in den Hof und begrüßten Gloria überschwänglich, als wären sie jahrelang getrennt gewesen. Erst danach beschnupperten sie die Fremde. Magda kam hinterher. Ihre Wangen waren gerötet. Sie streckte Sabine beide Hände entgegen, hielt sie lange fest, erfreut darüber, die Schwester ihrer Freundin endlich persönlich kennenzulernen. Dabei betrachtete sie Sabine wie eine Erscheinung. »Ihre Tochter hat Schwung in unser eintöniges Leben gebracht.«

»Wir hatten auch davor Schwung«, brummte Gloria.

»Papperlapapp«, widersprach Magda.

»Sagen Sie bitte Du zu mir«, forderte Sabine sie auf.

Magda lächelte glückselig und bot Sabine ebenfalls das Du an. Ihr Blick fiel auf den Teller mit den Zimtschnecken. Gloria erklärte, was es damit auf sich hatte. Magda probierte und zeigte sich begeistert.

»Ich kann das Rezept schicken«, schlug Sabine vor, und Magda nahm dieses Angebot nur allzu gerne an.

»Ich habe eine Kleinigkeit zum Mittagessen vorbereitet«, sagte sie letztendlich und begann das Kuchengeschirr aufs Tablett zu räumen. »Eigentlich wollte Gloria etwas zubereiten. Aber ich bin eindeutig die bessere Köchin.« Magda lächelte.

»Magda liebt es, mich und unsere Gäste kulinarisch zu verwöhnen«, ergänzte Gloria. »Deshalb lässt sie sich den Kochlöffel auch nur ungern aus der Hand nehmen.«

»So ist es. Doch vorher sind noch die Hunde dran. Die haben Hunger nach dem langen Marsch. Nicht, dass sie am Ende uns fressen«, fügte sie augenzwinkernd hinzu.

»Gestern Morgen hat sie Kutteln für die Riesen zubereitet. Der Gestank der gekochten Pansen liegt noch immer im Haus«, meinte Gloria und kraulte Bambi die Ohren. »Daran hat auch der Kuchenduft nichts geändert.«

Gloria hasste den Geruch. Zudem war es ihrer Meinung

nach nicht notwendig, für sie extra zu kochen. Die Hunde fraßen alles. Hundefutter, Obst, Gemüse, Fleisch, Haferflocken, Pizza. Sie hatten robuste Mägen. Magda verschwand lachend mitsamt dem Kuchengeschirr. Das Gespräch war unterbrochen. Es gelang den Schwestern nicht, den Faden wiederaufzunehmen. Ein neues Thema musste gefunden werden.

»Kann ich dein Atelier sehen?«, fragte Sabine in die Stille hinein.

Gloria atmete unauffällig erleichtert auf. Ihre Tätigkeit, ihre Kunst, bot sicheres Terrain. Sie führte sie in die Werkstatt. Sabine war begeistert, berichtete von den Möbeln, die sie restaurierte, während sie die von Gloria erschaffenen bunten Hunde, Gebrauchsgegenstände und Werke betrachtete. Die Plauderei wurde ungezwungener, drehte sich um die einzelnen Stücke, um Planung, Arbeitsweise und Endfertigung. Darum, in welche Destinationen die Arbeit als Bühnenbildnerin Gloria gebracht hatte. Berlin, Paris, New York, Triest, Mailand. Die Erzählungen wogen hin und her wie gleichmäßige Wellen auf dem stillen Ozean. Sie waren überrascht, wie vertraut sich ihr Gespräch anfühlte, obwohl sie so lange Zeit getrennt voneinander gelebt hatten. Offenbar knüpfte der Dialog über Kunst und die Arbeit eine hilfreiche Verbindung.

»Warum hast du die Brücken hinter dir abgebrochen?«, fragte Sabine unvermittelt. »Auch zu mir? Ich hätte dich gebraucht.«

»Für mich war es Selbstrettung. Ich hielt die Enge und Vaters Tyrannei einfach nicht mehr aus. Obwohl ich bei meinem Weggang bereits dreißig Jahre alt war, habe ich seinen Befehlen nicht entkommen können.«

»Du hast dich vierzig Jahre lang nicht gemeldet.«

»Ich habe dir Postkarten geschrieben.«

»Postkarten haben mir nicht geholfen, mich durchzusetzen. Ich hätte dich an meiner Seite gebraucht.« Sabine biss sich auf die Lippen.

»Ich musste mich selbst befreien, konnte nicht auch noch deine Probleme lösen«, gab Gloria schroffer zurück, als sie wollte.

»Du hättest dich melden können, als dir bewusst war, dass ich erwachsen bin, oder spätestens nach seinem Tod.«

»Glaub mir, ich habe darüber nachgedacht«, erwiderte Gloria versöhnlich. »Doch irgendwann habe ich geglaubt, dass es zu spät sei.«

»Das wäre es nicht gewesen.« Sabine klang nicht anklagend.

»Vielleicht hatte ich auch nur Angst. Wovor auch immer«, meinte Gloria.

Einen Moment schwiegen sie.

Sabine griff nach einem kunterbunten Keramikhund. Die Rasse ließ sich unmöglich definieren. »Sie sind so wunderschön.« Sie drehte den Kopf zu Gloria. »Du hast Lea deinen allerersten Hundewelpen geschenkt. Das hat sie unglaublich glücklich gemacht. Mich ebenso. Rosenheim hat einen Ehrenplatz.«

»Das will ich hoffen.« Sie zeigte auf die Tonfigur in Sabines Händen. »Wenn du möchtest, nimm dir auch einen mit.«

»Wirklich?«

»Ja.«

»Sehr gerne.« Sabine presste den Hund an ihre Brust. »Und du hast ihr die Kette vermacht.«

»Ich habe keine Kinder«, sagte Gloria, ohne wehmütig zu

klingen. Sie hatte sich für ein kinderloses Leben entschieden und es nie bereut. Elias war ihr Patenkind, das genügte. »Immer die Erstgeborenen. So steht es im Mendelschen Familiengesetz.«

»Und trotzdem hast du's getan. Das überrascht mich.«

»Das ungeschriebene Gesetz kommt nicht von unserem Vater, sondern von irgendeinem Urahnen. Deshalb ist es mir leichter gefallen, es zu befolgen.«

»Danke. Nicht wegen der Kette oder dafür, dass sie nun Lea gehört.« Sabine schenkte ihr ein schüchternes Lächeln und einen Augenaufschlag der den Bruchteil einer Sekunde die Angepasste, die Unsichere, die Folgsame durchblitzen ließ. »Sondern unseretwegen. Wir hätten uns sonst vielleicht nie wiedergesehen. Weißt du, was ich denke?«

»Nein.«

»Es war deine Art, den Graben zwischen uns endlich zuzuschütten.«

Der Gedanke war Gloria ebenfalls vor einiger Zeit durch den Kopf gegangen, als sie ihre Angelegenheiten geregelt hatte. Die Trauer, mit dem Weggang auch die kleine Schwester verloren zu haben, hatte sie all die Jahre begleitet. Obwohl sich ihre Interessen und Leidenschaften aufgrund des Altersunterschieds nie kreuzten, wussten sie stets etwas miteinander anzufangen. Das war ihr während Leas Besuch wieder bewusst geworden. »Kann durchaus sein, dass das der Grund war«, antwortete sie undurchsichtig.

Magda rief zum Essen. Sie hatte den Tisch im Innenhof gedeckt. Im Freien zu essen fühlte sich wie Urlaub an. Es gab eine kalte Gazpacho und danach Nussgnocchi mit Pesto.

»Ich hoffe, du magst das«, entschuldigte sich Magda, mit

einem Seitenblick zu Gloria dafür, nichts Aufwändigeres gekocht zu haben. Nur mit Mühe hatte diese ihre Freundin davon abhalten können, neben den Mehlspeisen noch einen Festtagsbraten zuzubereiten. »Wir feiern keinen Geburtstag. Meine Schwester kommt. Außerdem, was, wenn sie Vegetarierin ist?«, hatte sie angemerkt.

Allein das Wort Vegetarierin hatte Magda in eine Krise gestürzt. Was konnte sie kochen, das die Feierlichkeit des Treffens unterstrich und zudem bei jemandem ankam, der kein Fleisch aß? Die Gnocchi hatte Gloria vorgeschlagen. Sie waren selbstgemacht und verdienten zumindest drei Guide-Michelin-Sterne.

»Es schmeckt fantastisch«, lobte Sabine das Essen. Wenige Sekunden später hatte Magda ihr entlockt, dass sie so gut wie alles aß. Gloria kassierte einen strafenden Blick.

»Lea und Elias fliegen morgen früh nach Paris«, schnitt Sabine das Thema Collier wieder an.

Gloria und Magda nickten synchron. Elias hatte ihnen bereits Bescheid gegeben.

»Die beiden verfolgen tatsächlich den Weg der Kette zurück«, sagte Gloria. Auf unbestimmte Weise stimmte sie das froh. Obwohl sie bis dato kein Interesse an dem Erbstück gezeigt hatte, siegte nun die Neugier. »Bin gespannt, ob sie das Rätsel lösen. Und ob sich womöglich einer unserer Ahnen die Kette unrechtmäßig angeeignet hat.«

»Ein Dieb in unserer Ahnenreihe. Ein Skandal!«, rief Sabine übertrieben empört. Wieder lachten sie gemeinsam.

Nach dem Essen schlug Magda Sabine vor, über Nacht zu bleiben. »Wenn du möchtest, das Gästezimmer steht für dich bereit. Ist schon viel zu spät, um nach Wien zurückzufahren.

Du bleibst doch?« Ihr Tonfall ließ keinen Widerspruch zu. Sabine nickte.

Der Sommerabend war lau. Dennoch wechselten sie gegen halb zehn nach drinnen ins Wohnzimmer. Die Hunde schliefen längst in ihren Körben. Die Katzen hatten sich ebenfalls irgendwo verkrochen. Gloria entkorkte eine Flasche Rotwein. Früher. Dieses Wort gebrauchten sie noch einige Male an diesem Abend. Erzählten sich Anekdoten. Sprachen über harmlose Streiche, die sie ihren Eltern gespielt hatten. Und über die Zeit nach Glorias Bruch mit der Familie. Die Härte, mit der sie die Trennung vollführte, als läge ein unüberwindbarer Ozean zwischen ihnen.

»Mama hat oft geweint«, sagte Sabine.

Gloria spürte einen Stich. Selma, ihre Mutter, war trotz all ihrer Fehler und der ständigen Gefügigkeit die Harmonieliebende im Mendelschen Clan gewesen. Wahrscheinlich rückte sie im Grab noch zur Seite, um ihrem Otto den Platz nicht streitig zu machen.

Irgendwann beschlossen sie, die Vergangenheit ruhen zu lassen. Es machte keinen Sinn, sich ständig in Erinnerung zu rufen, was früher gewesen war, oder sich gegenseitige Versäumnisse vorzuwerfen. Jede war ihren Weg gegangen. Auf ihre Weise. Es war jetzt nun mal so, wie es war. Man konnte es nicht mehr ändern. Basta!

Als ihr Redefluss erstmals ins Stocken geriet, brach Mitternacht an. Die letzten Stunden hatten sich angefühlt wie damals, als Sabine und sie immer auf der Bank im Garten ihrer Eltern gesessen hatten und miteinander geredet, unbekümmert gelacht und Kakao getrunken hatten.

16

LEA

Paris, August 2019

Acht Tage nach ihrer – wie Lea noch immer fand – überstürzten Zusage hoben sie mit der Morgenmaschine am Flughafen Wien ab. Sie war überrascht, dass es Elias gelungen war, Urlaub zu bekommen und in der Kürze Tickets aufzutreiben. Sie vertrat die Annahme, dass eine attraktive Flugstrecke wie diese über Wochen ausgebucht sein musste. Den Flug verbrachten sie schweigsam. Auf gewisse Weise hing jeder seinen Gedanken nach. Welche das bei Elias auch sein mochten. Sie überlegte, ob sie den Trip bereuen würde. Davon abgesehen, dass sie seine Nähe genoss. Ob sich ihre Vermutung bestätigen würde, dass die Reise unnütz war, sie sich nur wieder in etwas verlief. Paris, das waren für sie bisher die berühmten Sehenswürdigkeiten wie Notre-Dame, der Louvre, der Eiffelturm oder Disneyland gewesen. In ihrem Bücherregal fanden sich zudem eine Handvoll Bücher französischer Schriftsteller. Jean-Christophe Grangé, Céline Minard und Jean-Paul Sartre, der im *Café de Flore* eine Pressekonferenz zur Ablehnung des Literatur-Nobelpreises abhielt. Mal schauen, ob Paris sein Versprechen hielt, die Stadt der Liebe zu sein. Zumindest empfing die Metropole sie nach knapp zweistündiger Flugzeit mit Sonnenschein. Ein guter Anfang. Auf dem Weg zu ihrer Unterkunft unterhielt sich Elias mit dem Taxifahrer. Lea verstand kein Wort, blickte aus dem Fenster, ließ die Landschaft an sich vorbeiziehen, ohne sie richtig wahrzunehmen. Vielmehr versuchte sie sich einen Überblick darüber zu verschaffen, was auf sie zukommen würde. Sie malte sich aus, das Geheimnis des Colliers zu enträtseln. Auf spektakuläre Weise eine Verbindung zu Frankreich zu entdecken und den Grund, weshalb diese Geschichte in der Biografie ihrer Familie unerwähnt blieb. Möglicherweise erwartete sie auch zu viel. Jedenfalls war sie bereits jetzt auf den Ausgang der Reise gespannt.

»Du bist so schweigsam.«

Lea drehte den Kopf vom Wagenfenster weg und sah ihn an. In seinen Augen lag Wärme und auf den Lippen ein Lächeln.

»Du weißt doch, ich spreche kein Französisch«, sagte sie. »Wobei, einen vollständigen Satz bekomme ich hin.«

»Aha! Der wäre?«

»Er stammt eigentlich aus einem Lied, das meine Mutter früher öfter gesungen hat.«

»Sag schon!«

»Ich glaube, das ist aus den 1970ern. Lady Marmalade hieß die Sängerin, falls ich mich richtig erinnere.«

»Lea. Bitte. Keine ausufernde, verrückte Konversation. Sprich es doch einfach aus.«

»Voulez-vous coucher avec moi ce soir?«

»Willst du heute Nacht mit mir schlafen?«, übersetzte er intuitiv.

Sie setzte ein gespielt entrüstetes Gesicht auf. »Also bitte! Auch wenn wir uns in der Stadt der Liebe befinden. Ich finde, so weit sind wir noch nicht.«

»Nein, so meinte ich das nicht …«, ruderte Elias heftig stammelnd und peinlich berührt zurück. »Die Übersetzung … der Satz bedeutet genau das.«

Der Taxifahrer grinste. Lea hob belustigt die Augenbrauen und lachte.

Elias errötete. »Du wusstest es.«

»Erwischt.«

»Lea Roth, du treibst mich noch in den Wahnsinn.«

»Bis dahin lass uns Paris genießen.« Sie blickte wieder aus dem Fenster.

Das Hotel, das Elias aufgrund der Empfehlung seines Freundes ausgewählt hatte, lag im fünften Arrondissement. Die Fassade des eleganten Herrenhauses war altrosa gestrichen. Nicht unbedingt die Farbe, die Lea für ihr eigenes Haus wählen würde, aber für ein Märchenhotel wie dieses genau passend. Denn so wirkte es auf Lea. Beim Betreten fühlte sie sich augenblicklich in eine andere Epoche versetzt. Die Wände verzierten Tapeten mit Blumenmuster in unterschiedlichen Farbtönen, die schweren Vorhänge vor den weißen Sprossenfenstern waren darauf abgestimmt, ebenso die antiken hellrosa Möbel. Offenbar hatte Elias Freund das Hotel passend zu dem Grund ihrer Reise ausgewählt. Das pompöse Paris zu Zeiten Marie Antoinettes ließ sich in diesen Räumen gut imaginieren. Auf ihrem Zimmer räumte Lea die Kleidung aus dem Koffer, schlüpfte aus Jeans und Sommerpulli und ging duschen. Nach dem Abtrocknen cremte sie sich mit einer Körpermilch mit Olivenöl ein und zog ein luftiges Sommerkleid mit Paisley-Muster an. Jetzt war sie bereit für das Abenteuer. Durch das offene Fenster drang warme Sommerluft. Sie sah hinaus und erblickte einen traumhaften Garten. Er glich einem Paradies aus historisch anmutenden Laternen, einem Meer an Sommerblumen, Palmen, beeindruckenden Bäumen und Steinskulpturen. Ihr Blick blieb eine Weile auf der Statue einer jungen Frau hängen, die ein Kind auf dem Arm trug. Sie stellte sich vor, dass es sich dabei um Isabelle und Julie handelte. Was natürlich Unsinn war. Doch der Gedanke gefiel ihr. Auf der weitläufigen Terrasse standen antikweiße Bistrotische und dazu passende Stühle. Vermutlich servierte man dort das Frühstück. Sie freute sich schon jetzt darauf. Lea riss sich von dem Anblick los, ließ sich auf einem cremefarbenen Sessel nieder und nahm ihr Handy in die Hand. Mit einem sanften Lächeln auf den Lippen betrachtete sie das Foto, das ihre Mutter geschickt hatte. Sie und Gloria zusammen am gedeckten Tisch im Innenhof. Bambi, der Hund mit dem rotbraunen Fell eines Irish Setters, lag ihrer Tante zu Füßen. Dazu die Nachricht, ein paar Tage bleiben zu wollen und sie froh sei, die beiden überfallen zu haben. Es schien, dass Leas Plan, die Schwestern wieder zu vereinen, aufging.

Es klopfte an der Tür. Lea legte das Handy zur Seite und öffnete. Elias stand vor ihr. Er betrachtete sie einen Atemzug lang wie ein Gemälde, das er für sehenswert empfand und in seinem Gedächtnis speichern wollte. Sie spürte, wie sie errötete. Lea, ihn reizt das Rätsel hinter der Kette, nicht du, ermahnte sie sich in Gedanken. *Schnell ein lustiger Spruch!* Ihr fiel nichts ein.

»Ich habe mit Gerhard telefoniert. Wir treffen ihn und seine Frau Anaïs morgen Abend zum Essen bei ihnen zu Hause.«

»Wunderbar.«

»Apropos! Es ist halb eins. Was hältst du von Mittagessen, ehe wir uns auf die Spuren von Isabelle begeben?«

»Großartig.« Sie spürte ein leichtes Grummeln in der Magengegend. Sie hatte eindeutig Hunger.

»Gibt es etwas, worauf du allergisch bist?«

»Auf dumme Menschen«, entgegnete Lea verschmitzt.

»Ich meine beim Essen.« Elias rollte die Augen, konnte sich aber ein Lachen nicht verkneifen.

»Oh. Nein ... Ich mag die italienische Küche.«

»Wir sind hier in Frankreich!« rief Elias mit gespieltem Entsetzen. »Sagt dir denn der Spruch ›Essen wie Gott in Frankreich‹ nichts? Komm, ich zeige dir jetzt die französische Lebensart!«

Elias brachte sie nach Saint Germain. Sein Eifer, Lea die historische Seite der Stadt näherzubringen, war geweckt. Vielleicht versuchte er darüber hinaus, eine peinliche Stille zwischen ihnen zu vermeiden, und redete deswegen fast den gesamten Weg auf sie ein. »Während des Directoire, der letzten Regierungsform der Französischen Revolution, war Faubourg Saint-Germain vergleichsweise verlassen. Davor war dieser historische Stadtteil der Mittelpunkt der aristokratischen Gesellschaft gewesen. Erst nach dem Empire wurde er von Neuem belebt. Da waren die opulenten Stadthäuser der Aristokratie jedoch längst Beute von Immobilienhaien geworden. Man entdeckte das Vermieten von Wohnungseigentum als lukrative Geldquelle.«

Dem folgten Details über die Sehenswürdigkeiten des Viertels. Von der Abbaye Saint-Germain-des-Prés, der ältesten Kirche von Paris, bis hin zum Odéon-Théatre de l'Europe, einem Staatstheater, das 1782 gegründet wurde. »Die ersten Vorstellungen von Shakespeare in englischer Sprache gab es hier. Gerne führte man Stücke von Alexandre Dumas auf, der unter anderem ›Die drei Musketiere‹ oder ›Der Graf von Monte Christo‹ schrieb.«

Klar, dass er ihr von einem englischen Dramatiker des 16. und einem französischen Schriftsteller des 19. Jahrhunderts erzählte und nicht von heutigen Aufführungen. Die Vergangenheit war Elias' Profession. Seine Leidenschaft, seine Welt.

»Dumas verfasste übrigens auch den Roman ›Le Collier de la Reine‹, ›Das Halsband der Königin‹.« Er machte eine kurze Pause. »Diese auf der Wahrheit basierende Geschichte kennst du ja, wie du mir eindrucksvoll bewiesen hast.«

Obwohl Leas Hunger wuchs, hörte sie seinen Schilderungen aufmerksam zu. Sie mochte es, wie er anmutig seine Hände bewegte, und das Blitzen in seinen Augen, wenn er erzählte. Wie ein gutes Omen schlenderte ein Liebespaar an ihnen vorüber. Ihr Kopf an seine Schulter gelehnt, den Arm untergehakt. Lea sah Glückseligkeit im Blick der Fremden. Elias bemerkte deren Anwesenheit nicht einmal. Er schwärmte stattdessen von den Buchhändlern am Ufer der Seine, die bestens erhaltene antiquarische Bücher verkauften. »Außerdem ist das ein sehr eleganter Stadtteil«, behauptete er augenzwinkernd. »Nur falls du Lust auf exklusive Geschäfte verspürst.«

»Ich bin derzeit arbeitslos. Schon vergessen? Etwas zum Essen reicht mir vorerst vollkommen«, erwiderte Lea. »Ich sterbe vor Hunger.«

Er streckte den Arm aus, suchte Leas Hand. Sie überließ sie ihm, und er führte sie in ein Bistro. Französisches Stimmengewirr schlug ihnen entgegen, als sie die Tür öffneten. Der Speisesaal war voller modisch gekleideter Frauen und Männer. An den Wänden hingen gerahmte Kunstdrucke. Die Sitzbänke waren aus rotem Leder gefertigt, Bistrostühle und weiße Tischdecken auf den Tischen rundeten das Ambiente ab. Die Kellner trugen weiße Hemden mit schwarzen Gilets und knöchellangen Schürzen. Sie aßen Coq au vin, ein Gericht, das laut Elias in diesem Lokal vorzüglich schmeckte.

»Übersetzt heißt das übrigens Hahn in Wein«, sagte er und bestellte dazu einen passenden Rotwein aus dem Beaujolais. Und viel Wasser, um nicht betrunken zu werden. Obwohl Lea kein Wort von dem, was um sie herum gesprochen wurde, verstand, fühlte sie sich wohl. Es gab Dinge, die Menschen miteinander verbanden, auch wenn sie nicht die gleiche Sprache teilten: Gutes Essen, feine Weine und ein Lächeln, falls sich die Blicke trafen.

»Statt zu streiten, sollten die Leute sich ein gemeinsames herzhaftes Gelage gönnen«, hatte Paula mal wie eine heilbringende Botschaft verkündet. Weshalb sie Anwältin geworden war, erschien Lea manchmal rätselhaft. Immerhin verdiente ihre harmoniesüchtige Freundin viel Geld damit, dass sich Menschen stritten. Lea schob sich eine Gabel von dem in Rotweinsauce geschmorten Huhn in den Mund. Augenblicklich entfaltete sich das gesamte Aroma auf ihrer Zunge.

Es schmeckte fantastisch. Elias betrachtete sie zufrieden lächelnd, was Lea verunsicherte und ihr erneut die Röte ins Gesicht trieb. Ob er ihr ansah, wie verlegen sie war? Ob die anderen gleich bemerkten, dass sie eine Fremde, eine Touristin war? Sie hörte auf, sich umzublicken und konzentrierte sich auf ihren Teller.

»Ich habe mir überlegt, dass wir direkt nach dem Essen als Erstes die Rue Saint-Claude besuchen könnten«, schlug Elias vor. Offenbar registrierte er ihre Unsicherheit nicht oder er überging sie einfach.

»Das wäre großartig.«

»Für morgen früh habe ich uns Karten für den Louvre besorgt, damit wir nicht anstehen müssen, um reinzukommen.«

»Wow. Ich werde die Mona Lisa sehen.«

Einen Moment sah er sie an, als wöge er ab, ob sie ihn auf den Arm nehme.

»Das meine ich ernst. Ich hätte sie ohne diese Reise vielleicht nie gesehen, weil Paris nicht auf meiner ›Dort-muss-ich-unbedingt-mal-hin-Liste‹ steht. Außer, die Albertina oder das Belvedere in Wien hätten sich das Bild mal ausgeborgt. Aber ob man die Mona Lisa einfach mal so in ein anderes Land geben kann …«

»Ein paar Kunstgegenstände, die Jean-Luc Blanc angefertigt hat, werden wir uns natürlich auch ansehen«, unterbrach er ihren Redeschwall. »Am Nachmittag fahren wir dann nach Versailles, zu dem Gemälde von Marie Antoinette mit dem Collier«, fuhr er energiegeladen fort. »Aber nur, wenn du Lust dazu hast.«

»Wirklich? Du fragst mich nicht ernsthaft, ob ich Lust dazu habe? Deshalb sind wir hergekommen.«

Er nahm ein Stück Baguette, tauchte es in die Rotweinsauce und schob es sich in den Mund.

Eine Stunde später machten sie sich auf den Weg in die Rue Saint-Claude. Eine Straße, von deren Existenz Lea bis vor wenigen Wochen nicht den Hauch einer Ahnung hatte, die im Grunde genommen eine Straße von vielen war in dieser Weltstadt. Und doch war sie in ihrem Universum etwas ganz Besonderes. Elias schlug erneut vor, zu Fuß zu gehen. »Generell sollte man jede Stadt zu Fuß erobern. Nur so lernt man sie wirklich kennen.«

Lea stimmte ihm zu. »Ich dachte jedoch, Paris sei viel zu groß dafür.«

Er bot ihr wieder lächelnd die Hand an, so als ob er sie sicher durch diese fremde Stadt geleiten wolle. Die Berührung fühlte sich zärtlich an. Während sie die Seine überquerten, glitten ihre Finger wie selbstverständlich ineinander. Stumm schlenderten sie über die Pont de la Tournelle und die Pont Marie in das dritte Arrondissement hinüber. Isabelles Stadtteil. Am Ende der Brücken ließ Elias bedauerlicherweise ihre Hand los, als hätte er beschlossen, sie in die Freiheit zu entlassen. Sie brauchten fast die doppelte Zeit, um an ihr Ziel zu kommen. Lea blieb immer wieder stehen, drehte sich im Kreis, blickte auf Fassaden, Bistros, Gassen und Menschen. Das war also die Stadt, von der viele behaupteten, dass sie einmalig und unvergleichlich sei. Die Stadt der Liebe. Die Stadt der Eleganz. Die Stadt der Kultur, der kulinarischen Genüsse und des Lebensstils. Lea war überzeugt, dass Paris diese Attribute zustanden. Sie verstand die Faszination dieser romantisch anmutenden Metropole. Die Sprache klang elegant, und die Menschen waren höflich, soweit sie das beurteilen konnte. Die Luft vibrierte. Oder lag das an Elias Anwesenheit? Leas Gedanken kreisten, ohne Beginn und ohne Ende. Elias beobachtete sie verträumt. »Wenn ich deinen Gesichtsausdruck richtig deute, gefällt dir unsere Reise.«

»Tja, mal schauen, welche Antworten uns Paris bietet«, antwortete sie vorsichtig.

Als sie endlich an ihrem Ziel ankamen, spürte sie ein Kribbeln im Bauch. Die Rue Saint-Claude mündete an einem Ende in den Boulevard Beaumarchais und am anderen in die Rue de Turenne. Selbstverständlich hatte sich das Aussehen der Straße seit der Revolution gewandelt. Die Straßen waren mittlerweile asphaltiert, die Wohnhäuser modernisiert, und an den Straßenrändern parkten Autos. Die ehemaligen Arbeitsstätten waren Geschäften, Galerien und Restaurants gewichen. Elias blieb stehen, deutete auf das Gebäude auf der gegenüberliegenden Straßenseite. Lea betrachtete die Pariser Fenster mit den verschnörkelten Schutzgittern und französischen Balkonen. In den oberen Stockwerken wuchsen unterschiedliche Hängepflanzen durch ein schmiedeeisernes Geländer. Ein kunstvoll gefertigtes, ausladendes Mauersims aus hellem Stein ragte aus der Fassade hervor. Es erinnerte sie an griechische oder römische Bauten. Sie wusste nicht, ob der Vergleich standhielt, da ihr Wissen, was Architektur anbelangte, gering war. Jedoch wusste sie, dass es während der Revolutionsjahre eine ausgeprägte Vorliebe für antike Vorbilder gab, die sich ebenfalls im Baustil widerspiegelte. Die Fenster im Erdgeschoss waren zum Teil mit Werbefolien beklebt. Dahinter verbarg sich ein Supermarkt.

»Hier wohnte vor der Revolution der Hochstapler und Freimaurer Giuseppe Balsamo, der sich Alessandro Graf von Cagliostro nannte«, setzte Elias zu einer Erklärung an. »Er spiegelte Leichtgläubigen vor, sich in der Kunst des Goldmachens und der menschlichen Verjüngung zu verstehen und behauptete, dreihundert Jahre alt zu sein. Es gab damals genug Einfältige, die ihm glaubten. Mit dieser Sache verdiente er viel Geld und bewohnte daher die gesamte erste Etage dieses Hauses, das seinerzeit ein prunkvolles Hotel war. 1786 musste er Frankreich verlassen. Er war in die Halsbandaffäre der französischen Königin verwickelt.«

»Was du alles weißt«, zeigte Lea sich beeindruckt. »Könnten Isabelle und Balsamo aufeinandergetroffen sein?«

»In dieser Straße wohl kaum. Die Blancs zogen erst 1791 in die Rue Saint-Claude. Eventuell hat sie von ihm gehört. Immerhin bewegten sich die Blancs in höheren Kreisen, bevor sie hierherzogen. Und Balsamo genoss zu jener Zeit das Vertrauen von einflussreichen Zeitgenossen. Durchaus möglich, dass sich unter seinen Bewunderern auch Kunden von Jean-Luc Blanc befanden. Aber ich bezweifle, dass sie einander je begegnet sind. Isabelle war erst zwölf, als man ihn des Landes verwies.« Er sah sie von der Seite an und bot ihr seinen Arm dar. »Bereit?«

Sie hakte sich unter, und gemeinsam gingen sie über die Straße zum Haus von Isabelle Blanc. »Voilà. Das ist es. Hier wohnte 1794 die Familie Blanc.«

Lea tastete mit den Augen das Wohnhaus ab, als müsste sie die Details auswendig lernen. An der Frontseite dominierten französische Balkone mit verschnörkelten Eisengittern. Hinter der Schaufensterfront im Erdgeschoss, wo einst die

Goldschmiedewerkstatt gelegen hatte, befand sich nun eine Kunstgalerie. Das zauberte Lea ein breites Lächeln ins Gesicht. Ein bisschen fühlte es sich für sie an, als lebe Jean-Luc Blancs Geist bis heute darin. Darüber zählte sie fünf Etagen bis zum Dach. Die Fassade war in einem zarten, sandfarbenen Ton gestrichen. Die Fensterläden in einem ähnlichen Farbton. Etwas regte sich in ihr. Sie kannte logischerweise weder die Blancs, noch wusste sie, welche weiteren Ergebnisse ihre Recherchen hervorbringen würden. Und doch war da plötzlich ein unsichtbares Band, eine Verbundenheit, ganz so, als stünde sie nicht zum ersten Mal an diesem Fleck. »Wow.« Mehr brachte sie nicht hervor. Sie hätte nie gedacht, dass der bloße Anblick eines Hauses ihre Gefühlswelt derart durcheinanderwirbeln konnte.

Elias stand reglos neben ihr und lächelte dieses verträumte Lächeln, das ihr schon öfter an ihm aufgefallen war. Lea drehte sich um, betrachtete die Häuserzeile auf der gegenüberliegenden Seite und deutete mit dem Zeigefinger in die Richtung. »Irgendwo dort müssen Camille und Alexandre gewohnt haben. Entweder befand sich die Schmiede in dem Herrenmodengeschäft oder hinter der Fensterfront mit den Gardinen.« Sie versank in ihren Gedanken in einer Epoche, die sie nur aus Geschichtsbüchern, Aufzeichnungen und Gemälden kannte. Ein Zeitalter, das ihr, aus heutiger Sicht gesehen, grausam, düster und kalt vorkam. Dennoch galt der im Jahr 1789 durch die Französische Revolution begonnene Umwälzungsprozess als Beginn eines neuen, modernen Gesellschafts- und Politikbildes. Wo lebten die Nachkommen von Camille und Alexandre? Die Nachfahren Julies? Gab es überhaupt welche?

»Ich bin froh, dass du mich zu der Reise überredet hast«, sagte Lea schließlich.

»Ich auch.«

Abends tranken sie noch ein Glas Wein in dem zauberhaften Garten des Hotels und aßen Käse mit Baguette.

»Morgen wird ein anstrengender Tag«, meinte Elias mit einem Blick auf die Uhr. Es war erst zehn, doch die Müdigkeit drückte ihnen bereits die Augen zu.

»O ja«, sagte Lea. »Wir sollten langsam schlafen gehen. Die Reise, das Umherlaufen …« Wo waren nur die letzten Stunden geblieben?

Elias hauchte ihr zwei sanfte Küsse auf die Wange und hielt ihre Hand eine Spur zu lang. »Gute Nacht.«

»Gute Nacht«, erwiderte sie.

Als sie in ihrem Zimmer ankam, duschte sie kühl. Danach schlüpfte sie in ihren Sommerpyjama aus Seide, legte sich ins Bett und löschte das Licht. Sie war überrascht, dass sie nicht in derselben Sekunde in einen tiefen Schlaf fiel. Den Blick Richtung Decke gerichtet, ließ sie in der Dunkelheit den Tag nachklingen. Am Flughafen in Wien hatte sie sich das letzte Mal gefragt, ob die Reise Sinn machte. Bei der Ankunft in Paris war sie noch immer unsicher. Doch nun war klar, dass dieser Ausflug eine Art Bestimmung für sie war. Morgen würde sie ein weiteres Puzzlestück aus Isabelles Leben kennenlernen. Mit diesem Eindruck glitt Lea schließlich in den Schlaf.

17

Der nächste Tag begann um halb acht mit Kaffee und Croissants. Elias' spontaner Vorschlag, vor dem Besuch im Louvre zur Place de la Concorde zu fahren, überraschte sie. Ihr Zeitplan für diesen Tag war bereits eng gesteckt.

»Das schlage ich nicht einfach vor, um dir einen großen Platz zu zeigen, der in jedem Reiseführer steht.« Er schüttelte leicht den Kopf. »Es ist ein geschichtsträchtiger Ort.«

Elias versuchte offenbar jeden Fleck und jede Stunde, die sie hier verbrachten, mit historischem Wissen zu füllen. Urlaube, die darauf abzielten sich zwei Wochen lang auf einer Liege auszubreiten und in den Himmel zu blicken, waren anscheinend nicht seine Sache. Städtetrips, die dem Shoppingmonster zum Opfer fielen, ebenso, verriet er ihr nach der ersten Tasse Kaffee. »Ich möchte entdecken! Die Kultur, das Essen, die Historie, die Menschen .... Das ist spannend!«, ereiferte er sich als wäre er Christoph Kolumbus auf Entdeckungsreise. »Warum interessieren sich so wenig Leute für die Dinge, die eine Region ausmachen? Vielen geht es doch nur um Oberflächlichkeiten.«

Lea konnte ihm keine Antwort darauf geben, weil sie in diesem Punkt übereinstimmten. Dass sie zwischen zwei Museumsbesuchen auch gerne mal in eine Boutique hineinschneite oder auf der Sonnenliege in einem Roman versank, verschwieg sie ihm vorerst.

Unzählige Touristen bevölkerten die Place de la Concorde. Es gab kaum eine Ecke, die nicht mit Handys und Fotoapparaten festgehalten wurde. Dazwischen Autos und Menschen, die geschäftig auf dem Weg irgendwohin gingen. Lea begeisterte der gewaltige Anblick, der Obelisk mit den ägyptischen Inschriften, die beiden prunkvollen Brunnen und die prächtigen Luxushotels rundherum. Elias hingegen blickte mit den Augen des Historikers umher und schweifte in Gedanken rund 230 Jahre zurück.

»Auf diesem Platz richtete man Marie Antoinette, König Ludwig XVI. und am Ende auch Robespierre hin.« Er zeigte in eine bestimmte Richtung. »Die Reiterstatue Ludwigs XV. baute man 1792 während der Französischen Revolution ab, stattdessen stand hier 1793 die Guillotine.«

Lea kam Isabelles Beschreibung des blutgetränkten Bodens in den Sinn. In ihrem Kopf tauchten unmittelbar Bilder auf, die gut in einen Horrorfilm gepasst hätten. Blutüberströmte, kopflose Zombies, die auf dem Platz umherirrten, auf der Suche nach ihrem Skelett-Kopf. Dazu die rot gefärbte Erde, die den Gestank des Todes ausatmete.

»Ironie der Geschichte«, fuhr Elias fort. »Derselbe Konvent, der durch die Hinrichtung von Ludwig XVI. das Land ins Zerwürfnis stürzte, beschloss in seiner letzten Sitzung am 26. Oktober 1795, den Place de la Révolution in Place de la Concorde umzubenennen.«

Lea hörte ihm fasziniert zu.

»Die Umbenennung sollte ein Zeichen dafür sein, dass die

Revolution im bisherigen Sinn nun beendet war. Die wohlhabenden Bürger, die Bourgeoisie, gaben nun, nachdem die Schreckenszeit überwunden war, den Ton an. Diese Vertreter des Großbürgertums taten alles, um die Erinnerung an all die Grausamkeiten verblassen zu lassen. Schließlich waren sie die Gewinner des Massakers.« Er blickte auf die Uhr. »Wir müssen uns beeilen.« Er nahm sie an der Hand und zog sie mit sich.

Eine halbe Stunde später betraten sie den Louvre über den Haupteingang. Elias zeigte die vorbestellten Karten. Man ließ sie direkt ein. Die Kunstgegenstände befanden sich in den Flügeln Richelieu, Sully und Denon. Elias führte sie unmittelbar zu den Glasvitrinen, in denen einige Gegenstände lagen, die Jean-Luc Blanc angefertigt hatte. Lea bewunderte Kerzenständer, Dekorstücke, Geschirr, Schmuck und eine Handvoll Zeichnungen. Ob es sich dabei um jene handelte, die Isabelle vor Georgettes Vernichtungswut gerettet hatte? Einen Hinweis darauf, dass dem so war, fand sie auf den Schildern neben den Vitrinen jedoch nicht. Nur die Information, dass der Goldschmied 1794 im Zuge der Französischen Revolution durch die Guillotine hingerichtet worden war. Nachdem sie sich an den Goldwaren sattgesehen hatten, schlenderten sie zum Teil voneinander getrennt durch die beeindruckende Gemäldeausstellung. Lea genoss Kunst am liebsten schweigsam und zurückgezogen. Elias ebenso, wie es schien. Noch etwas, das sie verband. Allmählich kamen ihr die Gemeinsamkeiten unheimlich vor. Als sie schlussendlich vor dem Ölgemälde der Mona Lisa angelangten, tummelte sich bereits eine beachtliche Traube Menschen davor. Die halbe Welt war gekommen, um sie zu sehen. Nur wenige

Besucher beachteten die Gemälde ringsherum mit derart großem Interesse wie dieses. Nahezu alle Kunstinteressierten strebten direkt zu dem weltberühmten Meisterwerk von Leonardo da Vinci. Hände schossen im Millisekundentakt nach vorne, um das durch Plexiglas geschützte Bildnis festzuhalten. Manche versuchten ein Selfie mit dem Gemälde hinzubekommen. Einige drückten Audio Guides an ihr Ohr, aus denen Stimmen in sämtlichen Sprachen dieser Welt die Entstehung, die Schönheit, die Einzigartigkeit, den Hintergrund und das mysteriöse Lächeln erklärten. Hatte Leonardo da Vinci geahnt, dass er mit Mona Lisa ein Geheimnis für alle Ewigkeit erschuf? Die wahre Identität der Porträtierten blieb bis heute ein Rätsel, auch wenn es die Vermutung gab, dass es sich um die Ehefrau eines Florentiner Tuch- und Seidenhändlers handelte. Daneben gab es die These, dass das anmutige Geschöpf auf dem Bild lediglich der Fantasie des Malers entsprungen sei. Andere meinten wiederum, Mona Lisa sei einfach die Wiedergabe einer Frau, die typisch für diese Epoche war. Wie auch immer – die Mona Lisa blieb ein lächelndes Geheimnis, dem die Menschenmassen viel Aufmerksamkeit schenkten – zumindest bis ihre Neugier befriedigt und das obligatorische Foto geschossen war. Danach erlosch das Interesse. Man hatte sie gesehen. Zeit, sich nun den übrigen Kunstwerken zu widmen. Lea und Elias verharrten abseits der Menschentraube, studierten Mona Lisas Gesicht, ihr Lächeln und den nebelig verschwommenen Hintergrund in stummer Zweisamkeit.

Im Museumsshop gingen sie auf die Suche nach einem Souvenir mit einer Abbildung von Jean-Luc Blancs Schöpfungen. Gemeinsam besahen sie Miniaturskulpturen, Poster,

Puzzles, Kosmetiktaschen, Schreibblöcke, Magnete und vieles mehr. Es gab kein Erinnerungsstück an ihn. Letztendlich gaben sie auf. Lea kaufte für sich und ihre Freundinnen Mona-Lisa-Kühlschrankmagnete, wie Millionen andere Touristen ebenfalls. Doch ohne ein Andenken und Mitbringsel aus dem Louvre heimzukommen, kam nicht infrage.

»Mit dem Lächeln am Kühlschrank macht es bestimmt doppelt so viel Spaß, Essen herauszunehmen«, sagte sie und schenkte Elias auch einen.

Er betrachtete das Geschenk. »Mein allererster Kühlschrankmagnet. Dass ich das noch erleben darf. Wozu dient er?«

»Er haftet am Kühlschrank.«

»Ich meine, gibt es einen tieferen Sinn oder einen speziellen Grund, weshalb man so etwas verschenkt?«

»Ja, er haftet am Kühlschrank.«

»Danke«, sagte er ironisch lächelnd und steckte den Magneten in die Tasche.

Nach einem raschen Mittagessen in einem nahe gelegenen Bistro machten sie sich nach Versailles auf. Das Tempo, das Elias an den Tag legte, um von einem Ort zum anderen zu kommen, verglich Lea heimlich mit einer Herde Pferde, die auf der Flucht waren. Nicht der Weg war das Ziel, sondern das Ankommen. In ihrem Fall ging es einfach darum, den Bestimmungsort zu erreichen, ohne noch einmal rechts oder links zu schauen, um die Schönheit von Paris auf sich wirken zu lassen. Lea ging langsam die Luft aus. Das Tempo trieb sie in eine bleierne Müdigkeit. Sie gähnte, musste sich entscheiden, lächeln, reden und dem schnellen Schritt von Elias folgen. Sie beneidete Mona Lisa um ihr Dauerlächeln, obwohl ihr Dasein als weltberühmtes Gemälde extrem anstrengend sein musste.

Doch Versailles weckte Lea wieder auf. Die Gartenanlage war beeindruckend, erinnerte sie an die Parkanlage im Belvedere. Sie blieb stehen, um die Schönheit ganz in sich aufzunehmen.

»Der Schlossgarten des Wiener Belvedere ist nach französischem Vorbild aufgebaut«, begann Elias augenblicklich zu erklären. »Entlang einer Mittelachse befinden sich symmetrisch in Form geschnittene Bäume und Hecken, zudem zahlreiche Skulpturen und verschiedene Wasserspiele. Der Gartenarchitekt des Belvedere eignete sich die notwendigen Kenntnisse übrigens hier in Versailles an.«

»Dominique Girard«, nannte Lea dessen Namen. »Der Nymphenburger Schlosspark gilt als sein Hauptwerk. Er war ein Schüler von André Le Nôtre, dem Gartengestalter von Versailles.«

Elias' Augen weiteten sich beeindruckt. »Und dieses historische Wissen ist bis vor Kurzem in der Personalabteilung einer Versicherung verkümmert. Lea Roth, bei deiner Jobsuche solltest du zukünftig deine Interessen besser berücksichtigen.«

»Nach der Matura dachte ich sogar kurz darüber nach, Geschichte zu studieren.«

»Warum hast du's nicht getan?«

»Die Versicherung hat mir einen Job angeboten. Ihn anzunehmen war … bequem.«

Er verbiss sich sichtbar einen Kommentar, reichte ihr jedoch stattdessen erneut die Hand. »Und jetzt komm! Das Gemälde wartet auf uns.«

Die Gemäldesammlung in den prunkvollen, weitläufigen Räumlichkeiten des Schlosses ließ Leas Herz um einen Tick höher schlagen. Das Bildnis von Marie Antoinette, wegen dem sie hergekommen waren, verzauberte sie sofort. Es zeigte die französische Königin im für diese Zeit typischen Kleidungsstil: Hellblaues tailliertes Kleid mit weißer Spitze, ausladender, kuppelförmiger Rockteil, ellbogenlange Ärmel mit tief eingelegten Falten, die ab Schulterhöhe aufsprangen. Sie saß auf einem Stuhl, den man unter ihrer opulenten Kleidung lediglich erahnte. Ihre Hand lag auf einem hellrosa, mit einer goldenen Spitzenborte umrahmten Kissen. Lea stand mit offenem Mund davor. Um Marie Antoinettes Hals schmiegte sich das Collier wie eine zärtliche Umarmung. Der Künstler hatte es gekonnt in Szene gesetzt. Es strahlte prunkvoll, stellte dennoch die Schönheit dieser Frau in den Mittelpunkt. Die Diamanten liebkosten die helle Haut der Monarchin, auf deren Lippen ein zartes Lächeln lag. Lea war sprachlos und starr vor Bewunderung, konnte nicht aufhören, das Collier versonnen anzusehen. Fasziniert von dem Anblick, stand sie wie angewurzelt da, wandte ihren Blick kein einziges Mal ab und vergaß die Zeit. Ihr Herz pochte, als würde sie die Kette zum ersten Mal erblicken.

»Es ist wunderschön«, hörte sie irgendwann, wie durch eine durchsichtige Wand hindurch, Elias' flüsternde Stimme neben sich.

»Ja, das ist es.«

Noch gefangen in diesem Staunen, schoss sie mehrere Fotos mit dem Handy, eines davon wollte sie später ihrer Mutter schicken. Schon wieder beobachtete Elias ihre Regung. Das machte sie nervös. Plötzlich kam ihr eine Idee.

»Schau ich ihr ähnlich?« Sie wandte dem Bild den Rücken zu, damit der Vergleich leichter gelang.

Elias runzelte fragend die Stirn. »Nein. Gar nicht. Weshalb solltest du aussehen wie sie? Wie kommst du denn darauf?«

»Vielleicht bin ich ja die Nachfahrin eines unehelichen Kindes?«

»Gäbe es ein solches Kind, hätten es Historiker zwischenzeitlich herausgefunden, denke ich.«

»Was, wenn Marie Antoinette es heimlich zur Welt gebracht hat, verborgen vor all den Bediensteten, dem kompletten Dunstkreis und ebenfalls vor der gesamten Historikerwelt? Kindesweglegung soll schon vorgekommen sein in Königshäusern. Meines Wissens war sie heftig umschwärmt und konnte sich vor Avancen am französischen Hof kaum retten.«

»Gut, dass zwischen Marie Antoinette und dem jungen Grafen Axel von Fersen etwas gelaufen sein soll, ist nicht unbekannt. Logischerweise gab es Gerüchte am Hof, dass nicht König Ludwig XVI. der Vater ihres zweitgeborenen Sohnes Louis Charles sei, sondern der Graf. Zahlreiche Briefe belegen ihre innige Zuneigung zueinander. Am Hof munkelte man außerdem, dass das vierte Kind, Prinzessin Sophie Hélène, gleichfalls aus dieser Liaison hervorging. Ob dies stimmt, ist jedoch bis heute nicht klar. Dessen ungeachtet, gibt es keinerlei Hinweise darauf, dass die Königin heimlich entbunden und das Neugeborene weggegeben hätte.«

»Marie Antoinette war Österreicherin. Könnte doch sein, dass ein Baby, von dem bisher niemand wusste, nach Österreich gebracht wurde, um einem Skandal zu entgehen.«

Elias runzelte skeptisch die Stirn. »Ich halte deine Theorie für mehr als gewagt. Ein Kuckuckskind wäre in so einem Fall die einfachere und logischere Variante. Immerhin hat sie ihrem Angetrauten ja angeblich bereits zwei Kinder untergejubelt. Warum kein drittes? Vaterschaftstests waren bekanntlich noch nicht erfunden.« Er grinste kurz, dachte dann über etwas nach, das konnte sie ihm deutlich ansehen. »Sagt dir der Name Jean-Baptiste Cléry etwas?« Elias fuhr fort, ohne ihre Antwort abzuwarten. »Er war König Ludwigs Kammerdiener. Dieser hat den treu ergebenen Bediensteten sogar in seinem Testament bedacht. Cléry gelang es tatsächlich, nach der Revolution nach Wien auszuwandern. Er liegt übrigens auf dem Hietzinger Friedhof begraben.« Elias' blaue Augen blitzten auf. »Möglicherweise befand sich unter Ludwigs Hinterlassenschaft das Collier. Das würde bedeuten, du wärst eine Nachfahrin von dem Diener. Wobei ich mir, ehrlich gesagt, nicht sicher bin, ob er überhaupt Nachkommen hatte. Allerdings gab es einen Bruder in Straßburg …«

»Das klingt nicht sehr romantisch«, unterbrach ihn Lea. Sie zog einen Schmollmund. »Ich stelle mir lieber vor, dass Marie Antoinette klammheimlich noch ein weiteres Kind bekommen hat. Das macht mehr her in meiner Ahnentafel.«

»Du besitzt eine Ahnentafel?«

»Nein. Aber ich könnte eine entwerfen. Ich kenne da einen Grafiker in Wien.« Sie zwinkerte ihm frech zu. »Und ich lass auch so ein Porträt anfertigen, in einem atemberaubenden Kleid – mit dem Collier. Das darf dann hier in Versailles aufgehangen werden. Direkt neben meine … Vorfahrin.« Das letzte Wort sprach sie derart genüsslich aus, als ließe sie Schokolade auf der Zunge zergehen. Dabei sah sie Elias übermütig an.

»Frankreich ist jetzt eine Republik. Du kannst somit keinen Thron mehr besteigen. Falls das dein Hintergedanke ist.«

Lea blickte enttäuscht drein. »Verflixt. Und ich dachte, endlich den passenden Job gefunden zu haben.«

Vor dem Schloss stiegen sie in ein Taxi. Gerhard und Anaïs Pevic wohnten in Versailles fünfzehn Minuten entfernt.

»Kennengelernt haben sich die beiden in einer Buchhandlung in Paris, als sie beide gleichzeitig nach demselben Buch griffen. Wie im Film«, erzählte Elias im Wagen. »Anaïs arbeitet als Lehrerin für Französisch und Deutsch. Sie spricht nahezu akzentfrei Deutsch«, wischte er Leas Angst vom Tisch, den Gesprächen heute Abend nicht folgen zu können.

Das Taxi spuckte sie vor einem Wohnhaus mit Erkern aus. Anaïs und Gerhard waren herzliche Menschen. Sie eine zierliche Person mit blondem, akkurat geschnittenem Pagenkopf. Sein hellbrauner Schopf wirkte gewollt unfrisiert. Er überragte Anaïs um einen ganzen Kopf. Die beiden umarmten und küssten Elias wie einen verloren geglaubten Sohn. Lea begrüßten sie ebenfalls warmherzig wie eine langjährige Freundin. Überall in der Wohnung standen Regale voller Bücher.

Zu trinken gab es stilles Wasser und Wein, zu essen Pot-au-feu, ein Eintopf aus Rindfleisch und Gemüse. Im ersten Gang die Brühe, danach den Inhalt. Dazu Vinaigrette und Baguette. Anaïs beherrschte in der Tat perfekt die deutsche Sprache, nur ein charmanter Akzent verriet die Französin. An diesem Abend Deutsch zu sprechen wärmte Leas Herz. Sie empfand es als respektvolles Zugeständnis ihr gegenüber, schämte sich jedoch zugleich, selbst kein Wort Französisch zu können. Natürlich drehte sich das Gespräch zuerst um Wien. Gerhard erkundigte sich über die Neuigkeiten in seiner alten Heimatstadt. Anschließend erzählte er von seinem Leben in Frankreich. Auch die Frage, wie Lea und Elias einander kennengelernt hatten, wurde erörtert, obwohl Gerhard und Anaïs die Geschichte bereits kannten. Sie lachten, es floss Wein, und sie landeten nahtlos bei den Aufzeichnungen von Isabelle Blanc.

»Elias hat dir gegenüber bestimmt erwähnt, durch welchen Zufall ich sie überhaupt entdeckte?« Gerhard wartete Leas Antwort gar nicht erst ab, sondern erzählte sofort von einem kleinen Stapel dünner Büchlein, die unbeachtet im Pariser Nationalarchiv vor sich hingeschlummert hatten, bis er zufällig bei einer seiner Recherchen darauf stieß. »Die Verfasserin hat bis dahin keine große Rolle in der Zeitgeschichte gespielt.« Er studierte den Stoß jedoch eingehender und fand heraus, dass man die Kunstwerke des Vaters der Schreiberin im Louvre ausstellte. Diese Entdeckung hatte seine Neugier geweckt und ihn genauer hinsehen lassen. »So kam dann eins zum anderen. So schnell ignoriert man wohl keine Aufzeichnungen mehr«, meinte er und schob Lea eine Mappe über den Tisch. »Das hier sind Abschriften der weiteren Seiten. Die habe ich übersetzt, nachdem ich Elias die ersten Kopien nach Wien geschickte habe. Leider konnte ich keine Aufzeichnungen über die Zeitspanne ab Isabelles Flucht von Georgettes Hof bis zu ihrer Rückkehr nach Paris in den Tagebüchern finden. Möglicherweise hat sie in der Zeit nichts geschrieben, in Ermangelung von Schreibutensilien. Das wäre zumindest eine logische Erklärung. Oder es ist verloren gegangen. Doch aus ihrem Zusammentreffen mit

Camille, von dem sie hier berichtet, wissen wir ungefähr, was in diesen zwei Jahren passierte. Sie kam übrigens 1797 zurück. Zu dem Zeitpunkt war die Periode des Directoire angebrochen.«

»Eine verschwenderische Epoche. Neureiche Parvenüs schwelgten in einem opulenten, aber inhaltsleeren Lebensstil«, erläuterte Elias.

»Das Dasein glich einem einzigen Rausch des flüchtigen Genusses. Die Geldaristokratie imitierte nun die Lebensführung des Adels«, bestätigte Gerhard. Als Beispiel führte er den Friseur Claude Lenthereau an, der zum Heereslieferanten aufgestiegen war und im Hôtel de Salm verschwenderische Feste veranstaltete. Im Anschluss diskutierten Elias und er über den seinerzeitigen Winzer Corbigny und Hanet-Cléry, dem neureichen Sohn eines Gärtners, die ebenfalls einen verschwenderischen Lebensstil pflegten und Teil der wohlhabenden Elite des 18. Jahrhunderts waren. Persönlichkeiten des sogenannten Tout-Paris, die in jenen Tagen den Ton angaben. Die beiden Männer redeten voller Begeisterung. Elias und Gerhard, die beiden Historiker, feierten ihr Wiedersehen, indem sie geschichtliche Ereignisse und Jahreszahlen hin und her warfen wie Tennisspieler Bälle bei den French Open. Anaïs brachte Käse und frisches Baguette, füllte die Wein- und Wassergläser. Lea fieberte dem Zeitpunkt entgegen, an dem sie die Aufzeichnungen endlich lesen konnte.

»Wird meine Frage, wie das Collier in meine Familie kam, beantwortet?«, unterbrach sie irgendwann die beiden mitten in dem Gedankenaustausch.

»Zumindest gibt es einen Anhaltspunkt«, antwortete Gerhard. »Ich hoffe, er bringt dich weiter. Falls nicht, im

Archiv liegen mehr Aufzeichnungen. Ich bin bis dato nicht dazu gekommen, sie zu übersetzen. Aber das mache ich noch. Versprochen.«

»Danke.« Leas Aufregung stieg.

»Solltest du es aus Zeitgründen nicht schaffen, übernehme ich das gerne«, bot Elias an.

»Und bringst mich damit um das Ende der Geschichte«, feixte Gerhard.

Gegen halb zehn brachen sie auf. Gerhard drückte Elias zum Abschied eine Flasche Rotwein in die Hand und zeigte auf das Manuskript. »Die Nacht wird lang.«

Kein doppeldeutiges Augenzwinkern oder schiefes Grinsen.

Kurze Zeit später erreichten sie das Hotel. In stiller Vereinbarung steuerten sie beide Leas Zimmer an. Elias goss Rotwein in die Zahnputzgläser. Sie zogen die Schuhe aus und setzten sich aufs Bett, mit Kissen im Rücken am Kopfteil angelehnt. Schulter an Schulter, die Körperwärme des anderen spürend. Aphrodisierende Intimität. Lea befahl den Schmetterlingen in ihrem Bauch, Ruhe zu geben. Das Gefühl, verliebt zu sein, war nur Paris, der romantischen Stimmung, dem gemeinsamen Erlebnis geschuldet. Elias gab ihr keinerlei Signale, die sein Interesse bekundeten. Dabei hatte sie sich schon oft gewünscht, einen Mann kennenzulernen, der Kunst genauso liebte wie sie. Der mit ihr stundenlang über die Geschichte einer Stadt, eines Gebäudes, eines Gegenstandes schwadronierte. Sie hatte ihn zweifellos gefunden. Jetzt musste sie nur noch dafür sorgen, dass er sich für die Frau vor seinen Augen interessierte. Er hielt die erste Seite in der Hand, fixierte diese, als bestünde Gefahr, dass sie sich in Luft auflösen könnte. Dann bemerkte er, dass Leas Blick auf ihm ruhte. »Ist was?«

Sie schüttelte den Kopf und wandte sich ebenfalls dem Blatt zu.

Lies einfach, Lea!

18

ISABELLE

Paris, 1797

Als Julie und ich Mitte August zurückkehrten, lag eine zweijährige Odyssee hinter uns. Eine mühevolle Wanderung von Compiègne nach Paris, die ich größenteils zu Fuß zurückgelegt hatte, Julie dabei zumeist mit dem Wolltuch auf meinem Rücken festgebunden. Auch nachdem sie gehen gelernt hatte, trug ich sie weiter, denn ihre Kinderfüße waren noch zu zart für solch weite Strecken. Lediglich kurze Abschnitte legten wir mit der Postkutsche zurück. Das Geld für längere Etappen fehlte, obwohl ich unterwegs verschiedene Arbeiten annahm. Hauptsächlich half ich bei der Ernte von Kartoffeln und Weizen oder mistete die Ställe von Ziegen, Schafen und Schweinen aus. Auf mehreren Märkten riss ich toten Fischen die Gedärme aus dem leblosen Leib. Das Schlimmste daran war der Gestank, der von den verwesenden Innereien am Boden ausging. Die Abfälle gammelten tagelang vor sich hin, ehe sie weggeschafft wurden. Überall waren Fliegen. Tausende und Abertausende tummelten sich auf den stinkenden

Kadavern. Ungeachtet dessen, wie sehr mir die Arbeit missfiel oder mich anekelte, tat ich meine Dienste gewissenhaft. Meinen Körper verkaufte ich nie, obwohl es unzählige Angebote gab. Manchmal dachte ich darüber nach, wenn Julie und ich tagelang Hunger litten. Getan hatte ich es indessen nie. Das konnte ich mit erhobenem Haupt von mir sagen. Trotz all der Widrigkeiten hatten in dieser Zeit weder die Zeichnungen meines Vaters Schaden genommen, noch hatte ich die Kette und den Ring meiner Mutter verloren.

Als wir in Paris eintrafen, lag der Jahreszeit entsprechend die Hitze über den Häusern wie eine dicke Decke. Das Atmen fiel schwer. Die Menschen bewegten sich träge. Ich hatte tatsächlich vergessen, wie sich der Sommer in der Stadt anfühlte. Paris kam mir vertraut und zugleich fremd vor, als ich durch die Straßen lief. In den ärmeren Stadtvierteln war der Geruch der gleiche wie vor meiner Flucht, doch es schien, als habe sich die Anzahl der Bordelle verdoppelt. Das billige Eau de Toilette der Dirnen vermischte sich mit dem Schweiß der Freier. Der Gestank von Alkohol wechselte sich mit jenem von Nutzvieh, Rattendreck und verdorbenem Kohl ab. Einst opulente Stadthäuser hatte man für die Pariser Bevölkerung umgebaut. Dort, wo früher der Adel lebte, tummelten sich nun gewöhnliche Familien.

In den besseren Vierteln roch es nach teurem Parfum, Croissants und Cassoulet, einem Eintopf aus Bohnen, Speck und Hammelfleisch. Das Wasser lief mir im Mund zusammen. Meine letzte Mahlzeit lag zwei Tage zurück. Ein winziges Stück Schafkäse mit einer Tasse Milch. Dafür hatte ich einer Bäuerin bei der Geburt beigestanden. Das Kind, es war ihr fünftes, lag verkehrt herum, drohte an der Nabelschnur zu ersticken. Nach schweißtreibenden Stunden kam ein Mädchen zur Welt. Es atmete, war kräftig und gesund. Den Großteil meines Lohns hatte ich Julie überlassen. Nun waren wir wieder zurück, und ich hoffte, dass fortan bessere Zeiten für uns kämen. Mit klopfendem Herzen und Julie an der Hand schlich ich mich in die Rue Saint-Claude. Mit leerem Blick betrachtete ich mein ehemaliges Heim. Man hatte Etagen draufgesetzt, es erkennbar zu einem Wohnhaus umgebaut. Ich vermutete, dass Jacques Morel dafür verantwortlich war, so er es nicht verkauft hatte. Wie viele Menschen nun darin lebten, ließ sich für mich nicht feststellen. Auch nicht angesichts der davor herumtollenden Kinder. Wie die Räumlichkeiten aufgeteilt worden waren, entzog sich meiner Vorstellungskraft. Ich konzentrierte mich auf die untere Ebene. Dort, wo sich die Werkstatt meines Vaters befunden hatte, war nun eine Taverne. Ein dicklicher Wirt lehnte in der offenen Tür. An der Kordel, mit der die Hose festgezurrt war, steckte ein Geschirrtuch. Entweder hielt er nach Kundschaft Ausschau oder beobachtete schlichtweg das Geschehen auf der Straße. Seiner ausdruckslosen Miene konnte ich nicht entnehmen, was er tat. Plötzlich ertönte in einiger Entfernung Kirchengeläut. Die Glocken, von Robespierres Leuten verbannt, zerstört und verboten, erklangen wieder.

»Alles wird gut«, flüsterte ich mir Mut zu.

»Du bist zurückgekommen«, hörte ich eine vertraute Stimme in meinem Rücken. Ich wandte mich um und lag einen Atemzug später einer vor Freude weinenden Camille in den Armen. Der Korb mit Gemüse, der an ihrem Armgelenk baumelte, drückte mir dabei schmerzhaft in die Seite. Doch das war der wundervollste Schmerz, den ich jemals gespürt hatte. Eine Weile standen wir unbeweglich da, vereint in herzlicher Umarmung, und kosteten das Wunder des Wiedersehens aus. Dann wich Camille einen Schritt zurück. Ihr Blick wanderte zu Julie, die verstohlen hinter meinem Rock hervorlugte, ihre Kinderfaust daran festgekrallt. Meine Freundin fixierte das hellblond gelockte Mädchen zu meinen Füßen – ganz so, als wollte sie jede noch so winzige Eigenheit registrieren. Julie. Ein sanftes, wenngleich verschmutztes Gesicht. Ein zartes Näschen. Zwei strahlend blaue Augen, die stets fröhlich dreinschauten. Der lieblich gezeichnete, rosige Mund ließ sie engelsgleich wirken.

»Sie ist groß geworden und wunderschön«, sagte Camille.

Erst jetzt bemerkte ich die leichte Wölbung unter ihrem Kleid. »Du bist wieder guter Hoffnung.«

Sie seufzte theatralisch und lachte gleich danach vergnügt. »Alexandre kann die Finger nicht von mir lassen.«

Ich zeigte auf das Haus. Mein Haus! »Was ist passiert, Camille?«

»Morel verdient ein Vermögen damit. Oben zahlen die Leute fürs Wohnen. Unten für Wein und Vergnügen. Sie essen, trinken und tanzen.«

»Die Taverne gehört ebenfalls ihm?«

»Der Wirt zahlt ihm eine hohe Pacht. Morel kommt einmal pro Woche vorbei, um nach dem Rechten zu sehen. Ihn begleitet zumeist eine devote Rothaarige, die ihm seit deiner Flucht das Leben versüßt und von ihm dafür mit kostbarem Schmuck überhäuft wird. Emporkömmlinge wie er geben nun den Ton in der Stadt an. Sie kommen, kaufen die Häuser der ehemaligen Aristokraten und werfen das Geld zum Fenster hinaus, während wir schuften wie die Tiere. Du siehst, es hat sich nicht viel geändert in der Rangfolge.« Sie machte einen Schritt weg von mir, winkte mir zu, ihr zu folgen. »Lass uns verschwinden. Nicht, dass dich am Ende noch jemand sieht und ihm Bescheid gibt.«

»Es sind zwei Jahre vergangen.«

Camille verzog das Gesicht. »Und du denkst, die Menschen hier haben dich vergessen? Nein. Jeder kennt die Geschichte von der Tochter des Goldschmieds, die lieber über Nacht verschwand, als sich mit einem Advokaten zu verheiraten. Man verfasste Spottlieder darüber. Glaub mir, Morel ist kein Mann, der vergisst oder vergibt, wenn ihn jemand bloßstellt und zum Gespött macht. Noch dazu von einer Frau. Egal, wie viel Zeit vergangen ist. Sobald er von deiner Rückkehr erfährt, wird er versuchen, dich zu finden, und seiner angestauten Wut freien Lauf lassen. Er wird dich anfallen wie ein tollwütiger Hund. Am Ende womöglich sogar töten. Dich und Julie. Um seine Ehre wiederherzustellen.«

Ich blickte meine Freundin erschrocken an, weil ich tatsächlich fest der Meinung war, dass Morel mich längst vergessen hatte. Immerhin sprach er bei unserem letzten Zusammentreffen davon, eine andere zur Frau zu nehmen. Vermutlich die Rothaarige, von der Camille erzählt hatte.

»Wenn er uns tötet, muss er sich dafür verantworten«, erwiderte ich unsicher.

Camilles Augenbrauen wanderten skeptisch nach oben. »Er ist ein Wendehals. Aus diesem Grund ist er in dieser neuen Regierung zu einem einflussreichen Mann aufgestiegen. Wer, denkst du, hat sofort zugeschlagen, als nach der Schreckensherrschaft Robespierres die gesamten Nationalgüter für den

Preis eines Butterbrots zu haben waren?« Ihre Hand schoss wie ein rasch gezogener Degen in Richtung meiner ehemaligen Wohnstätte. »Morel«, betonte sie. »Und er ist nicht der Einzige, der nach dir sucht.«

Ich erschrak. »Wer noch?«

»Dieser junge Soldat. Er tauchte mehrmals bei uns auf.«

Mein Herz schlug wie verrückt.

»Hat er euch bedroht?«

Camille schüttelte den Kopf. »Er hat uns Geld angeboten, wenn wir ihm deinen Aufenthaltsort verraten. Alexandre hat ihn rausgeschmissen.«

Ich presste meine Lippen fest zusammen, erinnerte mich deutlich an das Gefühl ohnmächtiger Angst, das zäh wie Leim an mir haftete, bevor ich geflohen war. Die Erinnerung raubte mir die Luft. Im Versuch, unbeeindruckt zu wirken, setzte ich mir Julie resolut auf die Hüften. Camille packte meine Hand und zog mich über die Straße zu ihrem Haus. Dort empfing mich der vertraute Geruch nach brennendem Holz, glühenden Kohlen und heißem Eisen. Alexandre tauchte soeben ein Hufeisen in den Wasserbottich. Es zischte und rauchte. Ein Maultier stand mitten in der Schmiede und wartete geduldig, während ein grobschlächtiger Kerl das Halfter mit seinen dicken Fingern umfasste, das an einem Haken an der Wand festgemacht war. Als der Hufschmied mich bemerkte, legte er das Werkzeug beiseite und kam freudestrahlend auf mich zu. Ich setzte Julie ab. Der Mann beobachtete die Szene irritiert. Alexandre zog mich in seine kräftigen Arme und drückte mich voller Freude. Erst als ich nach Luft rang, ließ er mich wieder los und senkte den Kopf. »Und du bist die kleine Julie.«

Angesichts des Riesen, der sie jetzt ansprach, versteckte sie sich rasch hinter meinem Rock, nickte jedoch zaghaft.

»Sie ist wahrlich ein hinreißendes Liebchen«, sagte Alexandre zärtlich. »Schön, dass ihr zurück seid.« Daraufhin nahm er die Zange mit dem Hufeisen und hielt sie erneut ins Feuer.

»Komm!«, forderte Camille mich auf, ihr in die Wohnräume zu folgen, wo uns ein heftiger Streit unter Geschwistern empfing. Albert riss seine Schwester an den rotbraunen Locken. Die Haarpracht war zweifellos das Erbe ihrer Mutter.

»Sie hat mich gebissen«, weinte er.

»Silence, les enfants! Seid still, Kinder!«, brüllte Camille und knallte den Korb auf den Tisch. »Wir haben Gäste. Was sollen die von uns denken?«

Zwei nahezu schwarze Augenpaare blickten mich und Julie augenblicklich erschrocken an. Während Albert nach Alexandre kam, glich Fleurette ihrer Mutter wie aus dem Gesicht geschnitten. Der Streit unter Geschwistern war vergessen. Sie beäugten neugierig die Fremden. Julie erwiderte stumm die Blicke. Ich begrüßte die beiden und half daraufhin Camille das Gemüse zu verstauen. Anschließend kramte sie aus der Wäschetruhe frische Kleidung hervor. »Jetzt wollen wir euch erst mal waschen.«

Zuerst glitten meine Augen zu Julie, danach sah ich an mir hinab. Ich spürte Scham in mir hochkriechen. Wir waren verschwitzt, verdreckt und stanken wie Straßenköter. Unser letztes Bad in einem kalten Fluss lag mehrere Tage zurück. Beschämt entkleidete ich Julie, hoffte, keine Läuse auf ihrem Kopf zu entdecken. Währenddessen ging Camille in ihrer gewohnt geschäftigen Art sofort ans Werk, entzündete Holz im Ofen und wärmte Wasser, das sie vom Brunnen im Hinterhof holte. Sie steckte Julie in einen Holzzuber und schrubbte sie mit Seife ab. Die Kleine genoss das wärmende Bad sichtbar. Danach kam ich an die Reihe. Wann hatte ich zuletzt warmes Badewasser auf der Haut gespürt, meine Haare mit Seife gewaschen? Am Ende streiften wir die frischen Leinenkleider über, die sich für uns anfühlten wie die Kleider einer Königin. Ich fühlte mich wie neugeboren. Im Anschluss warfen wir die verschmutzte Kleidung in den Zuber, streuten Holzasche darüber und wuschen sie in der Lauge. Seife war dafür zu wertvoll.

»Setz dich!«, forderte Camille mich anschließend auf. Es dauerte nicht lange, bis die Kinder sich nähergekommen waren und am Boden sitzend mit geschmiedeten Figuren spielten. Meine Freundin ließ sich erschöpft auf den Stuhl mir gegenüber fallen. Nach einer kurzen Verschnaufpause sah sie mich eindringlich an. »Nun erzähl! Wie ist es dir ergangen bei der Cousine deines Vaters?«

»Die Schwester des Teufels ist eine Heilige gegen Georgette Dubois«, begann ich meine Schilderungen. Ich erzählte von der Schinderei am Hof, dem Diebstahl des Geldes, den Schüssen und dem darauf folgenden Martyrium, wieder nach Paris zu gelangen. »Zum Glück lagen einige Höfe auf dem Weg, auf denen ich für ein paar Tage Arbeit fand.« Ich senkte den Blick. »Wenn mir unsere Lage allzu hoffnungslos erschien, stahl ich, was wir zum Überleben brauchten. Einmal erwischte mich ein Bauer. Er packte mich und prügelte auf mich ein. Er drohte mir die Hände abzuhacken und schlug mir mit den Fäusten ins Gesicht. Meine Lippen und meine Haut an der linken Schläfe platzten auf. Mein Gesicht war voller Blut. Ich lag auf dem Boden. Doch das hielt ihn nicht davon ab, auf mich einzutreten. So brach er mir die Rippen. Das Atmen war danach noch wochenlang eine Qual und mein Gesicht voller Blutergüsse.« Ich hielt kurz inne. Mein Blick wanderte kurz zu den Kindern und wieder zurück. »Aber das alles ließ ich demütig über mich ergehen, denn am schlimmsten war die Angst, Julie könnte verhungern oder an einer Krankheit sterben. Und ich schämte mich zutiefst, eine Diebin zu sein.« Die Erinnerung trieb mir die Tränen in die Augen. Wie schmale Bäche liefen sie über meine Wangen.

Camille nahm mein Kinn zwischen ihre Finger, wischte sie weg. »Wichtig ist, dass ihr überlebt habt.«

Ich atmete auf. Es tat gut, wieder in ihrer Nähe zu sein. »Aber nun erzähl du mir von Paris«, forderte ich sie schließlich auf.

Camille stieß einen tiefen Seufzer aus, ehe sie zu reden begann. »Du kannst dir nicht vorstellen, wie sehr sich die Stadt verändert hat und doch auch nicht, Isabelle. Die adeligen Hofdamen sind von neureichen Bürgerinnen abgelöst worden. Buntes Treiben ist an der Tagesordnung. Die vermögenden Bürger feiern prunkvolle Feste, wie seinerzeit die Aristokraten. Dazu gesellen sich Stimmen, die die Rückkehr der Monarchie fordern. Kannst du dir das vorstellen? Nach all den Toten, die die Revolution gefordert hat! Nichts hat sich geändert!« Sie warf empört die Hände in die Luft. »Auch die Angehörigen der ehemaligen Adelshäuser kehren wieder in die Stadt zurück. Sie haben die letzten Jahre entweder im Verborgenen oder im Ausland verbracht. Nun versuchen sie ein standesgemäßes gesellschaftliches Leben aufzubauen. Das passiert jedoch still und heimlich, ohne Pauken und Trompeten. Man trifft sich untereinander, versucht, uns, das gemeine

Volk, nicht zu reizen. Deshalb gehört es zum guten Ton zu behaupten, man habe während der Revolution alles verloren, sei verfolgt worden oder eingesperrt gewesen. Dabei speisen sie auf Tellern aus Steingut. Das Tafelsilber belässt man besser in den Kisten, die man gut im Haus verbirgt. Vor einem Monat ernannten sie Charles-Maurice de Talleyrand-Périgord zum Außenminister. Er kam letztes Jahr aus dem amerikanischen Exil zurück. Zu verdanken hat er die Position einer Madame de Staël, die sich mit ihrer gesamten Weiblichkeit …«, Camille strich sich in einer vulgären Geste über ihre Brüste, »dafür einsetzte, dass er den Posten bekam. Sie betreibt einen Salon und versucht mit Nachdruck den alten Adel in die heutige Gesellschaft einzuführen.«

Camille erzählte noch eine ganze Weile von den Veränderungen, währenddessen bereitete sie Haferbrei für die Kinder zu. Draußen vor den Fenstern neigte sich der Tag allmählich dem Ende zu, und ich überlegte, wo Julie und ich die Nacht verbringen konnten.

»Was hast du vor? Wo wollt ihr heute schlafen?«, fragte Camille unvermittelt, als hätte sie meine Gedanken gelesen.

Ich zuckte unsicher mit den Achseln. Wir waren daran gewöhnt, uns in Kirchen, Ställen oder Hinterhöfen zu verstecken. Oder uns in irgendeiner Ecke im Freien niederzulassen, bis uns jemand vertrieb. Wie oft war ich nachts zitternd aufgewacht, steif vor Kälte und Nässe. »Ich weiß es, ehrlich gesagt, noch nicht.« Ich getraute mich nicht zu fragen, ob wir bleiben durften. Die Fabres lebten auf engem Raum.

»Es gibt keinen Grund, weshalb ihr nicht hier schlafen solltet«, entschied Camille. In diesem Augenblick fiel uns auf, dass die Kinder sich bereits auf dem Boden zusammengerollt hatten und tief und fest schliefen. Julie und Fleurette hielten sich an ihren kleinen Kinderhänden. Ihre Welt gestaltete sich so einfach.

»Und morgen sehen wir weiter«, sagte Camille.

»Ja. Morgen sehen wir weiter«, wiederholte ich müde.

Es blieb nicht bei dieser einen Nacht. Camille und Alexandre bestanden darauf, dass wir blieben, bis sich unsere Lage verbessert hatte. In den darauffolgenden Tagen versuchte ich Arbeit zu finden. Ich hatte nicht vor, mich wie ein Schmarotzer durchfüttern zu lassen. Daher beschloss ich, anzunehmen, was sich mir bot. Ich fragte bei den Marktfrauen am Marché des Enfants Rouges nach. Der Markt lag zwar nahe der Rue Saint-Claude, doch im Schutz der Blumen- und Gemüsestände konnte ich notfalls schnell verschwinden, falls mich einer von Morels Spitzeln entdecken sollte. Jedoch erntete ich lediglich Kopfschütteln. Niemand hatte Arbeit für mich. Ich verließ das dritte Arrondissement, weitete meine Erkundungen in die besseren Stadtteile aus. Ich klopfte an den Türen der Neureichen, war überrascht, wie sehr deren Luxus und das auffällig vornehme Betragen dem der vertriebenen Adeligen glich, obwohl Camille mir bereits darüber berichtet hatte. Ich fragte in Tavernen, Restaurants und Cafés, bot meine Dienste als Tellerwäscherin und Küchengehilfin an. Doch egal, wohin ich mich wandte, meine Suche war von mäßigem Erfolg gekrönt. Manchmal hatte ich Glück, und man trug mir kleinere Arbeiten auf. Ich schleppte Kisten mit Wein oder Kiepen voll Kohle, wischte Böden, spülte Geschirr. Jedoch verdiente ich auf diese Weise nur bisweilen ein paar armselige Sous – bei Weitem zu wenig, um die

Gastfreundschaft der Fabres bald nicht mehr in Anspruch nehmen zu müssen. Meine Freunde beklagten sich nicht. Doch wir wussten alle, dass ich unmöglich dauerhaft bei ihnen unterkommen konnte. Alexandre hatte mir seine Betthälfte abgetreten und schlief in der Schmiede auf einer Decke auf dem Boden. Unter keinen Umständen durfte das so bleiben. Zudem lebten die beiden in ständiger Sorge vor Morels Vergeltung. Camille schwor mich ein, sorgsam darauf zu achten, nahezu unsichtbar in ihr Haus ein und aus zu gehen.

»Halte stets nach einer schwarzen Pferdekutsche Ausschau. Solltest du sie bemerken, verschwinde, so schnell du kannst«, ermahnte sie mich eingehend. Ihre Angst, dass Morel mir etwas anhaben könnte und sie mich eines Tages tot am Straßenrand finden würde, stieg ins Unermessliche. Mein Leben schwankte zwischen Vorsicht, Angst und Zuversicht. Ich zählte die Tage. Der August ging, der September kam, gefolgt vom Oktober. Die Blätter verfärbten sich bunt, zuerst gelb, dann rot und orange. Am Ende starben sie an den Ästen und fielen zu Boden, wie die Mücken, die einen im Sommer plagten. Die Morgenstunden zeigten sich zunehmend kühl, und ich holte mein dickes Wolltuch hervor. Um unerkannt zu bleiben, schlang ich es um meinen Kopf, sobald ich ins Freie trat. Obwohl mir bislang weder Morels Fuhrwerk noch er selbst begegnet waren, machte ich mich, so gut es ging, auf den Straßen unsichtbar.

Eines Morgens, als ich mich später als üblich auf Arbeitssuche begab, tauchte die Kutsche nahezu lautlos vor der Taverne auf. Der fette Wirt lief wie von der Tarantel gestochen heraus, was mich irritierte. Er umkreiste in einer Geschwindigkeit, die man ihm ob seiner Leibesfülle nicht zutraute, die

Berline und riss die Wagentür auf. Genau in dem Moment, als Morel das Gefährt verließ, trat ich über die Schwelle des Tors der Schmiede ins Freie. Unsere Augenpaare trafen sich unmittelbar. Sein Anblick war für mich wie ein Hieb ins Gesicht. Meiner ließ ihn versteinern. Die Welt war schlagartig eiskalt. In der Bewegung verharrend, starrten wir einander fassungslos an. Mich an diesem Fleck zu sehen, schien für ihn aus heiterem Himmel zu kommen. Seine Spitzel hatten versagt. Dieser verabscheuungswürdige Opportunist hatte natürlich die Kleidung der Jakobiner längst abgelegt und gegen die Mode der neu angebrochenen Zeit getauscht: Ein hochstehender Hemdkragen, der bis zu den Ohren reichte. Die Jacke vorne so geschnitten, um den weit über den Bauch ragenden Hosenbund zu betonen. Dazu wadenhohe Stiefel und eine breite schwarze Halsbinde. Die Haare versteckte er nicht länger unter einer Perücke, sondern zeigte sein zwischenzeitlich ergrautes Naturhaar. Ich wollte weglaufen, meinem ersten Impuls nachgeben. Doch etwas in mir hinderte mich daran. Regungslos blieb ich stehen, hielt seinem Blick stand. Hasserfüllt. Voll Verachtung. Er hatte das Haus meines Vaters an sich gerissen, wie ein niederträchtiger Söldner auf Plünderungszug. Mein gesamter Körper zitterte vor Abscheu, zugleich sammelte sich der Schweiß unter meinem Schafwollkleid. Ich hatte das Gefühl beim nächsten Atemzug zu ersticken. Ein Glück, dass Julie bei Camille geblieben war. Plötzlich löste Morel sich aus seiner Starre, machte einen bedrohlichen Schritt nach vorne. Die Hände ballten sich zu Fäusten. Sein Gesicht verzog sich zu einer wütenden Grimasse. Ein Bär auf der Jagd, das Opfer im Visier. Ich war noch immer wie gelähmt. Mein Herz setzte einen Schlag aus.

Eine Stimme aus der Karosse ließ ihn abrupt innehalten. Eine Frau mit roten Locken und in einem grünen Seidenkleid streckte ihren Kopf aus der Wagentür. Er drehte sich zu ihr, zeigte sich einen kurzen Moment abgelenkt. Ich nutzte den Augenblick, hob den Rock an und rannte los, so schnell es meine kraftlosen Beine erlaubten. Ich versuchte nicht zurückzublicken. Schickte er mir jemanden hinterher? Den Wirt? Den Kutscher? Befahl er, die Pferde anzutreiben, damit sie mich niedertrampelten? Ich keuchte. Todesangst trieb mich an. Ich erreichte das Ende der Straße unversehrt, bog rasch um die Ecke, blieb stehen und schnappte nach Luft. Ein vorsichtiger Blick verriet, dass mir niemand gefolgt war. Zittrig lehnte ich den Kopf gegen eine Wand. Meine Beine versagten ihren Dienst. Ich glitt zu Boden wie ein verwundetes Tier. Mein Unterschlupf bei den Fabres war nicht mehr sicher.

19

Als mein Herz wieder im normalen Takt schlug, rappelte ich mich auf. Noch einmal wagte ich einen scheuen Blick um die Ecke. Die Pferdekutsche stand noch immer vor der Taverne. Morel und die Rothaarige waren verschwunden. Vermutlich hatte der Wirt sie in die Schankwirtschaft geführt. Ich beeilte mich, in die Rue de l'Ancienne Comédie zu gelangen. Diese lag ein gutes Stück von der Rue Saint-Claude entfernt, sodass ich nicht befürchten musste, dem Advokaten sofort erneut zu begegnen. Mein Ziel war ein Lokal, in dem man Billard spielte. Alexandre war zu Ohren gekommen, dass die Wirtin der *Bar du Bonheur*, der Glücksbar, eine Küchenhilfe suchte. Außerdem, so verriet mir mein Freund, genoss dieses Billardlokal einen guten Ruf und hatte einen reizvolleren Spielsaal vorzuweisen als jenes in der Kneipe am Quai de la Ferraille. »Auch wenn die Kundschaft dort nicht so vornehm ist wie in dem Lokal an der Rue Mazarine«.

Ich hatte ihn skeptisch beäugt und gefragt, ob er sich dort womöglich öfters herumtrieb. Weshalb sonst wusste er so gut Bescheid? Er lachte aufgrund meines Misstrauens. »Keine Angst, ich mache einen Bogen da rum.« Er tippte sich an die Stirn. »Ich bin nicht so dumm, meine schwer erarbeiteten Francs zu verspielen. Aber ich halte stets Augen und Ohren offen und schenke den Leuten Gehör. Frag nach Giselle.«

Damit ich es leichter fand, erwähnte er das nahe gelegene *Café Procope*. Das Kaffeehaus war mir bekannt. Schriftsteller und Künstler – wie etwa Voltaire – trafen sich dort, ebenso Politiker und in früheren Zeiten auch Robespierre Auch Napoleon, der im Oktober 1795 einen Aufstand Königstreuer niederschlug und derzeit aufgrund der erfolgreichen Italienfeldzüge in aller Munde war, verkehrte dort.

Camille beschwor mich, nur so lange in der *Bar du Bonheur* zu arbeiten, bis ich als Hebamme wieder genug verdiente, um mich und Julie durchzubringen. »In Billardlokalen treiben sich nur Taugenichtse, Betrüger und Dirnen herum. Eine Schande, dass du an einem solchen Ort Beschäftigung suchen musst.«

Ich versprach es ihr, weil dies auch mein Ansinnen war. Zugleich schöpfte ich Hoffnung, dass man dort ein Zimmer für Julie und mich erübrigen konnte. Falls Morel nicht unmittelbar bei den Fabres aufgetaucht war, würde er dies mit Sicherheit bald tun. Immerhin hatte er mich aus der Schmiede kommen sehen und wusste nun, dass ich mich wieder in Paris befand. In der Rue de l'Ancienne Comédie empfing mich ein betörender Geruch nach Rosen, Lavendel und Jasmin, der mich sofort gefangen hielt. Der süße Duft, der aus einer Parfümerie ins Freie drang, bannte mich so sehr, dass ich meine Sorgen für einen Moment vergaß. Ich blieb stehen, schnüffelte und träumte von einem freien unabhängigen Leben. Ein Leben, wie es Olympe de Gouges eingefordert hatte, was sie zwar den Kopf, aber nicht die Selbstachtung kostete. Ich gab mir erneut das Versprechen, mir ihren Mut und ihre

Zielstrebigkeit zum Vorbild zu nehmen. Gerechtigkeit und Freiheit sollten zukünftig ebenso für Frauen gelten.

Die *Bar du Bonheur* lag nur ein paar Schritte entfernt und tatsächlich in Blickweite des *Café Procope,* wie Alexandre es beschrieben hatte. Sie kam mir von außen gepflegter vor als die Tavernen, die ich bislang betreten hatte. Die Fassade war senfgelb gestrichen, Tür und Fensterrahmen hoben sich weiß davon ab. Das dicke Fensterglas wirkte sauber geputzt und der Eingang gekehrt. Ich betrat nahezu unbemerkt die Glücksbar. Im Zugangsbereich sorgten zweiarmige Leuchter mit Bienenwachskerzen für Licht, die Tische im Essbereich wurden von Öllampen erleuchtet. Die Luft war erfüllt vom Geruch nach frisch gebackenem Brot, außerdem duftete es verlockend nach Eintopf mit Fleisch. Vermutlich das Tagesgericht, das man in Stätten wie dieser zum Festpreis anbot. Im rückwärtigen Bereich erspähte ich einen großen Saal mit Billardtischen. Vier Soldaten schoben sich an mir vorbei. Mein Blick folgte ihnen. Sie steuerten offenkundig den Spielsaal an. Ich erstarrte. Hinter der Theke lehnte Jérôme Bisset, der Soldat, der mir vor zwei Jahren Julie gebracht hatte. Er stand mit dem Rücken zu mir und trocknete ein Glas ab. Dennoch zweifelte ich nicht einen Moment. Der dunkle Haarschopf, die gerade Haltung, der muskulöse Körper. Ich hielt den Atem an. Auf der Stelle schlug mein Herz heftig, und meine Nackenhaare stellten sich auf. Meine Hände begannen zu zittern. *Zuerst Morel, nun er.* Das Leben meinte es nicht gut mit mir. Es gelang mir nicht, mich zu bewegen. Ich verharrte reglos, gab keinen Laut von mir und verhielt mich so unauffällig wie möglich, um keinerlei Aufmerksamkeit zu erregen. Jérôme Bisset brachte den Soldaten Wein. An einem

Tisch unweit der Theke saßen vier Männer in Begleitung einer Blondine mit tiefem Ausschnitt. Vor ihnen standen Trinkbecher, in der Mitte ein Krug. Die Kerle debattierten aufgeregt miteinander. Mein Instinkt riet mir, endlich kehrtzumachen. Nach wie vor unbemerkt, trat ich einen Schritt zurück. Im gleichen Moment stieß ich gegen einen weichen Körper. Eine Welle der Angst durchfuhr mich.

»Merde! Pass doch auf, wo du hintrittst, du dummes Huhn«, knurrte eine Stimme hinter mir. Ich drehte mich um und erblickte eine kleine, mollige Frau. Aufgrund der grauen Strähnen in ihren braunen Haaren schätzte ich sie auf Mitte fünfzig. Ihr Brusttuch war ein wenig verrutscht. Ihr Korb war zu Boden gefallen und lag jetzt zu ihren Füßen. Birnen und Kürbisse kullerten über den Steinboden. Dazwischen lagen Steinpilze verstreut.

»Entschuldigen Sie, Madame«, stammelte ich flüsternd.

Die Frau stemmte wütend die Hände in die Hüften. Während ich mich bemühte, das Obst und die Pilze wieder einzusammeln, musterte sie mich mit finsterer Miene. Ihr Gezeter hatte für Aufsehen gesorgt, und die Diskutierenden und Bisset blickten alarmiert herüber. Sie alle starrten mich an. Ein rotgesichtiger Mann mit vom Tabak gelblichen Zähnen warf einen anzüglichen Kommentar in meine Richtung. Die anderen begnügten sich damit, breit zu grinsen. Ein Streit unter Weibern, das brachte Abwechslung in ihre Debatte. Die Blondine funkelte mich giftig an. Sie witterte Konkurrenz. Bissets Augen weiteten sich vor Überraschung. Er öffnete den Mund und schloss ihn wieder. Mit hochrotem Kopf legte ich die eingesammelten Obststücke und Pilze in den Korb zurück.

»Was willst du überhaupt?«, bellte mich die Frau an wie ein wütender Wachhund.

»Ich bin auf der Suche nach ehrlicher Arbeit. Alexandre Fabre, der Hufschmied aus der Rue Saint-Claude, meinte, dass man hier eine Küchenhilfe benötigt. Ich soll nach Giselle, der Wirtin, fragen.« Ich kam wieder hoch, reichte ihr den Korb. Sie zog ihn mir grob aus den Fingern, fixierte mich dabei aus schmalen grünen Augen, als wollte sie tief in mein Herz blicken. »So, so. Giselle suchst du also.« Sie machte eine kurze Pause. »Dann sprich mit mir, denn das bin ich.«

Mir schoss das Blut in den Kopf. Ich wünschte, mich in Luft auflösen zu können. Bisset war hinter der Theke hervorgekommen. Verwirrtheit stand ihm noch immer ins Gesicht geschrieben. Er betrachtete mich, als glaubte er, eine Geistergestalt vor sich zu haben. Fehlte noch, dass er mich betatschte, um zu überprüfen, ob es ihm gelang, durch mich hindurchzugreifen. Das war mein Ende!

»Wo kommst du her? Wo warst du? Was machst du hier?«, überhäufte er mich mit Fragen.

Giselle ließ überrascht ihren Blick zwischen uns hin und her wandern. »Du kennst diese dumme Gans?«

»Flüchtig, Maman.« Er machte eine wegwerfende Geste.

Die Hitze in meinem Kopf wurde unerträglich. Maman? Diese Frau war seine Mutter? Giselle, die Wirtin! O Gott! Ich wich unwillkürlich ein Stück zurück. Sie brummte etwas Unverständliches in seine Richtung. »Flüchtig kennst du sie also?« wiederholte sie misstrauisch. So als sei das Wort für sich allein schon eine verfluchte Lüge.

»Sie hat mir vor längerer Zeit aus einer unangenehmen Situation geholfen«, fühlte sich Bisset gezwungen auszuholen.

Seine dunklen Augen flehten mich an, den Mund zu halten. Dem Anschein nach hatte seine Mutter keine Ahnung von seinem Besuch in meinem Haus. Und von Julie.

»Damals war ich noch Soldat.«

Giselle beäugte uns nach wie vor misstrauisch. Vermutlich überlegte sie, in welcher Situation eine halbe Portion wie ich ihrem stattlichen Sohn helfen hätte können. Bisset zog mich unterdessen an einen freien Tisch. Die Wirtin folgte uns, knallte den Korb darauf und setzte sich. »Wer bist du?«

»Isabelle Blanc. Die Tochter eines Goldschmieds, der in der Revolution seinen Kopf verlor, weil er das Recht auf Essen für alle einforderte.« Ich sah sie mit stolz erhobenem Haupt an. »Meine Mutter war eine gütige Hebamme, die den Ärmsten der Armen half, darüber hinaus war sie meine Lehrmeisterin.«

»Du bist also Hebamme«, fasste Giselle zusammen. »Warum willst du dann bei uns als Küchenhilfe arbeiten?«

»Ich war lange Zeit weg, kenne niemanden mehr in Paris, der mich einer Schwangeren empfehlen könnte.«

Ihr hämisches Lachen nahm den gesamten Raum ein. »Ich kann dich gerne empfehlen. Geh dorthin, wo die Dirnen ihre Bastarde gebären und zurücklassen, so sie diese nicht gleich nach der Geburt umbringen.« Ihre Stimme schwoll an, ihre Wut richtete sich gegen die Blondine am Nebentisch. Diese antwortete mit einer vulgären Geste. Ich schwieg und senkte meinen Blick zum Boden, denn ich hatte nicht die geringste Lust auf eine Geschichte über Säuglingsmord.

»Bringst du uns Ärger ins Haus?«, wandte sie sich nun wieder an mich.

»Nein.«

»Maman. Lass es gut sein«, griff Bisset ein.

Seine Mutter wedelte seinen Einwand mit einer Handbewegung weg, als verscheuchte sie lästige Fliegen. »Hältst du dich vor jemandem verborgen?«

Ich zuckte unmerklich zusammen. Giselle machte kein Geheimnis daraus, dass sie mir nicht traute. Und ich würde unter keinen Umständen zugeben, mich in der Küche eines Lokals verstecken zu wollen, auch wenn dem so war. Auf den Straßen, auf dem Weg zu schwangeren Frauen, würde Morel mich eher entdecken als hier. Darüber hinaus hatte ich bis heute keine Prüfung vor einem Gremium aus Chirurgen und Hebammen abgelegt, sondern mich allein auf die Handgriffe und Ratschläge verlassen, die mir meine Mutter beigebracht hatte. Daher fehlte mir die offizielle Lizenz, um als Geburtshelferin arbeiten zu dürfen. Vor meinem Weggang aus Paris war mir das gleichgültig gewesen. Doch seitdem ich wusste, dass Morel die Augen nach mir aufhielt, wollte ich so unsichtbar wie möglich bleiben. Ich durfte absolut kein Aufsehen oder Ärgernis erregen, das ihn auf meine Spur brachte. So war der Plan, den ich jetzt angesichts der plötzlichen Begegnung mit Bisset rasch ändern musste. In diesem Moment schoss mir ein Gedanke siedend heiß durch den Kopf. Was, wenn Morel einen Trick angewandt hatte, um mich endlich aufzustöbern? Was, wenn ich sehenden Auges in seine Falle getappt war und er in der nächsten Sekunde auftauchte? Ich hatte vergessen Alexandre zu fragen, wer ihm von der Stelle als Küchengehilfin erzählt hatte.

Verschwinde!, befahl mir eine innere Stimme.

»Ich muss jetzt gehen«, sagte ich und machte Anstalten mich zu erheben. Bisset packte blitzartig meinen Arm und hielt mich zurück.

»Du brauchst also Arbeit. Das trifft sich gut, denn meine Mutter braucht wahrlich Hilfe. Sie ist eine hervorragende Köchin, aber manche Tätigkeiten fallen ihr mittlerweile schwer. Kartoffel schälen, Töpfe abscheuern, den Ofen heizen und vieles mehr.«

Erst jetzt fielen mir Giselles verkrüppelte Finger auf. Vermutlich Gicht.

»Ich denke, es ist nicht gut, hierzubleiben.« Ich versuchte meine Hand aus Bissets Griff zu bekommen. Es gelang mir nicht. Ein Geräusch verriet, dass neue Gäste eintrafen. Mein Blick flog zum Eingang. Zwei Männer tauchten im Halbschatten auf. Jung, schmale Figur. Waren das Morels Privatsoldaten? Ihre Augen trafen meine. Sie sahen durch mich hindurch, eilten stattdessen zu den Soldaten im hinteren Saal, die sie lauthals begrüßten. Ich atmete unbemerkt erleichtert auf. Bisset ließ langsam meine Hand los, jedoch bereit, jederzeit wieder zuzupacken.

»Ich wusste es! Du versteckst dich vor irgendwem.« Giselle hatte mein Verhalten registriert. »Aber da meinem Sohn anscheinend sehr daran gelegen ist, dass du hier arbeitest, biete ich dir hiermit an, mit der Wahrheit herauszurücken. Danach sage ich dir, ob du bei uns bleiben kannst. Doch sobald ich bemerke, dass du uns belügst …«, sie winkte Richtung Tür, »au revoir!«

Bisset lächelte mich aufmunternd an. Sollte ich meine Bedenken ausblenden und ihm und seiner Mutter vertrauen? Ich senkte den Blick, dachte angestrengt nach. Was sollte ich tun? Ich war völlig durcheinander. Tausend Gedanken wirbelten in meinem Kopf umher.

»Was ist nun?«, fragte die Wirtin ungeduldig.

Ich atmete tief durch, um mich zu beruhigen und hob den Blick. Ich konnte nicht genau erklären, warum, aber ich erzählte ihnen plötzlich alles. Von dem Überfall der Banditen in meinem Haus, meiner Flucht vor Morel, von Georgette, die mich ausbeutete, verprügelte und bestahl. Von dem mühseligen Weg zurück, von Morels Auftauchen in der Rue Saint-Claude und der Angst, ihm wiederum begegnen zu müssen. Anschließend fühlte ich mich erschöpft, aber auch befreit.

Auf Giselles Gesicht lag der Ausdruck tiefen Mitgefühls. Sie legte ihre Hand auf meine. »Verzeih mir meine Grobheit, mein Kind.« Ihr Tonfall klang versöhnlich. Doch mir war klar, dass sie mich unter diesen Umständen nicht bei sich aufnehmen konnte.

»Ich gehe jetzt besser.« Ich machte erneut Anstalten aufzustehen. Bissets Hand zuckte abermals in meine Richtung.

»Du kannst bleiben«, hielt Giselle mich zurück. »Ich sehe meinem Sohn nämlich an der Nasenspitze an, dass er bereits entschieden hat, dich aufzunehmen.«

Ihm schoss die Röte ins Gesicht.

»Ja, bleib«, murmelte er. »Es ist an der Zeit für dich, zur Ruhe zu kommen. Eine Frau, der das Leben so viel Leid zugefügt hat, sollte mehr Freunde haben, denen sie vertrauen kann.« Er sah mir direkt in die Augen.

Konnte ich ihnen wirklich vertrauen? Die Augen Bissets versprachen die Wahrheit zu sagen, verrieten zugleich seinen Zorn über das, was ich durchmachen musste. Überrascht stellte ich fest, dass ich mich in seiner Nähe wohlfühlte. Zudem, welche andere Aussicht hatte ich, jetzt wo Morel wusste, wo er mich finden konnte?

»Zurück zu den Fabres zu gehen scheint mir zu gefährlich«, fuhr er fort, als ob er meine Gedanken gelesen hätte. »Wir müssen auf jeden Fall eine neue Bleibe finden. Warum also nicht gleich hier?«

»Wenn ihr meint, dass ich euch eine Hilfe sein kann. Dann bleibe ich. Verspreche aber, zu gehen, sobald ich zur Gefahr werde«, sagte ich unsicher lächelnd.

»Dann wäre dieser Punkt geklärt.« Ein zufriedenes Lächeln erschien auf Bissets Gesicht. Als sich unsere Blicke trafen wurde ich tiefrot. Ich blickte verlegen zu Boden. Ein Schweigen entstand zwischen uns. Kein unangenehmes. Eher ein vertrautes. Immerhin hüteten wir ein gemeinsames Geheimnis. Julie!

»Glaub aber nicht, dass hier immer so wenig los ist«, unterbrach Giselle die Stille. »Am Abend ist es voll. Und jene, die am Billardtisch ihr Geld verspielen, ertränken ihren Kummer gerne mal in Alkohol. Dann wirst du Jérôme hinter der Theke helfen. Wer sich jedoch nicht zu benehmen weiß, fliegt raus. Ich achte darauf, dass in diesen Räumen nur gespielt wird. Nichts weiter. Wir führen ein achtbares Haus.«

»Das bezweifle ich nicht.«

»Dennoch ist Verschwiegenheit oberstes Gebot. Ich dulde kein Getratsche über unsere Gäste«, erklärte sie.

»Natürlich.«

»Bei uns verkehren gewöhnliche, aber auch vermögende Leute.« Sie nickte zu den jungen Männern, die sich mit den Soldaten mitten im Spiel befanden. »Das lockt Dirnen an wie das Licht die Motten. Achte darauf, dass es nicht zu viele werden«, betonte sie.

»Sie kommen jedoch aus einem anderen Grund, als du

denkst«, setzte Jérôme augenblicklich zu einer Erklärung an. Ihm war der Gedanke, ich könnte meinen, er betreibe ein Freudenhaus mit seiner Mutter, sichtlich unangenehm. »Bei uns trägt man wahre Wettkämpfe aus. Die Huren setzen ein paar Francs auf einen geschickten Billardspieler. Einer, der seine Partie mit Raffinesse aufbaut und den Vorteil nutzt. Das bringt ihnen mehr Geld ein, als sie auf der Straße mit ihrem Körper verdienen. Zumal sie einen Großteil ihren Zuhältern abgeben müssen. Die wiederum ebenfalls bei uns Billard spielen.«

Ein Kerl mit glatt rasiertem Kinn und stechenden Augen rief nach mehr Wein. Seine Hand lag auf dem Knie der Prostituierten, die mir einen abschätzigen Blick zuwarf. Jérôme erhob sich, nahm den leeren Krug und machte sich daran ihn aufzufüllen.

»Solltest du Geschirr zerschlagen, zieh ich dir das von deinem Lohn ab«, sagte Giselle unterdessen. Sie zeigte auf den Korb, als bestätige dieser meine Tollpatschigkeit. »Schlafen kannst du in dem Zimmer unter dem Dach, das kostet einen Sou die Woche.«

Jérôme brachte den vollen Krug zu den Gästen und kam zurück. Ich nahm noch einmal meinen ganzen Mut zusammen und erwähnte mit klopfendem Herzen endlich Julie. Jérôme zuckte kaum merklich zusammen. Giselles Augenbrauen wanderten erneut nach oben.

»Ein Findelkind, das mir vor die Tür gelegt wurde«, behauptete ich rasch, um meine Ehrbarkeit zu bekräftigen. Dabei vermied ich, Jérôme anzusehen. »Sie ist ein braves Mädchen, stört niemanden. Ihr werdet sie fast gar nicht bemerken.« Ich kam mir vor, als pries ich ein krankes Vieh an.

»Dann zieh ich dir zwei Sous für das Zimmer vom Lohn ab«, gab Giselle nach kurzem Zögern ihr Einverständnis. Sie streckte mir die Hand entgegen. Ich schlug ein und hoffte keinen Fehler zu begehen.

»Du fängst um sechs Uhr morgens in der Küche an. Abends gibt es für die Gäste kein Essen. Da kommen sie ausschließlich zum Spielen und Trinken.« Sie schob mir den Korb zu. »Wenn du willst, kannst du dich gleich in der Küche umsehen und das hier einräumen. Ich muss mich jetzt erst mal ausruhen.« Sie erhob sich und schlurfte aus dem Gastraum.

Jérôme führte mich in den hinteren Bereich des Hauses, wo sich die Küche befand. Er erzählte, dass er vor einem Jahr die Armee verlassen hatte. Sein Vater war gestorben, und er konnte seine Mutter unmöglich allein in der Glücksbar lassen. In der Abgeschiedenheit der Küche nahm er meine Hände in seine. »Ich bin froh, dass dich dein Weg zu mir geführt hat.«

»Ich auch«, flüsterte ich, weil ich es in diesem Moment auch so empfand. Dann legten wir das Obst und Gemüse an seinen Platz.

Lautstarke Rufe aus der Gaststube verlangten nach dem Wirt. »Nach dem, was du uns über Morel berichtet hast, wäre es wohl am besten, du machst dich sofort auf den Weg. Hol Julie, und komm noch heute Abend mit ihr hierher. Hier seid ihr sicher.«

»Sind wir das?«

»Vertrau mir, Isabelle!«

Die Rufe wurden lauter. »Und jetzt geh. Ich erwarte dich in spätestens zwei Stunden zurück.«

Als ich zur Rue Saint-Claude zurückkehrte, blieb ich an der Ecke stehen. Mehrmals lugte ich vorsichtig in die Straße, um mich zu vergewissern, dass die Luft rein war. Erst dann hastete ich zum Haus der Fabres und schlüpfte wie ein Schatten über die Torschwelle. Gleich darauf erfuhr ich, dass Jacques Morel tatsächlich bei meinen Freunden aufgetaucht war. »Er tobte wie verrückt«, sagte Alexandre. »Wollte wissen, wo du hingegangen bist, seit wann du wieder in Paris bist und wann du zurückkommst.«

Camille und er hatten für mich gelogen und behauptet, dass ich heute Morgen plötzlich in der Schmiede stand, sie mich jedoch des Hauses verwiesen hätten. Camille ahmte ihren Mann nach, warf empört die Hände in die Luft, kniff dabei die Augen gereizt zusammen und rief theatralisch: »Wir wollen keinen Ärger, und diese Frau bedeutet Ärger. Weiß der Teufel, weshalb die mit einem Mal wiederaufgetaucht ist. Wir haben sie nicht gefragt. Such diese Teufelin woanders!«

Sie und Alexandre lachten aus vollem Hals, vor Freude über das Gelingen dieser Täuschung. Julie hielten sie derweil versteckt. »Sie hat keinen Mucks von sich gegeben«, sagte Camille stolz und strich dem Mädchen sanft über den Kopf.

Ich versuchte in ihre Fröhlichkeit einzustimmen. Doch in Wahrheit trieb mir ihr Bericht kalten Angstschweiß auf die Stirn. Morel befand sich auf der Suche nach mir, das lag auf der Hand. Möglicherweise hatte er den Wirt von gegenüber auf mich angesetzt. Und in diesem Moment war vielleicht bereits ein Spion auf dem Weg, um zu berichten, dass ich wieder bei den Fabres aufgetaucht war. Dieser Gedanke nötigte mich, rasch zu handeln.

Innerhalb weniger Minuten packten wir meine Habseligkeiten zusammen. Mein Herz zersprang vor Traurigkeit, als ich die Tränen meiner Kleinen sah. Ich entriss sie ihren neuen Freunden, trug sie erneut fort in eine ungewisse Zukunft. Wie damals, als ich mit ihr im Arm Paris verließ.

»Albert! Fleurette!« Diese Namen brachte sie inzwischen – wenn auch undeutlich – über ihre kindlichen Lippen. Ebenso »Maman«. Sobald sie diese fünf Buchstaben aussprach und mir ihre winzigen Ärmchen entgegenstreckte, ging mein Herz über vor Rührung.

Ich küsste Camille und Alexandre zum Abschied auf die Wangen. »Eine Weile werden wir uns nicht sehen können. Aber irgendwann bestimmt wieder«, trösteten wir uns gegenseitig. Dann brach ich auf, das Kind auf dem Arm, bestmöglich unter dem Wollschal verborgen.

Julie beruhigte sich zum Glück schnell. In der Rue de l'Ancienne Comédie brach sie bereits in ihr glockenhelles Lachen aus, als sie eine Katze bemerkte. Gleich darauf verzauberte sie Jérôme und Giselle mit ihrem herzlichen Lächeln und ihrem zarten Wesen. Jérôme blickte regelrecht durch mich hindurch, als er sie sah. Seine dunklen Augen verloren sich buchstäblich in einer undurchschaubaren Erinnerung. Brachte diese ihn zur leiblichen Mutter? Hatte er sie geliebt? Die Überlegung, dass er Julie gezeugt haben könnte, kam mir erneut in den Sinn. Zu gern wollte ich endlich Antworten auf die Frage nach ihrer Abstammung erhalten.

Unsere Schlafkammer lag unter dem Dach. Sie war sauber und mit einem Bett, einem halbhohen Schrank, einer Truhe ausgestattet. Die Zeichnungen meines Vaters und den Schmuck meiner Mutter legte ich in die Truhe. Darüber breitete ich ein Schultertuch aus. Später, als Giselle sich in ihre Kammer zurückgezogen hatte und meine kleine Prinzessin tief und fest schlief, wälzte ich mich unruhig hin und her. Zu viele Mutmaßungen kreisten in meinem Kopf. War es Zufall, an diesem Ort zu landen, oder doch Kalkül meines Feindes? War ich zu leichtgläubig? Konnte ich Jérôme und seiner Mutter wirklich vertrauen, oder steckten sie mit Morel unter einer Decke? Da ich kein Auge zubekam, entzündete ich die Kerze, die auf dem Nachttisch stand, und tappte auf Zehenspitzen aus dem Zimmer. Aus der Gaststätte drangen gedämpft Geräusche. Nahezu lautlos schwebte ich die Steinstufen hinunter, blieb im Schutz der Dunkelheit im Türrahmen stehen und beobachtete Jérôme. Er stellte die Stühle auf die Tische und wischte mit einem nassen Tuch den Boden. Die letzten Gäste waren längst verschwunden. Er musste meine Blicke in seinem Rücken gespürt haben, denn plötzlich wandte er sich abrupt um. Einen kurzen Moment sah er schweigend in meine Richtung. Auch ich sagte kein Wort. Er warf das Wischtuch in den Wasserbottich, trocknete sich die Hände ab und schenkte Wein in zwei Gläser. Er bedeutete mir, näher zu kommen. Eine Weile saßen wir uns gegenüber, blickten uns erneut schweigsam in die Augen. Schließlich durchbrach Jérôme die Stille.

»Jede verfluchte Ecke dieser Stadt habe ich nach dir abgesucht.«

»Ich weiß. Du hast meinen Freunden Geld angeboten, wenn sie mich verraten. Warum, Jérôme?«

Er antwortete nicht.

»Wegen Julie?«

Er biss sich auf die Lippen.

»Wer ist sie? Jérôme, rede endlich mit mir!«, bedrängt ich ihn. »Welches Geheimnis verschweigst du? Ich habe vor deiner Mutter für dich gelogen. Es ist an der Zeit, dass du mir die Wahrheit gestehst.«

Auf seinem Gesicht erschien der Ausdruck tiefen Widerstandes.

»Ich habe ein Recht darauf«, sagte ich schließlich mit Nachdruck. »Ich bin Julies Mutter!«

Er sah mich einen Moment lang irritiert an. »Ich kann es dir nicht sagen. Es tut mir leid«, presste er hervor, stand auf, löschte das Licht und ging. Den Wein ließ er unberührt stehen.

20

Anfangs verließ ich nur selten das Haus. Jérôme schlug vor, ihm nicht wie geplant vorne in der Gaststube zu helfen, sondern zunächst in der Küche zu bleiben. Die ersten Wochen sollte ich versteckt bleiben. Nicht, dass sich am Ende herumsprach, dass ich nun in der Glücksbar Unterschlupf gefunden hatte. Doch jeden Tag, den mich Giselle im schnatternden Tonfall herumscheuchte, entfernte ich mich einen weiteren Schritt von meinen Ängsten und meiner Vergangenheit. Ich fasste Vertrauen und wagte mich allmählich heraus aus meinem Versteck, der dunklen Küche. Mit dem alten Ofen, hinter dem die Wand mit dem Abzug bis zur Decke geschwärzt war, mit unzähligen Töpfen, Kesseln und Pfannen, in denen ich jeden Morgen das Tagesgericht zubereitete.

Mitte November fiel der erste Schnee. Die Temperaturen sanken zusehends. In der Gaststube brannte von morgens bis spätabends das Feuer im Kachelofen. Die Schlafkammern blieben kühl, weshalb ich vor dem Schlafgehen einen heißen Ziegelstein in ein Leinentuch schlug und ins Bett legte. Julie entwickelte sich indessen zu einem wahren Sonnenschein. Sie begann in einfachen Sätzen zu sprechen. Sie war ein kluges Mädchen, dem es mit kindlicher Leichtigkeit gelungen war, Giselles Panzer zu durchbrechen, den diese sich im Laufe ihres Lebens zugelegt hatte. Jérômes Mutter trug mir immer häufiger die Rolle der Wirtin mitsamt all ihren Aufgaben auf. Sie genoss stattdessen die Gegenwart des Kindes. Ihren gichtigen Händen gönnte sie anhaltende Pausen, was die Schmerzen linderte. Ich versprach ihr, im nächsten Sommer eine Gichtsalbe aus dem blühenden Geißfuß anzurühren. Das Rezept war mir von meiner Mutter im Gedächtnis geblieben. Sie hatte die Paste regelmäßig angemischt und für einen Sou verkauft. Geld für das Zimmer zog Giselle mir schon seit Wochen nicht mehr von meinem Lohn ab. Jérôme und ich verbrachten tagsüber viel Zeit zusammen. Wir besprachen die anstehenden Arbeiten. Ich kehrte den Boden, er wischte die Gläser trocken. Ich reinigte die Tische, er stellte Fässer hinter die Theke. Ich hängte Wäsche im Hinterhof an die Leine, er hakte Holz. Ich ging zum Markt, er begleitete mich. Seit dem zufälligen Zusammentreffen war Morel weder bei den Bissets, noch erneut bei Camille und Alexandre aufgetaucht.

»Er wird jedoch weiterhin die Augen und Ohren offen halten. Garantiert hat er längst seine Späher nach dir ausgeschickt«, ermahnte mich meine Freundin bei meinen raren Besuchen in der Rue Saint-Claude zur Vorsicht. Nichts würde seine Wut auf mich lindern, außer meine Bestrafung durch die eigene Hand. Ein Glück, dass er mich nicht schon entdeckt hatte.

Wie von Giselle vorhergesagt, traf sich tagsüber lediglich eine Handvoll Müßiggänger zum Billardspielen in der *Bar du Bonheur.* Das Gros der Spieler tauchte erst nach acht Uhr abends auf. Zuhälter, Dienstboten und Soldaten beugten sich dann dicht gedrängt mit den Spielstöcken bewaffnet über den

Tischrand. Regelmäßig gesellten sich hochrangige Offiziere und vermögende Parvenüs unter die Meute und trieben die Einsätze in schwindelerregende Höhen. Je nach Geschicklichkeit landeten die bunten Kugeln dort, wo sie hingehörten. Besonders kunstfertige Männer sagten an, wo sie die Kugel einlochten. Straßenmädchen wetteten auf ihre Favoriten. Wettkampfteilnehmer, die zu spät auftauchten, fanden keinen Platz mehr an den Spieltischen. Sie warteten an einem der vorderen Tische darauf, dass ein Kontrahent verlor oder ihm das Geld ausging, um daraufhin schnell seine Stelle einzunehmen. An manchen Abenden erstickte man förmlich in der abgestandenen, nach Alkohol und Zigarrenrauch stinkenden Luft. Doch wie durch Zauberhand lichtete sich das Gedränge meistens gegen halb elf, und eine Stunde später endete das Gelage. Jérôme erklärte mir die Regeln des Spiels ausführlich. Meinen Fragen nach Julies Herkunft wich er nach wie vor aus. Ich hatte beschlossen, es vorerst darauf beruhen zu lassen. Irgendwann würde er bereit sein, mir die Wahrheit zu verraten. Während ich auf diesen Zeitpunkt wartete, erforschte ich Jérômes Stärken und Schwächen. Zu Letzteren zählten zweifellos seine Gefühle Julie und mir gegenüber. Nahezu täglich merkte Jérôme an, dass ich mehr als eine einfache Küchenhilfe sei. Dass mein Eintopf der beste sei, den er je gegessen hatte. Dass ich das Haus in Ordnung hielte, als wäre es mein eigenes. Dass Julies glockenhelles Lachen und unsere Anwesenheit seiner Mutter Kraft gebe.

Eines Abends, es war Ende November, strömten einige unbekannte Gäste in die Glücksbar. Aus diesem Grund half ich Jérôme hinter der Theke. Ein Offizier und eine Frau, die ihre haselnussbraunen Haare mit einem Samtband in die

Höhe gebunden trug, erschienen kurz nach neun Uhr. Sie wirkten arglos. Doch die Art und Weise, wie sie miteinander sprachen und sich umsahen, verriet mir, dass sie nicht zum Spielen gekommen waren. Sie versuchten unauffällig ihre Köpfe in meine Richtung zu drehen. Mir fiel sofort die gepflegte Eleganz der fremden Dame auf. Das Kleid aus weißem Atlas untermalte ihre Schönheit. Vor vielen Jahren hatten meine Mutter und ich ebenfalls solche Kleider getragen und waren ähnlich kultiviert aufgetreten. Jedoch war dies längst Vergangenheit. Seitdem war jede Menge Blut geflossen. Während die Fremde ihrem Begleiter etwas ins Ohr flüsterte, ließ sie mich nicht aus den Augen. Obwohl der intensive Blick wie zufällig wirkte, zischte Jérôme, ich solle sofort verschwinden. Ich brauchte einen Moment, bis ich begriff: Morel! Sie gehörten zu ihm. Er hatte mich aufgestöbert.

Ich hetzte die Stufen zur Schlafkammer hinauf, als wäre der Teufel hinter mir her, schloss Julie und mich ein, riss einen Span an und entzündete die Kerze neben dem Bett. Mit zitternden Knien wartete ich darauf, dass Jérôme zu mir kam und mit mir sprach. Mich beruhigte. Mir sagte, dass alles in Ordnung sei, dass er sich geirrt habe. Das Interesse der Braunhaarigen nicht mir, sondern ihm gegolten habe. Irgendetwas, dass meine Angst verscheuchte.

Nach einiger Zeit verrieten die Geräusche, die sich von der Gaststube den Weg in meine Kammer suchten, dass Jérôme bereits zusammenräumte. Ich saß seit zwei Stunden auf der Bettstatt, betrachtete Julie beim Schlafen und überlegte, nach unten zu gehen. Doch ich blieb sitzen, unfähig, einen Schritt zu tun, und wartete. Er kam nicht.

Kleine Hände, die über meine Wangen strichen, weckten mich. Als ich die Augen öffnete, erkannte ich schemenhaft Julies fröhliches Engelsgesicht. Vor dem Fenster zog die Morgendämmerung herauf. Ich erinnerte mich nicht, eingeschlafen zu sein. Schwerfällig erhob ich mich. Mein Kopf schmerzte leicht. Julie gluckste. Ich nahm sie auf den Arm und ging nach unten. Am Küchenherd wärmte ich ein wenig Milch und Haferbrei. Jérôme tauchte auf, verschlang sein Frühstück und verschwand wieder, ohne ein Wort zu verlieren. Er wirkte angespannt. Ich war zur Bedrohung geworden. Rasch brachte ich Julie zu Giselle, versicherte, keine Hilfe bei der Arbeit zu brauchen, und überreichte ihr stattdessen ihren Frühstücksbrei. Giselle lächelte. Vermutlich beglückwünschte sie sich inzwischen dazu, mich bei sich aufgenommen zu haben. Offenbar hatte ihr Jérôme noch nicht vom Besuch der Braunhaarigen und dem Offizier berichtet. Ich überließ die beiden sich selbst und stieg die Stufen zur Gaststube hinunter. Jérôme kehrte den Boden. Ich nahm ihm stumm den Besen aus der Hand. »Rede mit mir Jérôme Bisset.«

»Ich will, dass du heute nicht in der Gaststube auftauchst.«

»Was sollen wir tun?«

»Ich lass mir etwas einfallen.«

Ich nickte und ging, um mich dem Eintopf fürs Mittagessen zu widmen. Gedankenverloren legte ich Holzscheite in den Herd, stopfte Zeitungspapier dazwischen, entzündete es und sah zu, wie die Flammen wuchsen. Horchte auf das Knacksen, wenn die Scheite zerbarsten, und zog den Eisensatzring von der Kochstelle. Hängte man den Wassertopf mit den Kartoffeln direkt ins Feuer, kochte das Wasser schneller. In dem Moment hörte ich draußen Schritte. Mein Gehör war von den vielen Bedrohungen der letzten Monate geschult. Ich konnte unterscheiden, vorhersagen, wer sich mir näherte. Ein Tier, Jérôme, Julie, Giselle, Camille, Alexandre. Ihre Gehweise klang je nach Gemütsstimmung oder Begehrlichkeit mal vorsichtig, mal leicht, beschwingt, arbeitsam oder suchend. Jene, die ich jetzt vernahm, dröhnten derb zwischen den Mauern, verhießen Gefahr, gehörten eindeutig einer unbekannten Person. Ein Mann in Stiefeln, wenn ich richtig deutete. Ein Fremder, der in der Küche nichts verloren hatte. Ich griff nach einem Messer, hielt es fest umklammert in Richtung der geschlossenen Tür und wartete, dass der Fremdling auftauchte. Ich war vom Scheitel bis zur Sohle auf Angriff eingestellt. Die Schritte verstummten. Bedrohliche Stille machte sich breit. Dann flog die Tür auf. Ein Kerl tauchte im Türrahmen auf. Mir stockte der Atem. Ich erkannte sofort die Narbe auf der linken Wange! Vor mir stand Morels Handlanger.

»Hier versteckst du dich also!«

Ich stach in die Luft. »Verschwinde.«

»Jacques Morel lässt dich schön grüßen. Er hat Sehnsucht nach seinem Eigentum.« Er grinste überheblich.

Obwohl ich darauf gefasst war, fühlte ich mich benebelt, als hätte mir jemand gegen den Kopf geschlagen. Mein Herz klopfte stechend. Mein Atem ging heftig. Ich versuchte, meine Angst zu kontrollieren, verengte meine Augen zu schmalen Schlitzen, konzentrierte mich auf mein Gegenüber. Jetzt nur nicht in die Knie gehen. Den Griff des Messers fest umklammert, stand ich neben dem Herd, in dem das Feuer loderte. »Noch einen Schritt …«

Morels Gehilfe lachte dröhnend.

»Glaubst du wirklich, ich scheiß mir vor dir in die Hose? Vor einer Hure?«

»Ich bin keine Hure«, zischte ich.

Er fuhr sich mit dem Finger über die Narbe. »Weißt du, woher ich die habe? Vom Schlachtfeld. Im Kampf hat mich einer der verfluchten Österreicher erwischt. Damit war er dem Tode geweiht. Ist nicht viel übrig geblieben von ihm. Was ich dir sagen will: Versuch erst gar nicht, dich mir entgegenzustellen.« Mit einer raschen Bewegung schlug er mir das Messer aus der Hand. Der darauffolgende Faustschlag traf mich heftig mitten ins Gesicht. Ich spürte meine Lippe aufspringen. Mein Kopf knallte gegen die Wand hinter mir. »Ich werde dich lehren, einen ehrbaren Bürger anzugreifen, der gekommen ist, um dir schöne Grüße von deinem Herrn auszurichten.«

Das Herz in meiner Brust drohte zu zerspringen. Meine Beine ließen nach, ich sank auf den Boden. Stumm brüllte ich nach Jérôme.

»Siehst gar nicht aus wie eine Straßendirne, hast dich gut gehalten«, verhöhnte er mich.

In dem Moment drang erneut das Geräusch von Schritten an mein Ohr. Schnelle, hilfebringende Schritte. Jérôme!

»Was willst du hier?«, herrschte er im nächsten Augenblick den Fremden an. »Gespielt wird im Saal. Du hast hier nichts verloren.«

»Das sehe ich anders«, brummte das Narbengesicht. »Diese verfluchte Hure gehört Jacques Morel.«

»Sie gehört niemandem.«

»Und ob, so wie dem Bauern die Milchkuh gehört.«

»Sie ist kein Stück Vieh«, knurrte Jérôme.

»Sie ist Morels Eigentum«, beharrte der Eindringling. »Und ich werde sie jetzt mitnehmen und zu ihm bringen.«

»Hau ab!«, brüllte Jérôme ihn an. »Und lass meine Köchin weiterarbeiten.«

»Köchin«, rief er spöttisch und spuckte aus. »Die ganze Stadt weiß, dass sie eine verfluchte Dirne ist.« Er griff in die Hosentasche und warf mir Münzen vor die Füße. »Drei Francs und ich kann mit ihr machen, was ich will.« Sein Zeigefinger schnellte wie eine Waffe in meine Richtung. »Ihr Vater war zugleich ihr Zuhälter! Wusstest du das? Er hat die eigene Tochter verkauft. Fünfzig Männer in der Woche, da kommt schon etwas zusammen.« Er fuhr sich mit der Zunge über die Lippen. »Weshalb sollte Morel auf so eine gute Einnahmequelle verzichten? Immerhin hat er das Bordell ihres Vaters samt Inventar gekauft.«

»Das ist eine verdammte Lüge!«, schrie ich aus vollem Hals. Es bedurfte keiner Erklärung, wer diese Gerüchte streute. Morel.

»Das Haus in der Rue Saint-Claude war eine verkommene Absteige«, wiederholte der Kerl mit der Narbe. »Morel hat es zu einem aufrechten Wohnhaus für Bürger umgebaut.«

»Dann braucht er dafür ja keine Dirnen mehr«, sagte Jérôme in bedrohlich ruhigem Tonfall.

»Er besitzt ein Maison Close in der Rue des Deux-Portes. Du kannst deine kleine Freundin dort ja mal besuchen. Es ist sehr elegant eingerichtet. Politiker, Edelmänner, ja, sogar Geistliche gehen dort ein und aus. Morel gewährt dir bestimmt Rabatt.«

»Mein Vater war Goldschmied«, hauchte ich, als wäre das noch von Belang in dieser Situation.

Hämisches Lachen war die Antwort. »Vielleicht in einem anderen Leben. In dem es noch Könige und Kaiser gab. Doch danach …« Er machte eine obszöne Geste.

Jérôme ballte seine Hände zu Fäusten. »Verschwinde endlich!«

Morels Schläger ließ sich nicht beirren. Er war mit zwei Schritten bei mir, wollte mich am Arm packen und auf die Beine ziehen. Ich gab einen erschrockenen Schrei von mir, wich ihm aus. Jérôme fixierte ihn mit einer Mischung aus Wut und Verachtung. Dann schnellte auch er nach vorne. Seine Faust krachte auf die Nase des Mistkerls.

»Merde!«, brüllte dieser und wankte leicht. Der Schlag kam für ihn unerwartet. Aus seiner Nase schoss Blut. Er schnappte nach einem Küchentuch, drückte es sich aufs Gesicht. Jérôme packte die freie Hand des Widersachers, drehte sie ihm brutal auf den Rücken, sodass dessen Kopf geräuschvoll auf den Herd knallte. Gefährlich nahe dem Topf mit dem kochenden Wasser. Besonders kampferfahren war der Kerl nicht. Wahrscheinlich hatte er keine Gegenwehr erwartet. Ich rappelte mich auf, fasste nach dem Messer auf dem Boden und drückte es Jérôme in die Hand. Er presste es dem Angreifer fest in den Nacken. Das Gesicht des Kontrahenten war inzwischen hochrot von der Hitze des Herdfeuers. Schweiß vermischte sich mit dem Blut auf seinem Kinn.

»Falls du noch einmal mein Haus betrittst, schneide ich dir die Eier ab. Hast du verstanden?«

Ein schwaches Nicken. Jérôme ließ ihn los. Der Eindringling hob das Tuch auf, presste es sich erneut auf die Nase. Sein Blick wanderte hasserfüllt zwischen uns hin und her, dann fixierte er Jérôme. »Halt in Zukunft lieber die Augen offen. Denn wenn ich dich da draußen irgendwo antreffe …« Seine Hand schnitt knapp vor seinem Hals durch die Luft.

»Da mach dir mal keine Sorgen. In mir steckt noch immer genug Soldat, um mit einem wie dir fertig zu werden.« Jérôme packte ihn am Kragen und zog ihn dicht an sich heran. »Aber merk dir meinen Anblick gut! Es wird das Letzte sein, das du siehst, bevor ich dir deine Eingeweide aus dem Leib reiße.«

Ich hatte Jérôme in der kurzen Zeit, die ich unter seinem Dach lebte, noch nie so wütend gesehen. Sein Gesicht verzog sich zu einer schrecklichen Grimasse, seine Augen blitzten voller Zorn. Er wirkte fremd, Angst einflößend.

»Fort mit dir!« Er trat mit dem Fuß nach dem Angreifer. »Und richte Morel schöne Grüße aus. Er soll das nächste Mal persönlich erscheinen. Ich warte hier auf ihn.«

Morels Gehilfe grinste schief. »Glaub nur ja nicht, dass er allein kommt. Das nächste Mal sind wir mindestens zu fünft. Und dann werden wir auch das Kind mitnehmen.« Mit dieser letzten Drohung machte er kehrt und verschwand endlich. Der Kampf war beendet, und Jérôme war als Sieger daraus hervorgegangen. Ich ließ mich wieder auf den Boden sinken, atmete tief ein und aus. Es würde nicht lange dauern, bis Morel auftauchte, das war so sicher, wie die Sonne morgens aufging. Jérôme setzte sich neben mich. Unsere Finger berührten sich. Flüchtig. Unerwartet. Er drehte sich zu mir, betrachtete mich schweigend, ehe er die Hand hob und mir sanft eine Strähne aus meinem Gesicht strich. Jetzt konnte ich meine Tränen nicht mehr zurückhalten.

Jérôme und Giselle versuchten mich gemeinsam zu überzeugen, dass das Narbengesicht nur leere Drohungen ausgesprochen hatte. Dass sie uns nicht einfach so aus dem Haus zerren konnten. Doch mein Entschluss war gefasst. Während Julie spätabends den Schlaf der Unschuldigen schlief, saß ich im Schein einer Kerze auf dem Bettrand und wartete darauf, dass die Geräusche aus der Gaststätte von unten verstummten. Dann stopfte ich ein paar Francs in die Taschen meiner Kleidungsstücke, die ich zu einem Bündel schnürte. Der Schmuck meiner Mutter befand sich nach wie vor in dem Lederbeutel, den ich mir um den Hals hängte. Julie wickelte ich vorsichtig in ein dickes Schaffell und band sie auf meinem Rücken fest. Wo sie weiterschlief, als wäre nichts geschehen. Die Zeichnungen meines Vaters ließ ich schweren Herzens auf der Truhe liegen. Eine weitere Flucht würde das sensible Papier nicht überleben. Jérôme würde verstehen und sie aufbewahren, da war ich mir sicher. Mit dem schlafenden Engel auf dem Rücken und dem Bündel in der Hand schlich ich die Stufen hinunter. Wie üblich hatte Jérôme den Schlüssel nach dem Absperren im Schloss stecken gelassen. Ich versuchte ihn so geräuschlos wie möglich herumzudrehen.

Jérômes Stimme kam aus der Dunkelheit. »Verschwindest du etwa wieder? Wie damals, vor zwei Jahren.« Er schälte sich aus der Schwärze hervor. Sein Blick fiel auf Julie.

»Noch dazu, ohne vorher genug Essen aus der Vorratskammer einzupacken.«

»Das wäre Diebstahl.«

»Weshalb gehst du?«

»Du weißt, dass es die richtige Entscheidung ist und ich es tun muss.«

»Weglaufen ändert nicht das Geringste, das sollte dir inzwischen klar sein. Es verlagert nur das Problem.« Er klang enttäuscht und zugleich verärgert.

»O doch, es ändert etwas. Sobald Morel erfährt, dass ich weg bin, wird er euch in Ruhe lassen.«

»Morel und seine dunklen Gesellen sind mir gleichgültig. Sollen sie nur kommen.«

»Was willst du tun?«, fragte ich kraftlos. »Jeden verprügeln, der versucht, mich zu ihm wegzuzerren oder behauptet, ich sei eine Hure?«

»Sofern es sein muss.«

»Du hast den Kerl gehört. Er wird zurückkommen. Mit mehr Männern.«

»Ich habe Freunde.«

»Das reicht nicht. Morel wird erst aufgeben, wenn ich wieder verschwunden oder … tot bin. Verstehst du denn nicht? Er hasst mich. Er zehrt von diesem Hass, es ist sein Lebenselixier. Das habe ich inzwischen begriffen. Du und Giselle, ihr seid in Gefahr, solange ihr mich beschützt.« Ich schluckte, spürte, wie mir erneut die Tränen in die Augen stiegen und versuchte, sie zurückzuhalten. Ich musste stark bleiben. Doch ich war so verzweifelt und wusste nicht, was ich tun sollte. Genau deshalb sah ich nur diesen einen Ausweg.

Jérôme schwieg.

»Und wenn es nicht Morels Leute sind, dann kommen andere, um mich zu demütigen.« Ich erzählte von den Männern, die in mein Haus eingedrungen waren, mich bestohlen und fast vergewaltigt hätten. »Alles das gleiche Dreckspack. Sie betrachten uns Frauen als ein Stück Fleisch, an dem sie ihre Wut abreagieren können. Ich läge schon unter der Erde, wenn Alexandre damals nicht aufgetaucht wäre. Ich bin ein Mensch mit Gefühlen, Ängsten, Freuden. Aber ich bin auch eine Waise, zudem eine unverheiratete, mittellose Frau. Das macht mich zum Freiwild, mit dem jeder anstellen darf, wonach ihm der Sinn steht. Und Morel wird das ekelhafte Gerücht, dass ich eine Hure sei und mein Vater mein Zuhälter war, so gut er kann schüren. Bis es alle glauben. Es war keine gute Idee von mir zurückzukommen.« Ich konnte meine Tränen nicht mehr länger zurückhalten. Sie liefen in schmalen Rinnsalen über meine Wangen.

»Wohin willst du gehen?« Er stellte diese Frage nicht, er stöhnte sie, als hätte er Schmerzen.

»Marseille, Avignon oder Lyon. Ich weiß es noch nicht. Auf jeden Fall weit weg von Paris, irgendwohin, wo er mich nicht finden wird.« Ich sah auf den Boden. Jérôme anzusehen machte es mir schwer, meinen Entschluss in die Tat umzusetzen. Meine Schultern sackten kraftlos nach unten. Ich umklammerte das Bündel in meinen Händen fester, um es nicht fallen zu lassen. Mir graute vor der Zukunft, die mir wie ein scheußlicher Abgrund erschien. Bereit, Julie und mich zu verschlingen.

»Das ist Irrsinn. Der Winter hält Einzug, die Temperaturen sinken. Der Schnee fällt bereits in dicken Flocken«, versuchte Jérôme mich eindringlich von meinem Vorhaben abzubringen.

Ich erinnerte mich an die Kälte des vergangenen Winters, die Julie und mich fast alles gekostet hätte. Die Tage, als ich gegen die Schneestürme ankämpfte, mit gesenktem Kopf dem Wind trotzte, das Kind unter meinem Wolltuch an mich gepresst. Stets in Angst, dass sie in meinen Händen erfror.

Der Wind, der über die brachen Felder, zwischen den Gebäuden oder die Ritzen unserer halbverfallenen Verstecke tobte, war so kalt und unbarmherzig, als ob mein Peiniger ihn uns geschickt hätte. Die Erinnerung daran fachte meine Furcht vor dem, was mich da draußen erwartete, weiter an. Aber ich hatte keine Wahl. »Ich muss von hier verschwinden«, seufzte ich unglücklich.

»Musst du nicht.«

»Ich weiß nicht, was ich tun soll«, flüsterte ich. Zurück zu den Fabres zu gehen war unmöglich. Sie wären ebenso gefährdet wie Jérôme und Giselle.

»Geh nicht!« Er trat einen Schritt nach vorne, umarmte mich und Julie. Seine Körperwärme und sein Geruch spendeten mir Trost. In seiner Umarmung lag so viel Zärtlichkeit – und die Sorge, uns erneut aus den Augen zu verlieren. Diesmal für immer.

»Und das sage ich nicht nur, weil der Winter naht«, hauchte er in meine Haare.

Ich wandte mich aus seiner Liebkosung. Er gab mich frei, trat wieder zurück und seufzte, erfüllt von einer Bekümmertheit, die sich schwer in Worte ausdrücken ließ. »Du kannst nicht jedes Mal fortlaufen.« Er streckte seine Hände erneut nach mir aus. Eine verletzliche Geste, die mir einen Stich ins Herz versetzte.

Ich ließ das Bündel in meiner Hand fallen, sah ihn eine Weile durch den Tränenschleier vor meinen Augen hindurch stumm an. Dachte währenddessen an Jacques Morel, der wahrscheinlich genau in diesem Augenblick seine Gefolgsleute einschwor, mich zu ihm zu bringen. Besessen von dem Gedanken, dass ich sein Besitz sei. Ich wusste, dass es eine

Sünde war, einem Menschen den Tod zu wünschen. Doch insgeheim hoffte ich, jemand würde an die Tür klopfen und die Nachricht überbringen, Jacques Morel läge im Sterben. Jérôme nahm meinen Kopf in die Hände und küsste unvermittelt meine Tränen von den Wangen. Unsere Lippen fanden und öffneten sich wie von selbst. Wie wundervoll es sich anfühlte, von ihm geküsst zu werden! Es verschlug mir förmlich den Atem, riss mich fort in einen Schwindel, in dem mein Herz immer schneller und heftiger pochte. Um mich herum drehte sich alles. Langsam löste er sich von mir. Ich betrachtete ihn, als müsste ich mich vergewissern, dass er tatsächlich vor mir stand. Ich wünschte mir, er würde mich erneut küssen, mich noch einmal mitnehmen an diesen bezaubernden Ort ohne Bedrohung und Furcht. Ein Ort, der ausschließlich uns gehörte.

»Geh nicht! Bitte!«, wiederholte Jérôme flehend.

21

Wir schlichen wortlos in meine Schlafkammer zurück, hofften, niemanden zu wecken. Ich legte die noch immer tief schlafende Julie wieder aufs Bett, zupfte die Wolldecke ein wenig zurecht. Sie rollte sich unmittelbar auf dem Laken zu einem Häufchen zusammen und seufzte wohlig. Kein Auge hatte sie aufgetan, keinen Mucks von sich gegeben, während ich sie hin und her getragen hatte. Sie wäre morgens nach meinem Aufbruch an einem fremden Ort aufgewacht, ohne zu begreifen, wie sie dorthin gekommen war. Wie tief und vertrauensselig doch der Schlaf eines Kindes war. Ich hingegen schlief seit unserer langen Wanderung durch Wälder, Dörfer und Städte wie ein Reh. Jederzeit bereit zu flüchten.

Jérôme nahm die Zeichnungen meines Vaters von der Truhe. »Du hättest sie zurückgelassen?«

»Ich wusste, dass sie bei dir gut aufgehoben gewesen wären.«

»Na, wenigstens vertraust du mir in der Sache«, murmelte er und legte sie wieder zurück.

»Die Zeichnungen sind alles, was mir von meinem Vater geblieben ist. Sie zurückzulassen bedeutete, dir mein vollumfängliches Vertrauen auszusprechen. Diesen für mich wertvollen Besitz in deine Obhut zu übergeben. Die Zeichnungen waren ein Versprechen, dass ich zurückkommen wollte, sobald mir dies möglich erschien.«

Er nickte. »Wärst du nur gekommen, um sie dir wiederzuholen oder wärst du wahrhaftig zurückgekommen?«

Ich verstand den Sinn der Frage und hätte gerne etwas Verheißungsvolles geantwortet. Doch ich presste die Lippen zusammen und schwieg.

Jérôme umfasste sanft meine Hand. »Komm, lass uns nach unten gehen und reden.« Der sehnsüchtige Blick zum Bett verriet, dass ihm der Sinn nach etwas anderem stand. Doch er war klug genug, es nicht auszusprechen. Jetzt war nicht der richtige Moment.

Wir verließen die Schlafkammer und stiegen so lautlos wie möglich hinunter in die Gaststube. Ich fror, zog das Schultertuch fester um meine Schultern und setzte mich an den Tisch gleich neben dem Kachelofen. Jérôme befeuerte die noch glimmende Glut und holte Wein herbei. Ich rührte das Glas nicht an, sondern wartete sehnsuchtsvoll auf die Erklärung über Julies Abstammung. In Kürze würde ich mehr über dieses engelsgleiche Mädchen erfahren, das ich meine Tochter nannte. Bald ihre wahre Geschichte kennen und endlich begreifen, weshalb Jérôme sie in mein Haus gebracht hatte. Vor Aufregung hielt ich die Luft an.

»Lass mich zuerst von Julies Mutter erzählen«, leitete er seine Schilderung ein. Sogleich machte er eine Pause, blickte mich schweigend an, ganz so, als wöge er ab, ob das ein passender Beginn war. Ich biss mir auf die Unterlippe und nickte unmerklich.

»Sie war hinreißend, eine strahlende Schönheit, voll Eleganz und Freundlichkeit.« Er stockte. Offenbar schmerzte ihn die Erinnerung an sie. »Kein Kind sollte dort geboren werden, wo Julie zur Welt kam.«

»In einem Bordell?«, entfuhr es mir.

Er schüttelte den Kopf.

»In der Gosse?«

Wieder verneinte er.

»In einem Stall zwischen Schweinen und Rindern?«

Er schwieg.

»Jérôme Bisset«, sagte ich streng. »Sag mir die Wahrheit!«

»In einem Gefängnis.« Er presste die Lippen zusammen.

Schlagartig tauchten die Bilder vom Angriff auf die Bastille am 14. Juli 1789 in meinem Kopf auf. Der Versuch, Gefangene aus dem Staatsgefängnis zu befreien, endete in einem Blutbad. War er Wachsoldat und sie unter den Insassen gewesen? »Ist Julies Mutter eine Diebin? Eine Mörderin?«, fragte ich vorsichtig. Hatte er sich in sie verliebt, sie versteckt, bis ihre gemeinsame Tochter heimlich in einem Verlies zur Welt kam? Ein Säugling weinte, brauchte Nahrung, sorgte für Aufmerksamkeit. Ein zu hohes Risiko in einem Versteck. Hatte er sie deshalb zu mir gebracht?

»Nein.« Er lächelte mich traurig an. »Sie war eine Prinzessin.«

Zuerst verstand ich nicht. »War? Ist sie gestorben?«

»Sie lebt nicht mehr in Frankreich.«

Tröpfchenweise sickerte die Erkenntnis zu mir durch. Das Gefängnis! Er meinte nicht die Bastille oder ein anderes Verlies, sondern den Temple. Ich konnte nicht glauben, was Jérôme mir mitzuteilen versuchte. »Willst du mir sagen, dass Julies Mutter niemand anderes ist als Marie Thérèse? Die Tochter von König Ludwig XVI. und Marie Antoinette?« Ich erinnerte mich an die schöne junge Frau, die ich gemeinsam mit ihrer Ehrendame im Gefängnisgarten spazieren gehen sah.

Er nickte zaghaft, hob den Kopf und sah mir auf einmal fast trotzig in die Augen. »Ja, Marie Thérèse, das einzige Kind der Königsfamilie, das die Revolution überlebte, ist Julies Mutter.«

Wie gebannt starrte ich ihn einen Moment lang an. »Wo ist sie?«

»Vermutlich in Österreich. Sie verließ den Temple in der Nacht vom 18. auf den 19. Dezember 1795 an der Seite des Innenministers. Ich habe es selbst gesehen. Er begleitete sie jedoch nicht auf ihrer Reise, sondern ein Offizier, ein Kammerdiener und eine neu ausgewählte Ehrendame. Man brachte sie unter falschem Namen in einer Kutsche in Richtung der Schweizer Grenze. In der Villa eines Basler Bürgers sollte sie dann übergeben und schließlich nach Wien zu ihrem Cousin Kaiser Franz II. gebracht werden. Was danach geschah, entzieht sich meiner Kenntnis.«

Ich starrte Jérôme verständnislos an. Meine kleine Julie war die Tochter einer echten Prinzessin. »Ma petite princesse.«

»Sie wird, sie darf es nie erfahren. Niemand soll es wissen. Es bleibt unser Geheimnis, Isabelle. Hörst du? Wir können nicht vorhersagen, was man ihr antut, wenn die Wahrheit ans Licht kommt.« Jérôme griff nach meinen Händen, hielt sie fest, bis ich ihm versprach, den Mund zu halten. Dann fuhr er fort. »Wusstest du, dass Robespierre daran dachte, Marie Thérèse zu heiraten?«

»Was für ein absurdes Ansinnen. Er hasste die königliche Familie. Er hasste jeden, den er mit ihnen in Verbindung brachte.« Das Vorhaben kam mir unmöglich vor, und doch … »O Gott! Bitte sag nicht, dass Julie die Tochter dieses Tyrannen ist.« Das konnte nicht sein. Der Mörder meines Vaters durfte einfach nicht der Erzeuger dieses wunderbaren Geschöpfes sein, das friedlich in der Schlafkammer unter dem Dach schlief! Das Holz im Ofenfeuer knackte.

Jérôme schüttelte den Kopf, kippte den Wein in einem Zug hinunter und schenkte sich nach, ehe er fortfuhr. »Ich gehörte zur Wachmannschaft im Temple und war Marie Thérèse zugeteilt. Sie beeindruckte mich vom ersten Tag an. Sie war eine disziplinierte Person, hielt peinlichst Ordnung in ihrem Gefängnis, schrubbte sogar eigenhändig den Boden. Stell dir das mal vor! Putzen, Lesen oder Stricken, das waren ihre einzigen Beschäftigungen«, zählte er auf. Jérôme berichtete von den rechteckigen Flecken, die sie aus einem einzigen Knäuel Garn strickte und dann auftrennte, nur um wieder von vorne zu beginnen. »Zudem ging sie täglich in schnellem Tempo im Zimmer hin und her. Madame Élisabeth, ihre Tante, Prinzessin Elisabeth von Frankreich, hatte ihr aufgetragen, sich in Form zu halten, und das tat sie auch. Möglich, dass ihr das alles half, in der Gefangenschaft nicht verrückt zu werden.« Er machte eine kurze Pause. Als er fortfuhr, war seine Stimme voller Bitterkeit. »Du kannst dir gewiss vorstellen, dass ihre Schönheit und Stärke auch unter meinen Kameraden nicht unbemerkt blieb. Die meisten dieser Männer hassten sie ihrer Abstammung wegen und für das, was sie verkörperte. Darüber hinaus gab es jedoch auch einige, die sie bewunderten, sie schätzten. Die hätten niemals …« Wieder hielt er einen kurzen Moment inne, kippte in einer fast barschen Geste das zweite Glas Wein in einem Zug hinunter. »Es gab Bewacher … Jene, die einen abgrundtiefen Zorn gegen sie und ihre Familie hegten, sahen keine Prinzessin in ihr. Für sie war Marie Thérèse nicht mehr als eine verachtenswerte Person … «, druckste er herum.

»Jérôme, was willst du mir sagen?«

»Einige Kameraden nahmen sich, was sie wollten. Sie dachten, es stände ihnen zu.«

Ich war entsetzt. »Ihr habt ihr Gewalt angetan?«

»Nicht wir. Nicht alle. Manche.« Er sog scharf die Luft ein.

Mein Blick glitt nach oben zur Decke. Mit einem Mal fiel mir Julies Ähnlichkeit mit Marie Thérèse auf. Ich hatte Madame Royale, die Tochter des Märtyrerkönigs, zwar nur ein einziges Mal bei Clotilde, nach der Geburt ihres Kindes, gesehen. Aber das augenfällige blonde Haar und ihre Grazie waren mir in starker Erinnerung geblieben. Etwas, das sie mit Julie verband.

»Wie viele?« Meine Stimme klang belegt.

Jérôme antwortete nicht sofort. Er blickte mich an, als wöge er ab, ob er mir die Antwort zumuten könne.

»Wie viele?«, wiederholte ich frostig.

»Drei oder vier. Ich kann es nicht genau sagen. Es passierte mehrere Male. Ich war nie dabei, man hat mir nur davon berichtet. Andernfalls hätte ich versucht, es zu verhindern. Das musst du mir glauben.«

»Das heißt, du weißt nicht, welcher dreckige, besoffene Nationalgardist sie geschwängert hat«, knurrte ich giftig.

»Nein«, flüsterte Jérôme.

Ich sah ihm an, dass er sich für seine Kameraden schämte. Dass ihm die Demütigung, der Schmerz, den dieses arme Mädchen erlitten hatte, zu schaffen machte. Auch, dass es ihm nicht gelungen war, sie aus den Fängen ihrer Peiniger zu befreien.

»Wie konnte die Schwangerschaft geheim bleiben?«

»Ihre Eltern und ihr Bruder waren tot. Ihre Tante trennte man am 9. Mai 1794 von ihr, sie wurde am 10. Mai hingerichtet. Von da an verbrachte sie ihre Tage in Einzelhaft.«

»Und ihr Soldaten habt zusammengestanden und schön brav den Mund gehalten.« Unbändige Wut kochte in mir hoch. Diese junge, gedemütigte Frau musste die gesamte Schwangerschaft und schließlich die Geburtsschmerzen in absoluter Abgeschiedenheit, ohne Beistand und vermutlich sogar im Beisein ihrer Peiniger durchleben. Ich legte die Stirn in Falten und sah ihn kritisch an. Jérôme senkte beschämt den Kopf, während ich in erbittertem Tonfall fortfuhr. »Dass der Bastard verschwinden sollte, stand natürlich von Beginn an fest. Ein Säugling im Temple wirft Fragen auf, hätte Antworten gefordert. Der Tod des Neugeborenen war demnach vorbestimmt.«

Er straffte den Rücken, hob den Blick und fand den Mut, mir wieder in die Augen zu sehen. »Nicht nur das Kind sollte sterben, auch Marie Thérèse. Man sagte, dass sie, sobald sie die Freiheit erlangt habe, die Staatsgewalt, die ihre Eltern vor der Revolution besaßen, zurückerobern würde. Den Anspruch auf den Thron erheben. Für viele stellte sie daher eine große Gefahr dar.«

»Wie sollte sie das anstellen? Die weibliche Erbfolge ist in Frankreich ausgeschlossen«, hielt ich dagegen.

»Auf indirektem Weg, etwa über eine Heirat«, entgegnete er. »Schon Marie Antoinette hatte Marie Thérèse dem Herzog von Angoulême zugedacht. Dieser lebt zwar seit 1789 im Exil in Schottland, doch eine Vermählung mit Marie Thérèse würde ihn zum König von Frankreich machen – und sie zur Königin. In einschlägigen Pariser Zirkeln feierte man die beiden bereits als solche. Um das von vornherein zu verhindern, sollten alle Österreicher verschwinden, ausgelöscht werden auf französischer Erde. Das betraf auch Julie.«

Ich wollte ihn nicht fragen, mit welchen Mitteln man geplant hatte, dieses Vorhaben in die Tat umzusetzen. Allein der Gedanke widerte mich an.

Er schluckte. »Man erzählt sich, dass Marie Thérèse nach wie vor betont, Französin zu sein. Sie ist eine Patriotin, die trotz aller Widrigkeiten mit jeder Faser ihres Herzens Frankreich zugetan ist und mit allen Mitteln aus dem Exil in Österreich zurückkehren will.«

Wir schwiegen eine Weile reglos und blickten einander an. Ich nahm einen Schluck Wein.

»Warum hast du Julie zu mir gebracht?«

»Marie Thérèse flehte mich an, das Kind am Leben zu lassen. Sie flüsterte mir heimlich den Namen deiner Mutter zu. Sie war sich sicher, dass ich deine Mutter finden und dass diese ihr Kind aufnehmen würde. Immerhin hatte sie den Ruf, die beste Hebamme von Paris zu sein. Man schätzte sie hoch in Adelskreisen.«

Ich nickte traurig. »Dass sie zwischenzeitlich gestorben ist, wusste die Prinzessin offenbar nicht.«

»An ihrer Stelle habe ich dich gefunden.«

»Und deine Kameraden?«

»Sie dachten, ich hätte das Problem in ihrem Sinne gelöst.«

Ich stützte die Ellbogen auf den Tisch, faltete die Hände wie zum Gebet.

»Jetzt kennst du die Wahrheit.« Er wirkte verunsichert. Wartete nach seiner Beichte auf Vergebung oder Bestrafung.

»Danke, dass du es mir erzählt hast.«

»Du hast mich oft genug darum gebeten.« Ohne die Augen von mir abzuwenden, umschloss er meine gefalteten Finger mit seinen. Ich ließ es gerne geschehen. In der Berührung lag etwas Tröstendes.

»Ich will dich nicht wieder verlieren.« Sein intensiver Blick war kaum zu ertragen.

»Hast du sie wissen lassen, dass Julie lebt?«

»Ja.«

Ich lächelte. Marie Thérèse wusste, dass sich ihre Tochter in Sicherheit befand. Seitdem Julie in meinem Leben war, verstand ich, wie stark die Liebe einer Mutter sein konnte. Für Julie würde ich alles tun, sogar sterben. Der Gedanke, dass ihr etwas zustoßen könnte, war für mich kaum zu ertragen. Erneut kam mir die Bedrohung in den Sinn, die uns umgab, und ich flüsterte den Namen, den ich das gesamte Gespräch über verdrängt hatte. »Morel. Er hat sich nicht in Luft aufgelöst.«

»Ich werde nicht zulassen, dass er dir etwas antut.«

»Wie willst du das verhindern?«

Jérôme ließ meine Hände los, erhob sich, umrundete den Tisch und zog mich auf die Beine. Dann nahm er mein Gesicht in beide Hände, sodass ich ihm direkt in die Augen sehen musste.

»Isabelle Blanc«, sagte er. »Heirate mich!«

22

LEA

Paris, August 2019

Es war zwei Uhr morgens, als Lea den letzten Satz der Aufzeichnungen gelesen hatte. Die Weinflasche war geleert, ihr Kopf voller Bilder. Einen Moment lang sagte keiner ein Wort. Das Gelesene musste erst gänzlich bei Lea ankommen. Im August vor über zweihundert Jahren hatte Isabelle nach ihrer Rückkehr in der Rue Saint-Claude gestanden und ihr ehemaliges Wohnhaus betrachtet. So wie sie und Elias gestern.

Obwohl wir aus unterschiedlichen Epochen stammen, fühlt sich die Hitze in der Stadt bestimmt gleich an, dachte Lea.

»Wahnsinn«, flüsterte Elias plötzlich beeindruckt und unterbrach die Stille. »Marie Thérèse hat zeitlebens nicht über ihre Erfahrungen in der Gefangenschaft gesprochen oder Einzelheiten darüber preisgegeben.«

Mit einem Mal sprang er aus dem Bett und begann aufgeregt im Zimmer auf und ab zu gehen. »Natürlich vermutete man, dass sie während ihrer Zeit im Gefängnis gedemütigt, misshandelt und vergewaltigt worden war. Auch eine Schwangerschaft und Geburt haben Historiker nicht ausgeschlossen. Doch niemand konnte stichhaltige Beweise dafür finden.« Er blieb abrupt am Bettende stehen und zeigte auf das Manuskript. »Das hier ist eine Sensation, Lea. Es belegt, wie weit die Belästigungen gingen, dass sie tatsächlich vergewaltigt wurde, und dass sie als Folge davon ein Kind zur Welt gebracht hat. Dieses Kapitel in ihrem Leben muss neu geschrieben werden.« Er klang wie ein Goldgräber, der auf eine Goldader gestoßen war.

»Ich bezweifle, dass das in ihrem Interesse ist«, merkte Lea leise an. »Andernfalls hätte sie es doch irgendwann erwähnt oder niedergeschrieben.«

Elias überhörte sie bewusst. Natürlich konnte dieses für einen Historiker schwache Argument seine Euphorie nicht bremsen. Er war Geschichtsforscher, kein Ethiker. Er sah auf die Uhr. Vermutlich wog er ab, ob es angebracht war, Gerhard um diese Uhrzeit noch anzurufen.

»Was sagst du?« Offenbar hatte er die Idee zu telefonieren verworfen.

Lea überlegte, wie sie ausdrücken sollte, was sie empfand. Ihre Gefühle schlugen Purzelbäume. Natürlich begriff sie, welch historisch wertvolle Lektüre da vor ihr lag. Doch es schnürte ihr das Herz zu bei dem Gedanken, dass man Julie ihrer wahren Identität beraubt hatte. Die Tochter einer Hebamme und Küchengehilfin, die in Wahrheit eine Prinzessin, eine Königin, war. Auch die Tatsache, dass die Peiniger ihrer Mutter sie bereits im Mutterleib zum Tode verurteilt hatten, stimmte sie traurig. »Sie war ein Kind, das es nie gegeben hat. Das ist schrecklich.«

»Doch genau dieser Umstand hat ihr das Leben gerettet«, erwiderte Elias. »Jérôme hat sie zu Isabell gebracht. Ein anderer Soldat hätte sie mit einem Stich ins Herz getötet, sie in die Seine geworfen oder auf andere Weise umgebracht. Niemand hätte die Kleine vermisst, geschweige denn je erfahren, dass sie zur Welt gekommen war.«

»Warum hat Marie Thérèse nie über die Zeit in der Gefangenschaft gesprochen, von dem Missbrauch erzählt? Warum hat sie ihre Tochter nicht zu sich geholt? Immerhin war ihr daran gelegen, dass ihr Kind am Leben bleibt.«

»Sie wusste doch nicht, wo das Kind war.«

»Sie hätte Jérôme suchen lassen und ihn fragen können.«

Elias zuckte mit den Achseln. »Genau kann ich dir das nicht erklären. Vermutlich war ihr Verhalten ihrer königlichen Erziehung geschuldet. Julie war ein – entschuldige den Ausdruck – Bastard. Entstanden aus einer Vergewaltigung durch einen Soldaten. Keine optimalen Voraussetzungen, um sie ins österreichische Kaiserhaus ihres Cousins mitzubringen. Zudem war Marie Thérèse mit Sicherheit tiefst traumatisiert. Ich meine, sie war ein junges Mädchen, als ihre Eltern und ihre geliebte Tante am Schafott hingerichtet wurden. Wie und wann ihr Bruder, der eigentliche Thronfolger, zu Tode kam, weiß man bis heute nicht genau. Sie blieb nach dem Tod ihrer Familie noch lange Zeit in Haft und wurde danach zum Spielball der Geschichte. Österreich und Frankreich führten Krieg. Falls du nun glaubst, ihr Cousin, Kaiser Franz II., hätte sie aus familiär-sentimentalen Gründen nach Wien geholt, irrst du dich.«

Lea schüttelte unsicher den Kopf. »Hat er nicht?«

»Keineswegs«, fuhr Elias fort. »Seine Begeisterung hielt

sich sehr in Grenzen. Ihre, nach Österreich zu kommen, übrigens ebenso. Der Kaiser hatte im April 1793 ein französisches Angebot abgelehnt, das die Hinrichtung von Marie Thérèses Eltern sowie ihre eigene Haft verhindert hätte. Jedoch begriff der Kaiser, dass seine Cousine ihm jetzt von Nutzen sein konnte. Zum einen war sie ab dem Zeitpunkt ihrer Volljährigkeit die einzige Erbin der Vermögenswerte. Und wir sprechen hier von einer beachtlichen Summe in Millionenhöhe, die, wie du weißt, Marie Antoinette und König Ludwig XVI. nach Brüssel und London …« Er unterbrach sich, warf Lea einen scheuen Blick zu.

»Sag's ruhig! Transferiert haben.« Sie lachte.

Elias grinste. »Mithilfe eines ranghohen Offiziers gelangte ihr Vermögen dann nach Österreich. Zum anderen dachte der Kaiser daran, Ansprüche auf Grenzprovinzen geltend zu machen, wie etwa das von Frankreich annektierte Königreich Navarra, das die weibliche Thronfolge eingeführt und nicht ausdrücklich abgeschafft hatte. Auf diese Weise hätte seine Cousine Madame Royale tatsächlich durch die Hintertür den französischen Thron besteigen können. Für den Fall einer Thronbesteigung suchte er auch gleich den passenden Ehemann aus. Seinen Bruder, Erzherzog Karl von Österreich-Teschen.«

Lea war fasziniert. In Elias Augen lag trotz der späten Stunde kein Fünkchen Müdigkeit. Die Entdeckung entfachte ihn förmlich.

»Darüber hinaus traute man seinerzeit einer Frau nicht zu, ein derartig großes Vermögen zu verwalten. Obendrein eine, die mehrere Jahre in Gefangenschaft verbracht hatte. Und so kam Marie Thérèse nach langen, zähen Verhandlungen im

Januar 1796 nach Wien. Man brachte sie im Leopoldinischen Trakt der Hofburg unter, der übrigens heute der Amtssitz des Bundespräsidenten ist.«

»Ich weiß«, sagte Lea augenrollend. »Aber danke für die Belehrung.«

»Die Fäden nach Frankreich durchtrennte man, indem Marie Thérèses französische Begleiter sie in der Schweiz verlassen mussten und sie genötigt war, ohne Letztere nach Österreich zu reisen«, fuhr er unbeirrt fort. »Sie bekam österreichisches Personal zugewiesen. Der Kaiser erlaubt ihr lediglich, ihren Hund Coco zu behalten. Und Madame Royale räumte ihrerseits gleich zu Beginn einen Irrglauben aus. Sie verdeutlichte, dass sie nicht im Geringsten beabsichtigte, Erzherzog Karl zu heiraten. Dieser Plan des Kaisers war Marie Thérèse durch ihre Tante, Erzherzogin Elisabeth, zu Ohren gekommen. So machte sie Franz II. tatsächlich einen gewaltigen Strich durch die Rechnung. Schließlich heiratete sie am 10. Juni 1799 gegen dessen Willen ihren französischen Cousin Louis-Antoine d'Artois, den Herzog von Angoulême.«

Elias setzte sich wieder zu ihr aufs Bett. Ihre Finger berührten sich zart. Er schien es nicht zu bemerken, tippte auf die Zettel auf der Bettdecke.

»Jérôme spricht diese Befürchtungen der französischen Revolutionäre in den Aufzeichnungen an. Er hatte vollkommen recht. Durch eine strategische Hochzeit wäre es der Prinzessin tatsächlich möglich gewesen, den Thron zu besteigen. Und ehrlich gesagt, richtete sie ihr Leben im Exil auch dahingehend aus. Sie wusste, dass jene, die dem alten Regime nahestanden, sie als zukünftige Königin anerkannten. Trotz allem, was ihr zugestoßen war, wollte sie zurück in ihre französische Heimat. Sie setzte sich für die restlose Wiederherstellung der Monarchie in Frankreich ein und spielte eine wichtige Rolle während der Restauration. Selbst als Napoleons Stern aufging, war sie überzeugt davon, bald wieder in die Heimat zurückkehren zu können.«

Lea schmunzelte innerlich. Wie Elias strahlte, sobald er sich gedanklich in die Vergangenheit katapultierte. Ob seine stahlblauen Augen ebenso glänzten, wenn er über sie sprach? Sie gähnte unfreiwillig und hielt sich rasch die Hand vor den Mund.

»Entschuldige bitte.«

Elias Ausführungen fesselten sie durchaus, seine Euphorie teilte sie ebenfalls. Sein ausführliches Geschichtswissen begeisterte sie. Trotzdem, langsam übermannte sie die Müdigkeit. Und die Geschichte von Marie Thérèse beantwortete noch immer nicht, wie das Collier in den Besitz ihrer Familie gekommen war. Das erschöpfte sie obendrein. Auf unbestimmte Weise fühlte sich dies wie eine Niederlage an. Würden sie überhaupt jemals Licht ins Dunkel bringen? Oder verrannte sie sich schon wieder in eine Idee, die sie nicht zu Ende bringen würde? Wie den Betriebskindergarten. Der Vergleich hinkte, drängte sich ihr dennoch auf.

»Tut mir leid. Ich habe ganz vergessen, wie spät es ist. Lass uns schlafen.« Er schwang die Beine vom Bett, nahm die Zettel von der Bettdecke, legte sie auf den Tisch und ging zur Tür. »Obwohl ich bestimmt kein Auge zumache.«

Dann bleib bei mir, lag es Lea auf der Zunge. Sie wünschte sich, dass er zurückkäme, sich neben sie läge, sie fest umarmte und sie gemeinsam einschliefen. Doch das getraute sie sich nicht direkt auszusprechen, aus Angst vor einer Abfuhr.

Dabei gehörte Elias offensichtlich zu der Spezies Mann, der man geradeheraus ins Gesicht sagen musste, dass man ihn attraktiv fand. Ihm selbst schien es nicht aufzufallen, wenn sich eine Frau für ihn interessierte. Möglicherweise war er aber auch vergeben. Oder sie war einfach nicht sein Typ. Anzeichen für eine andere Frau gab es jedenfalls nicht. Kein langes Telefonat, kein Bild in seiner Brieftasche. Zumindest war ihr keines aufgefallen, als er im Bistro bezahlt hatte.

»Ob sie Ja gesagt hat?«, hielt sie ihn zurück.

Elias blieb mit der Hand auf der Türklinke stehen, runzelte fragend die Stirn.

»Isabelle«, präzisierte Lea.

»Das lässt sich gewiss herausfinden.«

»Er hat sie zweifellos geliebt. Sie ihn auch?«

»Ich weiß es nicht. Wir werden es wissen, sobald Gerhard die restlichen Aufzeichnungen schickt.« Er schenkte ihr einen verständnisvollen Blick. »Bist du enttäuscht?«

»Weshalb?«

»Weil wir im Grunde genommen nichts Neues über das Collier herausgefunden haben. Eigentlich sind wir ja deshalb gekommen.«

»Du meintest, es befand sich unter den Schmuckstücken, die Marie Antoinette mitsamt dem Geld außer Landes geschafft hat«, erwiderte Lea anstatt einer Antwort.

»Ja.«

»Dann haben wir doch zumindest eine Spur. Aber bitte sag nicht, dass wir morgen nach London und danach nach Brüssel fliegen müssen, um es herauszufinden«, witzelte sie.

Er lachte. »Wieso? Hast du von dort etwa bereits Kühlschrankmagneten?«

»Für einen Historiker bist du ganz schön reiselustig.«

»Hast du etwa noch nie Indiana Jones gesehen?«

»Der ist Archäologe.«

Elias zuckte gleichgültig mit den Achseln.

»Wie auch immer«, gab sie sich geschlagen. »Ich weiß nicht, was Historiker so verdienen. Ich bin jedenfalls arbeitslos und kann mir keine weiteren Magnete mehr leisten«, erinnerte sie ihn. »Außerdem hat man Marie Thérèse doch nach Wien gebracht, und auch der Schmuck kam am Ende nach Österreich.«

»Das stimmt! Trotzdem lebte sie mit ihrem Ehemann und dem Gefolge nach der Heirat überall und nirgendwo«, entgegnete er. »Etwa im Schloss Mitau in Lettland, das zu der Zeit zum Russischen Reich gehörte, oder im Schloss Lazienski in Warschau. Auf dem Weg dorthin musste sie übrigens aufgrund von Geldmangel Schmuck verkaufen.«

»Das wird ja immer besser. Dann lass uns doch diesen Weg verfolgen und schauen, ob wir irgendwo Hinweise auf das Collier finden«, schlug Lea scherzhaft vor. Ihre Augenbrauen wanderten bedeutungsvoll nach oben. »Jetzt mal im Ernst, gestorben ist sie doch in Österreich. Folgen wir dem Vermögen erst einmal dorthin. Mit einem Wort, lass uns zu Hause danach suchen.«

»Es gibt noch weitere Aufzeichnungen«, entgegnete Elias. »Sobald Gerhard diese übersetzt hat, erfahren wir mehr.«

»Ja, das tun wir.« Sie lächelte müde. Obwohl sie es vor ihm zu verbergen versuchte, bemerkte Elias die Enttäuschung in Leas Stimme.

»Gute Nacht, Lea.«

»Gute Nacht.«

Als sich die Tür hinter ihm schloss, schob sich Lea schläfrig vom Bett. Rasch zog sie ihren Pyjama an und schlüpfte unter die Decke. In dem Moment fiel ihr ein, dass sie das Foto mit dem Gemälde noch nicht an ihre Mutter geschickt hatte. Sie griff nach ihrem Handy auf dem Nachttisch, wählte zwei Bilder aus und schickte sie über WhatsApp ab. Ihr Blick wanderte zum Kopfkissen, an dem Elias beim Lesen gelehnt hatte. Sie drückte es an ihr Gesicht und sog mit geschlossenen Augen seinen Duft ein. Schmetterlinge regten sich in ihrem Bauch.

Verdammt noch mal, Lea Roth. Dich hat's aber ordentlich erwischt. Mit diesem Gedanken schlief sie ein.

23

GLORIA

Rosenheim, August 2019

Gloria hatte sich bereits an Sabines Anwesenheit gewöhnt, dabei war ihre Schwester erst vor vier Tagen angereist. Es fühlte sich jedoch an, als wäre sie schon immer da gewesen. Das erstaunte sie. Bei der Morgenrunde mit den Hunden hatte sie frische Eier vom nahe gelegenen Bauernhof mitgenommen. Sie sperrte die Haustür auf, streifte die Straßenschuhe ab und schlüpfte in die Pantoffeln. Rasch führte sie die Vierbeiner auf direktem Weg durch den Flur in den Innenhof. Als sie die Küche betrat, deckte Magda gerade den Frühstückstisch. Gloria stellte die Eierschachtel auf die Anrichte und ging ihr zur Hand. »Ich füttere gleich auch noch die gesamte Meute.«

»Mach das«, antwortete Magda und entnahm der Schachtel drei Eier, die sie in den Eierkocher steckte.

Sie hörten Sabine die Stufen herunterkommen.

»Lea hat heute Nacht Fotos geschickt!«, rief sie aufgeregt. Sie zeigte ihnen auf dem Handy ein Gemälde von Marie

Antoinette, das Collier aus dem Familienerbe um den schlanken Hals. »Das hängt in Versailles.«

»Das ist ja aufregend«, meinte Magda, während sie das Foto eingehend betrachtete.

»Eigenartig, die Kette am Hals der französischen Königin zu sehen«, sagte Gloria. »Zu wissen, dass sie mal ihr gehört hat, ist das eine. Sie dann tatsächlich an ihr zu betrachten ist schon etwas ganz anderes.« Ein eigentümliches Gefühl regte sich in Gloria. Stolz war das falsche Wort dafür. Ehrfurcht, ja, das traf es besser. Auf einmal bereute sie es, das Collier so gut wie nie aus dem Safe genommen zu haben.

»Ich bin, ehrlich gesagt, überrascht, dass Lea die Suche nach der Geschichte des Colliers wirklich durchzieht«, merkte Sabine an.

»Wieso?«, fragte Gloria.

»Es ist schon vorgekommen, dass sie ein Vorhaben mittendrin abgebrochen hat.«

»Vermutlich waren ihr diese Ideen nicht wichtig genug, um dranzubleiben und sie mit aller Kraft zu realisieren. Oder die Hindernisse waren zu groß«, entgegnete Gloria. »Das wird in dem Fall nicht passieren. Da bin ich mir sicher.«

»Darauf trinken wir«, entschied Magda, schenkte Kaffee ein und reichte die Tassen herum. Sie stießen an, als hielten sie Sektgläser in der Hand.

»Zusätzlich begleitet sie ein Mann, der, nebenbei bemerkt, ein Meister des Durchhaltevermögens ist. In erster Linie, wenn es sich um historische Belange handelt. Dass er dazu auch noch gut aussieht, spornt sie vielleicht darüber hinaus an«, merkte Gloria anschließend augenzwinkernd an.

»Du denkst, Lea und Elias könnten sich … ?« Sabine betrachtete ihre Schwester skeptisch. Sie überlegte, ob Gloria sie mit der letzten Bemerkung auf den Arm nehmen wollte.

»Denkbar wär's. Zwei junge gut aussehende Menschen, gemeinsam in Paris«, stieß Magda ins gleiche Horn. »Wobei, so zurückhaltend wie mein Enkel ist, müsste schon Lea den ersten Schritt tun.«

Sabine kniff misstrauisch die Augen zusammen. »Ihr wollt die beiden aber nicht verkuppeln, oder?«

»Wie sollte uns das denn gelingen? Nein, bei den jungen Leuten mischen wir uns lieber nicht ein.« Magda stellte die leere Kaffeetasse wieder auf den Frühstückstisch zurück. »Trotzdem könnte Lea Elias gefallen. Nicht nur, weil sie hübsch ist, sondern auch, weil sie mehr über die Geschichte der Kette herausfinden möchte. Frauen, die sich so wie er für Vergangenes begeistern, wecken nun mal sein Interesse.«

»Meint ihr? Mir hat sie ihn ja noch nicht mal vorgestellt.«

»Wieso sollte sie?«, fragte Gloria ehrlich überrascht. »Sie kennt ihn doch selbst kaum.«

»Aber offenbar gut genug, um gleich mit ihm nach Paris zu fliegen.«

»Die beiden sind geflogen, um dem Geheimnis eines Colliers auf die Spur zu kommen.«

»Das klingt, als wären sie auf geheimer Mission, so wie James Bond.«

Der Eierkocher summte. Um sich die Finger nicht zu verbrennen, nahm Magda sie mithilfe eines Topflappens heraus, setzte sie in die Eierbecher und stellte diese auf den Tisch.

»Solange wir keine andere Information haben und es dein Mutterherz beruhigt, kannst du ihren Aufenthalt in Paris einfach als Geschäftsreise betrachten, Sabine. Falls mehr daraus wird, werden sie es uns schon sagen.« Gloria beendete die Debatte und machte sich auf, endlich die Tiere zu füttern, die garantiert bereits ungeduldig auf sie warteten. Während sie ihnen einen Moment lang beim Fressen zusah, überlegte sie, ob es tatsächlich passieren könnte, dass sich die beiden ineinander verliebten. Sie hatte das nur so dahingesagt. Doch der Gedanke gefiel ihr. Sie lächelte. Wozu eine Kette imstande war. Zuerst die Versöhnung mit ihrer Schwester, jetzt möglicherweise eine Liebesbeziehung. Sie selbst hatte mit dem Schmuckstück gelebt, als gehörte es ihr nicht. Hatte es weggesperrt, als trüge es die Schuld am Zerwürfnis mit ihrer Familie. »Tja, so ein Collier kann auch verbinden«, murmelte sie beseelt in Richtung der Tiere, die ihr allerdings nicht zuhörten.

»Was wollte Lea als Kind werden?«, hörte sie Magda fragen, als sie zurückkehrte.

»Astronautin, Ärztin, Zoobesitzerin, Goldschmiedin, feine Dame und Abenteurerin. Am besten alles auf einmal«, lachte Sabine, während Gloria sich die Hände wusch und zu ihnen an den Frühstückstisch gesellte. »Ich denke, sich nicht für eine Sache entscheiden zu können ist ihre Schwäche. Zugleich liegt aber auch hier ihre Stärke. Sie ist nach allen Seiten offen. Ein Rückschlag bringt sie nicht sofort aus dem Gleichgewicht.«

»Falls es etwas über den Weg der Kette in unsere Familie herauszufinden gibt, dann wird ihr das gelingen«, entschied Gloria. »Sie ist zielstrebig. Das hat sie bei ihrem Besuch bei uns auf dem Hof eindrucksvoll bewiesen.«

Magda nickte zustimmend.

»Warum haben wir beide eigentlich nie geforscht?«, fragte Sabine. »Es gab mal eine Zeit, da hat uns das Collier durchaus interessiert.«

»Ja, weil es einst Marie Antoinette gehört hatte. Aber das war irgendwie nur so eine Phase.«

Es läutete an der Haustür. Die Hunde bellten. Gloria runzelte fragend die Stirn.

»Erwarten wir jemanden?«

»Veronika wollte vorbeischauen. Sie will Sabine kennenlernen«, erklärte Magda und fügte hinzu, dass es sich bei der Besucherin um ihre Schwiegertochter handelte. Dann verschwand sie, um die Tür zu öffnen. Zuerst tauchten die Hunde auf. Sozusagen als Vorboten des Gastes, die dahinter gemeinsam mit Magda die Küche betrat und gleich darauf Sabine herzlich die Hand schüttelte. Dabei beäugte sie abwechselnd Sabine und Gloria eingehend. Wahrscheinlich suchte sie nach Ähnlichkeiten.

»Welch prachtvolle Paradeiser Sie da haben«, sagte Sabine und zeigte auf den Korb, den Veronika im Arm trug.

Paradeiser. Noch so ein Wort, das Gloria seit Jahrzehnten nicht mehr gehört hatte.

Veronika vermeldete im stolzen Tonfall, dass sie fünf unterschiedliche Sorten Tomaten in ihrem Garten anbaute. »Dieses Jahr war die Ernte besonders ergiebig. Wir wissen gar nicht wohin damit.«

Sabine berichtete daraufhin von ihrem Grundstück in Neuwaldegg und dem Gemüse, das sie dort anpflanzte. Ein kollektives Thema war gefunden. Das Gespräch plätscherte dahin. Magda legte, wie es nun mal ihre Art war, in Windeseile ein zusätzliches Gedeck auf. Sabines Blick wanderte während der Unterhaltung immer wieder unsicher zu Gloria. Der Garten im siebzehnten Bezirk war einmal ihr gemeinsames Zuhause gewesen. Ein Ort mit Erinnerungen, an dem die große Schwester die Hände der jüngeren hielt, als diese die ersten Gehversuche unternahm.

Nach einem ausführlichen Frühstück und einem ebensolchen Gespräch verabschiedete sich Veronika wieder. Sabine war genug beäugt und für gut befunden worden. Jetzt würde sie ihrem Mann, den Nachbarn und der halben Welt über die wiedergefundene Verwandte berichten. Gloria schlug Sabine vor, eine Runde mit den Hunden zu drehen, ehe sie sich zurück auf den Weg nach Wien machte. Magda begriff, dass Gloria die Zeit vor dem Abschied allein mit ihrer Schwester verbringen wollte. Magda verbat ihnen, beim Tischabräumen zu helfen. Sie wedelte sie mit einer ungeduldigen Handbewegung aus der Küche. »Wir stehen uns nur im Weg.«

Im Flur griff Gloria nach den Schleppleinen. Unmittelbar tauchten die Hunde auf, bereit zum Anleinen. Während sie sich in gemächlichen Schritten vom Hof entfernten, schwiegen sie. Vor dem Haus drückte Gloria ihrer Schwester die Leine von Donald in die Hand. Danach schlug sie einen anderen Weg ein als am Morgen. Sie mied den Ortskern und blieb lieber auf den menschenleeren Nebenwegen.

»Ich bin froh, dass du gekommen bist, Sabine«, sagte sie, nachdem sie ein paar Meter gegangen waren.

»Ich bin froh, dass ich hergefahren bin.« Sie sah Gloria verschmitzt von der Seite an. »Die Entscheidung, das Collier zu Lebzeiten weiterzugeben, ist dir bestimmt nicht leichtgefallen.«

»Ich habe lange darüber nachgedacht.«

»Du wusstest, welchen Stein du ins Rollen bringen würdest, als du Elias mit der Kette losgeschickt hast.«

»Sagen wir so«, sagte Gloria mit einem sanften Lächeln auf den Lippen. »Ich ahnte, dass sich etwas ändern würde.«

»Du hast mir gefehlt, große Schwester.«

»Du mir auch, Sabine.«

Sie verfielen erneut ins Schweigen. Es war plötzlich schwer, die angemessenen Worte zu finden. Jene, die zu diesem Augenblick passten. Geschwister, wiedervereint, trotz unzähliger unausgesprochener Sätze.

»Ich habe dich beneidet«, sagte Gloria, einem inneren Impuls nachgebend.

Sabines Augenbrauen schnellten verblüfft blitzschnell nach oben. »Worum?«

»Darum, dass du durchgehalten hast.«

Sabine rümpfte die Nase. »Das ist – gelinde gesagt – Blödsinn. Zum Weggehen gehört viel mehr Mut als zum Bleiben. Wahrscheinlich hat Lea ihre Bequemlichkeit sogar von mir geerbt. Stell dir vor, ich habe mich einige Male dabei ertappt, wie ich bei ihrer Erziehung die bescheuerten Phrasen unserer Mutter wiederholt habe. ›Gib nicht immer Widerworte, wenn dein Vater mit dir redet. Verlass dich ruhig mal auf das Urteil anderer.‹« Sabine verdrehte die Augen. »Den ganzen Mist halt, den auch wir gehört haben. Bevor mir klar war, was ich da sagte, waren die Sätze schon aus meinem Mund herausgequollen. Ich konnte gar nichts dagegen tun.«

Gloria lachte. »Machen das nicht alle Eltern? Irgendwann mal die uralten Sprüche klopfen, obgleich man sich in jungen Jahren geschworen hat, genau das nie zu tun. Darüber hinaus, hast du mit der Scheidung gleichermaßen Mut bewiesen, wenn du meine Flucht vor unserem Vater tatsächlich als mutig bezeichnen willst.«

»Ja, das möchte ich«, beharrte Sabine.

Sie waren an einem endlos wirkenden Feld angekommen, das am Ende in einem Waldstück endete.

»Weißt du, wie ich mich in unserer Familie manchmal gefühlt habe?« Sabine blieb stehen. »Unsichtbar.«

Gloria stoppte ebenfalls. Die Mischlinge liefen, so weit es die Schleppleine zuließ, auf den Acker, schnüffelten.

»Du warst so stark wie Papa«, fuhr Sabine fort. »Obwohl du und er selten der gleichen Meinung wart, habt ihr ebenbürtig gekämpft. Egal, was du gesagt oder getan hast. Er hat immer reagiert. Ob positiv oder negativ, sei dahingestellt. Aber er hat dich gesehen, Gloria.« Sabine neigte den Kopf ein wenig. »Wenn ich ihm dagegenredete, überhörte er es einfach. Es kam nur ab und zu eine Reaktion. Aus diesem Grund habe ich aufgehört zu reden, mich unauffällig verhalten und benommen, wie man es von mir erwartete. Irgendwann gewöhnte ich mich daran, die angepasste Tochter zu sein. Die ohne eigene Meinung. Jeder bekommt seine Rolle innerhalb der Familie zugeteilt. Oder nicht?«

Ihre Worte rührten Gloria zutiefst. Da stand sie nun mit ihren siebzig Jahren, der Illusion, mit allem abgeschlossen zu haben, und schämte sich. »Ach, Kleine. Es tut mir so leid. Ich hätte mich um dich kümmern müssen.«

»Nein.« Sabine schüttelte heftig den Kopf. »Ich habe die letzten Tage viel nachgedacht. Rückblickend gesehen, war es gut, dass du es nicht getan hast. Ich habe mich stets mit dir gemessen, mich an dir orientiert, wollte zeitlebens sein wie du. Obwohl ich wusste, dass diese Latte für mich zu hoch lag. Ich bin nicht wie du, so selbstbewusst und zielorientiert. Ich bin wie unsere Mutter. Harmoniesüchtig. Damit, dass du rigoros alle Brücken hinter dir abgebrochen hast, hast du mich gezwungen, selbstständig zu handeln, meine eigenen Entscheidungen zu treffen, Lösungen zu finden. Meine Welt ist heute nicht mehr schwarz und weiß, sie ist jetzt bunt. Das habe ich mitunter dir zu verdanken.« Sie beugte sich nach vorne und drückte Gloria einen Kuss auf die Wange. »Danke, große Schwester.«

Dann hakte sie sich bei ihr unter. Sie schlenderten weiter. Den Rest des Weges sprachen sie über Dinge, die sie bewegten: Haustiere, Bücher und Kunsthandwerke.

Als es Zeit zum Abschiednehmen war, umarmte Sabine Gloria mit der gleichen selbstverständlichen Herzlichkeit, mit der sie ihre große Schwester begrüßt hatte. »Ich bin froh, dich wiedergefunden zu haben.«

»Ich ebenso.«

Sabine stieg in den Wagen, ließ das Fahrerfenster nach unten gleiten, streckte den Arm heraus und winkte, bis sie nicht mehr zu sehen war. Gloria seufzte beseelt. Sie hatten viel geredet und würden dies auch in Zukunft tun. Magda lächelte gleichermaßen glückselig, drehte sich um, ging zurück ins Haus. Die Hunde folgten ihr. Gloria blieb noch eine ganze Weile draußen stehen und blickte gedankenverloren in die Richtung, in der ihre Schwester verschwunden war.

24

LEA

Paris/Wien, August 2019

Am Morgen des letzten Tages in Paris fiel Nieselregen. Die Luft roch nach feuchtem Staub. Als sich die Sonne gegen halb zehn durch die Wolken gekämpft hatte, war es wieder sommerlich warm. Nach der zweiten Tasse Kaffee fragte Elias Lea am Frühstückstisch, ob sie vor dem Abflug am Abend noch etwas Besonderes sehen wollte. Im selben Atemzug riet er jedoch von einem Besuch der Notre-Dame ab. »Wie du weißt, fiel die Kathedrale im April einem Großbrand zum Opfer. Sie bietet wahrlich einen überaus traurigen Anblick. Ich fände es schade, wenn du dieses Bild im Kopf mit nach Hause nimmst.«

»Ich habe längst Aufnahmen der Zerstörung gesehen. In Zeitungen und im Fernsehen. Kennst du das? Das ist so ein Kasten, in dem sich Bilder bewegen, sobald man ihn einschaltet, und man empfängt Nachrichten aus aller Welt«, entgegnete Lea spöttisch.

»Trotzdem«, ignorierte Elias ihren Kommentar. »Wir

können ja irgendwann einmal zurückkommen und sie uns ansehen, wenn sie wiederaufgebaut ist.«

Wiederkommen. Zu zweit, mit ihm, dachte Lea glückselig. »Das wäre schön.« Die Schmetterlinge verließen ihren Bauch und begannen sich in ihrem gesamten Körper auszubreiten. Es gelang ihr nicht mehr, in seiner Gegenwart klar zu denken. *Verfluchte Viecher!* »Ich nehme dich beim Wort«, sagte sie.

»Kannst du«, beteuerte er, nahm ihre Hand und küsste ihren Handrücken. Eine höfliche Geste? Ein Zeichen von Zuneigung? Ja, da regte sich etwas in seinen Augen. Eindeutig. Als er um halb drei Uhr morgens ihr Zimmer verlassen hatte, umging er damit lediglich die Gefahr, eine Halbtote zu verführen. Elias war wohlerzogen, ein Gentleman und nicht der Typ Mann, der Hintergedanken hegte und sofort aufs Ganze ging, sobald er das Schlafzimmer einer Frau betrat. Andererseits hätte eine einzige Berührung von ihm sie auf jeden Fall von den Toten erweckt.

»Was hältst du davon, wenn wir uns heute einfach treiben lassen. Ohne richtiges Ziel?«, schlug er vor.

»Das klingt gut.« Ihr lag eine zweideutige Bemerkung auf der Zunge, man könne sich ja auch im Hotelzimmer treiben lassen. Aber sie schluckte die Worte hinunter. Sie hatte den armen Kerl schon zu oft auf die Schaufel genommen. Nicht aus Boshaftigkeit oder weil sie sich über ihn lustig machen wollte. Es war nun einmal ihre Natur, Begebenheiten nicht zu ernst zu nehmen. Sie nahm sich vor, Elias besser kennenzulernen. Falls sie ihn dazu brachte, mal nicht über Historisches zu sprechen, fand sie vielleicht heraus, wie er sonst noch tickte. Abseits der geschichtsträchtigen Pfade. *Studiere deinen Guide.* Jawohl, das stand an diesem letzten Tag in Paris auf ihrem persönlichen Programm. »Denkst du, wir könnten ein Lokal finden, das wie die *Bar du Bonheur* ist? Ich würde richtig gerne in eine altehrwürdige Gaststätte, wie sie in den Aufzeichnungen beschrieben ist.«

»Ob das Glückscafé noch besteht, wage ich zu bezweifeln. Aber das *Café Procope* von dem im Manuskript ebenfalls die Rede ist, besteht noch. Es wurde 1686 eröffnet und gilt als eines der ältesten existierenden Restaurants und als erstes Literatencafé der Welt. Wir könnten dort zu Mittag essen.«

»Oha, ich dachte, Literatur und Kaffee-Kultur hätten wir Wiener vereint. Aber wenn das so ist, sollten wir unbedingt in das berühmte Kaffeehaus. Vielleicht entdecken wir ja auf dem Weg dorthin zufällig die *Bar du Bonheur*?«

Sie gaben die gepackten Koffer an der Rezeption ab, um die Zimmer frei zu machen, und peilten ihr Ziel an. Vor dem Hotel hakte sich Lea bei Elias unter. Sie schlenderten durch die lebendigen Straßen. Schon nach wenigen Minuten wähnte sich Lea wie im Urlaub. Der heutige Spaziergang fühlte sich anders an als das hektische Herumgelaufe der letzten beiden Tage. Die Langsamkeit lenkte vom eigentlichen Grund ihrer Reise ab. Man konnte glauben, sie wären hergekommen, um die Vorzüge der Stadt zu genießen. Paris zelebrierte den Sommer. Das Leben fand zum Großteil im Freien statt. Unzählige Tische vor den Cafés, Bistros und Restaurants säumten die Bürgersteige. Im Vorbeigehen hörte Lea französische, spanische, italienische und deutsche Wortfetzen. Die Stadt pulsierte und wimmelte vor Leuten aus aller Welt.

Vor dem Schaufenster eines Juweliers blieb Lea plötzlich stehen. Ein Mitarbeiter räumte soeben eine Kette mit verschiedenfarbigen Edelsteinen in die Auslage. Er lächelte Lea zu. Sie erwiderte sein Lächeln, und der Mann legte die Halskette auf einem goldenen Tuch ab. Elias entzog sich ihr, trat einen Schritt zurück und sah sie an, als wollte er ein Kunstwerk aus einem anderen Winkel betrachten.

Sein intensiver Blick machte Lea nervös. »Was?«

»Nichts. Du wirkst nur irgendwie hochkonzentriert, als würdest du einen Juwelenraub planen.«

Er lachte. Doch möglicherweise dachte er auch darüber nach, wie viel Glamour in Lea steckte. Und ob ihm Glamouröses an einer Frau gefallen könnte.

»Mich fasziniert, wie man aus einem gewöhnlichen Stück Metall derart elegante Gegenstände anfertigen kann.« Sie zeigte auf ein Paar goldene Ohrringe, die ihr besonders kunstvoll erschienen. »Das verlangt einem Goldschmied bestimmt enorme Fingerfertigkeit ab«, sinnierte sie, ohne den Blick von dem Ohrschmuck zu lassen. Bereits als Teenager war sie von dieser Kunst beeindruckt gewesen, nicht erst, seitdem sie das Erbstück besaß. »Wie lange hat Jean-Luc Blanc wohl für das Collier gebraucht?« Sie drehte sich zu Elias.

»Wochen. Monate. Keine Ahnung. Jedenfalls waren ihm davor und während der Anfertigung unzählige Gedanken durch den Kopf gegangen, wie wir aus dem Manuskript wissen«, antwortete er schulterzuckend.

»Hm.«

»Worüber denkst du nach?«

»Über meinen neuen Job.«

Elias hob fragend die Augenbrauen.

»Ist noch nicht spruchreif«, wiegelte Lea ab.

In der Rue de l'Ancienne Comédie liefen sie ein paarmal auf und ab. Sie entdeckten keinen Hinweis auf ein Lokal, das sie mit jenem von Isabelle und Jérôme in Verbindung brachten. Obwohl die Chance, ein Nachfolgelokal ausfindig zu machen, gering war und sie nicht wirklich damit rechnen konnten, zeigte sich Lea letztendlich enttäuscht. »Schade. Wäre zu schön gewesen.«

»Die Gegend hat sich seitdem sehr verändert. Gerade im neunzehnten Jahrhundert baute man hier mehrmals um, inklusive kompletter Straßenumgestaltung«, gab Elias eine Erklärung ab.

Anstatt weiterzusuchen, zog er sie mit sich bis vor das *Café Procope*. Lea war auch von dieser Fassade beeindruckt – wie von vielen in dieser Stadt. Die Hausfront war mit schmiedeeisernen Balkonen voller Blumenschmuck verziert, die Frontseite im Erdgeschoss historisch anmutend.

»Zumindest ein kleiner Trost, denn wir betreten in wenigen Sekunden drei Jahrhunderte französische literarische und politische Geschichtsschreibung«, bemerkte Elias ehrfurchtsvoll.

»Und schon befinden wir uns erneut auf geschichtlichem Terrain«, lachte Lea und las von der Tafel an der Wand die Namen der berühmten Gäste ab. Neben jenen, die sie aus Isabelles Aufzeichnungen kannte, entdeckte sie auch Jean-Paul Marat sowie Benjamin Franklin und Alexander von Humboldt. Sie fischte einen Kugelschreiber aus ihrer Handtasche. »Soll ich unsere Namen dazuschreiben?«

Elias zog erschrocken Luft ein und blickte sich hektisch um. »Um Himmels willen! Nein. Die finden das garantiert nicht lustig.«

Lea lachte lauthals auf und steckte den Kuli wieder ein. »Du traust mir wirklich alles zu.«

Es gelang ihnen, einen der weiß gedeckten Tische im Inneren des Cafés zu ergattern, da die meisten Besucher aufgrund des schönen Wetters die Tische vor dem Restaurant bevorzugten. An den rot gestrichenen Wänden hingen historische Dokumente und Medaillons revolutionärer Persönlichkeiten. Ein passender Ort für den Abschluss ihrer Reise, wie sie beide fanden. Deswegen gönnten sie sich eine Flasche Château Pierrousselle aus dem Weinbaugebiet Entre-Deux-Mers zur Forelle mit den Mandelblättchen und Kartoffeln. Als sie das Lokal verließen, zogen dunkle Wolken über den Himmel.

Au revoir Paris, dachte Lea wehmütig.

Um halb sechs Uhr abends gingen sie wieder ins Hotel zurück, um ihr Gepäck zu holen. Im Taxi auf dem Weg zum Flughafen schien es Lea, als ob Elias sie unentwegt betrachtete. Sein Blick spiegelte seine Gedanken wider: Wenn wir das Hotelzimmer doch noch hätten.

Ihre Augen antworteten: Tja, zu spät!

Den Flug verbrachten sie großteils schweigend, sie dösten vor sich hin oder plauderten in knappen Sätzen über Nebensächlichkeiten wie etwa, welches Wetter in Wien herrschte.

Beim Landeanflug sah Lea aus dem Fenster. Wien unter ihnen war ein einziges Lichtermeer. Sie spürte Elias' warmen Körper hinter sich. Er hatte sich zu ihr herübergebeugt, um auch hinausschauen zu können. Sie riss sich von dem Anblick los, lehnte sich in ihrem Sessel zurück. Er legte seine Hand auf ihren Arm und sah sie an.

»Herzlich willkommen zu Hause«, hauchte er. »Was wirst du aus Paris am meisten vermissen?«

»Permanent essen zu gehen.«

Er lachte. »Es hat Spaß gemacht, mit dir zu reisen, Lea Roth.«

»Ebenso, Elias Neumann.«

Einen Moment saßen sie so da, schweigend, reglos, nur ihre Augen sprachen, und Leas Herz klopfte aufgeregt.

Komm schon! Trau dich, hämmerte es in ihrem Kopf.

Endlich ließ er seine Hand vorsichtig zu ihrem Nacken hinaufgleiten, fuhr mit den Fingern durch ihre hellbraunen Locken. Einen kurzen Atemzug zögerte er, als ob er ihre Reaktion abwöge, ein Einverständnis in ihrem Blick suchte. Leas Knie wurden weich, und sie überlegte zu nicken, blieb jedoch still sitzen. Dann küsste er sie sanft auf den Mund. Sie umfing sein Gesicht mit ihren Händen. Ihre Lippen öffneten sich wie von selbst, und sie erwiderte den Kuss sanft. Sie wünschte, die Zeit anhalten zu können, damit dieser Augenblick niemals verginge.

Da sie Freitagnacht aus Paris zurückgekommen waren, hatte Lea ihre Freundinnen auf WhatsApp gebeten, den Jour fixe auf Samstag zu verschieben. Am nächsten Morgen hatte Sigrid bereits einen Tisch im *Halle Café* im Museumsquartier reserviert. Außerdem hatte sie geplant, danach gemeinsam eine Ausstellung der österreichischen Impressionistin Olga Wisinger-Florian im Leopold Museum anzusehen. Lea war froh, nicht entscheiden zu müssen. Die Müdigkeit saß ihr noch in den Knochen. Punkt zehn saßen sie bei schönstem Sommerwetter zwischen Touristen und Studenten, die zum

Teil auf den blauen und lilafarbenen Loungemöbeln aus Kunststoff lümmelten und Müttern mit ihren Kindern, die sich für den Besuch im Zoom Kindermuseum stärkten. Da Lea klar war, dass ihre Freundinnen gespannt auf ihren Bericht aus Paris warteten, schlug sie demonstrativ langsam die Speisekarte auf. »Und Mädels, für welches Frühstück entscheiden wir uns?« Sie überlegte, Ham and Eggs zu bestellen, da sie etwas brauchte, das ihren nervösen Magen besänftigte. Sigrid tat es ihr gleich. »Zu viel Wein am Vorabend. Ich brauche dringend ein deftiges Katerfrühstück«, betonte sie und rieb sich unmissverständlich die Stirn.

»Wo hast dich denn herumgetrieben?«

»Bermudadreieck«, antwortete Sigrid und berichtete in knappen Sätzen von ihrem Abend auf der bekannten Ausgehmeile.

»Ich nehme das Porridge«, sagte Paula nach längerer Überlegung. Sie bestellten. Danach forderten die beiden Lea auf, von den Geschehnissen der Reise zu berichten. Lea erzählte von dem Besuch im Louvre und dem ehrfurchtsvollen Gefühl, vor der original Mona Lisa zu stehen. Sie beschrieb das Gemälde in Versailles und erzählte von der irrwitzigen Idee, die Nachfahrin eines außerehelichen Kindes von Marie Antoinette zu sein. Gemeinsam erfanden die Freundinnen skurrile Geschichten zu der ausgedachten Ahnin und brachen in schallendes Gelächter aus. Der Kellner servierte das Frühstück. Dann kam sie auf das Abendessen bei Elias' Freunden und auf Isabelles Aufzeichnungen zu sprechen. Sigrid und Paula hörten interessiert zu, hakten zwischendrin immer wieder nach und übten sich in Geduld, obwohl ihnen eine ganz bestimmte Frage auf der Zunge brannte. Direkt nachdem Leas Erzählung endete, sprach Sigrid jenen Punkt an, der unweigerlich kommen musste.

»Habt ihr oder habt ihr nicht?«

»Nein, wir haben nicht.«

Ihre Freundinnen warfen sich einen enttäuschten Blick zu. Paula hob zu einer Äußerung an, doch Sigrid stoppte sie mit einer Handbewegung. Sie betrachteten Lea stumm. Sigrid ließ das Schweigen andauern. Ein altbewährter Trick, um das Gegenüber zum Sprechen zu bewegen. Sigrid wusste, dass die meisten Menschen unbehagliches Stillschweigen als so unangenehm empfinden, dass sie dies instinktiv durchbrechen wollen. Lea jedoch nicht. Sie kannte die Masche ihrer Psychofreundin und sagte ebenfalls kein Wort.

»Und warum nicht? Ihr wart in Paris. Ihr erlebt ein gemeinsames Abenteuer in der Stadt der Liebe. Ihr übernachtet im selben Hotel. Ihr trinkt hervorragenden Wein ... Habt ihr doch?«, beendete Paula letztendlich das Spiel. Sigrid strafte sie mit einem tadelnden Blick ab.

Lea schüttelte leicht den Kopf, die Kaffeetasse an den Lippen.

»Du schaust verdammt gut aus. Er ebenfalls. Ihr seid alt genug«, mengte sich Sigrid ein und spießte ein Stück Spiegelei auf die Gabel. »Wo also liegt das Problem?«

»Woher weißt du, wie er ausschaut? Kennst du ihn? Hast du ihn ihr etwa schon vorgestellt?«, hakte Paula eingeschnappt nach. Als hätten sie einen geheimen Pakt, ihre jeweiligen Freunde den Freundinnen zur gleichen Zeit vorstellen zu müssen.

»Es gibt da so was wie eine Suchmaschine im Internet, Frau Anwältin«, antwortete Sigrid betont langsam. »Da tippt man den Namen einer Person ein. Mit ein bisschen Glück erscheinen Einträge, und wenn man dann noch auf den Button Bilder drückt … Schwupps, kommen Fotos, wie durch Zauberhand!«

Paula grinste bissig.

»Ich weiß nicht, weswegen ihr so ein Aufhebens darum macht. Wir haben versucht, mehr über mein Erbstück herauszufinden. Wir sind nicht in ein Liebeswochenende mit romantischem Sonnenuntergang und Whirlpool geflogen.« Ihr Blick fiel auf ein Pärchen, das unweit von ihrem Tisch auf einem blauen Loungemöbel lag und sich küsste.

»Trotzdem kannst du doch nachts in seiner Gegenwart deine Bluse ausziehen«, meinte Paula halb im Scherz und halb im Ernst.

Lea blickte wieder zu ihren Freundinnen. »Traurig, welch große Sorgen euch mein Liebesleben bereitet.«

In der Sekunde schien es, als hätte Sigrid eine bahnbrechende Erkenntnis gewonnen. »Er ist schwul.«

»Nein«, widersprach Lea vehement. »Du und deine Analysen.«

»Woher willst du das wissen?« Sie nippte am Kaffee.

Lea zögerte, schob eine Gabel mit Spiegelei in den Mund, kaute auffällig langsam. Eigentlich wollte sie den Kuss ihren Freundinnen gegenüber verschweigen. Zumindest so lange, bis sie selbst herausgefunden hatte, wo sie ihn einordnen sollte. Es hatte sich nicht wie ein freundschaftlicher Kuss angefühlt. Auch nicht, als versuchte er, ihre Grenzen auszuloten. Es war ein ehrlicher, intensiver Kuss. Sie schluckte. »Wir haben uns geküsst. Im Flugzeug. Beim Landeanflug.«

So, jetzt war es draußen. Die unvermeidbare Besprechung folgte auf dem Fuß.

»Und?«, hakte Paula sofort nach. Sie tupfte sich mit der Serviette energisch eine winzige Haferflocke aus dem Mundwinkel, als ob diese Geste Leas Antwort beschleunigen könnte.

Lea versuchte gleichgültig zu wirken, denn eine Diskussion über Gefühle und wohlgemeinte Ratschläge war das Letzte, was sie in ihrer Situation gebrauchen konnte. »Nix und. Er ruft mich an.«

Das hatte er jedenfalls bei der Verabschiedung am Flughafen versprochen. Aber nicht dazugesagt, wann. Heute. Morgen. In einem Monat. Verflixt, sie machte selbst eine große Sache daraus.

Schon überhäufte Sigrid sie mit Fragen: »Hat er sich schon gemeldet? Direkt, nachdem er zu Hause angekommen ist? Was hat er gesagt? Warum ist er eigentlich nach Hause gefahren? Ist er überhaupt dort, oder liegt er noch in deinem Bett? Was denkst du, wird das was mit euch beiden?«

»Wir sind gestern Abend kurz nach zehn Uhr in Wien gelandet, jetzt ist es ...«, Lea blickte demonstrativ auf ihre Armbanduhr, »zwanzig Minuten nach zehn Uhr morgens.«

»Nach Adam Riese sind also zwölf Stunden vergangen«, präzisierte Sigrid. »In der Zeit hätte er dir seine unsterbliche Liebe schon zig Mal gestehen oder körperlich beweisen können.«

Sie und Paula lachten schmutzig.

»Also, hat er sich gemeldet?«, fragte Sigrid.

»Du klingst wie eine Mutter aus den Zwanzigerjahren«, erwiderte Lea. In Wahrheit hatte sie bereits gefühlte hundert Mal auf das Display ihres Handys gestarrt. In der Hoffnung, dass es läutete und Elias dran war. »Wir haben uns geküsst.

Das ist kein Heiratsantrag. Und meines Wissens gibt es keine Deadline, bis wann ein Mann nach einem Kuss anrufen muss.«

»Da stimme ich dir zu. Es gib keinen rechtlichen Anspruch auf eine Hochzeit nach einem Kuss. Zudem kein Gesetz, das den Zeitraum einer weiteren Verabredung eingrenzt. Oder den Zeitpunkt eines Anrufs festlegt«, witzelte Paula im übertrieben juristischen Tonfall.

Sigrid zog ihnen eine Grimasse. »Wir reden auch nicht vom Heiraten. Wir reden von …« Sie wackelte bedeutungsschwanger mit den Augenbrauen, worauf sie alle in großes Gelächter ausbrachen.

»Sagte die Frau, die mit ihrem Kollegen seit einem halben Jahr nicht zur Sache kommt«, entgegnete Lea neckisch.

Ihre Freundin lehnte sich genüsslich in ihrem Stuhl zurück. »Ich habe die Zeit genutzt, während du in Paris warst.«

»Nein!«, rief Lea überrascht. Paula nickte lächelnd. Sie wusste Bescheid.

»Ja, und es fühlt sich großartig an. Ich kann dir nur wärmstens raten, es ebenfalls zu tun und kein halbes Jahr abzuwarten. Baut Stress ab«, erläuterte Sigrid.

»Wow. Erzähl!«, forderte Lea sie auf.

»Wir sind seit zwei Tagen zusammen und haben vor, es länger miteinander zu probieren. Ihr werdet ihn bald persönlich kennenlernen. Und jetzt wieder zu dir. Du hast meine Frage nicht beantwortet.«

»Hab ich auch nicht vor«, sagte Lea, »weil ich selbst nicht weiß, wo Elias und ich stehen.«

»Das klingt, als ginge er es langsam an«, meinte Paula. Vielleicht hat er ja schlechte Erfahrungen gemacht und ist deshalb …«

»Wir reden hier nicht von einem Hundewelpen«, schnitt Sigrid ihr das Wort ab. »Pass nur auf, dass er kein böses Spiel mit dir treibt.«

»So eines, wie du mit deinem Kollegen? Sechs Monate lang.« Lea grinste ihre Freundin aufmüpfig an.

Sigrid zog die Nase kraus. »Glaub mir, in meiner Praxis sitzen mehr Frauen, die an einer unerwiderten Liebe zerbrechen oder sich an einem gefühlskalten Kerl aufreiben, der sie manipuliert und für seine Zwecke benutzt, als Männer, die ähnliche Gefühlswelten durchlaufen.«

»Es war ein Kuss!«, wiederholte Lea nachdrücklich. »Es sind erst zwölf Stunden vergangen.«

Zwecklos. Ihre Freundin war in Fahrt.

»Lass dir einen Rat von einer verdammt guten Psychologin geben. Sollte er sich in den nächsten zwei Wochen nicht melden, vergiss ihn. Mach, worauf du Lust hast. Ins Museum gehen. Deine Steuererklärung. Wohnung putzen. Dich mit uns treffen. Aber ruf ihn um Himmels willen nicht an!«

»Bitte? Wir leben im 21. Jahrhundert!«

»Ich weiß, es klingt total altmodisch. Aber wie meine Großmutter gerne zu sagen pflegte: Willst du was gelten, mach dich selten.«

Lea hob erneut zu Widerworten an, aber Sigrid stoppte sie mit einer Handbewegung. »Männer lieben es zu jagen. Ihr Interesse schwindet, wenn man es ihnen zu einfach macht.«

»Okay. Hab's kapiert. Nicht anrufen. Auch wenn ich diesen großmütterlichen Rat nicht so ganz ernst nehmen kann … Immerhin weiß ich jetzt, warum du deinen armen Kollegen sechs Monate hingehalten hast.«

»Oder er ist verheiratet!«, mengte sich Paula wieder ein.

»Ist er nicht«, widersprach Lea.

»Möglicherweise hat er eine Bindungsstörung. Er küsst eine Frau, und dann ergreift er die Flucht.«

»Zwölf Stunden«, versuchte Lea es erneut. Verflucht. Den beiden war es tatsächlich gelungen, sie vollends zu verunsichern. Sie wollte nicht mehr über Elias reden, weil sie auch ohne die Bemerkungen ihrer Freundinnen genug Spekulationen anstellte.

Am Nachmittag rief sie ihren Vater an, um ihm von Paris zu berichten. Danach ihre Mutter. »Macht nichts, wenn wir nicht mehr wissen als vorher. Hauptsache du hattest eine schöne Zeit.« Lea verstand die Anspielung, reagierte jedoch nicht darauf, weil sie sich nicht noch mal auf ein Frage-Antwort-Spiel einlassen wollte. Es war noch zu früh, um über ihre Gefühle zu reden. Zumindest mit ihrer Mutter. Diese hoffte wahrscheinlich insgeheim, schon bald das Hochzeitskleid mit Lea auswählen zu können. Also lenkte sie das Gespräch auf Rosenheim. Sabine berichtete von ihrem Aufenthalt, wirkte dabei aufgekratzt und gelöst, wie ein Teenager nach dem ersten Sommercamp. In die fröhliche Stimmung hinein gestand Lea ihre Kündigung bei der Versicherung. Einen Moment lang herrschte Stille.

»Hast du's deinem Vater schon gesagt?«

»Nein.« Sie wussten beide, weshalb. Eine krisensichere Anstellung hinzuschmeißen, ohne vorher detailliert über die Zukunft nachgedacht zu haben, passte nicht in Viktor Roths Ordnung. Und Lea hatte keine Lust mit ihm darüber zu streiten.

»Soll ich es ihm sagen?«, fragte Sabine.

»Wenn du Lust darauf hast. Aber ich bin achtundzwanzig Jahre alt und kann meine eigenen Entscheidungen treffen.«

»Was willst du jetzt tun?«

»Ich habe einen Plan.«

25

LEA

Wien, August 2019

Elias hatte sich auch am Samstag nicht gemeldet. Dabei hatte Lea extra noch im Flugzeug ihre Handynummer in sein Mobiltelefon eingespeichert und seine Nummer in ihres. Die halbe Nacht spielte sie mehrmals mit dem Gedanken, ihn anzurufen. Gleichgültig, welchen Rat ihr ihre Freundinnen gegeben hatten. Sie lebten im einundzwanzigsten Jahrhundert, da brauchte man als Frau ihrer Meinung nach nicht mehr auf solch veraltete Konventionen zu achten, sondern konnte tun, wonach einem der Sinn stand. Theoretisch. Praktisch wartete sie, dass er sich meldete.

Als es um zehn Uhr an der Wohnungstür klingelte, begann ihr Herz aufgeregt zu schlagen. Elias war vor ein paar Wochen ebenfalls an einem Sonntagmorgen mit dem Collier plötzlich vor ihrer Wohnung aufgetaucht. Sie hatte heimlich darauf gehofft, dass sich dies heute wiederholen würde. Auf gar keinen Fall wollte sie unvorbereitet erneut im Pyjama die Tür öffnen. Deshalb hatte sie um acht geduscht, ihre Haut mit einer nach

Sommerfrische duftenden Lotion eingecremt und die Locken in Form gebracht. Danach war sie in ein hellblaues Wickelkleid geschlüpft, das nicht zu wenig oder zu viel Dekolleté zeigte. Seine Botschaft lautete: »Ich bin gut gekleidet, aber nicht extra für dich zurechtgemacht.« Perfekt vorbereitet schob sie, ohne durch den Türspion zu blicken, die Sicherheitskette zurück und zog die Tür auf. Vor ihr stand ihr Vater, in einen Anzug gekleidet, mit weißem Hemd und akkurat kurz geschnittenen dunkelblonden Haaren, als wäre er gestern erst beim Friseur gewesen. Eine makellos geputzte Brille komplettierte sein Erscheinungsbild. Er sah aus wie aus dem Ei gepellt, wie auf dem Weg ins Büro.

»Es ist Sonntag, zehn Uhr. Was machst du hier?«

»Du hast also einen Plan«, sagte Viktor Roth, schob Lea beiseite und trat ein. Der Duft nach teurem Rasierwasser begleitete ihn.

»Oh, Mama hat dich angerufen.« Sie warf die Tür zu und folgte ihrem Vater ins Wohnzimmer. Er deutete auf das Durcheinander an Lebensmitteln auf dem Esstisch.

»Frühstückst du etwa erst jetzt?« Sein Tonfall machte klar, dass ein Frühstück am späten Morgen in seiner Welt einer Verwahrlosung gleichkam. Er selbst saß sonntags um halb neun am gedeckten Tisch. Das war in seinen Augen genug Zugeständnis, da er unter der Woche bereits um sieben sein erstes Mahl zu sich nahm. Lea erinnerte sich an die Samstage, an denen sie als junges Ding bis zum Morgengrauen mit Freunden gefeiert und trotzdem pünktlich am Frühstückstisch zu erscheinen hatte. Geduscht und adäquat gekleidet. »Solange du in meinen vier Wänden lebst, wirst du dich an meine Regeln halten.« Der Spruch zum Sonntag.

Augenblicklich rümpfte ihr Vater die Nase über die Unordnung auf dem Tisch. Der obere Teil des geköpften Eis lag auf der Tischplatte. Sie hatte weder ein Tischtuch ausgebreitet, noch lag eine Serviette neben dem Teller. Das Buttermesser steckte in der Erdbeermarmelade. Statt aus edlem Porzellan trank Lea ihren Kaffee aus einer Tasse mit Weihnachtsmotiv darauf. Ihr Vater seufzte unüberhörbar angesichts des Chaos. Bei ihm hielten selbst Butter, Marmelade, Honig und das weiche Ei die Tischordnung ein.

»Ich wiederhole mich ja ungern, Papa. Aber es ist Sonntag und erst zehn Uhr. Es gibt Menschen, die schlafen noch.«

»Na, wenigstens bist du ordentlich angezogen und lümmelst nicht im Pyjama herum. Ich verstehe nicht, weshalb sich manche Menschen an ihren freien Tagen gehen lassen. Stell dir vor, heute Morgen hat doch glatt jemand im Morgenmantel die Sonntagszeitung geholt. Ich meine, wer verlässt damit das Haus und läuft auf der Straße herum? Die Menschheit verkommt, Lea.«

»Magst einen Kaffee?«

»Hast du ordentliche Tassen oder muss ich auch aus einer billigen Weihnachtstasse trinken? Wo hast du die überhaupt her? Vom letzten Glühweinstand?«

Lea verkniff sich eine bissige Bemerkung. Sie holte stattdessen eine Tasse vom guten Geschirr, wie ihre Oma väterlicherseits das weiße Kaffeeservice mit den rosa Rosen von der Porzellanmanufaktur Augarten stets bezeichnet hatte.

»Ist das das Porzellan meiner Mutter?«

Lea bejahte. Ihre Großmutter hatte es ihr zum Schulabschluss geschenkt. »Es gehört zu deiner Aussteuer«, hatte sie gemeint. Sie empfand damals sowohl das Service selbst als auch die Tradition, eine Mitgift zu erhalten, als antiquiert. Heute wusste sie um dessen Bedeutung. Augarten-Porzellan ließ sich mit Meißen und der Manufaktur Nymphenburg vergleichen.

Lea schenkte ihrem Vater ein. »Ich verwende es selten, weil ich Angst habe, dass es kaputtgeht.«

Er nickte gefällig. Offenbar genügte ihm dies als gute Begründung, warum seine Tochter die anerzogene gehobene Tischkultur vergaß und aus geschmacklosen Billigtassen trank.

»Du hast also gekündigt«, sagte er nach dem ersten Schluck. »Sagst du mir, weshalb? Und warum hast du das nicht zuerst mit mir besprochen?« Er blickte sie streng an.

»Papa, ich bin achtundzwanzig. Ich treffe meine eigenen Entscheidungen. Ich muss euch nicht mehr um Erlaubnis bitten.«

Viktor schnaubte erheitert. »Das hat mir deine Mutter bereits erklärt. Und du bekommst die gleiche Antwort wie sie: Das ist irrelevant. Also!«

Plötzlich kam sich Lea wieder wie ein kleines Kind vor, das etwas angestellt hatte und sich nun erklären musste. Sie hasste dieses Gefühl, da sie sich oftmals in ihrem Leben genötigt fühlte, ihre Entscheidung erläutern und verteidigen zu müssen. Zugleich ließ sie sich schnell verunsichern und hatte schnell den Eindruck, falsch zu liegen. Doch diesmal wollte sie diesen Teufelskreis durchbrechen. »Es hat einfach nicht mehr gepasst.«

»Nicht mehr gepasst?«, echote er bissig. »Das klingt, als hättest du dich von deinem Ehemann getrennt. Wenn es denn irgendwann mal einen gäbe.«

Nicht auch noch dieses Thema, dachte Lea. Sie unterdrückte den inneren Drang, mit den Augen zu rollen.

»Du hättest in der Versicherung Karriere machen können«, fuhr ihr Vater fort.

Lea verzog skeptisch das Gesicht. »Das bezweifle ich. So leid es mir tut Papa. Ich habe eine Entscheidung getroffen, und du wirst damit leben müssen.«

»Dann erklär mir deinen Plan.«

Sie zögerte, druckste herum, nahm einen Bissen von dem Marmeladebrot, kaute bedächtig und gab sich schließlich einen Ruck. »Ich möchte Goldschmiedin lernen.«

Den Bruchteil einer Sekunde passierte nichts. Kein Geräusch. Kein Blick. Keine Bewegung. Als befänden sie sich außerhalb des Kosmos.

»Eine Lehre?« Er machte eine kurze Pause. »Als Goldschmiedin?« Auf seinem Gesicht erschien ein Ausdruck übertriebener Besorgnis. »Dir ist klar, welch großen Einschnitt dies für dein Leben bedeutet?«

»Ich wandere nicht bis ans Ende der Welt aus, wo man in Höhlen wohnt und sein Essen jagen muss.«

»Allein die Wohnung wirst du dir nicht mehr leisten können«, überging er ihren zynischen Kommentar.

»Ich habe mir überlegt, während meiner Ausbildungszeit bei Mama zu wohnen.«

»Soso.« Seine Augenbrauchen schnellten nach oben. »Hast du das schon mit ihr besprochen?«

»Nein.«

»Wirklich, Lea. Eine Lehrstelle mit achtundzwanzig. Für diese Ausbildung hättest du nicht vorher Matura machen müssen.«

Wieder verdrehte sie innerlich die Augen. Ihr Vater und seine pragmatischen Gedankengänge.

»Es gibt heutzutage immer mehr Menschen, die nach der Matura nicht studieren, sondern eine Lehre antreten. Und keine Sorge, ich brauche kein Geld«, sagte Lea, obwohl sie wusste, dass das seine geringste Befürchtung war.

»Darum geht es nicht.«

»Schau Papa.« Sie griff über den Tisch und legte ihre Hand versöhnlich auf seinen Arm. »Wir beide sind uns bis zu einem bestimmten Punkt ähnlich. Ich bin bei der Lebensplanung, so wie du, nie ein Risiko eingegangen, habe mich stets auf der sicheren Seite bewegt. Aber ich bin nun mal draufgekommen, dass mich das nicht glücklich macht. Ich will endlich mal ins kalte Wasser springen, etwas ausprobieren. Bis zur Pensionierung in der »Personalabteilung« eines Versicherungsunternehmens zu arbeiten entspricht nicht meiner Lebensphilosophie.« Mit einem warmen Lächeln bat sie ihn, sie zu verstehen.

»Lebensphilosophie«, wiederholte Viktor fast angewidert. Das Wort existierte nicht in seinem Vokabular. Wie auch? Es passte nicht zu Summen- und Saldenlisten. »Als ob es darum ginge im Leben. Zuerst braucht man ein gut gefülltes Konto, nur so kann man sich jedwede Art von Philosophie leisten. Die Versicherung hat dein Bankkonto an jedem Ersten im Monat aufgefüllt. Darauf kommt es an. Egal, was diese Lebensverbesserer daherreden. Wie heißt es so schön: Ohne Geld, ka Musi. Meinetwegen besuche einen Abendkurs. Ich bin mir sicher, dass Goldschmiede-Kurse zuhauf angeboten werden. Aber schmeiß um Himmels willen nicht dein ganzes Leben weg, wegen einer, entschuldige, hirnrissigen Idee.«

Lea wusste, dass er in ihr immer noch das Kind sah, das es zu beschützen galt. Er selbst verstand sich als allwissender Wegweiser, dessen Aufgabe es war, die Tochter vor Dummheiten zu bewahren. Dieser Gedanke rang ihr unwillkürlich ein Lächeln ab. An seinem angespannten Kiefer erkannte sie, dass es wenig Sinn machte, ihn überzeugen zu wollen – gleichgültig, wie sie argumentierte. Um einen raschen Themenwechsel herbeizuführen, ging sie ohne Ankündigung in ihr Schlafzimmer und holte das Collier aus dem Safe. Ihr Vater betrachtete es zwar erstaunt, jedoch erkannte Lea, dass er es nur wie ein Zahlenmensch, der er nun einmal war, musterte. Er bewertete das Collier nicht nach Schönheit, sondern nach Wert.

»So ein Vermögen und das in der Familie deiner Mutter.« Er schüttelte den Kopf als wollte er sagen: Da hat der Zufall wohl einen Fehler gemacht. »Und du bewahrst die Kette tatsächlich hier auf? In deiner Wohnung ohne Alarmanlage? Am Ende noch im Kleiderschrank zwischen deinen Pullovern.«

»Ich habe mir einen Safe gekauft.«

»Was für einen?«

»So einen Feuerschutz-Tresor mit Zahlenkombination. Der hat knapp dreihundert Euro gekostet. Er steht tatsächlich in meinem Kleiderkasten.«

»Und du denkst, der ist sicher genug, um ein äußerst wertvolles Diamantencollier darin aufzubewahren?« Sein Tonfall verriet, dass er dem Tresor auf keinen Fall traute. »Warum legst du es nicht bei mir in den Banktresor? Da ist es wesentlich sicherer.«

»So kann ich es mir aber nicht jederzeit anschauen.«

»Wozu anschauen?«

»Weil es schön ist.«

»Du wirst es hoffentlich nicht tragen.«

»Zu welchem Anlass sollte ich das tun?« Höchstens zu meiner Hochzeit, lag ihr auf der Zunge. Doch sie verbat sich, dies auszusprechen. Dieses Thema anzuschneiden wäre wie Öl ins Feuer zu gießen.

»Überleg es dir, Lea! Außerdem, lass das Collier auf jeden Fall versichern.« In dem Moment schien ihm ein Gedanke zu kommen. »Hat dich eigentlich dieses Erbstück auf die abwegige Idee gebracht, Goldschmiedin werden zu wollen?«

»Nein«, behauptete sie, obwohl das nur die halbe Wahrheit war. Nicht das Collier an sich, sondern der Erschaffer dieser Kostbarkeit hatte sie sehr wohl dazu inspiriert. Zudem erinnerte sie sich daran, dass sie mit diesem Beruf schon als junges Mädchen geliebäugelt hatte. Ihr Vater sah auf die Uhr und erhob sich abrupt. »Also dann. Du kennst meine Meinung.«

»Hast du was vor?«, fragte Lea überrascht über seinen raschen Aufbruch.

»Ich bin zum Mittagessen beim *Plachutta* in Hietzing verabredet.«

Lea verzog anerkennend das Gesicht. »Sag nur, du triffst deine Bankkunden jetzt auch schon sonntags. Noch dazu in einem Spitzenrestaurant«, sagte sie spöttisch. »Wer zahlt?«

Ein Anflug von Verlegenheit huschte über sein Antlitz. »Nein. Es ist eine Dame.«

»Oh!«, rief Lea überrascht aus. Natürlich schauten sich ihre Eltern nach der Scheidung wieder nach anderen potenziellen Partnern um. Trotzdem versetzte ihr der Gedanke einen leichten Stich ins Herz. Sie stand ebenfalls auf, trat nahe an ihn heran und zupfte an seiner Krawatte herum. »Dann benimm dich ordentlich. Mach uns keine Schande«, wiederholte sie belustigt die Worte, die er ihr oft mit auf den Weg zu einem Rendezvous gegeben hatte. Vor allem, wenn es sich bei dem etwaigen Schwiegersohn um einen Burschen aus gutbürgerlichem Haus gehandelt hatte.

Bevor ihr Vater ging, rang er Lea das Versprechen ab, sich ihm anzuvertrauen, ehe die Sache aus dem Ruder lief.

»Mach ich Papa. Und danke, dass du schon von vornherein davon überzeugt bist, dass ich scheitere«, sagte sie spöttisch.

»Du weißt, dass ich nur dein Bestes im Sinn habe.«

»Weiß ich doch.« Sie küsste ihn auf die Wange. »Tust du mir bitte einen Gefallen? Behalt meinen Plan vorerst für dich. Ich möchte es Mama selbst sagen.«

Sie sah ihm an, dass ihm dies nicht recht war. Wahrscheinlich plante er, seine Ex-Frau auf seine Meinung einzuschwören, damit diese ebenfalls auf Lea einwirkte. Dennoch gab er ihr sein Wort.

»Was machst du, wenn du keine Stelle findest?«

»Dann wird es einen neuen Plan geben.«

Ihr Vater setzte zum Sprechen an. Lea stoppte ihn mit einer raschen Geste. Sie konnte sich auch so denken, was ihm durch den Kopf ging.

»Und der Plan heißt nicht, wieder zurück in mein früheres Leben zu gehen.« Sie drückte ihm noch einmal einen Kuss auf die Wange. »Genieß dein Mittagessen, sei charmant, und knausere nicht beim Trinkgeld. Das finden Frauen unsexy.«

Gleich nachdem ihr Vater gegangen war, begann sie ein Bewerbungsschreiben aufzusetzen und suchte Adressen etwaiger

Juweliere übers Internet heraus. Das festigte sie in ihrem Vorhaben und lenkte von Elias ab. Zugleich nahm sie sich vor, ihren kommenden arbeitsfreien Tagen die übliche Struktur zu geben. Halb acht aufstehen, duschen, frühstücken, anziehen, arbeiten. An die Stelle der Personalverwaltung in der Versicherung trat ab sofort die Umsetzung ihres Plans. Trotz aller Geschäftigkeit verschwand Elias nicht aus ihrem Kopf. Sie überlegte, ihm doch eine WhatsApp-Nachricht zu schreiben, schnappte ihr Handy und tippte entschlossen. *Wie geht es dir?*

Sie löschte die Nachricht wieder.

Am nächsten Morgen führte sie ihr erster Weg in eine Buchhandlung. Sie wollte sich Bücher über Marie Thérèse Charlotte de Bourbon beschaffen, um mehr über die leibliche Mutter von Julie zu erfahren. Die Buchhändlerin suchte in ihrem Bestand und im Computer. Am Ende überraschte sie Lea mit der Tatsache, dass es kaum Literatur über die Tochter von Marie Antoinette gab. Letztendlich erstand Lea drei Sachbücher, die sich zumindest kapitelweise mit der Prinzessin beschäftigten. Zu Hause kochte sie sich Spaghetti mit Tomatensauce und verzog sich nach dem Essen zum Lesen aufs Sofa. Insgeheim hoffte sie, auf einer beliebigen Seite auf Isabelles oder Julies Namen zu treffen. Jedoch musste sie diese Hoffnung bald begraben.

Elias meldete sich auch in den darauffolgenden Tagen nicht. Während ihre Sehnsucht nach ihm wuchs, tröstete sie sich damit, dass er auf jeden Fall anrief, sobald Gerhard die versprochenen übersetzten Aufzeichnungen schickte. Darauf folgte der Gedanke, dass Elias etwas zugestoßen sein könnte. Ein Unfall. Ein Überfall auf offener Straße. Also durchforstete sie im Internet die Online-Ausgaben der Tageszeitungen, las sämtliche Schreckensmeldungen. Sie kam zu der Erkenntnis, dass ihm nichts dergleichen geschehen war. Vielleicht war lediglich sein Handy kaputtgegangen? Gekränkt nahm sie sich vor, ihm Gleichgültigkeit vorzuspielen, sobald er sich meldete. Der Kerl sollte auf gar keinen Fall glauben, dass sie zu Hause saß und auf seinen Anruf wartete. Obwohl sie genau das tat. Allerdings musste sie ihm diese Tatsache nicht auf die Nase binden. Welche Frau tat das schon?

Am Freitagabend traf sie wie üblich ihre Freundinnen. Die Wahl des Treffpunkts fiel wiederholt aufs *Lugeck* in der Innenstadt. Dieses Mal saßen sie im Freien vor dem Restaurant mit Blick auf das Denkmal von Johannes Gutenberg. Natürlich war das erste Thema Elias' ausstehender Anruf. Sigrid schwor sie noch mal darauf ein, ihn nicht selbst anzurufen. »Lass dich auf keine Spielchen ein. Dafür wirst du langsam zu alt.«

»Danke. Du kannst einen wirklich aufbauen. Bekommen deine Patienten die brutale Ehrlichkeit eigentlich auf Krankenschein, oder knöpfst du ihnen das Geld dafür direkt ab?«

Sigrid tätschelte Leas Hand. »Meine Patienten müssen für meine Hilfe zahlen, und da gehört es auch mal dazu, ihnen die ungeschminkte Wahrheit ins Gesicht zu sagen. Also, sei dankbar, meine Dienste kostenlos in Anspruch nehmen zu dürfen.«

»Andere Mütter haben auch schöne Söhne«, schob Paula mit einem dünnlippigen Lächeln den altbekannten Spruch hinterher.

Lea lachte. »Ein Hoch auf diese Erkenntnis.« Sie versuchte das in einem Ton zu sagen, der einen Schlussstrich unter die Debatte zog. Zugleich ahnte sie, dass die Diskussion leider nicht vorbei war.

»Ich denke, das machst du, um über deine Unsicherheit hinwegzutäuschen«, sagte Sigrid kryptisch.

»Was meinst du?«

»Du ziehst eine ernst gemeinte Unterhaltung ins Lächerliche, machst einen Witz oder eine spöttische Bemerkung, um vom Thema abzulenken, und damit auch von deinen wahren Gefühlen.«

»Was heißt ernste Themen? Wir unterhalten uns ja nicht gerade über einen drohenden Atomkrieg oder so.«

»Du darfst zornig sein. Sag: ›Elias Neumann, du bist ein verdammter Idiot.‹ Das tut gut. Vertrau mir«, ließ sich Sigrid nicht beirren. »Gib einfach zu, wie sehr es dich ärgert, dass er sich nicht meldet.«

Diesmal sprach Lea bei ihrem rituellen Abschied keinen Wunsch aus, sondern bedankte sich für die Aufrichtigkeit ihrer Freundinnen. Denn obwohl ihr der Rat gegen den Strich ging, wusste sie, dass sie es nur gut meinten. Sie glaubten Lea vor etwaiger Enttäuschung bewahren zu müssen. Auf dem Heimweg seufzte sie beim Blick aufs Display. Keine Nachricht von Elias. »Dann eben nicht.«

Es war zum Haareraufen. Der Mann war perfekt. Er war klug, geschichtlich versiert, kunstinteressiert und aufmerksam. Mit ihm konnte sie stundenlange Gespräche führen, ohne eine Sekunde Langeweile zu verspüren. Dass er dazu auch noch ziemlich gut aussah, machte die Sache nicht leichter. Sein

Schweigen veranlasste sie jedoch zu dem Urteil: Nicht an ihr interessiert. Jedenfalls nicht dermaßen, um sich nach ihr zu verzehren und keine Minute mehr ohne sie sein zu wollen.

Das Wochenende erschien ihr endlos. Sie verbrachte es mit Fenster putzen, staubsaugen, kochen und der Suche nach einem Juwelier für ihre Ausbildung. Abwechselnd telefonierte sie mit Sigrid, Paula und ihrer Mutter.

»Könnte ich gegebenenfalls eine Weile bei dir wohnen, Mama?« Sie hatte sich vorgenommen, die Sache vorsichtig anzusprechen.

»Was ist mit deiner Wohnung? Hast du Handwerker, einen Wasserschaden?«

»Nein, aber mit dem, was ich vorhabe, kann ich mir die Miete nicht mehr leisten.«

»So«, sagte Sabine erstaunt. »Hat das etwas mit deinem Plan zu tun?«

»Ich suche eine Lehrstelle als Goldschmiedin.«

»Oh!«

»Mehr fällt dir dazu nicht ein?«

»Das wolltest du schon mal.«

»Ich weiß, und jetzt geh ich's an.«

»Selbstverständlich kannst du bei mir wohnen. Ich freu mich.«

Lea lächelte zufrieden. Das Thema war schon einmal geklärt. Wenn sich nun auch noch Elias meldete, würde auch ihrem Liebesleben nichts mehr im Wege stehen.

26

LEA

August, 2019

Am Montag traf die erste Absage im Posteingang ihres Computers ein. Daraufhin hakte Lea bei zwei anderen Juwelieren nach, denen sie eine Bewerbung geschickt hatte.

Man suche wesentlich jüngere Lehrlinge, lautete die ehrliche Rückmeldung. Wahrscheinlich vermuteten sie eine Sinnkrise hinter der Stellenbewerbung und befürchteten, sie breche mittendrin die Lehre ab oder bekäme unterdessen ein Kind. Mit achtundzwanzig noch mal von vorne anzufangen gestaltete sich schwieriger, als sie dachte. Hatte sie einen Fehler gemacht? Hätte sie doch in der Versicherung bleiben sollen, mit einem geregelten Tagesablauf und einem sicheren Gehalt? Sie presste den Zipfel ihres T-Shirts auf die Augen, um die aufsteigenden Tränen in Baumwolle zu ertränken. Selbstmitleid brachte sie keinen Schritt weiter. Außerdem hatten ihr erst drei Juweliere abgesagt, das war noch kein Grund zu denken, die Sache sei gescheitert.

»Nicht aufgeben!«, kritzelte sie auf den Block, auf dem sie

sich die Adressen und Telefonnummern der Juweliere notiert hatte.

Ihr Handy klingelte. Elias' Name leuchtete auf. Herrje! Ihr Herz pochte wild. Nicht beim ersten Klingeln abheben, predigte sie stumm. Er soll glauben, ich hätte viel zu tun. Es läutete zum dritten Mal. War es angemessen, jetzt abzuheben? Vier. Fünf. Der Kuss lag zehn Tage zurück. Waren zehn Klingeltöne zu viel? Am Ende legte er wieder auf, und sie würde ihre Chance verpassen.

Jetzt! Und ganz normal verhalten. Bloß nichts anmerken lassen. Du hast nicht auf seinen Anruf gewartet. Sie räusperte sich.

»Hallo.«

»Hallo, Lea. Elias hier.«

»Oh, wie schön.«

»Ich hoffe, ich störe dich nicht.«

»Nein.«

Er entschuldigte sich augenblicklich, nicht früher angerufen zu haben. »Im Büro wartete die Arbeit stapelweise auf mich. Ich bin abends erst nach zehn heimgekommen, und meistens direkt tot ins Bett gefallen. Außerdem habe ich in unserer Sache ein wenig recherchiert. Dafür ist das Wochenende draufgegangen.«

»Und, hat sich's ausgezahlt?«

»Absolut.«

»Schön, ich hatte auch viel zu tun.« Mit knappen Worten berichtete sie ihm von ihrem Plan, eine Lehre als Goldschmiedin zu beginnen, und dass sie bereits intensiv an der Umsetzung arbeitete. Ihr Vorhaben gefiel ihm.

»Obwohl ich denke, dass dir ein Geschichtsstudium auch gefallen könnte.«

»Vielleicht irgendwann später. Mal schauen. Aber jetzt erzähl! Was hast du herausgefunden?«

»Ich möchte dir das nicht am Telefon sagen, sondern dich lieber treffen. Heute Morgen ist nämlich Post von Gerhard eingetrudelt«, präzisierte er. »Offenbar haben er und Anaïs ihre Freizeit ebenfalls Isabelle und Julie gewidmet. Hast du heute Abend Lust und Zeit?«

Sie jubelte stumm und warf zugleich ihren Vorsatz, ihn hinzuhalten, über Bord. »Ja.«

»Ich habe Wein und bestelle Pizza bei meinem Lieblingsitaliener. Welche möchtest du?«

»Entweder eine Pizza Caprese oder eine mit Rucola und Schafkäse.«

»Gut, ist notiert. Passt halb sieben?«

»Ich werde pünktlich sein.«

»Ich freu mich.« Er legte auf.

Ein Blick auf die Uhr verriet, dass ihr noch genau acht Stunden bis dahin blieben. Zuerst schrieb sie in die Freundinnen-WhatsApp-Gruppe: *Hat sich gemeldet, bin heute Abend bei ihm.*

Von Paula kam ein *Yeah*, ein Smiley und *Viel Spaß* zurück. Sigrid schrieb: *Du hättest dich zieren können.*

Lea antwortete. *Die Unterlagen über Isabelle sind gekommen. Nur deshalb fahr ich zu ihm.*

Sigrid meinte: *Wer's glaubt!* Zwinker- und Kuss-Smiley.

Lea schickte ein Kuss-Smiley zurück und widmete sich den Abendvorbereitungen. Haare waschen, Locken in Form bringen, Beine, Achseln und Bikinizone rasieren. Das Problem mit der Garderobe nahm die meiste Zeit in Anspruch. Das Sommerkleid mit dem Paisley-Muster, das er in Paris an ihr bewundert hatte? Sie legte es zur Seite, der Abstand war zu kurz, um es gleich noch mal zu tragen. Am Ende dachte er, sie hätte nur das eine. Das beigefarbene Blusenkleid mit dem dezenten floralen Muster? Zu schlicht für das Ereignis. Sie schob die Kleiderbügel im Kleiderkasten von links nach rechts und wieder zurück. Schließlich entschied sie sich für ein roséfarbenes Kleid mit tailliertem Schnitt und einem wadenlangen ausgestellten Rockteil mit Plisseefalten. Blieb nur noch das Problem, was sie darunter anziehen sollte. Spitze, Seide, Baumwolle? Die Wahl fiel auf champagnerfarbene Spitzenunterwäsche.

Elias öffnete in beigefarbener Sommerhose und weißem T-Shirt. Sein Lächeln erschien ihr unsicher. »Hallo.«

»Hallo.«

Kein Kuss. Keine Umarmung. Leas Magen zog sich enttäuscht zusammen. Hatte er sie im Flugzeug womöglich nur aus einer Laune heraus geküsst? War ihm das nun unangenehm, weil er befürchtete, sie erhoffte sich mehr? Verdammt! Ja, das tat sie, und falls es tatsächlich nur der Stimmung geschuldet gewesen war, sollte er sich jetzt richtig unwohl fühlen. Kein Mitleid.

Er trat einen Schritt zurück. »Komm rein.«

Sie presste die Lippen aufeinander und betrat den Flur.

»Geh schon mal vor ins Wohnzimmer, ich hol den Wein aus der Küche. Unser Essen wird in ein paar Minuten geliefert.«

Auf dem Esstisch lagen handschriftlich verfasste Notizblätter neben einem Umschlag im DIN-A4-Format. Sie erkannte den Stempel des Pariser Nationalarchivs. Vor wenigen

Sekunden hatte ihr Herz aufgeregt geschlagen, weil Elias vor ihr stand. Nun galt das erregte Pochen dem Inhalt des Kuverts. Sie war gespannt, wie es mit Julie und Isabelle weiterging. Ob sie diesmal eine Verbindung zu ihrer Familie und Wien entdeckten? Sie kam sich vor wie ein Fan einer US-amerikanischen Sitcom, der der nächsten Folge entgegenfieberte. Nur, dass die Geschichte ihrer Sendung real war. Um der Versuchung zu widerstehen, das Kuvert einfach zu öffnen, stellte Lea sich ans Fenster und schaute wie bei ihrem ersten Besuch aufs Schloss Belvedere. Nur, dieses Mal bewunderte sie nicht nur die Schönheit des Anwesens, sondern verknüpfte es gedanklich mit Frankreich. Denn Prinz Eugen von Savoyen, bedeutender Feldherr des Habsburgerreiches, einstiger Besitzer des Schlosses und Auftraggeber der Anlage, war Franzose gewesen. Er lebte jedoch vor Julies Zeit und starb 1736 in Wien. Sie hörte Elias zurückkommen und wandte sich zu ihm um. In der Hand hielt er eine Flasche Merlot. Sie sah ihm zu, wie er zwei Gläser einschenkte, gleich darauf stellte er sich neben sie und reichte ihr ein Glas.

»Scheint ein französischer Abend zu werden. Die Fortsetzung unserer Parisreise?«, fragte sie und betrachtete wieder das Belvedere.

»Wenn du so willst, ja«, antwortete er ausweichend.

Einen Moment standen sie nebeneinander, ohne ein Wort zu sprechen. Zwei Menschen, die den Anblick der barocken Parkanlage gleichermaßen schätzten. Zwei Menschen, die die Nähe des anderen genossen. Zwei Menschen, die unsicher waren, was daraus hervorgehen würde.

»Eines Tages lasse ich ein Foto davon zum Poster vergrößern und schenke es dir«, unterbrach Elias die Stille.

»Darauf freue ich mich jetzt schon«, antwortete Lea, ohne den Blick abzuwenden. »Hast du gewusst, dass Marie Thérèse eine Weile in dem Schloss wohnte?« Das hatte sie in einem der Bücher gelesen.

»Ja. Nach ihrer Rückkehr aus Prag. Da sich die napoleonischen Truppen Wien näherten, hatte man sie 1797 aus Sicherheitsgründen in die Tschechische Hauptstadt gebracht und im Konvent ihrer Cousine, der Erzherzogin Maria Anna, einquartiert.«

»War das nicht die Schwester von Kaiser Franz II.? Maria Anna war doch gesundheitlich schwer angeschlagen, ernährte sich infolgedessen nur von Muttermilch.« Lea verzog das Gesicht, drehte sich zu Elias, prostete ihm zu und nippte am Wein.

»Genau die. Angeblich kam täglich eine Amme zu ihr. Eine Atmosphäre, die Marie Thérèse logischerweise deprimierte, obwohl sie sich sonst gut mit Maria Anna verstand. Trotzdem wollte sie auch so schnell wie möglich nach Wien zurück. Als sie zurückkam, hatte man sie bereits aus der Hofburg ausquartiert und im Belvedere untergebracht. Dort blieb sie dann zwei Jahre und wurde zu einer unsichtbaren Prinzessin. Sie mied die Menschen. Selbst den Kontakt zu den französischen Emigranten reduzierte sie. Zudem verlor ihr Cousin Kaiser Franz II. im Laufe der Zeit das Interesse an ihr, da sie für seine Heiratspläne nicht zur Verfügung stand, sondern darauf beharrte, ihren Cousin, den Herzog von Angoulême, zu heiraten.«

Es läutete an der Tür. Elias verließ den Raum. Lea hörte ihn durch die offene Tür mit dem Lieferanten sprechen. Danach vernahm sie Schritte und Geschirrklappern. Kurz darauf kam er mit drei großen Tellern zurück, stellte sie auf den Tisch und platzierte die Servietten daneben. »Bitteschön, Rucola und Schafkäse.« Den Umschlag von Gerhard und die Notizblätter legte er auf den Boden.

Lea setzte sich. Auf Elias' Teller lag eine Caprese. Er schnitt ein Dreieck heraus und schob es auf den dritten Teller. »So bekommst du beide Sorten.«

Ein Königreich für einen Mann, der Pizza kommen lässt und zusätzlich sein Essen teilt, dachte sie beeindruckt. Sie unterdrückte einen wohligen Seufzer. Elias schien wirklich perfekt für sie zu sein. Im Gegenzug legte sie ein Stück von ihrer Pizza auf den Reserveteller.

»Du siehst übrigens großartig aus. Das Kleid steht dir ausgezeichnet«, sagte Elias nach dem ersten Bissen.

»Danke. Ich habe einfach in den Kleiderkasten gegriffen und das Erstbeste herausgeholt«, log sie.

Eine Weile aßen sie schweigend.

»Gerhard ist noch nicht dazu gekommen, alles zu übersetzen«, leitete Elias schließlich den eigentlichen Grund ihres Treffens ein. »Er hat jedoch die Texte gelesen und sich erst einmal auf die Stellen konzentriert, die ihm für dich wichtig erschienen. Den Rest hat er mir am Telefon zusammengefasst. Also die Jahre von Jérômes Antrag bis 1814.« Er räusperte sich, und Lea erfuhr, dass Isabelle und Jérôme geheiratet hatten. »In der Abbaye Saint-Germain-des-Prés.«

»Die älteste Kirche von Paris«, erinnerte sich Lea.

»Genau. Es heißt, dass es an der Stelle bereits einen römischen Isis-Tempel gab. Der ursprüngliche Kirchenbau wurde ab 557 nach Christus errichtet und von Childebert I. in Auftrag gegeben. Er war der viertälteste Sohn des Frankenkönigs

Chlodwigs I.«, erklärte Elias typischerweise sofort die Geschichte des Gotteshauses. »Es befindet sich in der Kirche übrigens eine Dauerausstellung über die Historie des Gebäudes.« Er zuckte mit den Achseln. »Vermutlich haben Isabelle und Jérôme sie weniger aus geschichtsträchtigen Gründen ausgewählt, sondern weil sie unweit der Rue de l'Ancienne Comédie liegt. Man kann quasi zu Fuß hinlaufen.«

»Das klingt sehr unromantisch. Ich fände es viel schöner, wenn sie beide diese Kirche liebten und sich schon von Kindesbeinen an gewünscht hätten, dort zu heiraten.«

»In einem kitschigen Hollywood-Liebesfilm wäre das vielleicht so.« Er machte ein Gesicht, das ihr verriet, ihm unter keinen Umständen jemals vorzuschlagen, gemeinsam mit ihm einen Liebesfilm ansehen zu wollen. »Hast du als kleines Mädchen von einer bestimmten Kirche geträumt, in der du unbedingt heiraten wolltest?«, fragte er.

»Nein, nicht wirklich«, antwortete Lea prompt und dachte dann kurz nach. »Aber kennst du die Canisiuskirche im neunten Bezirk?«

Elias verneinte.

»Von außen sieht sie ein bisschen aus wie Klein-Hogwarts. Du weißt schon, die Schule, die Harry Potter besucht. Die gefällt mir.« Sie neigte den Kopf ein wenig zur Seite und lächelte sanft. »Wie auch immer. Auf jeden Fall wünsche ich mir, dass wir uns bei unserer nächsten Parisreise die Abbaye Saint-Germain-des-Prés ansehen. Natürlich erst, wenn die Notre-Dame wieder steht«, schränkte sie ein. »Und keine Angst, das meine ich jetzt völlig unromantisch.«

»Apropos unromantisch. Ob Isabelle Jérômes Antrag aus Liebe oder einem anderen Grund annahm, geht aus dem

Manuskript leider nicht hervor. Jedoch war sie klug und wusste, dass einzig Kinder, die den Namen des Vaters trugen, vor dem Gesetz zählten. Durch die Heirat wurde aus dem Bastard Julie die anerkannte Tochter Jérômes – und Isabelle die ehrenhafte Mutter. Aber egal, was der Beweggrund für ihre Hochzeit war, die beiden bekamen auf jeden Fall weiteren Nachwuchs.« Er wischte sich die Finger an der Serviette ab, hob einen Notizzettel vom Boden auf und suchte mit den Augen eine bestimmte Stelle.

Lea musterte ihn mit wachsendem Interesse.

»Adrien kam im Januar 1799 zur Welt, Noelle 1801 und Mathis 1806.« Elias ließ den Zettel wieder auf den Fußboden segeln. »Gerhard meinte, dass Isabelle sich auch bei der Erziehung ihrer Töchter Olympe de Gouges' Gedanken zum Vorbild nahm. Sie trichterte den Mädchen ein, sich gleichwertig zu fühlen und sich hohe Ziele im Leben zu stecken. Dass viele Herren der Schöpfung dies damals als Ungeheuerlichkeit empfanden und geschlechtliche Gleichberechtigung als Niedergang der Zivilisation interpretierten, spornte sie eher an, als dass es sie abhielt. Außerdem bläute sie ihren Söhnen ein, Frauen zu respektieren und als ebenbürtig anzusehen. Jérôme unterstützte sie dabei. Gleichgültig, dass einige Männer ihn hänselten, als Weiberknecht bezeichneten und Isabelle ein verfluchtes Mannweib schimpften.«

»Solche Steinzeitexemplare gibt es ja sogar noch heute«, warf Lea ein.

»Auf jeden Fall war sie mit diesen Gedanken ihrer Zeit voraus. Zumal es nach der Revolution still um Olympe de Gouges und ihre emanzipatorischen Anliegen geworden war. Erst in den revolutionären Bewegungen von 1830 und 1848 gab es erste feministische Aufstände, zudem wurden Frauenzeitschriften und -Clubs gegründet. Das nur nebenbei.«

»Gleichberechtigung ist eines von Paulas beruflichen Lieblingsthemen«, sagte Lea. Sie dachte an die Wutrede, die ihre Freundin vor der letzten Nationalratswahl vom Stapel gelassen hatte, weil es immer wieder Frauen gab, die ihr Wahlrecht nicht in Anspruch nehmen wollten. Etwas, das Paula zur Weißglut brachte. Ebenso trieb es ihr die Zornesröte ins Gesicht, wenn eine Geschlechtsgenossin ihren Wahlkandidaten nicht nach dem Wahlprogramm, sondern nach dem Aussehen und Auftreten auswählte. »Aber, weil du vorhin von ihren Kindern gesprochen hast«, riss sie sich aus der Erinnerung. »Was ist mit Camille? Sie war doch schwanger, als Isabelle nach Paris zurückkehrte.«

»Ach ja, das hätte ich fast vergessen. Sie brachte Anfang 1798 ein Mädchen zur Welt. Sylvie.«

Die Nachricht zauberte ein Lächeln auf Leas Lippen. Sie fühlte sich, als hätte soeben eine ihrer Freundinnen ein Kind geboren. Elias' Zusammenfassung über die weiteren Geschehnisse waren mittlerweile für sie, als berichtete er von vertrauten Menschen aus ihrem Leben. Erinnerungen an Familienangehörige, die auf vergilbten Fotos in abgegriffenen Alben klebten und die nun aufgrund eines jahrhundertealten Erbstücks wieder ans Licht kamen. »Was war mit Morel? Ließ er sie in Ruhe?«

»Er stürzte drei Jahre nach der Hochzeit von Isabelle und Jérôme vom Pferd und brach sich das Genick. Du kannst dir zweifellos vorstellen, wie erleichtert sie war, den Kerl endgültig los zu sein. Obwohl er sie nach der Heirat mit Jérôme tatsächlich in Ruhe ließ. Die Blöße, eine verheiratete Frau, beliebte Wirtin und anerkannte Hebamme zu tyrannisieren, gab er sich offenbar nicht.«

»Sie hat wieder als Hebamme gearbeitet?«, fragte Lea überrascht.

»Ja, sie legte zwischenzeitlich sogar die Prüfung ab.«

»Und Julie?«

»Sie hat sich zur fulminanten Köchin gemausert. Und gemeinsam mit ihren Eltern und Giselle das Billardlokal in ein Restaurant verwandelt, das *Chez Jérôme*. Kurz gesagt, das gesamte Inventar flog raus. Weiß gedeckte Tische mit goldenen Kerzenständern und edles Tafelservice zogen stattdessen ein.«

»Die kleine Julie eine Spitzenköchin. Das ist großartig«, freute sich Lea. War ihr Start ins Leben doch holprig gewesen und die Bedrohung, die ersten Lebensjahre nicht zu überleben, beträchtlich.

»Giselle und Isabelle erkannten ihr Talent und förderten es von Beginn an«, fuhr Elias fort. »Dem kam entgegen, dass zur Zeit des Empire die Nachfrage nach Speiselokalen gewaltig anstieg. Traut man den Zahlen, eröffneten im Verlauf der Revolution rund einhundert Restaurants. Während des Empire wuchs die Zahl auf dreihundert. Danach, in der Zeit der Restauration, also von 1814 bis zur Julirevolution 1830, gab es bereits knapp dreitausend neue Gaststätten. Beachtlich, vor allem, wenn man bedenkt, dass Restaurants, wie wir sie heute kennen, vor der Revolution völlig unbekannt waren. Doch aufgrund der Entmachtung der Aristokratie wurden viele Köche während der Revolution arbeitslos und machten sich auf diese Weise selbstständig. Selbstredend ausschließlich Männer. Dass im *Chez Jérôme* eine Frau das Sagen in der Küche hatte, war ungewöhnlich. Doch ihre hohe Kochkunst ließ die Kritiker bald verstummen. Man akzeptierte und besprach dies nicht weiter. Im *Chez Jérôme* gaben sich von da an Politiker und vermögende Bürger die Klinke in die Hand.«

Lea versuchte in Gedanken, Julie in neuem Licht zu betrachten. Nicht mehr als kleines Mädchen, sondern als selbstbestimmte Frau, die ihre Gäste mit feinsten Speisen verwöhnte.

»Neben den Hierarchien zwischen Mann und Frau war zu der Zeit außerdem der soziale Unterschied von großer Bedeutung. Das machte sich mitunter bei der Tageszeit bemerkbar, zu der man aß. Schon lange vor Ausbruch der Revolution war es aus der Mode gekommen, mittags die Hauptmahlzeit zu sich zu nehmen. Das Diner, wie man damals das Mittagsmahl nannte, rückte im Laufe der Zeit immer weiter in den späten Nachmittag. Die Speiselokale waren tagsüber zwischen zwei und sieben Uhr bestens besucht. Man passte die Essensgewohnheiten seinen eigenen Bedürfnissen oder den beruflichen Beanspruchungen an. In der Zeit des Empire etwa nahm jeder, der etwas auf gute Manieren hielt, sein Diner gegen vier Uhr ein.«

Lea warf einen Blick auf ihre Pizza.

»Da wir heute um sieben essen, gehören wir aus damaliger Sicht zweifellos zur absoluten Oberschicht. Was in meinem Fall jedoch nicht an meiner Vornehmheit liegt, sondern daran, dass ich es selten schaffe, vorher in Ruhe etwas zu essen«, sagte Lea. »Zumindest war das vor meiner Kündigung so.«

Elias nickte. »Das geht wohl den meisten Berufstätigen so. Viele haben gerade mal eine halbe Stunde Mittagspause. Die

Franzosen jedoch legen sehr viel Wert aufs Essen. Rasch etwas zwischen Tür und Angel hinunterzuschlingen widerspricht der französischen Esskultur. Aber um das abzuschließen: Das Zentrum der Luxusgastronomie, die sich zu Julies Zeiten schnell entwickelte, lag übrigens im Palais-Royal. Aber wen wundert das? Schon vor der Revolution waren die vor dem königlichen Palast erbauten Galeries de Bois in ganz Europa berühmt. Die Architekten ließen sich dafür von den Souks in Arabien und den Foren des antiken Rom inspirieren und erschufen sozusagen den Prototyp der modernen Einkaufspassage. Tagsüber wurden die Galerien, Buchhandlungen, Restaurants und Läden von Aristokraten, Intellektuellen und wohlhabenden Bürgern bevölkert. Die Pariser Dandies kamen zum Flanieren. Man entfloh im Zentrum dem Dreck, Staub und dem Gestank der Stadt und konnte zudem die neueste Mode kaufen. Nachts kamen Glücksspieler, Scharlatane, Zuhälter und Prostituierte. Es heißt, dass auf der Allée des Soupirs, deutsch Seufzerallee, die schönsten Frauen und Mädchen aus allen Städten ihre Dienste anboten.«

Lea schmunzelte.

Elias hielt inne. »Was ist los?«

»Hat dir schon mal jemand gesagt, dass deine Augen leuchten, sobald du Vorträge über historische Ereignisse hältst? So, als hättest du das Ei des Kolumbus entdeckt.«

Elias setzte zu einer Antwort an.

Lea stoppte ihn mit einer Geste. »Ich weiß, dass das nur eine Redensart ist und es das Ei nicht wirklich gibt. Trotzdem.« Sie machte eine gönnerhafte Handbewegung und sagte in übertriebenem Tonfall: »Aber fahren Sie ruhig fort, Maestro. Ich höre Ihnen gerne bei Ihren Ausführungen zu.«

Elias schnitt breit grinsend das letzte Stück Pizza auf seinem Teller in drei kleine Teile, ehe er weitersprach. »In den Aufzeichnungen, die in dem Umschlag stecken, ist Julie bereits neunzehn. Sie hat sich übrigens zu einer betörenden Schönheit entwickelt. Angeblich pilgerten Männer ins *Chez Jérôme* und dinierten dort stundenlang, nur um einen Blick auf die wunderschöne Wirtstochter und Köchin zu erhaschen. Es gab sogar Verehrer, die ihren Liebreiz in Versen und einzelnen Zeilen verherrlichten, die sie auf den Tischen zurückließen. Eine Handvoll davon befand sich unter Isabelles Aufzeichnungen.« Wieder bückte er sich, um einen Notizzettel aufzuheben. »Deine Herrlichkeit wird zu aller Zeit bestehen, weil sie aus Sonnenstrahlen gemacht«, las er ein Beispiel vor.

»Tja«, seufzte Lea gespielt theatralisch und sagte im spöttischen Tonfall: »Das waren halt noch Zeiten, als Romantiker dem Liebreiz einer schönen Frau in Gedichtform huldigten.«

»Hm«, brummte Elias.

»Auch ihrer leiblichen Mutter schrieben Männer Gedichte und sangen Loblieder auf ihre Schönheit«, merkte Lea an.

»Stimmt, obwohl ihre Ersatzmutter ebenfalls eine sehr schöne Frau war, aber eben mit pechschwarzen Locken und nicht wie Marie Thérèse mit hellem Haar.« Er nahm den letzten Bissen, kaute, schluckte und wischte sich den Mund an der Serviette ab. »Damit kommen wir zu der Übersetzung im Umschlag und dem Jahr 1814.«

Lea warf einen scheuen Blick auf das Kuvert am Boden. »Ich hoffe, es erwarten mich keine schlechten Nachrichten.«

Elias schüttelte den Kopf.

»Hast du's etwa schon gelesen?«

»Ich habe es überflogen.«

Er schob den leeren Teller von sich. Auch Lea hatte zwischenzeitlich die Pizza verputzt. Elias hob den Umschlag auf, griff mit der anderen Hand nach der Flasche. »Setzen wir uns auf die Couch, da ist es gemütlicher zum Lesen.«

Lea nahm beide Gläser und folgte ihm zum Sofa. Elias fingerte rund zwanzig Manuskriptseiten hervor. »Wie du weißt, krönte man Napoleon 1804 zum Kaiser von Frankreich und ein Jahr später zum Kaiser von Italien. 1810 ließ er sich von Joséphine de Beauharnais scheiden, da die Ehe kinderlos geblieben war, und heiratete Marie-Louise von Österreich. Die älteste Tochter von Kaiser Franz II. Napoleon hoffte auf einen Thronfolger, der dann 1811 auch zur Welt kam. Darüber hinaus rechnete er sich durch die Vermählung mit der Kaisertochter Anerkennung durch die alten Dynastien sowie eine Festigung des Bündnisses mit Österreich aus. Napoleon verlor jedoch im Laufe der Jahre an Ansehen als Herrscher und Kriegsherr. Vor allem die katastrophale Niederlage im Russlandfeldzug schadete ihm enorm. 1814 musste er als Kaiser von Frankreich und Italien abdanken. Marie-Louise von Österreich verließ mit ihrem Sohn, dem kleinen Napoleon Franz, die Stadt. Bonaparte selbst verbannte man auf die Insel Elba.«

»Großartig, wie du Napoleons Aufstieg und Niedergang in wenigen Sätzen umreißen kannst. Und da war schon wieder dieses Glänzen in deinen Augen«, neckte sie ihn. »Aber was hat das jetzt alles genau mit Isabelle und Julie zu tun?«

Statt einer Antwort reichte er ihr die ausgedruckten Manuskriptseiten. Als Lea sie entgegennahm, berührten sich ihre

Finger. Die Berührung jagte eine heiße Welle durch Leas Körper, die ihr für einen winzigen Moment den Atem raubte. Sie meinte ihr Herzklopfen durch den gesamten Raum hallen zu hören, als schlüge jemand auf eine Trommel. Elias schenkte ihr ein zärtliches Lächeln, goss Wein nach.

Lea senkte den Blick und begann zu lesen.

27

ISABELLE

Paris, 1814

Am Neujahrsmorgen fiel Schnee. Zart und geräuschlos. Als wollte der Himmel verhindern, die Menschen zu wecken, bestäubte er die Straßen mit feinen Wölkchen, die jedes Geräusch dämpften. Ich stand im dicken Leinennachthemd vor dem Fenster und glaubte eine Veränderung zu spüren, die mich zutiefst beunruhigte. Es lag jedoch nicht daran, dass ein neues Jahr anbrach. Obwohl mich nicht zum ersten Mal Sorgen, die Zukunft betreffend, belasteten. Jérôme, der mich in solchen Augenblicken in den Arm nahm und mir versicherte, dass alles gut sei, schlief tief und fest. Ich schimpfte mich eine hysterische Närrin. Rasch legte ich mir ein warmes Tuch um die Schultern und schlich auf Zehenspitzen aus der Schlafkammer. Das Gefühl der Unruhe begleitete mich. Auf dem Weg zum Kachelofen im Gastraum, den ich neben dem Herd in der Küche befeuern wollte, fiel mir die ungewöhnliche Stille im Haus auf. Es war halb acht Uhr morgens, die Kinder lagen ebenfalls noch in ihren Betten, obgleich ich Adrien,

Noelle und Mathis wenige Minuten nach Mitternacht ins Bett geschickt hatte. Giselle hatte sich lange zuvor verabschiedet. »Kurze Nächte sind nichts für alte Leute«, meinte sie und zog sich zurück.

Um ein Uhr morgens waren die letzten Gäste gegangen. Jérôme hatte die Tische abgeräumt und ich das Geschirr gespült. Die gesamte Zeit über hoffte ich, dass die Frau des Käsehändlers nicht ausgerechnet zu dieser Stunde Wehen bekam, da mich dies zum sofortigen Aufbruch genötigt hätte. Auch wenn das Haus meiner Klientin nur wenige Schritte von unserem Restaurant entfernt lag. Ich war nun vierzig Jahre alt, und zu viel Trubel auf einmal erschöpfte mich zunehmend. Auch äußerlich war ich gealtert. Meine ehemals rabenschwarzen Locken ergrauten an einigen Stellen bereits. Die Arbeit bereitete mir noch immer große Freude, doch besonders nächtliche Geburten fielen mir aufgrund des damit einhergehenden Schlafmangels zunehmend schwer. Julie schickten wir um halb zwei ins Bett. Sie hatte bis dahin genug gearbeitet, unseren wohlhabenden Gästen ein fulminantes fünfgängiges Menü gekocht, das um Mitternacht in mit Champagner gedünsteten Trüffeln gipfelte. Dazu hatten wir kleine Feuerwerkskörper auf den Tischen explodieren lassen. Trotzdem plante sie schon bald wieder auf den Beinen zu sein, um für die Vormittagsgäste, die sich für zehn Uhr angekündigt hatten, ein Gabelfrühstück vorzubereiten. Es war eine Freude, mit anzusehen, mit welcher Leidenschaft sie die schmackhaften Gerichte zubereitete. Egal, ob Austern, Fasanen-Paté à la Bohémienne, geschmorter Bayonne-Schinken in Burgunder-Madeira-Sauce, Coq au Vin oder eine einfache Quiche. Sie kochte alles mit derselben Begeisterung, wie Giselle, ihre Lehrmeisterin, es ebenfalls tat. Damit führte Julie wahrlich die Kunst ihrer grand-mère fort.

Den Grund für die beängstigende Stille erahnte ich, ehe ich ihn entdeckte. Ich schlich die Stufen wieder hinauf zu Giselles Kammer. Vor der Tür blieb ich regungslos stehen und horchte. Eine übergroße Vorsicht war mir in Fleisch und Blut übergegangen, obwohl unsere Flucht vor Morel aus Paris nun schon so viele Jahre zurücklag.

»Maman. Was machst du?« Ich erschrak. Noelle stand ebenfalls im Nachthemd neben mir. Sie war wie aus dem Nichts aufgetaucht. Die Füße meiner dreizehnjährigen Tochter steckten in dicken Filzpantoffeln, weshalb ich sie nicht kommen gehört hatte. Liebevoll strich ich ihr über die dunklen Haare, die ihr, zu zwei Zöpfen geflochten, bis zur Mitte des Rückens fielen. Öffnete sie die Bänder, bildeten sich augenblicklich dichte Locken. Sie war mein Ebenbild. Mathis kam nach Jérôme und Adrien nach meinem Vater. Besonders die wachen Augen meines ältesten Sohnes erinnerten mich an ihn. Julie war unser blonder Engel. Das hatte regelmäßig Fragen aufgeworfen, die wir jedes Mal schulterzuckend abtaten. Die Natur sei eben nicht berechenbar, war unsere Antwort. Natürlich hatte auch Julie bemerkt, dass sie anders als der Rest der Familie aussah. Ich war mir sicher, dass sie sich ebendeshalb Gedanken machte. Jedoch hatten Jérôme und ich das Geheimnis über Julies leibliche Mutter bis heute für uns behalten. Nicht einmal Alexandre und Camille wussten Bescheid.

»Kannst du nicht mehr schlafen, Noelle?«

Sie schüttelte den Kopf. »Ich weiß nicht, was mich geweckt hat. Möglicherweise ein böser Traum, denn mein Herz pochte wild, als ich die Augen aufschlug.«

Sie fühlt wie ich die Veränderung, dachte ich und überlegte, sie loszuschicken, um Jérôme zu wecken und herzuholen. Andererseits erschien mir das nicht sinnvoll, bevor ich mich vergewissert hatte.

»Heizt du bitte ein und bereitest unser Frühstück zu?« Ich versuchte meine Stimme unbekümmert wirken zu lassen.

Noelles Blick wanderte misstrauisch zwischen mir und der Tür hin und her. »Ist etwas mit grand-maman?«

Ich unterdrückte einen schwermütigen Seufzer. »Ich komme auch gleich nach.« Ich klang mit einem Mal heiser, räusperte mich, tat, als hätte ich mich verschluckt, und hustete.

Sie spürte meine Unruhe und zögerte demzufolge.

»Nun lauf endlich«, forderte ich sie streng auf.

Sie warf mir einen argwöhnischen Blick zu, doch letztendlich eilte sie davon. Ich blickte ihr hinterher. Sie sah über ihre Schulter zu mir zurück, ehe sie aus meinem Blickfeld verschwand. Noelle würde in meine Fußstapfen treten und Hebamme werden. Sie begleitete mich seit geraumer Zeit zu fast allen Schwangeren. So bald wie möglich wollten wir sie auf die Hebammenschule schicken. Ich war überzeugt, dass eine große Zukunft vor ihr lag. Sie hatte geschickte Hände, keinen Ekel vor Blut und anderen Körperflüssigkeiten sowie das notwendige Einfühlungsvermögen. Offen gesagt, bei meiner Nachfolge hatte ich vornehmlich an Julie gedacht. Gleichwohl entdeckte sie schon als Kind ihre Leidenschaft fürs Kochen. Sie zauberte bereits als junges Mädchen aus einer Handvoll Lebensmittel die köstlichsten Gerichte. Die notwendigen Kniffe für die Verfeinerung und exquisite Nuancierung ihrer Speisen hatte ihr Giselle in den letzten Jahren beigebracht. Fasziniert hatte ich den beiden oft zugesehen, wie sie versuchten, sich hinter dem Herd spielerisch gegenseitig zu übertreffen. Oftmals glaubte ich, dass der unbekümmerte Wettstreit Giselle die zunehmenden Schmerzen in ihren gichtigen Fingern für einen Moment vergessen ließen. Wenngleich es viele Monate zurücklag, dass sie gemeinsam gekocht hatten.

Ich seufzte, drehte den Kopf wieder zur Tür der Schlafkammer und schob sie auf. Ich brauchte Gewissheit, ehe meine Tochter mit den Frühstücksvorbereitungen fertig war und zurückkam. Giselle lag in ihrem Bett. Sie sah so friedlich aus. Es wirkte, als schliefe sie tief und fest. Doch ich wusste es besser. Sie hatte das Atmen beendet und aufgehört, sich gegen das Unvermeidliche zu stemmen. Der Tod hatte sich bereits seit Wochen angekündigt. Als Erstes war ihr Appetit verschwunden. Sie hatte ausschließlich wässrige Brühe zu sich genommen und unaufhörlich über Schmerzen geklagt. Die Krankheit, so schien es, war von ihren Händen ausgehend in den Rücken und in die Beine gekrochen. Das Gehen war ihr sichtbar schwergefallen. Sie hatte sich nur noch schleppend fortbewegt, sich dabei schwerfällig auf einen Stock gestützt. Keine Salbe oder Arznei konnte Linderung verschaffen. Die Beschwerden in den Fingern waren unerträglich geworden. Schlaflosigkeit war die logische Folge. Sie wirkte bereits morgens völlig erschöpft und des Lebens überdrüssig. Die meiste Zeit saß sie kraftlos in einem Sessel. Einzig, wenn sich eines ihrer Enkelkinder zu ihr gesellte, blitzte ein Funken Freude in ihren Augen auf.

Ich stellte mich neben das Bett und streichelte zärtlich ihre faltigen Wangen, ließ meine Finger über das schlohweiße Haar gleiten und drückte ihre leblose Hand. »Au revoir. Danke für alles.«

Kurz darauf verließ ich die Kammer, zog sorgsam die Tür wieder zu, eilte zu Jérôme, und weckte ihn. »Deine Mutter …« Die Tränen kamen. Ich weinte, sagte, es täte mir leid, und überbrachte ihm mit stockenden Worten die traurige Nachricht. Ich hatte schon lange keine Tränen mehr vergossen. Giselles Tod bewegte so viel in mir. Ich dachte unmittelbar an meine geliebte Mutter, die viel zu früh gegangen war, und die schmerzhafte Erinnerung an den grausamen Tod meines Vaters kehrte unbarmherzig zurück. Jérôme war von einem Moment auf den anderen hellwach. Er umarmte mich, streichelte mir über den Rücken, tröstete mich. Dabei sollte ich ihm doch Trost spenden.

»Was ist passiert?« Julie stand in der Tür. Ihre strahlend blauen Augen waren angstvoll aufgerissen. Noch nie hatte sie mich so weinen sehen. Hinter ihr tauchte Noelle auf. Jérôme übernahm das Reden. Seine Stimme war kaum mehr als ein Flüstern, dennoch traf die Nachricht unsere Töchter mitten ins Herz. Er schickte Noelle los, um Adrien und Mathis zu wecken. »Sie sollen den Priester holen und danach dem Bestatter Bescheid geben.«

Jérômes pragmatisches Handeln gab mir Halt. Er war schon immer der bodenständige, lösungsorientierte Teil von uns.

Noelle lief davon, als wäre der Teufel hinter ihr her. Jérôme wollte nach unten, um einen Zettel an die Tür zu heften, dass das *Chez Jérôme* heute geschlossen blieb. In drei Stunden würden die ersten Gäste zum Gabelfrühstück auftauchen. Julie verharrte wie gebannt, als hätte sie jemand an Ort und

Stelle festgenagelt. Giselles Tod erschüttert sie bis ins Mark, obwohl auch sie damit gerechnet hatte. Sie sah mich an und doch durch mich hindurch, konnte nicht verstehen, was geschehen war. Von einem Moment auf den anderen machte sie plötzlich kehrt und hastete in Giselles Schlafkammer. Ich folgte ihr auf dem Fuß, holte sie jedoch erst ein, als sie bereits vor dem Bett ihrer Großmutter stand. Die Tränen meiner engelsgleichen Tochter liefen genauso still, wie die Schneeflocken vor dem Fenster zur Erde fielen. Ich entzündete mehrere Kerzen in Messingleuchten und verteilte sie im Raum. Sie warfen einen milden Schein auf Giselles Gesicht, das so friedlich schien. Julies Blick ruhte starr auf ihr. Die dezenten Lippenbewegungen verrieten, dass sie ein stummes Gebet sprach. »Sie wirkt, als hätte der Tod ihr endlich die qualvollen Schmerzen genommen«, sagte sie abschließend.

»Das hat er getan«, bestätigte ich tröstlich.

Anschließend kümmerten wir uns gemeinsam um den Leichnam. Schweigend wuschen wir sie und zogen ihr eines ihrer Lieblingskleider an. Ein beigefarbenes, knöchellanges Kleid, dessen feiner Stoff den Körper sanft umschmeichelte. Julie kämmte ihr liebevoll die weißen Haare und flocht sie wie bei einem jungen Mädchen zu Zöpfen. Ich ließ sie gewähren. Es war ihre Art, Abschied zu nehmen. Am Ende küsste sie ihre Großmutter auf die Stirn und auf beide Wangen, ehe sie ihr die Haube aufsetzte. »Leb wohl«, flüsterte sie, und ihre Augen füllten sich erneut mit Tränen.

Jérôme tauchte im Türrahmen auf. Er hatte keinen Zettel geschrieben, sondern vor der Tür auf das Eintreffen der Gäste gewartet. Er wollte den Leuten persönlich mitteilen, weshalb sie auf ihr Gabelfrühstück verzichten mussten. Mit dem einen oder anderen hatte er einen Schnaps getrunken, dann jedoch alle weggeschickt. Die Nachricht von Giselles Tod würde sich nun in der Stadt wie ein Lauffeuer verbreiten. Julie und ich verließen das Totenzimmer, damit Jérôme sich allein und in Ruhe von seiner Mutter verabschieden konnte. Ich hatte meinen Mann noch nie weinen sehen, war mir aber sicher, dass er den Tränen an Giselles Totenbett freien Lauf ließ. Ich sah in der Gaststube nach dem Feuer und warf dann einen langen Blick aus dem Fenster. Der Schneefall hatte zugenommen, fiel jetzt in dicken, nassen Flocken auf die Erde. Trotzdem tastete ich mit den Augen den Himmel ab, auf der Suche nach Giselles Seele auf dem Weg ins Paradies. Kurz vor Mittag traf der Priester von der nahe gelegenen Kirche Saint-Germain-des-Prés ein. Er klopfte den Schnee von der Soutane, ehe er eintrat. Ich führte ihn in Giselles Kammer, wo Jérôme mit rot geweinten Augen auf einem Stuhl sitzend, am Bett seiner Mutter wachte. Die Kinder reihten sich am Bettende auf, falteten die Hände. Der Geistliche salbte Giselles Stirn und die Handinnenflächen, murmelte währenddessen ein Gebet. Anschließend hielt er gemeinsam mit uns die Totenwache ab. Im Laufe des Tages klopften Gäste, Nachbarn und Freunde an die Tür, um uns ihr Beileid auszusprechen, etwas zu essen zu bringen und um uns bei der Wache zu unterstützen.

Am Morgen des dritten Januars warfen wir einen allerletzten Blick auf das bleiche Antlitz Giselles. Ein Anblick, den ich ab sofort im Herzen tragen würde, so, wie ich die Gesichter meiner Eltern immer in Erinnerung behalten werde. Danach legte der Bestatter meine Schwiegermutter in einen schlichten Kiefernsarg. Eine von zwei Pferden gezogene Leichenkutsche brachte die sterblichen Überreste zum Ostfriedhof, der vor zehn Jahren eröffnet worden war. Ein Leichenzug von etwa dreißig Leuten folgte dem Trauergefährt. Nach tröstenden Worten durch den Geistlichen wurde Giselle in ihrem Totenschrein für alle Ewigkeit in die Erde hinabgelassen. Wir standen in schwarzen Kleidern und mit hängenden Köpfen am offenen Grab und konnten nichts mehr tun, außer sie zu beweinen. Jérôme blickte auf den Sarg in der tiefen Grube. Es wirkte, als spräche er mit seiner Mutter ein letztes Mal, ehe die Erde sie für immer unter sich begrub.

Zu Hause ging Julie direkt in die Kammer der Mädchen, verkroch sich im Bett, drehte sich zur Wand und verweilte dort sprachlos. Egal, wer von uns nach ihr sah, niemand bekam eine Reaktion. Weder beantwortete sie Fragen, noch reagierte sie auf tröstende Worte oder wenn ich ihr zärtlich über die Haare strich. Sie lag nur da, starrte mit ausdruckslosen Augen gegen die Mauer. Auch den Teller mit Essen rührte sie nicht an. Noelle weigerte sich, im gleichen Raum wie ihre Schwester zu schlafen. »Ich fühle mich unwohl in dem Zimmer, solange Julie sich so merkwürdig benimmt.«

»Sie ist starr vor Trauer«, erklärte ich ihr. Doch Mathis und Adrien erzählten ihr Schauergeschichten über Geister und Teufel, die in Menschen fuhren, und beflügelten damit Noelles Angst. Deshalb bat sie mich, vorläufig in meinem Bett schlafen zu dürfen. Jérôme wollte sich so lange bei unseren Söhnen einquartieren.

»Marie Thérèse hat sich genauso verhalten, als sie vom Tod ihrer Eltern und ihrer Tante erfuhr«, sagte Jérôme leise, als wir alleine in der Gaststube waren. »Sie legte sich ins Bett und blieb zwei Tage regungslos liegen. Madame de Chanterenne ließ Marie Thérèse damals in Ruhe, dennoch hielt sie sich beständig in ihrer Nähe auf. Wir sollten es ihr gleichtun.«

»Sie ist unser Kind«, erwiderte ich scharf. »Es ist egal, was Marie Thérèse getan hat oder nicht. Julie ist nicht wie sie. Sie weiß ja nicht mal, dass die Prinzessin ihre leibhaftige Mutter ist. Wir haben sie großgezogen, Jérôme. Überdies richtete man ihre Großmutter nicht am Schafott hin. Sie starb eines natürlichen Todes. Das macht einen maßgebenden Unterschied.«

»Der Schmerz, der einem schier das Herz zerreißt, wenn man einen geliebten Menschen verliert, unterscheidet nicht, auf welche Art jemand zu Tode kommt.«

»O doch, Jérôme«, empörte ich mich vehement. »Wäre mein Vater an Altersschwäche gestorben, hätte ich seinen Tod akzeptieren können und auf übliche Weise um ihn getrauert. So wie du um deine Mutter trauerst und Mathis, Noelle und Adrien um ihre Großmutter. Aber der Tod meines Vaters unter dem Beil hat eine Wunde in mein Herz gerissen, die niemals verheilen wird.«

Jérôme seufzte ergeben, griff nach meiner Hand und drückte sie fürsorglich. »Gib ihr Zeit, Isabelle.«

In dieser Nacht schlief ich bei Julie im Zimmer. Der Schlaf war jedoch alles andere als erholsam. Ab und zu nickte ich ein, nur um im darauffolgenden Atemzug hochzuschrecken und nach ihr zu sehen. Sie lag nach wie vor regungslos da, was meine düsteren Gedanken befeuerte. Ich zündete eine Nachtkerze an, weil mir die Schatten im Zimmer auf einmal Angst einjagten. Was, wenn die Arbeit des Sensenmannes in diesem Haus noch nicht vollendet war? Wenn er in diesem Moment an Julies Bett trat und versuchte, sie mit sich zu nehmen? Jäh setzte ich mich auf, betrachtete unglücklich den Rücken meiner Tochter. Ich wusste nicht, was in meinem Herzen mehr Raum einnahm, die Trauer um Giselle oder die Sorge um Julie. Was konnte ich schon gegen den Tod ausrichten? Erneut durchlebte ich den Albtraum, meine geliebte Tochter leiden zu sehen, wie damals, als ich sie als fiebernden Säugling in den Armen gehalten hatte. Bloß, Fieber ließ sich bekämpfen. Eine Medizin gegen Seelenleiden gab es nicht. Offenkundig gelang es nicht einmal der Liebe, den Schmerz zu lindern und ihre Lebenslust zu mobilisieren. Ciel Calvin, der Sohn des Weinhändlers mit den strohigen Haaren und den fröhlichen Augen, hatte ihr Herz entflammt und sie seines. Der Junge sprach wenig, entlockte jedoch seiner Geige die schönsten Töne, wenn er keine Weinfässer schleppte oder nach den Reben am Montmartre schaute. Julie glaubte, wir bemerkten ihre verstohlenen Blicke nicht, wenn er die Weinbestellung für das Restaurant lieferte oder wenn wir ihn darum baten, für unsere Gäste im Restaurant zarte Melodien zu spielen. Ihre Zuneigung hatte in jenem flüchtigen Augenblick begonnen, als sie einander zum ersten Mal begegnet waren. Von einem Moment auf den anderen lag in Julies Augen ein glühendes Funkeln, auf ihre Wangen trat eine verräterische Röte, sobald der Name des jungen Mannes fiel. Jérôme und ich waren übereingekommen, dass wir ihn im Falle ihrer Verlobung als Schwiegersohn akzeptieren würden. Sorge bereiteten mir bloß Ciels Eltern, die in dem althergebrachten Glauben verharrten, dass in der Ehe ausschließlich der Mann das Sagen hatte.

Im Morgengrauen erhob ich mich, glücklich, dass Julie

noch bei uns war. Doch der Tag verlief wie der vorangegangene. Sie bewegte sich keinen Millimeter, lag nach wie vor versteinert auf der Stelle, starrte die Wand an und reagierte weder auf Berührungen noch Fragen.

Tiefe seelische und körperliche Erschöpfung ließen mich in der zweiten Nacht gnädigerweise in einen Halbschlaf fallen. Ich hörte die Stimme meines Vaters, der mir befahl, die Halskette der Königin, die er soeben gefertigt hatte, zu vernichten. Ich schreckte hoch und brauchte einen kurzen Moment, um zu begreifen, wo ich mich befand. Weshalb mir das Diamantencollier im Traum erschienen war, konnte ich mir nicht erklären. Schon lange hatte ich nicht mehr daran gedacht. Die Zeichnung, die mein Vater dazu angefertigt hatte, lag in meinem Tagebuch. Ich drehte mich zur Seite und lauschte. Julie atmete gleichmäßig.

»Du bist stark, mein Kind«, flüsterte ich in die Dunkelheit. »Ich flehe dich an, kämpfe gegen die dunklen Dämonen an, die versuchen, dich in ihr tiefes Loch zu ziehen.«

Am Morgen des fünften Januars setzte sie sich schlagartig auf und blickte mich an.

»Maman.«

»Julie!« Mit einem langen Schritt war ich bei ihr, ließ mich auf dem Rand ihres Bettes nieder.

»Ich habe keine Tränen mehr«, sagte sie verzweifelt.

Ich umarmte sie, drückte sie fest an mich. »Dann hast du jetzt wieder Kraft zum Leben.«

Eine Weile saßen wir so da. Ich wiegte sie in meinen Armen wie einen Säugling. Sie schlang ihre Arme ebenfalls um mich. Sie ist meine Tochter, murmelte ich stumm, obwohl mir zeitgleich bewusst wurde, dass sie wie ihre leibliche Mutter exakt für zwei Tage in Trauerstarre verfallen war.

»Ich möchte heute für unsere Gäste jene Gerichte kochen, die mir Großmutter als Erstes beibrachte«, sagte sie jäh. »Zwiebeltarte und Boeuf Bourguignon.«

Ich löste mich aus unserer Umarmung, um ihr in die Augen sehen zu können, nahm ihre Hände in meine. »Fühlst du dich kräftig genug? Dein Vater hat zwar entschieden, das *Chez Jérôme* am heutigen Tag wieder aufzusperren, gleichwohl ...«

»Ich habe hinreichend Kraft gesammelt«, unterbrach sie mich.

Die Angst, meine Tochter könnte an einem gebrochenen Herzen sterben, verschwand im Nichts wie Frühnebel am Morgen. Das Glücksgefühl, dass sie ins Leben zurückgefunden hatte, sprengte mir fast die Brust.

»Lass uns deinen Geschwistern und deinem Vater Bescheid geben. Sie werden überglücklich sein, dass es dir besser geht. Wir sind vor Sorge um dich nahezu vergangen.« Tränen des Glücks schossen in meine Augen.

»Das tut mir leid. Ich wollte euch nicht beunruhigen. Ich brauchte einfach Zeit. Auch zum Nachdenken.«

»Worüber hast du nachgedacht?«

»Über mich.«

Ich erschrak, ahnte, worauf das Gespräch hinauslief. Am liebsten hätte ich sie gebeten, nicht weiterzureden.

»Eines Tages wirst du mir die Wahrheit sagen, Maman.«

Um meinen Schreck zu verbergen, erhob ich mich und öffnete das Fenster. Die eisige Luft kühlte mein vor Aufregung erhitztes Gesicht. »Welche Wahrheit?«, fragte ich, ohne ihr ins Gesicht zu blicken.

»Die Wahrheit über mich.«

Bedächtig wandte ich mich um, sah ihr in die Augen und schwieg. Es war, als wäre sie in der Zeit auf dem Trauerlager endgültig aus einem wohlbehüteten Traum erwacht.

»Nicht heute, Maman. Aber ich bitte dich, mir zu versprechen, ehrlich zu sein, sobald ich die Wahrheit einfordere.«

Ich versprach es, ohne zu wissen, ob mein Herz dieser tapferen Aufgabe gewachsen war.

28

In dieser Nacht besprach ich mein Versprechen gegenüber Julie mit Jérôme.

»Wir ahnten beide, dass dies früher oder später einmal kommen würde«, meinte er. »Julie hat einen scharfen Verstand, und sie ist nicht blind.«

»Ich bin mir nicht sicher, ob ich es schaffe, ihr die brutale Wahrheit zu verraten. Deshalb will ich, dass du es tust, sobald sie die Erklärung einfordert.«

Er wirkte niedergeschlagen, als ich ihm sein Wort abrang, diese Aufgabe mit mir zu teilen, sobald der Tag der Einlösung kam.

»Vielleicht kommt es gar nicht so weit, und sie lässt von dieser Idee ab«, antwortete er hoffnungsvoll.

Tags darauf verließ ich um halb elf das Haus und machte mich auf zu Camille. Sie hatte in unserem Auftrag weiße Tischtücher fürs *Chez Jérôme* genäht, die ich abholen wollte. Auf dem Weg schaute ich bei Claudine Edmond, der hochschwangeren Käsehändlerin, vorbei. Sie stand hinter dem Verkaufstresen. Ihre Wangen leuchteten rot, da jeder Handgriff sie gegenwärtig anstrengte. Der ausladende Bauch, den Isabelle unter dem sackartigen, grauen Leinenkleid deutlich erkennen konnte, war ihr sichtbar im Weg. Die hellbraunen

Haare hatte sie schlampig nach oben gezwirbelt und festgesteckt. »Bonjour, Isabelle.« Sie fuhr sich mit dem Handrücken über die Stirn.

»Bonjour, Claudine. Wie geht es Ihnen?«

»Mir kommt vor, die Gerüche der unterschiedlichen Käsesorten überfordern mit einem Mal meine Nase. Mir wird von Düften übel, die ich früher als angenehm empfand.«

»In der Schwangerschaft empfinden viele Frauen Aromen anders als zuvor. Viele Frauen entwickeln Empfindlichkeiten. Das ist kein Grund zur Besorgnis.«

»Dann werde ich das wohl noch eine Weile aushalten müssen. Denn ich befürchte, das Kleine lässt sich noch ein bisschen Zeit.« Sie strich sanft über die dicke Wölbung.

Ihr Mann, ein magerer Kerl mit Halbglatze und gutmütiger Miene, tauchte aus dem hinteren Teil des Ladens auf. »Habt Ihr schon gehört, Madame?«, fragte Hugo Edmond mit unheildrohender Stimme, um sogleich fortzufahren. »Die Russen und Preußen sollen in der Neujahrsnacht die Rheinbrücke überquert haben.«

»Oh. Damit hat ohne Frage niemand gerechnet«, sagte ich überrascht. Obwohl sich unsere Soldaten im Oktober nach der herben Niederlage bei Leipzig über den Rhein hatten zurückziehen müssen, verschwendeten wir Pariser Bürger in unserem tagtäglichen Leben keinen Gedanken an mögliche Gefahren. »Wer behauptet denn das?«, fragte ich.

»Die Leute, die heute zu uns einkaufen kamen, sprachen über nichts anderes. Angeblich steuern die feindlichen Truppen bereits auf Paris zu«, präzisierte er die Gerüchte, die sich, wie er berichtete, seit Stunden in der Stadt verbreiteten.

»Das wird uns Stadtbewohner in Windeseile in eine Wirklichkeit schmettern, die wir bis zu diesem Tag erfolgreich verdrängt haben.« Es herrschte immer noch – oder erneut – Krieg. Es gelang mir nicht mehr, zwischen vergangenen und aktuellen Kämpfen zu unterscheiden. Zu viele Schlachten waren geführt worden. Ich spürte, wie mir die Angst den Rücken emporkroch, während ich mit dem Ehepaar Edmond über das Vorrücken unserer Gegner sprach.

»Die Gefahr kommt näher«, sagte Claudine, wickelte ein Stück Camembert in Papier und reichte es mir. »Und eine Vielzahl der Pariser erstarrt in Gleichgültigkeit. Aber zu denken, dass der Krieg irgendwo in fernen Ländern stattfindet und Napoleons Soldaten allein betrifft, war offensichtlich ein Irrglaube.« Sie presste die Hände ins Kreuz und drückte es durch. Die letzten Tage einer Schwangerschaft waren eine Qual.

»Wer kann es ihnen verdenken. Die Menschen sind den nie enden wollenden Krieg von Herzen überdrüssig«, entgegnete ich. Der Gedanke, Paris könnte zum Kriegsschauplatz werden, schnürte mir die Kehle zu. Die Erinnerungen an Robespierres Schreckensherrschaft waren noch nicht verblasst. Der Gestank des Blutes und die Bilder des Todes hatten sich in mein Gedächtnis gebrannt. Der Gedanke, im schlimmsten Falle kriegerische Auseinandersetzungen miterleben zu müssen, ließ mich – unter anderem aus Angst um meine Familie – schier verzweifeln. Ich verabschiedete mich rasch und versprach, ab sofort täglich vorbeizuschauen. Mit trüben Gedanken setzte ich meinen Weg in die Rue Saint-Claude fort.

Dem Anschein nach war Camille das Gerücht ebenfalls zu

Ohren gekommen. Denn die energische Art, mit der sie den Schnee vor der Haustür fegte, erschien mir, als versuchte sie ihre folternden Sorgen wegzukehren. Und ich konnte mir denken, welche das waren. Ihr Sohn war zweiundzwanzig, ein stattlicher Kerl, das junge Ebenbild seines Vaters. Alexandre hatte Albert zwischenzeitlich das Schmiedehandwerk gelehrt. Die Nachfolge war geregelt. Die Gefahr, dass er bald Hammer und Amboss gegen Gewehr und Säbel tauschen musste, war nicht von der Hand zu weisen. Denn jede gewonnene oder verlorene Schlacht war die Ankündigung einer erneuten Rekrutenaushebung. In den Schulen und Theatern lasen Männer aus vollem Hals triumphale Bekanntmachungen vor. Mit keinem Wort berichteten sie von den grausamen Geschehnissen, die ein Gefecht mit sich brachte. Ebenso wenig taten dies die Offiziere, die auf Urlaub in der Stadt weilten. Sie konkurrierten in großspurigen Erzählungen. Selbst unser Restaurant wurde regelmäßig zur Bühne ihrer Prahlsucht.

»Hast du das Neueste schon gehört?«, begrüßte mich Camille, ohne mit dem Fegen aufzuhören.

»Falls du die Truppenüberquerung am Rhein ansprichst, dann ja.« Mein Blick streifte auf der gegenüberliegenden Straßenseite das Haus, das einst mein Vater besessen hatte und das mein Zuhause gewesen war. Als Morel durch den Sturz vom Pferd zu Tode kam, ging es gewohnheitsmäßig an seinen Ältesten über.

»Sein Sohn ist ebenfalls Advokat. Er ist trinksüchtig und verschwenderisch. Gibt das meiste Geld für Huren und seine Spielsucht aus.« So hatte ihn Camille beschrieben. »Es wird nicht lange dauern, und er wird das Haus verkaufen müssen.«

»Obendrein ist es Unrecht, dass er es überhaupt besitzt und nicht ich«, hatte ich entgegnet. Ungeachtet dessen, dass Bodenbesitz von Gesetzes wegen nicht an weibliche Nachkommen weitervererbt werden durfte.

»Du kannst es nicht ändern, also hör auf, dir darüber Gedanken zu machen!«, hatte Camille den Wortwechsel beendet.

Die Tür zur Gaststätte stand offen. Ein Trunkenbold torkelte auf die Straße.

Camille lehnte den Besen mit einer resoluten Handbewegung an die Wand. »Es sterben Franzosen auf dem Feld, weit weg von zu Hause. An irgendeinem Ort, dessen Namen ich nicht mal aussprechen kann«, führte sie mich grimmig wieder zum ursprünglichen Gespräch zurück. »Das ist falsch, Isabelle.«

Ich verstand, dass meine Freundin damit auf den Feldzug in Russland vor zwei Jahren anspielte. Tausende Männer, darunter auch Halbwüchsige, waren einen gewaltsamen Tod gestorben, ehe die Grande Armée sich zurückgezogen hatte. Dem war die Niederlage in Leipzig gefolgt. Camille verursachte der Gedanke, ihren Sohn auf diese unglückselige Weise zu verlieren, körperliche Schmerzen.

»Und jetzt bringt dieser verfluchte kleinwüchsige Korse das Unglück in die Stadt. Einerlei, wie viel Siege er Frankreich bescherte, wir sind seiner endgültig leid«, presste sie wütend zwischen zusammengebissenen Zähnen die Meinung Tausender Franzosen hervor. Die andauernden, abenteuerlichen Kriegszüge, der Niedergang der Wirtschaft und die immer weiter in die Ferne rückende Aussicht auf Frieden zermürbten das Volk. Das Vertrauen in Napoleon sank von

Feldzug zu Feldzug. Camille deutete mir, ihr ins Haus zu folgen. In der Schmiede begrüßte ich Albert und Alexandre, die gerade dabei waren einem dürren Gaul Hufe anzupassen. Fleurette war mit Sylvie zum Markt aufgebrochen, erklärte Camille, als ich nach den beiden im Wohnraum Ausschau hielt.

»Paris ist in keinerlei Hinsicht für eine Verteidigung gerüstet, sagt Alexandre«, brummte sie, als sie mir die in Stoff eingewickelten Tischtücher in die Hand drückte. Ich gab ihr im Gegenzug das dafür vereinbarte Geld.

»Selbst die Stadtzollmauer ist an vielen Stellen nicht fertiggestellt. Wie also soll sie uns schützen, für den Fall, dass wir angegriffen werden?«

»Vielleicht kommt es nicht so schlimm«, unternahm ich einen hilflosen Versuch, meine Freundin zu beruhigen.

»Du wirst sehen, wir bewegen uns auf einen Abgrund zu«, schloss Camille ihre trübselige Vorahnung. »Das ist das Ende des Kaiserreichs.«

Ich sah sie verblüfft an. Dieser Gedanke entzog sich meiner wildesten Fantasie.

Als ich nach Hause zurückkehrte, wischte Noelle den Boden im Restaurant. Ich reichte ihr den Camembert, den mir Claudine gegeben hatte, und bat sie, ihn auf das Holzbrett im Keller zu dem anderen Käse zu legen. Jérôme fand ich im Hinterhof. Er hackte Holz. Adrien und Mathis stapelten die Scheite auf. Ihr Atem bildete kleine Wölkchen vor ihren Mündern, ihre Wangen leuchteten rot vor Kälte und Anstrengung. Mit aufgeregten Worten berichtete ich von den Neuigkeiten, die von Mund zu Mund weitergetragen wurden.

Jérôme war bereits von Hugo Edmond unterrichtet worden, als dieser den am Vortag bestellten Käse geliefert hatte. »Seine Befürchtung ist zutiefst pessimistisch. Angeblich unternimmt man sogar den verzweifelten Versuch, die Nationalgarde wieder aufzustellen.«

Mein Blick streifte meine Söhne. Stumm dankte ich Gott, dass sie zu jung für den Militärdienst waren.

»Was denkst du darüber?«

»Es gelingt mir nicht, mir eine klare Meinung zu bilden. Sollte es jedoch in den Straßen von Paris zu Gefechten kommen, dann gnade uns Gott. Im Fall einer Niederlage droht die Gefahr, dass Paris dem Erdboden gleichgemacht wird, so wie Moskau. Unsere Armee lässt seit Jahren unzählige Länder erzittern, das ruft regelrecht danach, sich an uns zu rächen.«

Damit verstärkte er die dunklen Bilder in meinem Kopf.

»Ciel ist vor wenigen Minuten mit der neuen Weinlieferung aufgetaucht«, verriet Jérôme und zwinkerte mir verschwörerisch zu. Ich verstand den Fingerzeig und wusste, dass ich mich besser eine Weile dem Weinkeller fernhalten sollte, um die beiden Verliebten nicht in einer blamablen Situation zu überraschen. Wir gönnten ihnen bei jeder Lieferung einen Augenblick der Zweisamkeit. Ausreichend für zwei, drei sehnsüchtige Küsse. Kurz genug, um Weiteres zu verhindern. In dem Moment kam mir die Erkenntnis, dass man möglicherweise Ciel an die Kanonen beordern könnte, sobald Kämpfe in der Stadt aufkeimten. Die Vorstellung verursachte mir Übelkeit.

»Ich denke, es wird Zeit, mit Julie über ihre Zukunft zu reden.« Die Idee, die Hand meiner hübschen Tochter der Liebe ihres Herzens zu übergeben, gab mir Hoffnung. Das Leben ging weiter, egal, was geschah.

Jérôme blickte mich besorgt an. »Du weißt, was das bedeutet?«

»Ja.« In der Nacht der Hochzeit würde Julie auf das Weingut ihres Ehemannes ziehen, und wir würden uns in Folge nach einem Koch umsehen müssen. »Das ist eine schmerzhafte Tatsache, die uns erst einmal keine andere Wahl lässt. Andererseits haben wir unsere Tochter im Geist eines selbstbestimmten Menschen erzogen.« Ich war überzeugt, dass sie ihre Leidenschaft nicht aufgeben würde, um sich der Denkweise ihrer künftigen Schwiegereltern anzupassen. In dem Moment kam mir eine Idee. »Eine Frau kann von Gesetzes wegen zwar kein Eigentum besitzen, aber du könntest ihr die Leitung des Restaurants überlassen.«

Jérôme runzelte die Stirn, als verstünde er nicht recht.

Ich erklärte ihm meinen Gedanken. Nach außen hin sollte alles beim Alten bleiben. Ab sofort sollte Julie jedoch die alleinige Verantwortung für die Speisekarte und das Erscheinungsbild des *Chez Jérôme* übernehmen.

»Damit übergeben wir ihr die Verantwortung und schenken ihr unser uneingeschränktes Vertrauen. Später, wenn Adrien das Haus übernimmt, können die beiden den Fortbestand des Restaurants untereinander regeln. Bis dahin ist Julie die absolute Herrin.«

Jérôme grinste über das ganze Gesicht. Er hatte begriffen, dass ich mit diesem Schachzug Julie einen Anreiz geben und verhindern wollte, dass sie sich diesen starren Konventionen unterwarf. Er willigte ein, vorausgesetzt, unsere Tochter gab ebenfalls ihr Einverständnis.

Der Tag von Claudines Niederkunft fiel auf den neunten Januar. Es war ein Sonntag. Ich stand neben Julie in der Küche, um ihr zur Hand zu gehen. Die ersten Gäste hatten sich für halb drei angekündigt.

Meine Idee von Julies Restaurantleitung hatten Jérôme und ich noch am selben Abend mit ihr besprochen. Sie zeigte sich zuerst verblüfft ob unseres ungewöhnlichen Vorschlags. Doch ihr Einverständnis bedurfte keiner Überredung. Auch nach einer Vermählung weiterhin im Restaurant zu kochen war ihr ein Herzensanliegen. Dennoch wollte sie den Grund für diese Entscheidung wissen. Ich sagte die Wahrheit, erläuterte meine Bedenken. Jérôme versprach, dass er, sobald Ciel um ihre Hand bei ihm anhielt, sein Jawort geben würde. Sie errötete bei seinen Worten. Julie würde das *Chez Jérôme* leiten. Damit war alles geklärt.

Als Mathis durch die offen stehende Küchentür stürzte, schälte ich gerade Kartoffeln. »Monsieur Edmond ist gekommen!«, rief er aufgeregt.

Ich begriff sofort. Rasch wischte ich meine Finger an der Schürze ab.

»Das Kind«, schob Mathis derweil überflüssigerweise hinterher.

Ich schickte ihn weiter, um Noelle Bescheid zu geben, die im oberen Stockwerk die Betten mit frischen Laken bezog. Sie sollte mich begleiten. Während Mathis die Stufen hinaufflog, eilte ich nach vorne in den Gastraum. Hugo Edmond stand mit hochrotem Kopf an der Theke. Jérôme schenkte ihnen beiden Schnaps ein. Sicher nicht das erste Glas. Mit einem Zeichen bedeutete er mir, dass er sich um den werdenden Vater kümmern würde, während Noelle und ich Claudine zur Seite standen. Meine Tochter erschien mit der Tasche mit den Instrumenten. Darin befand sich unter anderem auch eine Geburtszange, die ich jedoch nur im Fall einer Komplikation einsetzte. Claudines Mutter, ein gebrechliches altes Weib mit grauen, ausdruckslosen Augen, einem schmallippigen Mund und stets in schwarze Kleidung gehüllt, öffnete uns die Tür. »Ich habe schon heißes Wasser vorbereitet.« Ihr Tonfall zeugte davon, dass sie unser Auftauchen für überflüssig hielt. Alle Frauen in ihrer Familie bekamen normalerweise ihre Kinder im Familienkreis und ohne die Hilfe von Hebammen. Aber da Claudines Schwester bei der Geburt ihres ersten Kindes fast gestorben wäre, bestand die Käsehändlerin auf meiner Anwesenheit.

Wir ignorierten die feindselige Stimmung der Alten. Noelle heizte den Ofen und sorgte für die passende Raumtemperatur. Währenddessen hörte ich die Herztöne des Ungeborenen durch den Bauch ab. Die Wehen kamen in rhythmischen Abständen. Die Dauer der Kontraktionen sowie Claudines Klagen über Kreuzschmerzen verrieten mir, dass sich der Körper erst einmal auf die Geburt vorbereitete. Ich tastete zunächst ihren Bauch, dann den Muttermund ab. Die Öffnung zeigte mir, dass es noch dauerte, bis die Presswehen einsetzten. Drei Stunden später fühlte ich, dass der Kopf des Kindes gegen den Muttermund drückte. Claudines Schmerzen verstärkten sich. In der folgenden Stunde kamen die Wehen in immer kürzeren Abständen. Noelle hielt die gesamte Zeit über Claudines Hand, verzog keine Miene, auch wenn diese aufgrund der Geburtsschmerzen ihre Finger nahezu zermalmte. Die Geburt ging ohne Schwierigkeiten vonstatten. Von einem schmerzerfüllten Moment auf den anderen lag ein strammer Junge auf dem Laken und sogleich im Arm seiner Mutter.

Auf dem Heimweg gehörten meine Gedanken Giselle. Ein Leben verging, ein neues begann. Das war nun mal der Kreislauf des Lebens.

In den folgenden Wochen kam es erneut zu schicksalhaften Kämpfen. Bei Colombey-les-Deux-Églises unterlagen die französischen Einheiten den württembergischen und österreichischen Truppen. Wenige Tage später konnte sich Napoleons Armee den preußischen Soldaten und russischen Kosaken gegenüber durchsetzen. Am 18. Februar besiegte Napoleon in der Schlacht bei Montereau Österreich, eine Woche darauf erlitt er bei Bar-sur-Aube wiederum eine Niederlage. Währenddessen versuchte man verzweifelt Paris abzusichern. Jedoch wurden lediglich 200 Kanonen an den Barrieren postiert, jämmerlich bemannt mit Studenten und Veteranen.

»Kein Militär wird diese Lächerlichkeit als bedrohende Gegenwehr wahrnehmen. Wir sind dem Untergang geweiht«, meinte Jérôme mutlos.

Er stand mit seiner Meinung zwar nicht allein, doch der ständige Wechsel von Sieg und Misserfolg verwirrte die Bevölkerung vermehrt. Einerseits misstraute man der Kunde vom Heranrücken der Alliierten, andererseits schürten die Geschichten über die Grausamkeit der Kosaken und Preußen die Angst. Anfang März zog ein Gerücht durch die Stadt. Angeblich planten die Verbündeten, Frieden mit Frankreich zu schließen, Napoleon abzusetzen und die Bourbonen wieder auf den Thron zu bringen. Angefeuert wurde der Klatsch, als am 29. März Napoleons österreichische Gemahlin Marie-Louise Paris gemeinsam mit ihrem Sohn Hals über Kopf verließ, in Begleitung von 1500 Gardisten. Man erzählte sich, dass ihre Flucht sie nach Wien zurückführte. Napoleon selbst befand sich viele Kilometer entfernt. Man vermutete, dass er nicht so bald zurückkäme. Verblieben waren Graf von Talleyrand-Périgord und Joseph Bonaparte, der ältere Bruder Napoleons.

Tags darauf erstürmten hunderttausend feindliche Streitkräfte den Montmartre. Ihnen standen gerade mal vierzigtausend französische Verteidiger gegenüber. Am frühen Vormittag des 31. März verbreitete sich die Meldung über die Kapitulation wie ein Lauffeuer. Camille hatte recht behalten. Das Kaiserreich zerbrach.

»Sie kommen!«, brüllte Adrien aus Leibeskräften, damit wir ihn alle im Haus hörten und er sich nicht von der Stelle bewegen musste. Er wartete seit einer halben Stunde in der offenen Eingangstür. Hugo Edmond hatte uns von jungen Männern berichtet, die sich angeblich auf der Place de la Concorde versammelten. »Sie tragen weiße Schärpen und Rosetten als Zeichen ihrer monarchistischen Gesinnung. Sie teilen sich in Gruppen auf und beginnen durch die Stadtteile zu ziehen«, hatte der Käsehändler behauptet und uns geraten, unser Haus zu verbarrikadieren. Er befürchtete Ausschreitungen, weil er von einem Handgemenge zwischen Demonstranten und der Nationalgarde auf der Place de Grève gehört hatte. Doch Jérôme war zuversichtlich, dass sich die Attacken mit Bestimmtheit nicht gegen Händler und Wirtsleute richteten. Kaum hatte ich den Ruf meines Sohnes vernommen, kam es mir vor, als hörte ich Stimmen, die Parolen brüllten. Ich verstand jedoch kein einziges Wort, vernahm nur Gegröle. Julie und ich standen am Herd, ließen alles stehen und liegen und eilten nach vorne. Jérôme, Mathis und Noelle hatten sich bereits bei Adrien eingefunden. Wir traten auf die Straße, sahen unsere Nachbarn, die sich ebenfalls vor ihren Häusern oder an offenen Fenstern in den oberen Stockwerken versammelt hatten. Alle wollten das Treiben sehen.

»Vive le Roi! Vivent les Bourbons! À bas le Tyran!«, rief eine näher kommende Gruppe Kerle im Singsang. »Lang lebe der König! Es leben die Bourbonen! Nieder mit dem Tyrannen!«

Eine Handvoll Passanten hatte sich ihnen angeschlossen. Sie lachten und winkten mit weißen Taschentüchern. Der Anblick erinnerte mich an die Jakobiner, die ebenfalls vor mehr als 20 Jahren vor unserem Haus in der Rue Saint-Claude vorbeizogen. Nur, dass diese jungen Männer damals das Lied der Revolution sangen.

Jérôme nahm meine Hand und drückte sie. Er starrte wie gebannt auf die vorbeiziehende Truppe.

29

»Weißt du, was man sich auf dem Markt erzählt?« Julie stellte aufgeregt die beiden Körbe mit den Einkäufen auf dem Küchentisch ab. Seit der Kapitulation waren vier Wochen vergangen, und die Klatschmäuler von Paris erfanden täglich neue Geschichten.

»Die Preise steigen wieder«, mutmaßte ich erschrocken. Wir litten seit vier Jahren unter einer schmerzhaften Wirtschaftskrise. Das Brot hatte im Mai 1812 per Dekret erneut Höchstpreise erzielt. Erst eine gute Ernte im darauffolgenden Jahr hatte die Kaufpreise für den Brotlaib auf fünfzehn Sous sinken lassen. Doch ich befürchtete einen abermaligen Preisanstieg. Immerhin war Frankreich vor Kurzem nach einem schier endlosen Krieg geschlagen worden. Napoleon hatte man gezwungen abzudanken und auf die Insel Elba verbannt. Ludwig XVIII. hatte man zum König berufen.

»Nein, Maman. Man munkelt, dass Madame Royale an Chic verloren hat. Dass nicht nur ihr Antlitz unansehnlich geworden ist, sondern sie auch noch hässliche englische Mode trägt.«

Julies Erläuterungen versetzten mir einen Stich ins Herz. Sie wiederholte das boshafte Gerede, ohne zu wissen, dass sie über ihre leibliche Mutter spottete. Ich lachte unnatürlich auf. »Fürwahr? Darüber spricht man? Das sind unsere Sorgen?«

»Man macht sich Gedanken, weil sie doch einst eine strahlende Schönheit gewesen sein soll. Entzückend anzusehen, in edlen Gewändern. Gegenwärtig, so hört man, soll sie ziemlich reizlos sein.« Julie selbst kleidete sich längst nach der neuesten Mode, die sich an griechischen und römischen Vorbildern orientierte. In diesem Moment trug sie ein knöchellanges, elfenbeinfarbenes Hängekleid, das unter der Brust geschnürt war.

»Im Exil in England wird ihr vermutlich keine französische Schneiderin zur Beratung zur Seite stehen. Überdies ist das Klima dort rauer. Dünne Stoffe halten sie nicht warm«, versuchte ich eine logische Erklärung für die Bekleidung abzugeben, die sie offenbar zum Entsetzen der Bevölkerung trug.

»Das kann sie ja nun in Paris wieder ändern«, fügte ich hinzu. Die halbe Stadt war in Aufruhr, weil Marie Thérèse, die Tochter des Märtyrerkönigs, zurückkehrte. Vor vier Tagen, am 24. April, hatte sie an der Seite ihres Onkels Ludwig XVIII. in Calais französischen Boden betreten. Ihr Gemahl, der Herzog von Angoulême, befand sich bereits seit einigen Wochen in Frankreich. Bordeaux hatte ihm als erste Stadt die Tore geöffnet, wo er vorerst bleiben wollte. Marie Thérèse und der zukünftige König hingegen planten, am dritten Mai in Paris einzuziehen. Man tuschelte, Madame Royale nähme die Stellung der ersten Dame am Hofe an, da Ludwigs Frau Luise Maria Josepha von Savoyen im englischen Exil gestorben war. Jedes Mal, wenn ich Julie ansah, erblickte ich zugleich Marie Thérèse Charlotte de Bourbon. Das grazile Mädchen, das ich einst im Temple beim Spaziergang gesehen hatte. Ihre Fragilität, ihre zarte Schönheit hatte sie ihrem Kind weitergegeben. Eine Entwicklung, die mir ernsthaft Kopfzerbrechen bereitete, seitdem die Rückkehr der Bourbonen nach Paris immer realer wurde. Natürlich fiel den Leuten auf, dass Julie anders aussah als der Rest der Familie. Doch die Ähnlichkeit mit der Tochter Marie Antoinettes war bisher noch niemandem in den Sinn gekommen. Wahrscheinlich, weil keine Menschenseele so viel Einbildungskraft besaß, zwischen meiner Tochter und der Aristokratin einen Zusammenhang zu ahnen. Überdies war sie seit sechzehn Jahren Jérômes legitimes Kind. Gleichwohl lastete Julies Forderung, eines Tages die Wahrheit über ihre Herkunft zu erfahren, schwer auf mir. Um den Gedanken abzuschütteln, nahm ich eingehend das Gemüse im Korb in Augenschein: Die Lauchstangen, die Tomaten, den Kohl, den Feldsalat, die Auberginen und die Pastinaken. Wir hatten letzte Woche Noelle losgeschickt. Die gierigen Marktweiber hatten ihre Unerfahrenheit ausgenutzt und schlechte Ware unter die gute gemischt. An diesem Morgen war Julie wieder selbst auf den Markt gegangen und hatte strengen Auges die Ware begutachtet. Das Gemüse war diesmal von untadeliger Qualität.

Julie nahm die graue Schürze vom Haken und band sie sich um. »Stell dir vor, Maman, niemand Geringeres als Madame Minette hat der ehemaligen Prinzessin in Windeseile eine neue Garderobe für den Einzug am dritten Mai angepasst.«

Ich zeigte mich beeindruckt. Fraglos hatte sich die beste Schneiderin von Paris den Umstand, ein passendes Staatsgewand in kürzester Zeit anzufertigen, festlich bezahlen lassen. »Und du weißt gewiss, was sie tragen wird.«

Julies Augen bekamen einen verträumten Ausdruck. »Man erzählt sich, das Kleid bestünde aus weich fließendem Silberlamé.«

»Die Grundfarbe wird vermutlich weiß sein, die Farbe der Bourbonen?«, warf ich fragend dazwischen.

»Natürlich. Und ihren Kopf soll ein Käppchen mit weißen Straußenfedern schmücken. So eine Garderobe könnte sich unsereins nicht einmal leisten, wenn wir das gesamte Leben lang Geld zur Seite legen würden.«

Erneut spürte ich einen Stich im Herzen. Wäre Julie unter anderen Umständen geboren worden, trüge sie ebenfalls solche Kleider und schwärmte nicht nur davon – obwohl wir uns mittlerweile aufgrund des gut gehenden Restaurants durchaus zu den wohlhabenden Parisern zählen durften. »Soso. Das wird sie also bei ihrem Einzug tragen.«

Julie sah mich eindringlich an. Ich ahnte, welchen Wunsch sie im nachfolgenden Atemzug aussprechen würde, und wappnete mich.

»Fleurette und Camille gehen zur Notre-Dame.«

»Aha.«

»Ja, sie meinten, wir könnten uns zusammentun und gemeinsam zur Kathedrale laufen.«

»Um was zu tun?«, fragte ich, als hätte ich nicht begriffen.

»Um die Duchesse d'Angoulême zu begutachten. Sie will dort mit dem König einen Gottesdienst besuchen, ehe sie in die Tuilerien einziehen.«

»Wahrhaftig.«

Napoleon hatte sich gerade einmal vor zehn Jahren in der Kathedrale zum Kaiser krönen lassen.

»Ich würde sie nur allzu gerne sehen.« Ihre blauen Augen funkelten schaulustig.

»Warum?«

»Weil ihr Einzug ein einzigartiges Volksfest wird. Immerhin war sie Frankreichs Prinzessin. Bitte, Maman«, flehte sie mich an. Sie hielt den Kopf geneigt, was sie verletzlich erscheinen ließ.

»Zweifellos wird sich entlang der Strecke eine Menschenmenge versammeln. Sie werden dir auf die Füße treten, dich fast erdrücken. Zuletzt erhascht du höchstenfalls einen Blick auf einen Pferdekopf oder die Kutsche. Das ist die Sache nicht wert«, versuchte ich sie umzustimmen.

»Sie wird sich der Menge zeigen.«

»Du denkst doch nicht ernsthaft, dass sie stehen bleibt und sich unters Volk mischt.«

»Nein, aber sie wird aus dem Kutschenfenster blicken! Und in diesem Moment werde ich sie sehen. Davon bin ich überzeugt.« In Julies Worten lag Entschlossenheit.

Ich wollte mir nicht einmal in Gedanken ausmalen, was geschehen könnte, falls die beiden einander erblickten.

»Ich will sie auch ansehen.« Noelle betrat die Küche. Offenbar hatte sie das Streitgespräch mit angehört. Sie stemmte die Hände in die Hüften, wie ich es tat, wenn ich böse mit ihr war. Ich unterdrückte ein Lachen, zugleich bemerkte ich, dass mich das Flehen meiner Töchter überlastete.

»Ich muss darüber nachdenken«, sagte ich im Weggehen. Auf meinem Weg aus der Küche begleitete mich das aufgeregte Geplapper der beiden. Sie zweifelten nicht an ihrem Sieg in dieser Sache.

Ich fand Jérôme in der Gaststube. Er schob gemeinsam

mit Adrien Bierfässer unter die Theke. »Ich habe eine Angelegenheit mit deinem Vater zu bereden, die nicht für Kinderohren bestimmt ist«, sagte ich und schickte unseren Sohn aus dem Raum.

Er verzog missmutig den Mund, immerhin war er bereits fünfzehn.

»Kehr den Eingang«, befahl Jérôme.

Adrien trollte sich, wenngleich griesgrämig vor sich hin brummend. Er hasste es, herumgescheucht zu werden. Er hatte den größten Dickkopf von meinen Kindern. Als er gegangen war, weihte ich Jérôme in den Wunsch unserer Töchter ein. Er teilte meine Bedenken jedoch nicht.

»Was soll geschehen, Isabelle? Der kurze Blick, den sie auf Marie Thérèse werfen kann, wird nicht ausreichen, um zu erahnen, wer sie ist. Falls ihr dies überhaupt gelingt, wie du ja selbst bezweifelst«, beruhigte er mich. »Außerdem hat die Prinzessin ihr Kind nach der Geburt nur einen flüchtigen Moment lang gesehen. Sie wird sie nicht wiedererkennen.«

»Davon bin ich nicht überzeugt. Julie ist ihr Ebenbild. Sobald sie aufeinandertreffen, wird die Herzogin begreifen, wen sie da vor sich hat.«

»Sie wird nicht nach ihr Ausschau halten«, behauptete Jérôme.

»Du hast sie wissen lassen, dass ihre Tochter lebt. Sie wird vermuten, dass sie nach wie vor in Paris lebt und möglicherweise in der Menschenmenge nach ihr suchen.«

»Bei den Massen, die sich auf dem Platz versammeln werden, wird sie Julie nicht wahrnehmen. Gesetzt den Fall, dass sie sie überhaupt erspäht. Denn auch das bezweifle ich.«

Ich sah ihn schweigend an, suchte in seinem Gesicht nach

einem Funken Zweifel. Fand jedoch keinen. »Was, wenn sie Soldaten ausschickt, um ihre Tochter zu finden?«

Obwohl Julie inzwischen erwachsen war, brach mir der Gedanke, man könnte sie mir wegnehmen, das Herz.

Jérôme schenkte Wein in zwei Gläser und schob mir eines über die Theke. »Ich glaube nicht, dass sie das tun wird. Und jetzt hör auf, den Teufel an die Wand zu malen.«

Ich bemühte mich. Doch es gelang mir nicht, seine Unbekümmertheit zu teilen. Darüber weiterhin ein Klagelied anzustimmen half jedoch auch nicht.

»Wie es sich für sie wohl angefühlt hat, nach achtzehn Jahren im Exil wieder französischen Boden zu betreten?«, murmelte ich. Gedankenversunken überlegte ich, wie sehr ihr der Verlauf der Zeit und das Leben in der Verbannung zugesetzt hatten.

»Sie hat an Chic verloren«, kamen mir Julies Worte in den Sinn. Unversehens fühlte ich eine dumpfe Neugier in mir aufsteigen. Welche Frau hatte sich aus dem zarten Wesen herangebildet? Ich musste mir selbst eingestehen, dass auch ich langsam neugierig wurde, Julies leibliche Mutter nach all den Jahren erneut zu betrachten.

»Gut«, gab ich mich geschlagen. »Dann lass uns das Spektakel ansehen.«

Am dritten Mai blieb unser Gasthaus geschlossen. Auf Julies und Noelles Drängen machten wir uns alle frühzeitig auf den Weg, um den feierlichen Einzug der Orpheline du Temple, der Tempelwaise, mitzuerleben. Die Sonne strahlte prachtvoll vom Frühlingshimmel, als wollte sie sich an der festlichen Stimmung des Volkes beteiligen. Julie trug ein cremefarbenes Seidenkleid. Zur Auflockerung legte sie ein rosa Tuch um ihre Schultern. Ihre blonden Haare hatte sie mithilfe von Bändern zu einem Knoten zusammengefasst. Nur zwei lose Strähnen umspielten ihr ebenmäßiges Gesicht. Sie sah aus wie eine Göttin. Ich trug ihr auf, unauffällige Kleidung anzuziehen. Doch sie weigerte sich, focht mit mir einen bitteren Streit aus. »Nicht jeden Tag ziehen ein König und eine Königstochter in Paris ein! Sie in festlicher Kleidung zu empfangen sollte für alle Bürger von Paris Pflicht sein«, beharrte sie lautstark und setzte sich am Ende durch. Noelle hatte ich ein weniger auffälliges, dunkelgrünes Hauskleid aufgezwungen, das sie widerwillig überstreifte, nachdem ich ihr angedroht hatte, sie andernfalls nicht mitzunehmen. Ihre dichten Locken hatte sie zu einem dicken Zopf geflochten. Ich trug ein Kleid in dezentem Grau, das bis obenhin geschlossen war. Meine Haare hatte ich hochgesteckt. Das warnende Gefühl in meinem Bauch, das mich seit meiner Zustimmung plagte, versuchte ich zu unterdrücken.

Da wir aus unterschiedlichen Richtungen kamen, wollten wir die Fabres kurz vor der Kathedrale treffen. Während meine Familie Ausschau nach ihnen hielt, glitten meine Augen die Fassade hoch. Das Gotteshaus überdauerte bereits Jahrhunderte und würde gewiss noch viele weitere überleben. Die Türme aus Naturstein erschienen mir an diesem Tag höher und imposanter, als sie ohnedies waren. Mein Blick wanderte wieder nach unten. Die Würdenträger warteten in Festtagskleidung vor dem mittleren Tor der gewaltigen Dreiportalanlagen. Über ihnen thronte Christus, er zeigte mit erhobenen Händen seine Wundmale. Würde Marie Thérèse ihre verwundete Seele den Parisern ebenso demonstrieren oder sich verschlossen halten? Zwischenzeitlich hatte sich eine Welle des Mitgefühls wie eine wärmende Decke über dem Land ausgebreitet. Überall brachten ihr die Menschen tiefe Sympathie entgegen. Sie war das letzte überlebende Opfer des Massakers an der königlichen Familie.

Ich hörte die Stimmen unserer Freunde. Camille und ihre Töchter hatten für das Ereignis edle Ausgehkleider angezogen. Meine Freundin in auffälligem Scharlachrot, Fleurette und Sylvie in zartem Lila. Wir begrüßten einander freudig. Aus allen Himmelsrichtungen strömten jetzt immer mehr Menschen herbei. Ihre Mienen zeigten deutlich ihre Neugier, Fragen schwappten wie Wellen über den gesamten Platz. »Würde sie sich an den Franzosen für den Mord an ihrer Familie rächen? Welche Pläne schmiedete sie für dieses Land?«

Dazwischen mengte sich die Kunde über den gesundheitlichen Zustand Ludwigs XVIII. Angeblich plagte ihn eine enorme Leibesfülle. Überdies wurde behauptet, dass ihm das Gehen aufgrund eines heftigen Gichtanfalls schwerfiele. Angeblich hatte man daher eigens für ihn einen Sessel konstruiert, auf dem er sich die meiste Zeit tragen ließ. War das ein gutes Omen für die zukünftige Regentschaft?

Plötzlich tauchte Ciel unerwartet an unserer Seite auf. Julie begann augenblicklich zu strahlen und errötete, als ich sie fragte, ob er der wahre Grund sei, weshalb sie unbedingt herkommen wollte.

»Ich freue mich, ihn zu sehen«, sagte ich fröhlich lächelnd, um ihr die Verlegenheit zu nehmen.

Das war auch nicht gelogen, denn er würde Julies Aufmerksamkeit von Marie Thérèse ablenken. Ich tat, als übersähe ich, wie ihre Finger verborgen ineinanderglitten. Rasch hakte ich mich bei Jérôme unter und stellte mich vor die beiden, damit niemand die heimlichen, zärtlichen Berührungen bemerkte. Auf einmal ging ein Raunen durch die Menge. Aufregung machte sich breit. Wie von Sinnen brüllte das Volk. »Sie kommt! Sie kommt!«

Unmittelbar begannen die Kirchenglocken aller Gotteshäuser im Umkreis zu läuten. Kanonen dröhnten, Salutschüsse übertönten die feierliche Stimmung und erinnerten mich wieder einmal schmerzhaft an die Zeit, als in Paris Köpfe rollten. Ich fragte mich, ob es Marie Thérèse in ihrem Gefährt ähnlich erging. Gleichermaßen lautstark hatten die Menschenmassen einst den Tod ihres Vaters gefeiert. Nun winkte ihr das Volk enthusiastisch zu. Vereinzelt riefen die Menschen: »Vive le roi! Vive Madame Royale!«

Eine mit goldenem Rankenmuster verzierte Galakutsche mit fünf Fenstern, gezogen von sechs Schimmeln, tauchte auf. Flankiert von der Nationalgarde, die teils zu Fuß und teils auf weißen Pferden den Weg für die Kutsche frei machten. Die Menschenmenge jubelte, drängte nach vorne, um zumindest einen raschen Blick auf die einziehenden Regenten werfen zu können. Man erhoffte sich dauerhaften Frieden von der zurückkehrenden Aristokratie.

»Der König trägt Uniform!«, rief eine etwa vierzigjährige Frau in schäbiger Kleidung über die Köpfe der hinter ihr Stehenden hinweg. Durch das ständige Gedränge der Menge wechselten wir etliche Male unsere Position. Wir bemühten uns zusammenzubleiben, was uns nicht leicht gelang. Ich wusste nicht, wie uns geschah, doch überraschend standen wir auf einmal in der ersten Reihe, als hätte uns eine Welle erfasst und nach vorne getragen. Ein Junge trat dem Geleit in den Weg und versuchte, eines der Pferde zu berühren. Der Hengst des vorweg reitenden Hauptmanns wich nervös zur Seite aus. Der Kutscher zog augenblicklich an den Zügeln. Das sechsspännige Gefährt kam zum Stehen. Nur eine Handlänge von uns entfernt. Mein Atem stockte, mein Herz raste.

Weiterfahren, bitte fahr weiter, schrie ich stumm.

Das Antlitz der Herzogin erschien am mittleren Kutschenfenster. Ich erschrak. Die Frau hatte mit dem grazilen Geschöpf aus dem Temple nicht mehr viel gemein. Auch wenn ich ausschließlich ihren Kopf mit dem federnbesetzten Käppchen zu sehen bekam, so bemerkte ich doch, dass sie in all den Jahren stark an Gewicht zugelegt hatte. Dies stimmte mich froh, denn mit dieser aufgequollenen Person würde gewiss niemand eine Ähnlichkeit mit Julie feststellen. In Gedanken überschlug ich die Zahlen. Sie war nun fünfunddreißig. Und obwohl sie sich mit der Rückkehr einen Traum erfüllte, wirkte sie auf mich unglücklich. Ihre Augen waren rot verschwollen. Sie hatte sichtlich geweint. Ich fragte mich, ob aufgrund der qualvollen Erinnerung an die Vergangenheit oder aus Rührung, weil so viele Menschen ihre Rückkunft nach Frankreich feierten.

»Vive le roi! Vive Madame Royale«, brüllte erneut eine männliche Stimme, dieses Mal dicht neben mir.

Der Zuruf lenkte das Augenmerk von Marie Thérèse in unsere Richtung. Ihr Blick streifte Julie und blieb unmittelbar an ihr haften. Ich hielt den Atem an.

»Sie sieht mich direkt an, Maman«, flüsterte Julie und strahlte dabei übers gesamte Gesicht. Ihr Wunsch war in Erfüllung gegangen. Sie begriff nicht, welch schicksalhafte Begegnung sich in diesem Moment vollzog. Im Gegensatz dazu erkannte ich den Schrecken in den Augen der Herzogin sofort. Es musste ihr vorkommen, als blickte sie in einen Spiegel, der die Schönheit ihres eigenen Ichs vor zwanzig Jahren reflektierte. Entsetzt wanderte mein Blick zu Jérôme. Er war ebenso erstarrt wie ich. Seine Finger umklammerten meine Hand, als läge sie in einem Schraubstock. Ich war einer Ohnmacht nahe. Das Gesicht von Marie Thérèse verschwand vom Fenster. Ich hoffte, mich geirrt zu haben, betete stumm, dass sich die Kutsche wieder in Bewegung setzte. Doch in dem Moment öffnete sich die Wagentür. Die Menschen neben mir brachen in laute Jubelrufe aus. »Sie kommt heraus! Sie steigt aus!«

30

Im nächsten Augenblick ließ die Anspannung die Menschen um uns herum verstummen. Die Jubelrufe derjenigen, die nicht mitbekamen, was sich vor uns abspielte, verhallten ungehört. Marie Thérèse verließ nicht die Kutsche, wie erwartet. Sie winkte lediglich einen jungen Rekruten zu sich, der neben dem Gefährt hergelaufen war, um ihm unverkennbar einen Befehl zu erteilen. Sie sah erneut zu Julie, die jetzt wie gebannt in die Richtung der Herzogin starrte. Die Augen des Soldaten folgten dem Blick seiner Herrin. Gleich darauf löste er sich von ihrer Seite und kam auf uns zu. Die Köpfe der Umstehenden drehten sich neugierig zu uns.

»Damit habe ich nicht gerechnet«, flüsterte Jérôme entsetzt.

Ich sehr wohl, wollte ich erwidern, blieb jedoch stumm.

Unmittelbar hörte ich, wie der Soldat Julie nach ihrem Namen fragte. Der Schreck verschlug ihr die Sprache, es kam kein Ton über ihre Lippen.

»Sie heißt Julie Bisset«, antwortete Jérôme deshalb.

»Und wer seid ihr?« Der Rekrut blickte ihn streng an.

Rasch erklärte Jérôme, dass er ihr Vater sei und ich, Isabelle Bisset, ihre Mutter. Wir fragten nicht, weshalb sich die Herzogin nach unserer Tochter erkundigte, weil wir die Antwort kannten.

Julie starrte unterdessen noch immer sprachlos auf Marie Thérèse. Unsere Freunde und die Menge um uns herum wussten ebenfalls nicht recht, was soeben geschah. Niemand getraute sich, ein Wort zu sagen. Eine gespenstische Stille lag über uns. In der Sekunde löste sich Julie aus ihrer Erstarrung. Sie trat einen Schritt nach vorne, schob sich zwischen uns. »Meinem Vater gehört das Restaurant *Chez Jérôme*. Vielleicht erweist uns die Herzogin einmal die Ehre, bei uns zu speisen. Ich würde eigens für sie ein Festmahl kreieren.«

Mein Herz blieb stehen. Der Soldat machte kehrt und erstattete Meldung. Die Herzogin bedachte Julie mit einem langen Blick, ehe sie sich wieder zurücklehnte und im Wageninneren verschwand. Endlich setzte sich die Kutsche in Bewegung.

»Glaubst du, sie nimmt meine Einladung an?«, fragte Julie mit hochroten Wangen. Aufgeregtes Geplapper und unzählige auf uns einprasselnde Fragen ersparten Jérôme und mir vorerst eine Antwort. Alexandre trat neben Jérôme, versuchte ihm eine Erklärung zu entlocken. Währenddessen zog mich Camille beiseite.

»Was war das?«, fragte sie im Flüsterton. »Warum hat sie Julie so lange angesehen. Und weshalb wollte sie ihren Namen wissen?« Sie sah mich nachdenklich an. Vermutlich sann sie darüber nach, ob ich ihr jemals von einer Verbindung zum ehemaligen Königshaus erzählt hatte.

»Ich weiß es nicht«, behauptete ich.

»Du weißt, dass ein Geheimnis bei mir gut aufgehoben ist.« Ihr Blick wechselte kurz zu Julie und kehrte wieder zu mir zurück. »Und bitte versuch nicht mir weiszumachen, dass das Interesse der Herzogin keinerlei Bedeutung hat.

Dass sie Julie nur beliebig aus der Menge ausgewählt hat, um ihre Verbundenheit mit dem Volk zu demonstrieren.«

Beschämt senkte ich den Kopf. Ich hätte meiner engsten Vertrauten längst die Wahrheit gestehen sollen. Jedoch hatte ich Jérôme mein heiliges Ehrenwort gegeben, Julies wahre Identität für mich zu behalten. Wut auf mich selbst kochte in mir hoch. Welcher Teufel hatte mich geritten, entgegen meinen Bedenken zuzusagen, diesem Zirkus beizuwohnen? Jetzt hatte ich den Schlamassel.

»Ich ... bitte verzeih mir, Camille ... ich kann nicht. Nicht zur Stunde. Nicht heute. Gewiss bald«, stammelte ich hilflos.

»Ich war ihre Amme. Vergiss das nicht.« Sie klang gekränkt. Ungehalten wandte sie sich um, sammelte mit einer ausholenden Geste ihre Familie zusammen und verschwand mit ihnen im Getümmel. Ich fühlte mich elend.

Ich warf Jérôme einen flehenden Blick zu.

»Verschwinden wir«, sagte er und setzte sich in Bewegung. Ciel, Adrien und Mathis halfen Julie, der neugierigen Menge zu entkommen, indem sie wie grimmige Wächter die Menschen zurückdrängten. Auf direktem Weg eilten wir nach Hause. Noelle klammerte sich an meine Hand. Ciel ging dicht hinter Julie, wie um sie zu beschützen. Adrien und Mathis liefen ein paar Schritte hinter uns, maßen dem Ganzen nicht viel Bedeutung bei. »Das war ein Spaß«, lachte der Ältere.

»Und welch ein Glücksfall, dass der König und die Herzogin ausgerechnet vor uns zum Stehen kamen«, stieß unser Jüngster ins gleiche Horn.

Jérôme warf mir ein scheues Lächeln zu. Ich verbat mir, ihm böse zu sein. Dies würde die Begegnung nun auch nicht mehr ungeschehen machen.

»Ob sie meine Einladung wohl annimmt?«, wiederholte Julie ihre Frage. Sie strahlte nach wie vor übers ganze Gesicht, verzaubert von den Ereignissen.

»Vermutlich nicht«, antwortete ich. »Vergiss nicht, sie ist eine Herzogin und die Nichte des Königs. Unvorstellbar, dass sie einfach in ein Restaurant spaziert, nur weil ihr danach ist.«

Julie presste enttäuscht die Lippen aufeinander.

»Aber gerade deshalb kann sie doch tun, was immer sie möchte«, entgegnete Noelle hoffnungsvoll.

Ich lächelte unsicher.

In den folgenden Tagen wurden wir von neuen Gästen schier überrannt. Es hatte sich rasch herumgesprochen, dass die Tochter des Restaurantbesitzers Jérôme Bisset die Aufmerksamkeit der Herzogin auf sich gezogen hatte. Man erhoffte sich Einzelheiten über die Begegnung zwischen der Herzogin und dem unbekannten schönen Mädchen zu erfahren. Man erging sich in wilden Spekulationen über das Gespräch der beiden und unsere Beziehung zum Königshaus. Einige erinnerten sich an meinen Vater und seinen schrecklichen Tod am Schafott. Folglich mutmaßten sie, dass ich vor der Revolution dem Adel angehört hätte. Die Gespenster der Vergangenheit ließen mich einfach nicht in Ruhe.

»Gut, dass ich den Namen des Restaurants laut ausgesprochen habe«, frohlockte Julie unwissend. Zu ihrer großen Freude hatte Ciel zwischenzeitlich um ihre Hand angehalten, und Jérôme hatte, wie versprochen, zugestimmt. Das Glück schien auf ihrer Seite zu sein.

Die Klatschmäuler hatten dieser Tage erneut genug Stoff

für stundenlange Gespräche und das Verbreiten unzähliger Neuigkeiten. Es kam mir vor, als wüssten sämtliche Ansässige über jeden Schritt der Herzogin Bescheid. Die Gerüchte besagten, dass sie gleich nach ihrer Ankunft in den Tuilerien die Entfernung der kaiserlichen Symbole angeordnet und die Ausführung dessen höchstpersönlich überwacht hatte. Zwei Tage nach dem Einzug ließ sie sich ans Grab ihrer Eltern kutschieren.

»Dort ist sie auf die Knie gesunken und hat gebetet. Auf einmal hat sie sich mit ausgebreiteten Armen auf die Erde geworfen und herzzerreißend geweint«, berichtete Claudine jedem, der am darauffolgenden Tag den Käseladen betrat. Dem Vernehmen nach plante Marie Thérèse nun zu sämtlichen kulturellen Veranstaltungen sowie Opern- und Theateraufführungen zu erscheinen und in der Provinz umherzureisen.

»Sie sucht die Nähe zum Volk«, meinte Camille, als ich sie drei Tage nach dem Vorfall vor der Kathedrale besuchte. Ich bat sie wortreich um Vergebung und ersuchte sie, Geduld mit mir zu haben. Ich versprach ihr bald die Wahrheit zu sagen. Doch erst musste ich warten, bis Julie diese von mir einforderte. Als ich die Schmiede wieder verließ, sah ich drei Soldaten aus dem Wirtshaus auf der anderen Straßenseite kommen.

Zwei Wochen nach der Begegnung tauchte ohne Vorwarnung ein Diener in weißer Livree auf. Es war Adrien, dem er, kaum dass er unser Haus betreten hatte, befahl, Julie und ihre Eltern zu holen.

»Der Mann wartet im Gastraum auf euch. Er wollte mir nicht sagen, wer ihn zu uns schickt, aber er hält eine Schatulle aus edlem Holz in der Hand«, berichtete er aufgeregt. »Denkst du, er bringt ein Geschenk?«

Meine Hände begannen zu zittern. Ich legte das Messer, mit dem ich soeben das Gemüse putzte, beiseite. »Das weiß ich nicht. Lauf, und hol deinen Vater.« Ich wischte meine Finger an der Schürze ab und zog sie dann aus. Julie tat es mir gleich.

»Wo ist Papa?«, fragte Adrien.

»Im Weinkeller«, antwortete Julie an meiner Stelle. Ihre Wangen leuchteten vor Erregung. Sie wollte sogleich loslaufen. Ich hielt sie zurück. »Wir warten auf deinen Vater.«

Jérôme kam wenige Minuten später. Er sah mich mit besorgter Miene an. Auf dem Weg in den Gastraum umklammerte er meine Hand wie ein ängstliches Kind. Julie lief voran, beseelt von der Vorstellung, dass möglicherweise die Herzogin auf diese Weise ihren Restaurantbesuch ankündigte. Durch Adriens Rufe waren auch Noelle und Mathis aufgeschreckt worden. Sie folgten uns. Der Speiseraum war noch menschenleer. Die Gäste würden erst in ein paar Stunden kommen. Der Dienstbote verneigte sich vor uns, als entstammten wir ebenfalls den höheren Kreisen. Wir setzten uns an einen Tisch nahe der Theke und forderten ihn auf, sich zu uns zu setzen. Doch er blieb stehen, mit entrücktem Blick, als ginge ihn das alles nichts an. Er lehnte auch das Glas Wein ab, das wir ihm anboten.

»Eine edle Dame hat mir aufgetragen, der Tochter des Restaurantbesitzers Jérôme Bisset dies hier zu übergeben.« Er deutete erneut eine leichte Verbeugung an, ehe er die Schatulle auf dem Tisch abstellte. Direkt vor Julie. Dann legte er ein weißes Kuvert daneben, auf dem in goldener Handschrift ihr Name geschrieben stand. »Darin finden Sie eine Nachricht.« Der Bote merkte an, dass er den Auftrag hätte, direkt nach der Übergabe das Haus zu verlassen. Er ließ Julie den Empfang gegenzeichnen, empfahl sich und eilte davon.

Julie schob nach kurzem Zögern die Verriegelung auf und hob den Deckel an. Uns stockte der Atem. Vor uns lag ein Diamantcollier von unschätzbarem Wert. Ich erkannte es sofort, und meine Augen füllten sich mit Tränen. »Das ist … das kann nicht sein. Diese Kette hat mein Vater angefertigt«, schluchzte ich und schnappte zugleich heftig nach Luft. Das Blut pochte in meinen Schläfen. Ich fühlte mich der Ohnmacht nahe.

»Hol deiner Mutter ein Glas Wasser«, befahl Jérôme, an Noelle gerichtet. Bleich vor Angst, lief sie augenblicklich los. Jérôme legte beruhigend den Arm um mich.

Julie blickte mich mit weit aufgerissenen Augen an.

Ich beugte mich nach vorne, strich sanft über die Diamanten, als befreite die Berührung des Schmuckstücks die Erinnerung an dessen Entstehung. Ich erzählte von den Bedenken meines Vaters, dass die Kette der Schönheit Marie Antoinettes nicht gerecht werden könnte. Davon, mit welcher Sorgfalt er die Steine ausgewählt hatte. Während ich sprach, fielen Tränen auf das kostbare Stück. Ich tupfte sie sorgsam mit dem Ärmel meines Kleides ab. Noelle kam mit dem Glas Wasser an den Tisch zurück. Ich trank es in einem Zug leer.

»Warum schenkt mir die Herzogin etwas so Wertvolles? Das kann ich unmöglich annehmen.« Julie klappte den Deckel der Schatulle nach unten.

»Was bedeutet diese Geheimnistuerei?« Ein unsicherer Ausdruck erschien auf ihrem Gesicht. Sie lehnte sich zurück, sah abwechselnd zu mir und zu Jérôme. Offenbar ging ihr ein Gedanke durch den Kopf.

»Der Zeitpunkt ist gekommen. Maman, du hast es mir versprochen. Ich möchte die Wahrheit über mich hören. Denn ich denke, sie hat unmittelbar mit dem hier zu tun.« Sie klopfte vorsichtig mit dem Finger auf die Holzkassette.

»Möchtest du nicht zuerst die Nachricht lesen?«, fragte Noelle aufgeregt.

»Nein.« Julie verschränkte die Arme vor der Brust.

Ich seufzte ergeben. Wie beichtete man einem Menschen, den man über alle Maßen liebte, als sein eigenes Fleisch und Blut betrachtete, dass er das Resultat niederer Instinkte war? Ungewollt auf die Welt gekommen. Bloß am Leben, weil ein junger Soldat das Flehen der gepeinigten Mutter erhört und den Säugling heimlich fortgetragen hatte. In meine Arme.

»Nun gut«, sagte Jérôme. Er nahm den Arm von meiner Schulter und blickte Julie über den Tisch hinweg an. »Wenn du ohne Zweifel den Wunsch hast, die Wahrheit zu hören, dann wollen wir sie dir nicht länger vorenthalten.«

Unsere Kinder beäugten uns neugierig. Julie zögerte einen Atemzug lang unsicher, schließlich nickte sie entschlossen. Jérôme rieb sich die Stirn, danach holte er tief Luft und begann vorsichtig zu erzählen. Doch bereits nach einigen Sätzen sprudelte die Geschichte aus ihm heraus. Ich war dankbar, dass er mir diese Qual abnahm. Julie hörte schweigend zu. Ich schloss die Augen, atmete stoßweise, bemüht, meine Gefühle unter Kontrolle zu bekommen. Ich dachte an den Abend, an dem Jérôme mir das kleine Bündel Mensch ins Haus gebracht hatte. An den Morgen, als Camille sie zum ersten Mal an ihre Brust gelegt hatte. An die Flucht, an unsere Rückkehr. An die Stunden, in denen wir miteinander gelacht, gespielt und geredet hatten. An die Freude, die sie Giselle bereitet hatte. Als ich meine Augen wieder öffnete, saßen die Kinder mit offenen Mündern da. Julie war die illegitime

Tochter der ehemaligen Prinzessin. Diese Nachricht war nicht leicht zu verarbeiten. Meine Tränen flossen jetzt ungehemmt. Ich konnte sie nicht eindämmen. Auch, weil die Sorge, Julie an ihre leibhaftige Mutter zu verlieren, mir den Hals zuschnürte.

»Nicht weinen, Maman«, sagte Julie und wischte mir mit dem Zipfel ihres Kleides die Wangen trocken.

Ich hob die Hand, seufzte noch einmal schwer. »Schon gut!«

Julie nahm das Kuvert, brach das Siegel auf, räusperte sich und begann laut vorzulesen.

Verehrte Mademoiselle Julie,

mein Herz stand einen Moment lang still, als ich Ihr Gesicht in der Menge sah. Ich habe gleich nach unserem zufälligen Aufeinandertreffen eingehende Erkundigungen eingezogen und bin zu der Erkenntnis gelangt, dass Sie wahrhaftig das Kind sind, das am 1. Juni 1795 zur Welt kam. Der Soldat, dem in der Not Vertrauen geschenkt wurde, hat dieses nicht missbraucht und Sie offenbar großgezogen. Das bezeugt seinen Edelmut. Sie sind wahrlich zu einer Schönheit herangewachsen. In Ihren Augen konnte ich Sanftmut und Herzenswärme erkennen, was für eine edle Erziehung durch Ihre Eltern spricht. Ihr Platz soll auch zukünftig dort sein, wo Ihre Familie ist. Ich freue mich, Sie wohlauf zu wissen. Das Halsband, das Ihnen mein Diener übergab, soll ab nun in Ihrem Besitz bleiben. Sehen Sie es als Entschädigung, als Ausgleich und Möglichkeit, ein sorgenfreies Leben führen zu können.

Leben Sie wohl!

Madame Barthélémy

Julie zeigte sich enttäuscht. »Nach all den Jahren bin ich ihr nur ein paar Zeilen und eine Kette wert. Und sie findet nicht einmal den Mut, ihren eigenen Namen unter das Schreiben zu setzen.«

Auch wenn Marie Thérèse sich in dem Brief nicht offen erklärte, so wussten wir doch, dass sie sich dahinter verbarg. Dass sie inkognito bleiben wollte, ließ mein Herz jubeln, bedeutete es doch, dass sie sich öffentlich nicht zu Julie bekennen würde.

»Du musst sie verstehen«, sagte Jérôme. »Die Gegebenheiten waren für sie grauenhaft zu jener Zeit, und du bist …« Er brach ab, weil jede Erklärung sich falsch anfühlte und der Satz, der ihm auf der Zunge lag, einem Dolchstoß mitten ins Herz gleichkam.

»Ihr ungewollter Bastard«, beendete Julie den Satz.

»Sie hat dir das Leben gerettet«, entgegnete Jérôme.

»Sie wusste all die Jahre lang, dass ich lebe«, zischte Julie zornig.

Ich streichelte ihr über die Wange. »Ihr Unglück ist unser Glück, mein Engel.«

Julie seufzte. »Fürchtet sie so sehr einen Skandal? Denkt sie, ich würde hinausgehen und das Unheil hinausschreien, sie bloßstellen?«

Sie hielt den Brief zwischen ihren Fingern, starrte wie gebannt darauf. Ich getraute mich kein Wort zu sagen, aus Angst, Julie könnte auf der Stelle einen Zusammenbruch erleiden.

»Barthélémy«, grübelte Jérôme unterdessen. »Ich erinnere mich an den Namen. So hieß der Archivar, in dessen hastig frei gemachter Wohnung man die königliche Familie unterbrachte, während man den Hauptturm des Temple in ein Gefängnis umwandelte. Dass sie den noch in ihrem Gedächtnis hat«, sagte er überrascht.

Julie warf ihm einen zornigen Blick zu, als wäre er schuld an allem. »Sie hätte jeden beliebigen Namen wählen können. Ihre Botschaft ist bei mir angekommen«, fauchte sie und zerriss wütend das Schreiben in winzige Teile, die achtlos zu Boden fielen. Dann öffnete sie die Schatulle wieder. Unsere Augen klebten förmlich an ihr, um nur ja keine Regung zu verpassen. Ich wappnete mich, mein Kind in die Arme zu schließen, wenn die, wie ich dachte, zurückgehaltenen Tränen ihren Weg fanden. Insgeheim wünschte ich mir, dass bei ihr alle Dämme brechen würden. Sich den Kummer von der Seele zu weinen würde dem Schmerz die Schärfe nehmen.

»Meine Schwester, die Tochter einer Prinzessin«, murmelte Adrien.

Julie gab ihm mit einer energischen Geste zu verstehen, dass sie dies nicht hören mochte. Sie begutachtete die Kette mit skeptischem Blick.

»Was für ein Zufall, dass die Kutsche ausgerechnet vor dir stehen blieb«, sinnierte Noelle.

»Ich glaube nicht an Zufälle«, erwiderte Julie barsch. »Ich denke, es gibt einen tieferen Sinn, warum jene Kette, die Mamans Papa für Marie Thérèses Mutter angefertigt hat, zu uns zurückgekommen ist.«

»Ich bezweifle, dass Marie Thérèse weiß, dass mein Vater ...«

Julie hob die Hand und schnitt mir das Wort ab. »Vergiss nicht, sie hat Erkundigungen eingezogen. Ich glaube sehr wohl, dass sie weiß, wer du bist.« Sie machte eine kurze Pause, als müsste sie sich sammeln. Dann fuhr sie in einem Tonfall fort, als spräche sie einen heiligen Eid.

»Du, Maman, bist die einzige Tochter von Jean-Luc Blanc, dem Goldschmied. Ich bin dein ältestes Kind. Von nun an soll stets der oder die Erstgeborene unserer Nachkommen das Diamanthalsband erhalten. Es soll diese Familie niemals mehr verlassen. Bis in alle Ewigkeit soll man sich an deinen Vater, den Schöpfer, erinnern. Doch über meine wahre Abstammung soll kein Wort mehr fallen. Kein Wort. Nie mehr. Hört ihr?«, sagte sie mit vor Schmerz zerrissener Stimme. »Ich bin Julie Bisset, die Tochter von Isabelle Bisset, der Hebamme, und Jérôme Bisset, dem Wirt.«

Sie stand auf, holte einen Besen, kehrte die Papierteilchen zusammen und verbrannte sie anschließend im Kamin. Wut und Enttäuschung standen ihr ins Gesicht geschrieben, als sie dabei zusah, wie die Flammen die Teilchen auffraßen.

31

LEA

August, 2019

Lea starrte auf den Papierstoß auf dem Tisch. Die letzte Seite des Manuskripts hielt sie noch in der Hand. Ihre Gedanken rasten.

»Arme Julie. Da erfährt sie endlich die Wahrheit über ihre Herkunft, und dann wird sie von der leiblichen Mutter zurückgestoßen.«

Sie legte das Blatt bedächtig auf den Stoß zurück. Danach grub sie ihre Hände in die Polster des grauen Ecksofas, als suchte sie nach einem Halt, um das Gedankenkarussell in ihrem Kopf stoppen zu können. Was bedeutete die Übergabe des Colliers an Julie für sie selbst und ihre Familie? Diese Frage stellte sich Lea in Endlosschleife.

»Das unerwartete Aufeinandertreffen hat garantiert zusätzlich Salz in die Wunden von Marie Thérèse gestreut, die wahrscheinlich bis dahin nicht gänzlich verheilt waren«, sagte Elias währenddessen. »Egal, wo Marie Thérèse auftauchte, immer war da etwas, dass sie an das schreckliche Massaker an ihren Eltern erinnerte. Es begann direkt nach ihrem Gefängnisaufenthalt und ihrer Rückkehr nach Wien. Ihr Cousin Kaiser Franz II. zwang sie, ausschließlich Schwarz zu tragen, da die offizielle Zeit der Hoftrauer noch nicht verstrichen war. Als sie dann Jahre später nach Paris zurückkehrte, erfüllte sie ihre Aufgaben als Herzogin und erste Dame am Hof bestens, jedoch wurde so manche Reise durch die Provinz zur Zerreißprobe. Vor allem weil die örtlichen Würdenträger es nicht lassen konnten, die Leidensgeschichte ihrer Familie in Reden einzuflechten. Dazu kamen Spruchbänder und Triumphbögen, auf denen stand: Ludwig und Marie Antoinette, sie leben in Ihnen. Ein brutales Beispiel ist etwa das Geschenk des Arztes Philippe-Jean Pelletan. Er führte 1795 die Autopsie an ihrem Bruder Louis Charles vor, nachdem dieser mit zehn Jahren starb.« Elias malte Anführungszeichen in die Luft. »Bis heute ist unklar, wie der Bub tatsächlich zu Tode kam. Jedenfalls entnahm der königstreue Pelletan dessen Herz und konservierte es in Alkohol. Und genau das überreichte er Marie Thérèse später als Erinnerung. Oder Demont, ein französischer General. Er bot ihr eine Locke ihres toten Bruders an. Nur wenige, die mit ihr zu tun hatten, waren sensibel genug, Anspielungen auf die Revolution und den Tod ihrer Familie zu vermeiden. Gut, man muss die Leute verstehen. Sie meinten es nicht böse, glaubten ihr eine Freude zu machen – und vielleicht auch ihre eigene Beziehung zum Königshaus auf diese Weise verbessern zu können. Immerhin war Marie Thérèse eine einflussreiche Frau. Sie war die Tochter des letzten Königs vor der Revolution und die Nichte des ersten Königs nach der Revolution. Die Menschen waren euphorisch, hofften auf bessere Zeiten. Aber stell dir das mal vor! Mit so viel Unsensibilität konfrontiert, dreht man doch durch.« Elias tippte sich an die Stirn. »Und dann steht auch noch wie aus dem Nichts das Kind vor dir, das du im Gefängnis, nach einer Vergewaltigung, zur Welt gebracht hast.«

Lea hörte ihm nur mit einem Ohr zu, weil sich ihre Gedanken nach wie vor um die Übergabe des Colliers drehten. Ihr Blick streifte das Weinglas. Sie hatte während der Lektüre keinen Tropfen von dem Merlot getrunken, so gebannt war sie von Isabelles Aufzeichnungen gewesen. Jetzt griff sie danach, nahm einen großen Schluck, schloss die Augen und genoss den samtigen Geschmack des schweren Weines. So verharrte sie einige Sekunden, ehe sie die Augen wieder öffnete. »Könntest du bitte Musik anmachen?«

Elias wunderte sich offenbar nicht, dass sie auf seinen Monolog nicht reagierte. Kommentarlos nahm er die Fernbedienung, die am Rand des Couchtisches lag, und startete die Stereoanlage, die sich unauffällig zwischen den Büchern im Regal versteckte. Gleich darauf durchschwebten entspannte Klänge das Zimmer. Aaron Neville sang *Cry Me a River.*

»Ich hoffe, du magst Soul.«

»Neville gehört zu meinen Top-Twenty-Musikern.«

»Das trifft sich gut.«

Sie lächelte ihn an, lehnte sich dann mit dem Glas in der Hand nach hinten, starrte an die Decke und gab sich der Stimme des US-amerikanischen Sängers hin. Musik half ihr ihre Gedanken zu ordnen. Währenddessen nippte sie mehrmals am Weinglas. Als der Song endete, richtete sie sich wieder auf. Die Energie kehrte zurück. Sie warf noch mal einen Blick auf die Stelle in den Aufzeichnungen, an der Julie die Holzschatulle und den Brief überreicht bekommt.

Lea gab sich einen Ruck und setzte an, ihre Vermutung vorsichtig anzusprechen.

»Bedeutet es das, was ich denke?«, fragte sie verunsichert, weil ihr der Gedanke so absurd erschien.

»Auf diese Art wird das Collier in deine Familie gekommen sein«, sprach Elias ihre Überlegungen aus und schenkte ihnen beiden Wein nach.

»Ich verstehe das nicht. Es gibt nicht den geringsten Hinweis, dass irgendwelche meiner Vorfahren in Frankreich lebten, Restaurantbesitzer, Weinbauern oder geschweige denn uneheliche Aristokraten waren. Die Namen Blanc, Bisset und Calvin habe ich in Isabelles Aufzeichnungen zum ersten Mal gelesen«, sinnierte Lea weiter. »Sie sind mir bisher nicht untergekommen. Nicht in den letzten hundertfünfzig Jahren der Mendelschen Familienchronik.«

»Du besitzt eine Familienchronik?«

»Nicht im eigentlichen Sinn. Also kein aufgelisteter Stammbaum, der bis ins sechzehnte Jahrhundert zurückreicht, oder so. Ich habe mir lediglich die Namen und Geburtsdaten meiner Großeltern und Urgroßeltern notiert.« Es gelang ihr nicht mehr, still sitzen zu bleiben. Sie sprang förmlich vom Sofa auf. Elias, der sein Glas in der Hand hielt, zuckte zusammen, vergoss dabei einen Schluck Wein auf den Tisch und fluchte leise.

»Entschuldige, ich wollte dich nicht erschrecken.«

»Ist schon okay. Ich sollte mich langsam an dein Temperament gewöhnen.« Er holte ein Taschentuch hervor und wischte den Wein weg. Unterdessen begann Lea im Raum auf und ab zu gehen, blieb unvermittelt stehen. »Tante Gloria erhielt die Kette von ihrem Vater, also meinem Großvater, Otto Mendel.«

»1925 in Wien geboren. Verheiratet mit Selma Mendel, 1931 ebenfalls in Wien geboren, Mädchenname Pehm«, ergänzte Elias.

»Woher weißt du das?« Lea warf ihm einen erstaunten Blick zu.

»Ich habe ein wenig in deiner Familiengeschichte herumgestöbert. Schon früher, nachdem mir Gloria erstmals von dem Collier erzählt hat.«

»Natürlich«, erwiderte Lea. »Dann weißt du vermutlich auch, dass mein Großvater die Kette von seiner Mutter, meiner Urgroßmutter, erbte.«

»Maria Kaufmann, 1900 ebenfalls in Wien geboren. Verheiratet mit Gustav Mendel, geboren 1895 in Brünn, Tschechien«, sagte Elias.

»Ich bin beeindruckt. Du hast kein einziges Mal in irgendwelchen Notizen nachgesehen. Selbst ich muss manchmal nachlesen, wie meine Urgroßeltern hießen oder wann sie geboren wurden.«

Elias Augenbrauen wanderten vielsagend nach oben.

Lea zuckte mit den Achseln. »Wie auch immer. Das sind leider alle Vorfahren meiner Mutter, deren Namen ich kenne.« Sie nahm ihr Weinglas vom Tisch, ließ den Wein kreisen, trank einen Schluck im Stehen und hielt beim Weitersprechen ihren Blick auf die dunkelrote Flüssigkeit gerichtet. »Aber bis dahin, weit und breit keine Franzosen.« Sie machte eine bedauernde Geste.

»Wir haben damit erst vier Generationen aufgezählt. Dich mitgezählt fünf. Bis zur Geburt deiner Urgroßmutter zurückgerechnet sind das hundertneunzehn Jahre. Keine hundertfünfzig«, fügte Elias mit einem schelmischen Lächeln hinzu.

»Jaja, ich habe verstanden, Herr Geschichtsforscher. Du kannst rechnen«, gab Lea neckisch zurück und fuhr dann wieder ernsthaft fort. »Meines Wissens bekam meine Urgroßmutter das Collier von ihrem Vater. Ich weiß jedoch nicht, wie der mit Vornamen hieß.«

»Ich schau mal, ob ich etwas herausfinden kann. So weit zurück habe ich noch nicht recherchiert.«

»Das wäre super.«

Er hob abwehrend die Hände. »Ich verspreche aber nicht, deine Ururgroßeltern auf Anhieb zu finden. Im Laufe so vieler Jahre gehen, wie du dir vorstellen kannst, leider manchmal Urkunden und Aufzeichnungen verloren. Auch, weil Nachkommen Geburtsurkunden oder persönliche Dokumente eines Verstorbenen mitunter wegwerfen. Ich kann niemandem verübeln, nach dem Tod eines Angehörigen zu denken, es hätte keinen Sinn, die Unterlagen weiter aufzuheben. Außerdem habe ich Gerhard gebeten im Pariser Archiv nachzusehen, ob er etwas über Julie und Ciel findet. Falls die beiden tatsächlich das Restaurant oder Weingut weitergeführt haben, könnte dies irgendwo aufgezeichnet worden sein. Möglicherweise erfahren wir so, wie es mit deinen Vorfahren weiterging und bestenfalls wie dein Erbe in Wien gelandet ist.«

»Du bist dir da ganz sicher, oder? Ich meine, zwischen dem Jahr 1814 und heute liegen …« Lea rechnete rasch im Kopf nach. »Zweihundertfünf Jahre. Du hast es vorhin selbst gesagt. Im Laufe der Zeit kann viel passieren. Womöglich wurde Julie oder einem nachfolgendem Erben das Collier gestohlen. Könnte auch sein, dass ein Besitzer verarmte und die Kette verpfänden musste. Oder sie ging ganz einfach verloren, und einer meiner Vorfahren fand sie, woraufhin sie in einem dunklen Tresor verschwand, um sie nicht zurückgeben zu müssen«, sagte Lea in verschwörerischem Tonfall und verzog dann gespielt entsetzt das Gesicht. »Oder einer meiner Urahnen hat für das Collier gemordet.«

»Du solltest Kriminalromane schreiben«, lachte Elias, ehe er weitersprach. »Aber mal ernsthaft. Sollte eine deiner Theorien zutreffen, wird das hoffentlich auch an irgendeiner Stelle vermerkt sein. Doch bis dahin gehe ich davon aus, dass Julie eine deiner Vorfahrinnen ist.«

»Ich frag dich noch mal. Was macht dich da so sicher?«

»Der Grundsatz, die Kette immer an das erstgeborene Kind innerhalb der Familie weiterzureichen. Die Regel hat sich zwischenzeitlich hundertfünfzig Jahre gehalten. Oder etwa nicht?«

»Ja, aber …«

»Andernfalls hätte man dieses ungeschriebene Gesetz doch längst vergessen«, unterbrach Elias. »Erinnere dich. Ich habe dir vor unserer Parisreise gesagt, dass das Collier vor über zweihundert Jahren aus dem Bestand der Bourbonen verschwand. Das überschneidet sich genau mit dem Zeitpunkt, als es zu Julie kam.«

»Hmm«, brummte Lea. »Das Argument klingt irgendwie einleuchtend.« Sie lächelte breit, hielt das Glas mit dem letzten Schluck Wein breit grinsend hoch, als wollte sie einen Toast aussprechen. Sie bemerkte, dass sie einen gewissen Alkoholpegel erreicht hatte. Sie hatte nicht mitgezählt, wie viele Gläser sie schon getrunken hatte, fühlte sich nicht betrunken und lallte auch nicht, war aber ausreichend angeheitert, um der Beherrschung einen kleinen Schubs zu geben und ihrer lockeren Zunge freien Lauf zu lassen. »Womit außerdem bewiesen wäre, dass ich recht hatte, als ich im Louvre behauptet habe, eine Nachfahrin Marie Antoinettes zu sein.« Sie leerte das Glas und hielt es Elias hin, der es wieder füllte. »Schätze dich glücklich, dass du mich nicht ab sofort mit ›Eure Hoheit‹ ansprechen musst«, witzelte sie.

»Schön, dass dir die Sache nicht zu Kopf steigt«, schmunzelte er.

»Weißt du, was ich mich die gesamte Zeit über frage? Wie viele Menschen kennen heutzutage noch den Namen Marie Thérèse Charlotte de Bourbon oder wissen überhaupt, dass es sie gab? Wir lernen im Geschichtsunterricht von Königen, Kaisern, Fürsten. Ich kann mich nicht erinnern, jemals davon gehört zu haben, dass Marie Antoinettes Tochter die Revolution überlebt hat oder dass sie eine maßgebliche Rolle während der …«, das Wort kam ihr alkoholbedingt ein wenig schwer über die Lippen, »Restauration in Frankreich spielte, dass sie in Österreich starb und in einem Kloster über der Stadt Görz in Slowenien begraben liegt.«

»Wow. Das weißt du!« Elias hob fasziniert die Augenbrauen.

»Ich habe mir Bücher gekauft, in denen das erwähnt wird«, erklärte Lea stolz.

Sie überlegte, für wen sie mehr Mitleid empfand. Für Julie oder für Madame Royale. Sie stellte das Glas ab und ließ sich wieder neben Elias auf die Couch fallen. Ihr Blick suchte seinen, und für einen langen Moment versanken ihre Augen ineinander. Sie fühlte sich von ihm angezogen, wünschte sich, dass dieser Augenblick niemals verginge.

»Danke, dass du dich der Sache angenommen hast. Danke, dass du mich überredet hast, mit dir nach Paris zu fliegen. Danke, dass ich nun womöglich weiß, wie das Collier in meine Familie kam.«

»Es war mir ein Vergnügen.«

Auf unbestimmte Weise löste sich die Aufregung und machte einer leisen Wehmut Platz. Sie hatten das Rätsel gelöst.

Zumindest soweit es möglich war, schränkte Lea in Gedanken ein.

Im Grunde genommen konnte sie auf der Stelle zusammenpacken und nach Hause fahren. Die Mission hatte ein erfolgreiches Ende gefunden. Doch sie wollte nicht gehen. Sie fühlte sich wohl in seiner Nähe. »Und was machen wir jetzt?« Sie blickte auf ihr Handy. Es war elf Uhr.

»Was würdest du denn gerne tun?«

»Noch ein Glas Wein trinken oder angesichts der Menge, die ich bereits intus habe, ein Glas Wasser. Außer du willst schlafen. Morgen ist nämlich Dienstag, ein stinknormaler Arbeitstag.«

»Nein, nein«, wehrte er ab. »Wir können gerne noch ein Glas trinken. Ich habe mir den morgigen Tag freigenommen. Lass uns die Nacht zum Tag machen und die Lösung des Rätsels feiern, meinetwegen mit Wasser.« Er stand auf, füllte in der Küche einen Krug mit Leitungswasser, nahm zwei Wassergläser aus dem Schrank und kam damit zurück. Als er sich wieder neben sie auf das Sofa sinken ließ, rückte er näher an sie heran. Er roch verführerisch nach Sandelholz.

Es kam Lea vor, als vibrierte die Luft vor erotischer Anspannung.

»Greif zu!«

Sie schenkte sich Wasser ein, trank zwei Schlucke und stellte das Glas zurück.

»Das wäre erledigt«, sagte er mit einem verträumten Lächeln auf seinen Lippen. Elias wandte sich ihr zu, saß da und musterte sie auf vieldeutige Art. Forderte er sie heraus? Sie wollte etwas Witziges sagen. Ihr fiel nichts ein. Sigrid hatte recht. Sie hatte Schwierigkeiten, mit ernsthaften Situationen umzugehen, und versuchte sich mit Humor oder Ironie herauszumanövrieren. Sie schwieg. Auf gar keinen Fall sollte der Abend damit enden, dass sie sich nach einem Glas Wasser verabschiedete und nach Hause fuhr. Nur, weil ihnen keine passenden Gesprächsthemen mehr einfielen. Sie zerbrach sich den Kopf, wie sie ihm ihre Gefühle gestehen sollte, ohne ihn zu verschrecken.

Verschrecken, amüsierte sie sich stumm. Der Mann ist doch kein Reh auf einer Waldlichtung.

Die Menge Wein, die sie getrunken hatte, unterstützte sie jetzt dabei, ihre Bedenken beiseitezuschieben. Außerdem sprachen seine Augen eine bestimmte Sprache. Dazu kam die samtige Stimme von Aaron Neville. Was konnte da schon Schlimmes passieren?

32

»Vielleicht noch ein bisschen Gesichtsunterricht«, lenkte Lea das Gespräch wieder auf sicheres Terrain. Sie wusste nicht, was mit ihr los war. Früher war es ihr doch auch gelungen, den ersten Schritt zu tun.

»Dass die Soldaten und Offiziere 1814 beim Einzug in Paris weiße Binden um den Arm geschlungen trugen, wie wir auch in Isabelles Bericht gelesen haben, führte übrigens zu mehreren Missverständnissen.«

Verflixt, der Kerl nahm die Aufforderung tatsächlich ernst. Seine blauen Augen strahlten, als hätte er nur darauf gewartet, dass sie genau diesen Wunsch äußerte. Vielleicht küsste er sie endlich, wenn sie sich in eine Mumie verwandelte? Oder zumindest in eine Frau aus dem 18. Jahrhundert? Sie unterdrückte ein missmutiges Seufzen. Warum nur hatte sie es nicht drauf ankommen lassen und ihn einfach geküsst? Die Gefahr, dass er schreiend vom Sofa aufgesprungen wäre und fluchtartig die Wohnung verlassen hätte, erschien ihr minimal.

»Die Farbe der Bourbonen ist weiß. Daher dachten zahlreiche Pariser, die Alliierten wollten durch das Tragen der weißen Armbinden zeigen, dass sie planten, diese erneut als Könige einzusetzen. Deshalb legten sich unzählige Pariser ebenfalls weiße Armbinden an, worauf die Alliierten dachten, dass in Paris eine monarchische Gesinnung vorherrschte«, fuhr Elias unterdessen fort. »In Wahrheit diente die Bandage aber nur dazu, fatale Verwechslungen auf dem Kampffeld zu vermeiden. Die alliierten Soldaten trugen nämlich unterschiedliche Uniformen, und die weißen Armbinden bezeugten, dass sie auf der gleichen Seite kämpften.«

»Tja. Missverständnisse sind wohl Bestandteil unseres täglichen Lebens«, erwiderte Lea hintergründig.

Er zuckte mit den Achseln. Eindeutig begriff er die Doppeldeutigkeit ihres Einwurfs nicht.

»Ja, das Leben schreibt verrückte Geschichten. Heute wissen wir jedenfalls, dass die Wiedereinführung der Bourbonen-Monarchie nicht funktionierte. Napoleon floh aus Elba und kehrte am ersten März 1815 nach Frankreich zurück. Während viele Bürger und Handwerker durchaus Marie Thérèse und dem König Treue schwuren, liefen Soldaten und Offiziere in Scharen wieder zu Napoleon über. Pariser Zeitungen, die noch nach Napoleons Verbannung gezetert hatten ›Das Monster ist gelandet‹, jubelten nun: ›Vive l'Empereur, willkommen daheim‹.

In Folge begab sich Ludwig XVIII. aufs Neue ins Exil. Dieses Mal nach Gent, Marie Thérèse folgte ihm, schwer enttäuscht erst dreizehn Tage später. Bis dahin blieb sie in Bordeaux. Ihren Mut hat sogar Napoleon anerkannt und sich zu der Aussage hinreißen lassen, dass sie der einzige Mann in der Familie sei. Mit der Flucht der Monarchen verschwand jedoch vorerst das Königreich wieder. Bonapartes neuerliche Herrschaft dauerte diesmal aber nur hundert Tage. Am 18. Juni 1815 wurde er bei Waterloo geschlagen, und man verbannte ihn endgültig, diesmal auf die Insel Helena. Die Bourbonen zogen abermalig in Paris ein. Diesmal schreiben die Pariser Zeitungen, das Volk lechze danach, das göttliche Antlitz Ludwigs XVIII. wiederzusehen. Nach dem Tod von Ludwig XVIII. im Jahr 1824 übernahm ein weiterer Onkel Marie Thérèses die Herrschaft. Karl X. von Frankreich. Er war übrigens der leibliche Vater von Marie Thérèses Ehemann. Die Ehe von Ludwig XVIII. mit Luise Maria Josepha von Savoyen blieb nämlich kinderlos. Doch die Julirevolution 1830 hatte den unumkehrbaren Sturz der Bourbonen zur Folge. Sie verließen Frankreich erneut, diesmal für immer. In den Augen der Legitimisten …«

Lea runzelte die Stirn, was Elias veranlasste, den Begriff zu erläutern.

»Das ist jene Partei, die ausschließlich die Bourbonen als legitime Herrscher von Gottes Gnaden anerkannten.«

»Du meinst Monarchisten?«, hakte Lea nach.

Elias schüttelte den Kopf. »Monarchisten befürworten zwar die Monarchie, aber sie erkennen auch andere Herrschaftsformen an.«

»Ich liebe es, wenn du so kluge Dinge sagst, ohne in einem Buch nachzusehen oder es von einem Blatt abzulesen.« Röte schoss ihr ins Gesicht. Das Kompliment war ihr herausgerutscht. Elias lächelte stolz, und erstmals bekam Lea den Eindruck, dass seine Augen für sie und nicht für die Vergangenheit strahlten. Sag was Lustiges, hämmerte es wie üblich in ihrem Kopf. Ihr fiel kein witziger Kommentar ein.

»Aber ich gebe zu«, fuhr er fort, »dass ich, bevor du gekommen bist, die Chronologie der Restauration nachgeschlagen habe.« Er zeigte auf das Bücherregal, in dem sich Geschichtsbuch an Geschichtsbuch reihte. »Nur weil ich Historiker bin, habe ich nicht automatisch alle geschichtlichen Ereignisse im Kopf.«

»Das nenne ich mal Vorbereitung auf eine Verabredung. Ich bin beeindruckt.«

»Na, dann habe ich ja mein Ziel erreicht.«

Lea lachte verhalten. Nein, dieser Mann spielte keine Spielchen. Lea gab sich einen Ruck.

»Aber sag mal, Elias Neumann. Was interessiert dich noch, außer längst verstorbene Persönlichkeiten?«

Er antwortete nicht. Stattdessen versank sein Blick erneut in ihrem. Sekundenlang saßen sie einander schweigend gegenüber. Lea biss sich auf die Unterlippe und hoffte, dass die Musik niemals endete und seine blitzblauen Augen ewig auf ihr ruhten. Er streckte seine Finger nach ihrem Gesicht aus, strich ihr vorsichtig eine Haarsträhne hinters Ohr und ließ seine Hand dort liegen. »Ich frage mich die ganze Zeit über, wie du reagierst, wenn ich dich berühre.« Seine Finger folgten der Form ihres Halses.

Lea nahm all ihren Mut zusammen und tat, was sie schon längst tun wollte. Sie beugte sich nach vorne, sodass ihr Gesicht nun nur noch wenige Millimeter von seinem entfernt war. Sie hielt kurz inne und legte endlich sanft ihre Lippen auf seine. Den Bruchteil einer Sekunde verhielt er sich regungslos. Dann öffneten sich seine warmen Lippen, und er erwiderte den Kuss. Seine Zunge, die leicht nach Merlot schmeckte, traf zärtlich auf ihre. Sie gaben sich dem Kuss hin. Lea schloss die Augen und schwebte auf einer Wolke aus Glück und Leidenschaft.

Er zog sich zurück. Lea öffnete ihre Augen wieder und erblickte einen glücklich lächelnden Elias. Er strich ihr behutsam über die Haare, als entdeckte er sie neu.

»Warum hast du mich im Flugzeug geküsst und dich danach nicht mehr gemeldet?«, fragte sie. »Und komm mir jetzt nicht mit der Ausrede, dass du zu viel Arbeit hattest.«

»Hatte ich aber. Okay, zugegeben: Ich brauchte Zeit zum Nachdenken. Seit dem Tag unserer ersten Begegnung verwirrst du mich, Lea Roth. Ich hatte Angst, dich mit dem Kuss überrumpelt zu haben.«

»Wirklich? Hat es sich für dich so angefühlt?«

»Nein. Eigentlich nicht, aber Paris war so großartig mit dir. Du bist großartig, Lea. Du sprühst vor Temperament, sprichst aus, was dir in den Sinn kommt, ohne vorher groß darüber nachzudenken. Du bist witzig, wunderschön. Kurz, du bist eine Frau voller Emotionen und Überraschungen. In dir brennt ein Feuer. Und ich, na ja, seien wir ehrlich …ich verbringe unzählige Stunden in längst vergangenen Zeiten. Manchmal denke ich, dass ich ebenso verstaubt bin wie die Akten, mit denen ich mich beschäftige.«

Lea legte ihm einen Finger auf die Lippen. »Ich bin überzeugt, dass im Staatsarchiv regelmäßig staubgesaugt wird.« Sie nahm sein Gesicht in ihre Hände und blickte ihm tief in die Augen. »Du hast die Signale, die ich schon die gesamte Zeit über aussende, nicht bemerkt?«

Er sah sie aus großen, blauen Augen an. Wieder erschien dieses verträumte Lächeln. Sie lächelte unweigerlich ebenfalls. »Du hast es sehr wohl gecheckt.«

»Sonst hätte ich mich doch nie getraut, dich im Flugzeug einfach zu küssen.«

»Eben hast du noch etwas von überrumpeln geredet. Also was jetzt?«

Er lachte. »Ich war mir nicht sicher, ob ich deine Signale richtig verstanden habe.«

»Okay«, sagte sie langsam. »Dann schaff ich ein für alle Mal Klarheit. Ich habe mich in dich verliebt. Und, dass du kultiviert und gebildet bist, macht dich für mich unwiderstehlich.« Sie zwinkerte ihm zu. »Abgesehen davon, dass du verdammt gut ausschaust, wunderschöne Augen hast und ich zu träumen beginne, sobald du lächelst. Eine Schande, dass du in verstaubten Archiven verkümmerst. Verborgen vor der Menschheit.« Sie zog die Nase kraus und machte eine bedauernde Geste. »Tut mir leid. Ich sollte aufhören, jeden ernsten Moment mit witzig gemeintem Geschwätz zu verderben.«

Seine Hände tasteten nach ihrer Taille. »Ich liebe dich und deine Sprüche.« Er zog sie nahe an sich heran. »Bleib heute Nacht bei mir.«

Anstelle einer Antwort küsste sie ihn leidenschaftlich. Ihre Gefühle wirbelten umher, ihre Gedanken setzten aus. Sie sog seinen Duft ein, nahm seine Finger am Reißverschluss ihres Kleides wahr. Sie fühlte, wie sich der Verschluss öffnete und er es ihr von den Schultern schob. Er löste sich von ihr, liebkoste ihren Oberkörper mit Blicken. Seine Finger glitten forschend über ihre Halsbeuge, die Schultern und ihr Dekolleté. Dann drückte er die Haken ihres BHs auf. Die kühle Luft auf der nackten Brust ließ Lea erschaudern. Sie zog ihm das T-Shirt über den Kopf. Sie begehrte diesen Mann so sehr, dass es ihr nicht mehr gelang, aufrecht zu sitzen. Sie sank nach hinten, und er folgte ihrer Bewegung. Mit dem Rücken lag sie auf der weichen Sofapolsterung. Er war über ihr. Sie entledigten sich der restlichen Kleidung. Er nahm ihre Brustwarze in den Mund, umspielte sie mit der Zunge. Ihr Atem ging schneller. Ihr Körper war so elektrisiert, dass ihr Herz vibrierte. Seine Fingerspitzen schwebten über ihre Haut, seine Lippen suchten begierig ihre. Sie schmolz wie Wachs unter seinen Liebkosungen, spürte seine Härte zwischen ihren Schenkeln und öffnete sich für ihn. Als er in sie glitt, flüsterte er ihren Namen. Ihr heiseres Stöhnen erging sich daraufhin in einem Strudel aus Sinnlichkeit und Leidenschaft.

33

GLORIA

September, 2019

Der Zug passierte nach der Station Tullnerfeld neuerlich einen endlos erscheinenden Tunnel, ehe er in Wien wieder ans Tageslicht kam. Gloria hatte sich ein Ticket für die erste Klasse gebucht und saß ab Salzburg streckenweise alleine im Abteil. Sie hatte mehrere Tassen Tee getrunken und die meiste Zeit aus dem Fenster geschaut. So sie nicht unter der Erde fuhren. Sie hatte die Strecke ohne Eisenbahntunnel in Erinnerung. Diese brachten jedoch eine enorme Zeitersparnis. Mit dem Railjet Express kam sie nach gerade mal dreieinhalb Stunden in Wien an. Der Zug stoppte am Bahnhof Meidling im zwölften Bezirk. Sie beobachtete die Menschen, die den Zug verließen. Manche eilten sofort zum Treppenabgang, andere blieben am Bahnsteig stehen, um sich zu orientieren. Ein schriller Pfiff aus einer Trillerpfeife ertönte. Die Bahn fuhr wieder an. Sie schlüpfte in ihren Mantel und griff nach dem Koffer. Die nächste Station war der Hauptbahnhof, ihre Ausstiegsstelle. Sie hatte versucht, Magda zum Mitkommen zu überreden.

»Du kannst Elias besuchen, dir die Stadt ansehen«, hatte sie vorgeschlagen. Aber ihre langjährige Freundin hatte abgewunken und die Tiere als Ausrede benutzt, obwohl Veronika und Matthias angeboten hatten, auf sie achtzugeben. Gloria hatte schon vor Magdas Antwort gewusst, dass sie nicht mitfahren würde. Davon abgesehen, dass Magda ungern reiste, vertrat sie die Auffassung, dass Gloria diesen Besuch allein antreten musste.

»Ihr habt vierzig Jahre aufzuarbeiten. Sieh es als eine Art Reinigung«, hatte sie gemeint, den speziell gebackenen Marmorkuchen in eine Plastikbox gegeben, diese in einer Stofftragetasche verstaut und ihr in die Hand gedrückt.

Sabine stand am Bahnsteig und hielt nach ihr Ausschau. Gloria sah sie beim Einfahren der Bahn durch das Zugfenster. Als sie ausstieg, suchte ihre Schwester sie einen Moment orientierungslos unter all den Menschen, dann entdeckte Sabine sie und lief auf sie zu. Sie umarmten einander herzlich.

»Ich freu mich so sehr, dass du da bist«, sagte Sabine, fingerte ein Taschentuch aus ihrer Jackentasche und wischte sich damit ein paar kleine Freudentränen ab.

»Ich freu mich auch«, erwiderte Gloria und sie meinte es so. Sich mit der Schwester versöhnt zu haben glich einem Heilungsprozess.

Sabine atmete ihre Rührung weg und nahm ihr den Rollkoffer ab. Gloria überließ ihn ihr ohne Widerrede. Die Tasche trug sie selbst.

»Eigentlich wollte Lea mitkommen. Sie hat aber kurzfristig abgesagt, irgendwas von einem plötzlichen Termin geredet. Sie erzählt es uns später. Elias hat übrigens auch Neuigkeiten für uns.«

Sabine hatte Elias und Lea zu einem gemeinsamen Abendessen eingeladen. Eine Art Wiedersehensfeier. Dass aus den Kindern tatsächlich ein Paar geworden war, kam für Gloria wenig überraschend. Ihr Instinkt hatte ihr verraten, dass es dazu kommen würde. Sie freute sich sehr darüber. Die beiden passten zueinander.

»So? Hat er? Welche denn?«

»Lea wollte oder konnte mir am Telefon nicht mehr sagen. Ich glaube, sie weiß es selbst nicht. Jedenfalls klang es in meinen Ohren so«, erklärte Sabine, während sie die Rolltreppe nach unten zur Ausgangsplattform fuhren.

Auf dem Weg zum Parkhaus staunte Gloria wie ein Kind. Nicht nur die Bahnstrecke nach Wien, sondern auch der ganze Bahnhof hatte sich völlig verändert. Das gesamte Arsenal glich einer Shoppingmall. Wohin man blickte, sah man Drogerien, Buchhandlungen, Bekleidungsläden sowie unzählige Menschen, die hektisch zu den Bahnsteigen eilten. Zu ihrer Zeit hieß der Hauptbahnhof noch Südbahnhof und war wesentlich mickriger – und schlichtweg unansehnlich – gewesen. Natürlich war ihr klar, dass auch in ihrer Geburtsstadt die Zeit nicht stehen geblieben war. Trotzdem verblüffte sie die Verwandlung. So lange war sie nicht mehr hier gewesen.

»Da staunst du, was?«, sagte Sabine, als sie das Bahnhofsgebäude verließen. »Hat sich viel verändert. Rund um den Bahnhof ist ein funkelnagelneuer Stadtteil gewachsen. Selbst ich kenne mich in den neuen Vierteln nicht mehr aus.«

Die Autofahrt führte über vertrautere Ecken. Am Gürtel, einer der Wiener Hauptverkehrsadern, kamen sie nur langsam voran.

»Hier staut es sich immer. Egal, um welche Tageszeit man fährt«, erklärte Sabine genervt und wechselte die Fahrspur. Was, wie Gloria fand, nicht das Geringste brachte, weil sie gleich darauf erneut standen. Unabhängig davon, störte sie das nicht. Dank des zähflüssigen Verkehrs gelang es ihr, die Umgebung eingehend zu betrachten. Etwa den Westbahnhof. Von hier aus war sie mit dem Zug abgefahren, als sie Wien den Rücken gekehrt hatte. Der Anblick hatte sich ebenfalls verändert. An die aus den 1950er-Jahren stammende Bahnhofshalle schlossen jetzt direkt ein Hotel und ein modernes Einkaufszentrum an.

»Das da vorne ist die Hauptbibliothek, die gab es in der Form vor vierzig Jahren noch nicht«, sagte Sabine nur einen kurzen Augenblick später. Sie zeigte auf ein Gebäude mit stattlichen Glasfronten, das sich vor ihnen erhob. Eine gewaltige Freitreppe ging nahezu fließend in die Überdachung des davor liegenden Urban-Loritz-Platzes über, wo sie zwei Straßenbahnen ausmachen konnte, die soeben abfuhren.

»Mir scheint, Wien hat sich zu einer richtigen Großstadt gemausert«, erwiderte Gloria.

»Durchaus«, bestätigte Sabine.

Als Gloria ihre Geburtsstadt verließ, war ihr diese engstirnig und einfallslos erschienen. Erstarrt in bürgerlichen Konventionen. Damals hatte sie geglaubt, dass sich die restliche Welt offener und zukunftsorientierter verhielt. Doch rückblickend musste sie diese Meinung revidieren. Erst kürzlich war ihr in den Sinn gekommen, dass sie am Tag ihrer Abreise aus Wien am Bahnhof eine Tageszeitung gekauft hatte. Sie hatte diese bis heute aufbewahrt, in einer Schachtel am Dachboden, wenn sie sich nicht irrte. Gleich auf der ersten Seite hatte sie über die erste Weltklimakonferenz in Genf gelesen. Was war seitdem in der Welt passiert? Zum Thema Klimaschutz nicht allzu viel. Bezüglich der Weltverschmutzung und Industrialisierung jedoch zu viel. Die Verbindung mit der Erde, die sie durch ihren Beruf bedingt täglich durch den feuchten Ton in den Händen spürte, ging den Menschen verloren.

»Aber sag mal, hast du dich wirklich endgültig dagegen entschieden? Du weißt schon, wegen des Colliers«, riss ihre Schwester sie aus ihren Gedanken.

Gloria hatte bisher kein Sterbenswörtchen über die Nachforschungen hören wollen. Elias und Leas Versuche, ihre Neugier am Telefon anzufachen, hatte sie sofort im Keim erstickt. Vor den Erkundungsversuchen der beiden hatte sie die Geschichte des Erbstücks auch nicht interessiert. Zu viel Familiengeschichte hing daran. Das wollte sie sich nicht antun, egal, was die beiden jungen Leute herausgefunden hatten. Doch dann hatte sie, ohne es wirklich zu wollen, angefangen, darüber nachzudenken. Am Ende war sie zu dem Entschluss gekommen, dass sie sich lächerlich verhielt. Es war höchste Zeit, endlich Frieden mit der Vergangenheit zu schließen. »Natürlich will ich alles erfahren, jedes noch so kleine Detail. Heute Abend beim Essen werde ich sie bitten, mir sämtliche Einzelheiten zu erzählen.«

Sabine lächelte glückselig.

»Du weißt bestimmt schon Bescheid«, mutmaßte Gloria.

Sabine nickte. »Selbstverständlich. Aber meine Lippen bleiben versiegelt. Ich nehme Elias und Lea doch nicht die Freude, dich staunen zu stehen.«

»Denkst du, dass ich das werde?«

»Mit Sicherheit.«

Fünfundzwanzig Minuten später öffnete Sabine das schmiedeeiserne Gartentor und parkte den Wagen in der Einfahrt. »Ich habe die alte Garage zur Werkstatt umfunktioniert«, erklärte sie. »Nächstes Jahr will ich mir aber einen Schuppen im Garten bauen, damit ich das Auto wieder unterstellen kann. Ich hasse es nämlich, an kalten Wintertagen Eis von der Scheibe zu kratzen.«

»Zeigst du mir deinen Arbeitsraum?«, fragte Gloria.

»Sehr gerne. Jetzt gleich?«

»Warum nicht?«

Sie ließen den Koffer und die Tragetasche im Auto und betraten die Garage. Der Geruch von Holz und Leim empfing sie. Auf einer Werkbank reihten sich Schleifpapier, Spachtel, Stecheisen, Pinsel und Klebebänder in unterschiedlichen Breiten, Größen und Farben aneinander. In einer Holzkiste lagen Holzhammer und Schraubzwingen. Daneben sammelten sich in einer Schütte antike Trickschlösser. In der Mitte des Raums stand eine Biedermeiertruhe mit Runddeckel und Eisenbeschlägen. Die goldenen Initialen und die Jahreszahl 1905 waren verblasst.

»Arbeitest du gerade an der?«

»Ja. Ich hoffe sie bis November fertig zu bekommen. Sie soll nämlich im Gästezimmer stehen, wenn Lea einzieht.« Sie zeigte auf einen Gründerzeitsekretär mit abgenutzten Fronten und fehlenden Scharnieren, der direkt vor dem geschlossenen Garagentor stand.

»Der kommt als Nächstes dran. Das gute Stück ist um 1870 gefertigt worden. Die Beschläge aus Gelbmetall habe ich vorgestern geliefert bekommen. Natürlich Originale«, betonte sie.

»Dann ist er hundertfünfzig Jahre alt«, sagte Gloria. »So lange befindet sich das Diamantcollier bereits in unserer Familie.«

»Jetzt, wo du's erwähnst. Stimmt. Darüber habe ich noch gar nicht nachgedacht.«

»Woher hast du denn den Sekretär?«

»Es ist nicht meiner. Ich restauriere ihn für eine Modedesignerin. Er gehört zur Hinterlassenschaft ihrer Großmutter und soll künftig in ihrem Modeatelier stehen.«

»Schön, wenn Menschen Antikes schätzen. Ich muss sagen, ich bin beeindruckt, Sabine. Diese Arbeit scheint deine wahre Berufung zu sein.«

Sabine lächelte verlegen. Zugleich erkannte Gloria, dass ihr Lob sie mit Stolz erfüllte.

»Es macht mir riesengroßen Spaß. Hier drinnen vergesse ich die Zeit.«

»Mir geht es in meinem Atelier ebenso«, sagte Gloria. »Aber jetzt komm. Ich zeig dir den Rest.«

Sie traten ins Freie. Sabine verschloss die Werkstatttür und holte Glorias Koffer aus dem Wagen.

Es war ein eigentümliches Gefühl, nach vierzig Jahren Abwesenheit den gepflasterten Weg, der von der Garage zum Familienhaus führte, zu begehen. Lavendel begrenzte die Wegfläche. Unter zwei abgeblühten Rosensträuchern standen Keramikgänse. Aus einem alten Holzbottich quollen bunte Herbstblumen. Generell erschien es Gloria, als hätte Sabine zahlreiche alte Gegenstände in den Garten integriert oder mit Blumen bepflanzt. Ausgehöhlte Baumstämme, Fensterrahmen, ein Weinfass. In den Ästen der Heckensträucher konnte sie Futterstellen für Vögel aus Tontöpfen und

Altholz erkennen. Wenige Schritte vor dem Hauseingang blieb sie stehen und begutachtete ihr Elternhaus. Die ehemalige kalkweiße Fassade war jetzt im Schönbrunner Gelb gestrichen, weiße Fensterfaschen hoben sich davon ab. Vor der Eingangstür stand eine antike Bank, die frisch restauriert wirkte.

»Es ist wunderschön, Sabine. Es ist dir gelungen, aus dem kalten Haus eine warmherzige Bleibe zu gestalten«, schwärmte Gloria.

»Freut mich, dass es dir gefällt. Das Ganze hat mich viel Arbeit und noch mehr Zeit gekostet.«

»Das hast du aber nicht alles selbst gemacht?«

»Nein. Für die Fassade und das Dach habe ich Handwerker engagiert. Zum Glück hat mir Viktor finanziell ein bisschen unter die Arme gegriffen. Aber drinnen ist alles von mir. Ich habe sogar die Böden verlegt. Komm rein!« Sabine sperrte die Eingangstür auf und ging voran.

Im Inneren war es gemütlich, mit behaglichen Holzfußböden, einem Specksteinofen und einem dick gepolsterten Sofa im Wohnzimmer. Der Geruch des Hauses hatte sich ebenso verändert wie sein Aussehen. Soweit sie sich erinnern konnte, waren die Räume früher von einer ständigen Duftmischung aus Essen und Putzmittel durchzogen. Jetzt duftete es nach Blumen, nach Holz, nach Lebenslust.

»Ich hoffe, es macht dir nichts aus, im ehemaligen Schlafzimmer unserer Eltern zu übernachten. Ich habe es ebenfalls komplett umgestaltet. Es ist jetzt ein Gästezimmer.«

Gloria nickte. Die Frage hatte ihr Sabine schon am Telefon gestellt. »Es stört mich nicht. Ansonsten hätte ich mir ein Hotelzimmer genommen.«

»Gut«, erwiderte ihre Schwester. »Bei deinem nächsten Besuch bekommst du dann mein Zimmer. Du weißt ja, dass Lea im November ins Gästezimmer einzieht.«

Gloria nickte. Sie hatte von Leas Plänen gehört, eine Lehre als Goldschmiedin zu beginnen.

»Falls sie überhaupt eine Lehrstelle findet«, fügte Sabine hinzu und trug den Koffer über die Holztreppe in den ersten Stock zu den Schlafzimmern hinauf. »Und ich werde dann auf der Couch in deinem ehemaligen Zimmer schlafen. Das nutze ich als Büro. Ich hoffe, es macht dir nichts aus.«

»Es ist dein Haus. Du kannst die Räume nutzen, wie immer du möchtest.«

»Du kannst nach dem Auspacken gerne einen Blick reinwerfen. Wie auch immer, egal, was passiert, ihre Wohnung hat Lea jedenfalls bereits gekündigt.«

»Ich finde Leas Idee im Übrigen großartig. Du kannst stolz auf deine Tochter sein.«

»Das bin ich. Obwohl ich mich frage, woher sie den Mut hat, noch mal ganz von vorne zu beginnen. Von mir jedenfalls nicht. Ich hätte mich nie getraut, mit achtundzwanzig.«

»Das stimmt doch nicht«, erwiderte Gloria. »Du hast viel später noch mal angefangen. Nach der Scheidung.«

»Das kann man doch nicht vergleichen.«

»Und ob man das kann«, beharrte Gloria. »Mach dich nicht kleiner, als du bist, Schwester.«

Sabine drückte die Tür zum Gästezimmer auf und stellte den Koffer darin ab. »Ich hoffe nur, dass Lea die Lust an der Lehre nicht bald verliert.«

»Glaub an sie, Sabine. Lea ist zielstrebiger, als du denkst.

Sie zieht das durch.« Davon war Gloria überzeugt, auch wenn sie ihre Nichte erst seit Kurzem kannte.

»Du hast ja recht. Ich sollte endlich aufhören, mir ständig Sorgen um sie zu machen. Na, was sagst du?«

Gloria sah sich um. Der Raum hatte absolut nichts mehr mit dem Schlafzimmer in Eiche rustikal ihrer Eltern gemein. Die Wände waren in einem hellen Sandton gestrichen. Der beige Teppichboden war einem Holzfußboden gewichen, das Eichenbett war durch ein modernes Boxspringbett ersetzt worden. Sabine stieß die auf den ausladenden Holzbalkon führende Tür auf. Von hier aus hatte man einen fantastischen Gartenblick.

»Pack jetzt erst mal in Ruhe aus.« Sie schob die Schiebetür des Kleiderschranks auf.

»Ich mach uns inzwischen Kaffee.«

In dem Moment fiel Gloria der Marmorkuchen ein. »Warte.« Sie holte die Plastikbox aus der Tragetasche. »Magda hat es sich nicht nehmen lassen, einen Kuchen zu backen.«

Sabine lachte und nahm ihn dankend entgegen.

Als Gloria zwanzig Minuten später die Terrasse betrat, fiel ihr Blick sofort auf das Gemüsebeet. Sie erkannte Winterkohl, Pastinaken und Lauch. Sabine trat durch die offene Terrassentür mit der Kaffeekanne in der Hand.

»Hat da nicht früher mal ein Baum gestanden?«

»Ja.«

»An dem untersten Ast haben wir doch die Schaukel festgemacht.«

Sabine stellte die Kanne auf dem Tisch ab. »Du hast mich stundenlang angeschubst.«

»Ich erinnere mich.«

»Die Äste sind leider morsch geworden. Ich musste ihn fällen lassen. Die Reste habe ich als Deko ums Haus herum verteilt.«

»Sind das die ausgehöhlten Baumstämme?«

»Exakt. Da stell ich im Frühling wieder Blumentöpfe rein. Das schaut schön aus.«

Sie setzten sich. Bei Kaffee und Kuchen schwelgten sie den gesamten Nachmittag über in Erinnerungen. Ein Thema sprachen sie dabei jedoch nicht an. Sabine hatte einen Besuch am Grab ihrer Eltern vorgeschlagen, doch Gloria hatte sich dagegen entschieden. Was brachte es, außer womöglich ein schlechtes Gewissen? Sie hatte zu lange daran gearbeitet, keine Schuldgefühle mehr zu haben. Das wollte sie mit einem Friedhofsbesuch nicht zerstören.

Nach dem Kaffeetrinken vertraten sie sich ein wenig die Beine im nahe gelegenen Schwarzenbergpark.

»Was hast du eigentlich gefühlt, als dir Papa am Abend vor deiner Abreise das Collier gab?«, fragte Sabine. Drei Mütter im Sportoutfit joggten an ihnen vorbei, die Sportkinderwägen vor sich her schiebend.

»Ich kann mich nicht mehr genau erinnern. Ich weiß nur noch, dass ich ziemlich überrascht war. Nach unserem letzten Streit dachte ich eher, dass er mich enterben würde.«

»Hast du das Collier auf deine Reisen mitgenommen?«

»Um Himmels willen, nein. Es lag zehn Jahre lang in einem Bankschließfach in München. Erst als ich mich in Rosenheim niederließ, habe ich es geholt. Seitdem lag die Kette in meinem Tresor.«

Ein Mann mit einem schwarzen Labrador kam ihnen entgegen.

Gloria beäugte den Hund im Vorbeigehen. »Hat es dich geärgert, dass er sie mir gegeben hat?«

»Nein.« Sabine blieb stehen und wandte sich ihrer Schwester zu, die ebenfalls stehen blieb. »Das Collier stand in meinen Augen für die Verbindung zu dir. Solange du es nicht verkaufst, so dachte ich, hast du nicht endgültig mit der Familie gebrochen.«

»Das hätte ich nie getan.«

»Das habe ich gehofft. Und jetzt lass uns umkehren. Ich sollte langsam zu kochen beginnen.« Auf dem Rückweg hakte sich Sabine bei Gloria unter und verriet ihr, sich zwei vierjährige Kater im Tierschutzhaus angesehen zu haben. »Sie heißen Max und Moritz. Ihre Besitzerin ist überraschend gestorben. Nächste Woche hole ich sie ab.«

Gloria lachte lauthals auf. »Erklär mir bitte nie wieder, dass du nicht mutig genug bist, Neuland zu betreten.«

34

Um sechs Uhr kamen Lea und Elias an. Sie hielten sich an der Hand. Ihre Augen strahlten vor Glück. Ein leidenschaftlicher Zauber umgab sie, der für alle sichtbar war. Pures Hochgefühl schwebte durch das Haus, als sie es betraten. Egal, was die beiden bei ihrer gemeinsamen Nachforschung herausgefunden haben, diese Verbindung ist das Beste, was das Collier hervorgebracht hat, ging es Gloria bei ihrem Anblick durch den Kopf.

»Stellt euch vor! Ich habe eine Lehrstelle!«, frohlockte Lea aufgekratzt, nachdem sie sich zur Begrüßung reihum geherzt hatten. »Bei einem Juwelier im dritten Bezirk. Am ersten Oktober fang ich an.«

»Großartig!«, riefen Sabine und Gloria wie aus einem Mund.

»Gut, dass ich Sekt eingekühlt hab.« Leas Mutter eilte augenblicklich in die Küche. Sie wies Lea an, vier Sektgläser aus der Glasvitrine zu nehmen, und befahl sie alle auf die Terrasse. Obwohl es Mitte September war, versprach der Abend sommerlich lau zu werden. Mit flinken Fingern öffnete Sabine die Flasche, schenkte allen ein und sprach einen Toast aus.

»Darauf, dass meine Schwester und ich uns wiedergefunden

haben. Auf deine neue Arbeit und auf euch beide sowieso!« Sie stießen an und tranken.

»Meine Schwester hat ein wahres Festessen zubereitet«, tönte Gloria nach dem ersten Schluck.

»Es gibt ja auch genug zu feiern«, entgegnete Sabine und stellte ihr Glas auf den Tisch. »Es ist so schön, lasst uns im Freien essen«, beschloss sie und machte eine Geste, die Lea verdeutlichte, ihr zu helfen. Elias schickte sich an, ebenfalls anzupacken.

»Du und Gloria, ihr bleibt sitzen!«, verfügte Lea.

In der Küche platzierte Sabine Teller, Besteck, Servietten und Wassergläser auf ein Tablett und drückte es Lea in die Hand. »Bring das raus, und hol dann die beiden Mineralwasserflaschen, die im Kühlschrank stehen.«

Kurz danach verkündete Sabine: »Avocado-Salat mit gebratenen Champignons und mit Hüttenkäse gefüllte Tomaten.« Sie stellte zwei Servierplatten auf den Tisch.

Elias schickte sich an, den restlichen Sekt zwischen den Damen aufzuteilen. Gloria winkte ab und schenkte sich ein Glas Wasser ein. »Ich warte auf den hervorragenden Gelben Muskateller, den Sabine eingekühlt hat.«

Elias griff ebenfalls zum Wasser. Er musste noch Auto fahren und wollte später ebenfalls ein Glas Wein trinken. Während sie aßen, erzählte Lea ausführlich von ihrem Bewerbungsgespräch. Sie schwärmte von dem modernen Laden und der geräumigen Werkstatt, die ab sofort ihr Arbeitsplatz sein würde. »Außerdem kommen mir die Leute dort sehr sympathisch vor.«

Gloria beobachtete währenddessen immer wieder verstohlen Elias Reaktion. Ihr Patenkind wandte seinen Blick keinen Moment von Lea ab.

Den hat's ordentlich erwischt, konstatierte sie zufrieden.

»Deshalb hab ich's nicht zum Bahnhof geschafft, Tante Gloria. Tut mir leid«, endete Lea.

»Du brauchst dich nicht zu entschuldigen. Deine Mutter war ja da, um mich abzuholen. Ich habe sowieso nicht damit gerechnet, dass ihr beide kommt.« Sie griff nach Leas Hand und tätschelte sie leicht. »Ich freue mich, dass du eine Stelle gefunden hast und offenbar einen Beruf, der dich brennen lässt. Du wirst garantiert eine fantastische Goldschmiedin.« Sie zog ihre Hand wieder zurück. »Und jetzt erzählt ihr mir ganz genau, was ihr über das Collier herausgefunden habt.«

Lea und Elias warfen sich für den Bruchteil einer Sekunde einen verblüfften Blick zu.

»Wir haben so sehr gehofft, dass du es dir anders überlegst«, sagte Lea glücklich. Am Telefon war sie schier geplatzt vor Mitteilungsdrang. »Trotzdem bin ich jetzt echt überrascht.«

»Ich auch«, bekundete Elias.

»Freut mich, dass ich in meinem Alter noch jemanden überraschen kann«, schmunzelte Gloria.

»Aber vorher hilfst du mir die leeren Teller abzuräumen, und das Hauptgericht rauszuholen.« Sabine erhob sich.

Lea bedeute ihr, sich wieder zu setzen. »Warte noch. Tante Gloria, ich muss gestehen, ich wollte heute Abend einen kleinen Trick anwenden, um dich zu überzeugen.« Sie griff nach ihrer Handtasche, kramte die Schatulle hervor und legte sie auf den Tisch. »Ich dachte, wenn du die Kette wiedersiehst, dann überlegst du's dir vielleicht, und wir können dir endlich erzählen, was wir herausgefunden haben.«

»Kind!«, rief Sabine und griff sich ans Herz. »Du fährst das Collier einfach so in der Gegend herum?«

»Das habe ich doch auch getan, als ich zu dir gefahren bin«, erinnerte sie ihre Mutter.

Sabine schüttelte dennoch missbilligend den Kopf.

»Es war eine wahre Qual, am Telefon den Mund halten zu müssen«, fuhr Lea fort. »Aber jetzt, wo du dich ohne meine List dafür entschieden hast, kannst du dir das gute Stück einfach so anschauen.« Sie schob das Collier zu ihrer Tante und begann die Vorspeisenteller einzusammeln, während Gloria das Diamantencollier betrachtete. Sabine rückte ihren Stuhl näher zu ihrer Schwester, um es ebenfalls besser betrachten zu können. Lea bat Elias ihr anstelle ihrer Mutter zu helfen.

»Da hast du die beiden ganz schön überrascht«, sagte Elias in der Küche und räumte die Teller in die Spülmaschine.

»Genau das wollte ich erreichen«, lächelte Lea. »Sie ist das verbindende Element, das den Familienkreis schließt. Findest du nicht auch?«

Elias nickte.

»Deshalb sollen sie jetzt auch gemeinsam über dem Erbstück hocken und es sich mal ganz bewusst anschauen. Tante Gloria hat das die letzten vierzig Jahre nicht getan, und meine Mutter hat sie an dem Sonntag auch nur einen Moment lang betrachtet.«

»Du bist eine extrem schlaue Füchsin. Hat dir das schon Mal wer gesagt?« Elias küsste sie und schnappte sich dann die Flasche Wein aus dem Kühlschrank. Dem Glasschrank entnahm er Gläser, ging zurück und half Lea anschließend beim Auftragen der Hauptspeise. Die beiden Schwestern saßen noch immer wie vom Donner gerührt da und bestaunten die

Kostbarkeit. Dann reichte Gloria Lea das geschlossene Etui wieder. »Pass gut darauf auf.«

Während sie Rahmfilet mit Gemüse und Kartoffeln aßen, berichteten Lea und Elias diesmal detailliert über das Ergebnis ihrer Erkundigungen. Gloria hakte an einigen Stellen nach, glaubte sich verhört zu haben. Ihre Augen wurden größer, ihr Herz schlug schneller, und am Ende lehnte sie sich völlig verblüfft in ihrem Stuhl zurück. Sie hatte mit vielem gerechnet, aber nicht damit, dass eine ihrer Vorfahrinnen die Tochter der unglückseligen Marie Thérèse gewesen war.

»Habe ich nicht gesagt, dass du staunen wirst?«, triumphierte Sabine fröhlich lachend.

Eine Weile unterhielten sie sich angeregt über das Ergebnis und sinnierten, wie es passieren konnte, dass ausgerechnet dieser Teil ihrer Familiengeschichte ihnen nicht bekannt war.

»Da habt ihr ja eine ganze Menge Informationen zusammengetragen. Nur die Frage, wie das Collier denn nun nach Österreich kam, ist noch immer offen, auch wenn dies zu verschmerzen ist«, entschied Gloria.

Sabine stimmte ihr zu.

»Das kann man so nicht sagen«, entgegnete Elias. »Denn meine Neuigkeit bringt vielleicht ein bisschen Licht ins Dunkel.«

»Er macht ein ziemliches Geheimnis darum. Sogar mir hat er bis jetzt verschwiegen, was er da Tolles herausgefunden hat«, sagte Lea vorwurfsvoll.

»Ich habe ja erst vor zwei Tagen mit Gerhard telefoniert«, verteidigte sich Elias. »Er und Anaïs lassen dich übrigens ganz herzlich grüßen.« Er zwinkerte ihr zu. »Außerdem finde ich es spannender, es euch allen zeitgleich erzählen zu können. Also dann! Isabelle schreibt in einer ihrer Aufzeichnungen, dass Julie und Ciel im Mai 1815 heirateten und ein Jahr später, am vierten Juni 1816 eine Tochter bekamen, die sie auf die Namen Adelais Isabelle Camille tauften.«

Einen Moment herrschte Stille, die von Elias' Lachen durchbrochen wurde. »Genau diesen Anblick habe ich mir von euch erhofft.«

»Was heißt das?« Lea sah ihre Mutter und dann Gloria an, die ebenso verwundert dreinblickten.

»Gerhard hat ein Schriftstück entdeckt, aus dem hervorgeht, dass Julies Tochter Adelais in Wien lebte und offenbar hier die Weine des Weingutes Calvin vertrieb. Ich bin noch nicht dazu gekommen, in unseren Archiven nach ihr zu suchen, das werde ich jedoch noch tun. Leider weiß ich nicht, ob Adelais bei ihrer Abreise aus Paris das Collier mitnahm oder ob sie es nach Julies Tod übermittelt bekam. Dieser Frage werde ich noch auf den Grund gehen. Auch, wie lange sie in Wien blieb und wie ihr Leben nach dem Ende des Weinguts weiterging, werde ich versuchen noch herauszufinden.«

»Ende des Weingutes?«, echote Lea.

»Gerhard hat sich eingehender darüber erkundigt. Es fiel leider der großen Reblausplage im neunzehnten Jahrhundert zum Opfer.« Er erläuterte, dass die Plage 1863 im Rhône-Tal begonnen und sich in Windeseile über ganz Europa ausgebreitet hatte.

»Die gesamte Weinproduktion Frankreichs hat sich daraufhin um fünfundsiebzig Prozent verringert. Die Familie Calvin musste, wie viele andere auch, ihre Produktion komplett einstellen«, erklärte er.

»O nein. Das ist ja schade«, sagte Lea. »Aber Adelais' Aufenthalt in Wien erklärt auf jeden Fall, wie das Collier in Österreich landete. Egal, ob du noch mehr herausfindest oder nicht.« Sie beugte sich zu Elias und küsste ihn. »Danke, dass du dich so in die Sache reingehängt hast.«

»Er wurde für seine Bemühungen reichlich belohnt«, meinte Gloria schmunzelnd. »Zum einen hat er mit Marie Thérèses geheimer Tochter Julie eine historische Sensation entdeckt. Und zum anderen eine Frau für sich gewonnen, die ihm andernfalls durch die Lappen gegangen wäre.« Sie hob ihr Weinglas. »Aber ich muss sagen, Elias, ich bin schwer beeindruckt. Lasst uns darauf trinken!«

Sie prosteten einander zu, redeten, grübelten, lachten. Alles drehte sich um Isabelle, Julie und ihrer Erstgeborenen Adelais, die nun eine Erklärung für die Verbindung nach Wien lieferte. Die Neuigkeit heizte die Stimmung auf. Trotzdem spürten sie, dass es kühler wurde.

»Lasst uns die Nachspeise drinnen essen«, schlug Sabine schließlich vor. Gemeinsam räumten sie aufgeregt plappernd den Terrassentisch ab und setzten sich an den Tisch im Esszimmer. Beim Dessert, es gab ein klassisches Tiramisu, kamen sie wieder auf die Gegenwart zu sprechen.

»Wo bewahrst du das Collier eigentlich auf?«, fragte Gloria. »In einem Bankschließfach bei deinem Vater?«

»Ich habe mir einen Safe gekauft.«

»Nimm es ab und zu heraus, und bewundere es. Das hat es verdient. Es lag lange genug unbeachtet in meinem Tresor.«

»Ich überlege sogar, es einem Museum als Leihgabe zu überlassen. Dann können nicht nur wir, sondern Tausende andere Menschen das Collier bewundern. Ich dachte an das

Naturhistorische Museum. Vielleicht hängen sie es ja in die Nähe des Edelsteinstraußes von Maria Theresia.«

Das mit über zweitausendachthundert Edelsteinen gestaltete Blumenbouquet gehörte zu den geschichtlich bedeutungsvollsten Objekten des Museums. Die barocke Edelsteinsammlung war ein Geschenk der Kaiserin an ihren Gemahl Franz Stephan.

»Mich begeistert die Idee«, fuhr Lea fort. »Immerhin war das Collier im Besitz ihrer Tochter Marie Antoinette. Was meint ihr?« Sie blickte ihre Lieben abwechselnd an. »Es wird nämlich noch eine ganze Weile dauern, bis ich das Collier vererben kann.«

Sabine und Gloria lächelten einander vielsagend zu.

»Auf jeden Fall werde ich in Zukunft das Denkmal von Maria Theresia am Burgring mit anderen Augen betrachten«, sagte Sabine belustigt. »Jetzt, wo wir mit ihr über sieben Ecken verwandt sind.«

Um elf verabschiedeten sich Lea und Elias und machten sich auf den Heimweg. Sie wollten in Leas Wohnung übernachten, um die Kette wieder sicher in den Tresor legen zu können.

Auf der Fahrt dachte Lea über den gemeinsamen Abend und die neuen Erkenntnisse nach. Es war beeindruckend. Nur aufgrund von Isabelles Aufzeichnungen hatte sie ein klares Bild vor Augen. Sie lehnte sich zufrieden im Autositz zurück, glücklich, dass die Hebamme die Geschichte ihrer Familie mit allen Einzelheiten über einen so langen Zeitraum aufgeschrieben hatte.

35

Lea, November 2019

Anfang des Monats kamen Gerhard und Anaïs für ein paar Tage nach Wien. Lea und Elias verabredeten sich mit ihnen zum Abendessen im *Lugeck*. Dabei erzählte Gerhard, dass er aus Interesse weitergeforscht hatte. Er berichtete, dass Adrien Bisset in die USA ausgewandert war und Julie und Ciel das Weingut Calvin führten, bis zur großen Reblausplage, weshalb das Restaurant schließlich an Mathis überging. Der jüngere Sohn von Isabelle und Jérôme führte es rund zehn Jahre, dann verkaufte er es. Noelle heiratete einen Arzt, ging mit ihm nach Lyon und bekam fünf Kinder.

Mit diesem Wissen schloss sich für Lea der Kreis. Sie war ausgezogen, um die Geschichte eines Colliers zu erkunden und zwei Schwestern miteinander auszusöhnen. Dabei hatte sie letztendlich einen Teil der Familiengeschichte entdeckt und eine neue Liebe gefunden.

Gleich im September hatte sie die Direktion des Naturhistorischen Museums kontaktiert und eine Zusage erhalten. Natürlich wollte man das Collier noch auf Echtheit überprüfen und die Aufzeichnungen von Isabelle einsehen. Aber wenn alles glattging, würden die Museumsbesucher ab dem Frühjahr das Collier bewundern können. Bis dahin lag es im Banksafe bei ihrem Vater, der Lea fortwährend bedrängt hatte, bis sie endlich nachgab.

Die Tage vergingen. Lea fühlte sich an ihrem Arbeitsplatz rundherum wohl und beglückwünschte sich täglich zu der Entscheidung, der Versicherung den Rücken gekehrt zu haben. Jetzt stand der unwiderrufliche Auszug aus der Wohnung in der Nußdorferstraße an. Einerseits freute sie sich auf das Zusammenleben mit ihrer Mutter, andererseits verband sie viele schöne Erinnerungen mit der Wohnung und ihren Möbeln. Doch nachdem sie in ein möbliertes Zuhause zog, brauchte sie ihre Einrichtung nicht mitzunehmen. Seit Tagen stellte sie ein Stück nach dem anderen auf verschiedenen Verkaufsplattformen ein. Zumeist meldeten sich Studenten, die günstigen Hausrat für ihr WG-Zimmer suchten. Oder junge Paare, die ihre erste gemeinsame Wohnung bezogen und diese ebenfalls preiswert einrichten wollten. Die Bücherregale hatten bereits den Besitzer gewechselt und ihre Bücher lagerten fertig gepackt in Kartons im Flur. Heute Morgen hatte ein Pärchen ihr Bett und den Kleiderschrank abgeholt. Jetzt lag die Matratze im Schlafzimmer auf dem Boden. Darüber türmte sich Leas Kleidung. Paula und Sigrid halfen ihr dieses Wochenende. Bei ihrem gestrigen Jour fixe hatten sie sich am Ende einstimmig gewünscht, dass der Umzug ohne Probleme über die Bühne ginge. Paulas Mann wollte auch helfen, lag jedoch seit zwei Tagen mit einem grippalen Infekt im Bett. Und Leas Vater hatte ausgerechnet an diesem Wochenende schon einen Kurzurlaub mit seiner neuen Flamme in der Steiermark gebucht. Ihre Freundinnen nahmen die

Bilder von der Wand, wickelten sie in Zeitungspapier und steckten sie in einen Umzugskarton. Leas Vater hatte vorgeschlagen, alles einer Umzugsfirma zu übergeben. »Ich bezahle«, hatte er großzügig getönt. Doch Lea hatte abgelehnt, weil sie das für Geldverschwendung hielt. Die paar Habseligkeiten, die sie mitnahm, passten ins Auto. Selbst die Waschmaschine wollte sie verkaufen. Die Küche war schon bei ihrem Einzug Bestandteil der Wohnung gewesen. Nur den schweren Safe hatten Profis vor zwei Tagen abgeholt und im Keller ihrer Mutter deponiert. Man konnte ja nie wissen, wofür der noch gut sein würde. Die Transportkosten hatte ihr Vater übernommen.

»Kaffeepause!«, rief Lea und stellte die Kanne, Tassen und Mineralwasser auf den Esstisch. Paula ließ sich zuerst auf den Stuhl fallen. Sigrid packte noch ein Bild in den Karton ein, ehe sie sich dazusetzte.

»Ich habe zum Mittagessen Chili con Carne vorbereitet«, sagte Lea, während sie ihren Freundinnen einschenkte. »Elias bringt noch Semmeln mit.« Er fuhr die ersten Kisten ins Haus ihrer Mutter.

Geradewegs hörten sie, wie sich die Wohnungstür öffnete. Gleich darauf stand Elias vor ihnen. Er drückte Lea einen Stoffbeutel mit Gebäck in die Hand. »Super, Kaffee!«, rief er im Tonfall eines Verdurstenden. »Die Schlepperei bringt einen um.«

Lea reichte ihm eine Tasse. Zehn Minuten später setzten sie sich wieder in Bewegung. Sie arbeiteten mit kleinen Pausen fast den ganzen Tag. Um halb sechs schleppte Elias den letzten Karton aus der Wohnung. »Der Wagen ist voll, ich fahr gleich noch mal nach Neuwaldegg.«

Er verabschiedete sich von Sigrid und Paula. Diese wollten sich in wenigen Minuten auf den Weg nach Hause machen.

»Ich werde heute schlafen wie ein Stein«, meinte Sigrid.

»Dito«, sagte Paula und streckte den Rücken durch.

Lea küsste die beiden zum Abschied auf die Wangen. »Ich danke euch vielmals, meine Lieben. Wir sehen uns nächsten Freitag. Ich zahl dann unser Abendessen. Keine Widerrede!«

Die beiden hoben beim Hinausgehen die Hand, als Zeichen der Zustimmung. Für Widerworte fehlte ihnen die Energie.

Als Lea allein war, sah sie sich in der Wohnung um. Nur der Esstisch, vier Stühle und das Sofa waren zurückgeblieben. Diese Stücke würden ebenfalls bald Abnehmer finden. Eine unbestimmte Leere machte sich in ihr breit. Rasch schüttelte sie die aufkommenden Gefühle ab, ging ins Bad und stellte sich unter die Dusche. Dann schlüpfte sie in frische Kleidung. Den Topf mit dem restlichen Chili stellte sie auf den Boden neben die Reisetasche, die sie zu Elias mitnehmen wollte. Darin befanden sich eine Garderobe zum Wechseln sowie Rosenheim. Sie hatte sich vorgenommen, den Keramikhund persönlich in ihr neues Zuhause zu bringen.

Nach Elias' Rückkehr brachen sie gleich in die Prinz-Eugen-Straße auf.

»Ein Königreich für eine Dusche«, stöhnte Elias, während die Wohnungstür hinter ihnen ins Schloss fiel.

»Ich wärme uns währenddessen das restliche Chili auf.« Lea trug den Topf in die Küche, und Elias verschwand im Bad.

Als er danach wiederauftauchte, duftete er verführerisch nach Duschgel.

»Bist du glücklich?« Er küsste ihren Nacken.

»Sehr.« Sie entwand sich ihm und teilte das Essen auf zwei Teller auf.

Elias goss Wein und Wasser in die jeweiligen Gläser. »Willst du immer noch wissen, wie ich mir eine Wohnung wie diese leisten kann?«, fragte er nach den ersten Bissen.

Sie stutzte kurz, doch dann fiel ihr wieder ein, wie sie sich bei ihrem ersten Besuch darüber gewundert hatte. »Logisch.«

»Als mein Großvater starb, hat er meiner Großmutter das Haus und ein kleines Vermögen hinterlassen. Er war nur ein gewöhnlicher Arbeiter, aber fleißig und sparsam. Außerdem gehörten ihm in Rosenheim zwei Streuobstwiesen. Seine Eltern waren Obst- und Gemüsebauern gewesen. Die Wiesen hat er zwei oder drei Jahre vor seinem Tod verkauft und das Geld auf ein Sparbuch gelegt. Meine Großmutter wollte nicht allein in dem großen Einfamilienhaus bleiben, also beschloss sie, meinen Eltern das Haus zu übergeben und zu Gloria zu ziehen. Mir drückte sie das Sparbuch in die Hand. Zuerst habe ich es abgelehnt. Ich sagte, sie solle es für sich ausgeben, auf Reisen gehen oder sonst etwas damit anstellen. Aber du kennst sie ja inzwischen. Ihr Leben kreist ausschließlich um ihre Familie. Außerdem liebt sie es, Tante Gloria zu bemuttern.« Er lachte herzlich, und Lea stimmte ein.

»Jedenfalls hat sie darauf bestanden und gemeint, mein Opa hätte es bestimmt ebenfalls so gewollt.« Elias zuckte ergeben mit den Schultern. »Mit dem Geld habe ich mir vor fünf Jahren diese Wohnung geleistet. Die Summe war eine Anzahlung und reichte etwa für die Hälfte. Für den restlichen Betrag habe ich einen Kredit aufgenommen, den ich in den nächsten fünf Jahren tilge. Natürlich hätte ich mir eine günstigere Eigentumswohnung kaufen können. Aber der Blick aufs Belvedere hat mich bei der Besichtigung überwältigt. Es musste einfach diese Wohnung sein.«

»Das verstehe ich gut.«

Elias nahm einen Schluck Wein und sah dabei aus, als müsste er sich den nächsten Satz gut überlegen. »Apropos Wohnung. Willst du wirklich zu deiner Mutter ziehen? Ich meine, ich hätte hier jede Menge Platz, und zum Juwelier wäre es von hier aus auch nicht weit.«

Lea spürte, wie sie förmlich bei seinem Angebot dahinschmolz. Sie neigte leicht den Kopf. »Natürlich wäre ich von deiner Wohnung aus schneller in der Arbeit. Außerdem kann ich mir sehr gut vorstellen, mit dir zusammenzuleben. Aber ich denke, jetzt ist es noch zu früh für diesen Schritt. Ich will erst mal in meinem neuen Beruf, in meinem neuen Leben ankommen. Verstehst du das?«

Er streckte die Hand aus und strich ihr zärtlich übers Gesicht. »Ich frage dich in einem Jahr noch mal.«

»Ja, mach das.«

Am nächsten Morgen brachen sie um acht Uhr auf. Sabine hatte schlecht geschlafen, teilte sie ihnen bei der Ankunft mit. Aus dem Grund hatte sie bereits um sieben Uhr begonnen, Leas Kleidung in den Kleiderschrank im Gästezimmer zu räumen.

»Bitte lasst uns jetzt erst mal einen Kaffee trinken«, sagte sie flehend und schenkte ohne auf Antwort zu warten in der Küche drei große Tassen ein. »Ich habe gestern noch mit Gloria telefoniert. Sie schlägt vor, dass wir Weihnachten gemeinsam in Rosenheim verbringen.«

»Gerne«, antwortete Lea. »Aber der Vierundzwanzigste fällt dieses Jahr auf einen Dienstag, da werde ich wohl oder übel arbeiten. Um Urlaub zu nehmen, bin ich noch nicht lange genug in der Firma.«

»Doch nur bis zwei oder drei? Länger haben die Geschäfte an Weihnachten nicht offen«, entgegnete ihre Mutter.

»Ich könnte dich nach Geschäftsschluss abholen, und wir könnten direkt abdüsen«, schlug Elias vor. »Bis sieben, spätestens halb acht kommen wir in Rosenheim an.«

»Okay, das klingt nach einem Plan«, willigte Lea ein. »Ich freu mich.«

Danach holte sie ihren Keramikhund aus der Reisetasche und positionierte ihn auf dem Vitrinenschrank aus Tannenholz. »Von hier aus hat er alles im Blick.«

Der Rest des Tages verging damit, dass sie mit vereinten Kräften Leas Kartons auspackten und ihre Bücher, Bilder und Firlefanz in den Regalen und im Wohnraum integrierten. Das zusätzliche Geschirr brachten sie in den Küchenschränken unter. »Notfalls schmeißen wir ein paar Teller auf den Boden, um Platz zu schaffen«, schlug Sabine lachend vor. »Glück soll das ja obendrein auch bringen.«

Nach einem gemeinsamen Abendessen verabschiedete sich Elias. Lea und ihre Mutter lümmelten sich aufs Sofa. So wie früher, als Lea noch zu Hause gewohnt hatte. Über den Bildschirm flimmerte ein Liebesfilm, dem sie wenig Aufmerksamkeit schenkten. Sie unterhielten sich darüber, was in den letzten Wochen geschehen war und wie es ihr Leben umgekrempelt hatte. Danach grübelten sie eine Weile über Weihnachtsgeschenke. Sabine dachte an ein oder zwei antike Möbelstücke für Glorias Hof, Lea hingegen hatte noch keine Idee.

»Darf ich dir eine Frage stellen?«, fragte Sabine plötzlich. »Wie hätte dein Plan ausgesehen für den Fall, dass du keine Lehrstelle bekommen hättest?

Lea zuckte mit den Achseln. »Keine Ahnung. In meinem Kopf gab es keinen Plan B. Aber möglicherweise hätte ich eine Agentur eröffnet.«

Sabine runzelte fragend die Stirn.

»Was für eine Agentur denn?«

Lea grinste breit. »Ahnenforschung. Darin hab ich ja jetzt jede Menge Erfahrung und mit Elias einen richtigen Profi an der Hand.«

Ihre Mutter lachte. »Fürwahr.« Sie betrachtete Lea, die nachdenklich auf den Bildschirm blickte, ohne jedoch wahrzunehmen, dass sich die beiden Hauptdarsteller soeben küssten. »Worüber denkst du nach?«

Lea drehte den Kopf langsam zu Sabine und grinste sie an. »Es wäre doch spannend zu wissen, wie Adelais' Leben in Wien aussah, oder etwa nicht?«

Wahrheit, Fiktion und Dankeschön

Möglicherweise haben Sie, liebe*r Leser*in, sich beim Lesen gefragt, was in diesem Roman der Wirklichkeit entspricht und was reine Erfindung ist. Die Entstehungsgeschichte zu diesem Roman begann im Sommer 2018. Damals las ich, dass man plante, Schmuckstücke der französischen Königin Marie Antoinette aus dem Haus Habsburg-Lothringen im November im Auktionshaus Sotheby's in Genf zu versteigern. Davor gab es für Interessenten die Gelegenheit, sich die Juwelen anzusehen, was einen Bieterwettstreit anfachte und letzten Endes für Rekordpreise sorgte. Das weckte mein Interesse und heizte zugleich meine Fantasie an. Deshalb gleich vorweg, Leas Erbstück, das Diamantencollier, ist meine Erfindung. Das Aussehen orientiert sich jedoch an realen Schmuckstücken der ehemaligen Königin.

Zu dieser Zeit las ich das Buch »Habsburgs vergessene Kinder« von Thea Leitner. Die Autorin beschäftigt sich in einem Kapitel mit Marie Thérèse Charlotte de Bourbon. Sie war die Tochter Marie Antoinettes und des französischen Bourbonen-Königs Ludwig XVI. und die einzige Überlebende des Massakers an ihrer Familie. Die ereignisreiche Lebensgeschichte dieser Frau, die 1851 im Schloss Frohsdorf in Niederösterreich endete, berührte mich, weshalb ich mich auf Spurensuche begab. Mehrere Historiker meinen, dass sie während ihrer Gefangenschaft im Temple vergewaltigt und geschwängert wurde und in Folge ein Kind zur Welt brachte. Diese Mutmaßung griff ich auf, recherchierte umfangreich, allerdings ohne einen Hinweis darauf zu finden. Fundiert ist jedoch, dass das junge Mädchen ihren oftmals betrunkenen und gewalttätigen Bewachern schutzlos ausgeliefert war. Vor allem, nachdem sie, von ihrer Familie getrennt, in eine dreizehn Monate andauernde Einzelhaft gesteckt wurde. Marie Thérèse befand sich insgesamt drei Jahre und vier Monate in Gefangenschaft. Sie schwieg tatsächlich ihr Leben lang über diese mit Sicherheit traumatische Zeit. Demnach ist ihre Tochter Julie in diesem Roman eine Fiktion, die dennoch der Realität entsprechen könnte.

Bei manchen Handlungen habe ich mich an den historischen Ereignissen orientiert. Vor allem in den Gesprächen über diese Epoche und Marie Thérèses Leben, die Elias und Lea führen, stecken viele wahre Begebenheiten. Ich habe nach bestem Wissen und Gewissen verschiedene Abläufe und Aufeinandertreffen so dargestellt, wie sie mir nach der Lektüre seriöser Quellen am glaubhaftesten erschienen. Doch der größte Teil dieses Buches ist reine Fiktion und meiner künstlerischen Freiheit geschuldet. Aus diesem Grund möchte ich betonen, dass es sich bei diesem Werk um einen Roman, also um eine fiktive Geschichte, handelt.

Nichtsdestotrotz habe ich unzählige Geschichtsbücher und Expertisen zu dem Thema gelesen, um die Zeit der Französischen Revolution so authentisch wie möglich wiederzugeben. Aufgrund der Fülle an Büchern und Materialien zähle ich hier nur die wichtigsten Quellen auf, um Sie nicht mit einem langen Verzeichnis zu langweilen:

Paris, Hauptstadt Europas 1789–1914, Johannes Willms, Verlag C. H. Beck, München
Habsburgs vergessene Kinder, Thea Leitner, Piper Verlag, München
Die Nächte von Paris, Rétif de la Bretonne, Galiani Berlin
Robespierre, Max Gallo, Klett-Cotta, Stuttgart
Das Halsband der Königin, Alexandre Dumas, Aufbau Verlag, Berlin
Die Götter dürsten, Anatole France, Tredition Classics, Hamburg
Die Französische Revolution, Axel Kuhn, Reclam, Ditzingen
Die Französische Revolution, Ernst Schulin, C. H. Beck, München
Der Sturm auf die Bastille – Ursachen und Folgen des 14. Juli 1789, Veysel Kilicaslan, Grin Verlag, München
Frankreich im 19. Jahrhundert, eine Kulturgeschichte, Thomas Hellmuth, Böhlau Verlag, Wien und Köln

Ich freue mich sehr, dass mein Roman *Das Collier der Königin* im Heyne Verlag eine Heimat gefunden hat. Danke Anke Göbel, dass deine Tür für mich stets offen steht.

Schon während der Schreibphase las meine Lektorin Sarah Mainka kapitelweise das wachsende Manuskript und stand mir mit hilfreichen Ratschlägen zur Seite. Ein riesengroßes Dankeschön dafür. Julia Martin danke ich herzlich für ihren genauen Blick auf die Geschichte, ihre wertvollen Anmerkungen und Kommentare und für die feinfühlige Zusammenarbeit.

Margarete Ammer (Vertriebsleitung) danke ich für ihren Glauben an meine Romane und ihre Unterstützung. Ebenso

Stefan Mödritscher (Verkaufsleitung) für seine Zuversicht und Freundschaft.

Meinem Agenten Peter Molden danke ich für die großartige Zusammenarbeit, die wertvollen Gespräche und die unzähligen aufrichtenden und beruhigenden Worte.

Ein großer Dank gebührt meinem Mann Jeff, der mich mit seiner fulminanten Kochkunst regelmäßig vom PC weglockt und mir so notwendige Pausen bei bestem Essen verschafft.

Meiner Tochter Theresa und meinem Sohn Raffael danke ich, dass sie mich immer wieder unterstützen und mein Leben jeden Tag aufs Neue bereichern.

An dieser Stelle danke ich Ihnen, liebe Leser*innen, fürs Lesen. Ich hoffe, die Geschichte hat Sie gut unterhalten und Ihnen angenehme Stunden beschert. Wenn Sie Lust oder eine Frage haben, schreiben Sie mir. Ich freue mich, von Ihnen auf Facebook oder Instagram zu lesen.

Lassen Sie uns in Kontakt bleiben.

Ihre Beate Maxian